CB136396

NADA

O desejo pode se transformar em amor?

Yatnna Gabriela Montilla

NADA

O desejo pode se transformar em amor?

TRADUÇÃO
UBK Publishing House

ubook UBK Publishing House

© 2016, Yatnna Gabriela Montilla
Copyright da tradução © 2020, Ubook Editora S.A.

Publicado mediante acordo com Nova Casa Editorial. Edição original do livro, *Nada*, publicada por Nova Casa Editorial.

Todos os direitos reservados. Nenhuma parte deste livro pode ser utilizada ou reproduzida sob quaisquer meios existentes sem autorização por escrito dos editores.

COPIDESQUE Beatriz Seilhe
REVISÃO Larissa Coelho, Adriana Fidalgo e Isis Pinto
PROJETO GRÁFICO E CAPA Bruno Santos
IMAGEM DA CAPA Yuliia Chupina/Shutterstock

Dados Internacionais de Catalogação na Publicação (CIP)
(Câmara Brasileira do Livro, SP, Brasil)

Montilla, Yatnna Gabriela
Nada / Yatnna Gabriela Montilla ; tradução UBK Publishing House. -- Rio de Janeiro : Ubook Editora, 2020.

Título original: Nada
ISBN 978-65-87549-68-2

1. Ficção dominicana 2. Relações amorosas
I. Título.

20-40437 CDD-D863

Ubook Editora S.A
Av. das Américas, 500, Bloco 12, Salas 303/304,
Barra da Tijuca, Rio de Janeiro/RJ.
Cep.: 22.640-100
Tel.: (21) 3570-8150

PREFÁCIO

Esta é uma obra virgem, literalmente virgem e original, porque vem da mente de uma adolescente que expressa, sem amarras, sensações e emoções nascidas de sua imaginação, inspiradas pelo ambiente de seus primeiros anos de vida.

As histórias deixam os leitores da minha geração constrangidos e revelam, ao mesmo tempo, experiências e emoções impressionantes de uma menina quase mulher. Para meus contemporâneos e para os jovens, são como uma tocha iluminando, guiando e falando de tabus sobre os quais nossa sociedade se nega a falar.

Este livro pode ser definido como uma "história muito especial, dura, simples, crua e muito humana".

Nada é como um elixir que simultaneamente escraviza e liberta, fazendo o leitor consumir tudo até a última gota.

Autores como Gabriela Montilla são seres excepcionais, de grande sensibilidade, que costumam aparecer na história de tempos em tempos. Suas inspirações tendem a abalar a consciência da sociedade, produzir reflexões profundas, encantar os espíritos e guiar os mais nobres na realização de grandes transformações para a humanidade.

Em cada capítulo, a prosa, de estrutura objetiva e forte, é como uma sinfonia cativante, a forma como as palavras se unem e a liberdade com que são ditas fazem fluir harmoniosamente a narração da história — os dramas, por exemplo, podem, de repente, se tornar uma comédia, e vice-versa. É uma mistura magistral que desafia a imaginação. *Nada* é a obra que coroa a virgindade mais antiga do século XXI.

Convido a todos os que leram este prefácio a ousar fazerem parte da conexão do *Nada*, que é o princípio de Tudo.

República Dominicana,
Leoncio Amé Demes

Capítulo 1

TRÊS VEZES

Ele estava brincando com ela, a forma como ria, como a encarava, como se movia. E nem a olhava nos olhos. Ele sabia que aquilo era errado. Mas que diferença fazia? O mundo não se importa se algo está errado, vai sempre seguir seu curso, porque nós mesmos somos culpados do que acontece o tempo todo.

Quando tudo acabasse, ele poderia se levantar e fumar um cigarro, ou poderia pedir que ela fosse embora porque tinha que sair.

Naquele dia, Valéria não tinha vontade de se levantar. Na verdade, sentia que ia chorar, mas não podia, porque, se o fizesse, ele iria pensar que era responsável, mas não era. O problema que a atormentava não tinha nada a ver com ele.

Ele tinha o olhar fixo no teto enquanto respirava. Valéria estava morrendo de frio. Precisava se aquecer.

— O que está acontecendo? — perguntou ele. Ela não respondeu.
— Valéria... eu machuquei você?

Apesar de já manterem aquela rotina por dois meses, Valéria às vezes dizia que doía para que ele não fosse bruto, pois ela não gostava. Na verdade, não sabia do que gostava — era algo frívolo e ao mesmo tempo normal, não algo que pudesse ser definido como uma preferência. Como tudo em sua vida, ela não conseguia decidir o que realmente queria.

— Valéria... — chamou-a outra vez, e ela o olhou. Ben umedeceu os lábios e lhe tocou a bochecha com os dedos. — O que houve?

— Tenho que ir — respondeu, sentando-se na beira da cama para pegar as roupas que estavam no chão. Mas nem isso queria fazer. Ficou ali parada, olhando para baixo.

Sombra deslizou os dedos pela coluna de Valéria, cujos ossos pareciam tão pronunciados que a lembravam de como seu corpo estava frágil e de como deveria se sentir culpada por fazer aquilo consigo mesma.

Ao sentir os dedos gélidos de Sombra, Valéria pensou no frio que sentia. Ela se levantou e se vestiu. O rapaz não se mexeu para se despedir, ela também não esperava por isso. Tudo fazia parte da rotina deles, e estava meio que combinado daquela forma.

Valéria saiu da casa de Sombra às onze horas da noite e enfrentou os ventos do outono, que logo seriam substituídos pelos do inverno. Estava com frio e fome, e, enquanto caminhava devagar, decidiu olhar para a calçada e não pisar nas rachaduras do chão.

Nem sempre fora assim. Valéria e Ben nunca tiveram contato, e qualquer conversa que tenham tido quando crianças ficou enterrada no passado, quando o rapaz se converteu em uma sombra.

Enfim, tudo havia começado com as más companhias da menina, apesar de Valéria não poder culpá-las. Afinal, sucumbira e passara a sentir uma ligação invisível que não existia.

Nina era sua melhor amiga desde que se lembrava. No bairro, era conhecida como "rodada", como a maioria das mulheres eram chamadas na vizinhança. Uma noite, quando uma das garotas, que Valéria jurava ser dois anos mais nova que ela, contou suas experiências, Rose se levantou e perguntou a Valéria:

— E você, como foi sua primeira vez?

— Que primeira vez? Dá para perceber que ela ainda tem cabaço.

Algumas riram.

— Cabaço? — perguntou Valéria, confusa. — O que é isso?

— Quer dizer que você ainda não foi tocada *lá* — explicou Nina, levantando a voz. — Garotas, Val é a salvação deste bairro.

Todas riram de novo, exceto Valéria.

— Como faço para perder o cabaço? — perguntou.

Três semanas antes, Valéria tinha feito dezesseis anos e queria ser como suas vizinhas, queria se encaixar. Era isso ou ficar entediada em casa, contando baratas no quintal.

— Tem que transar com alguém, é claro — respondeu Rose.

— Pode ser com um dos vizinhos. E depois nos conte como foi — comentou outra.

Nina arrumou a alça do sutiã e olhou para Valéria, que tinha uma expressão engraçada no rosto, de medo.

— Acham mesmo que minha Val vai transar assim, sem mais nem menos? Não vai, ela é muito inocente — disse Nina, fazendo uma careta.

— Eu poderia, Nina, não me subestime — retrucou Valéria, voltando-se para encarar a amiga. — Fale das opções.

Rose sorriu com malícia ao cruzar o olhar com Argentina. Argentina era mais velha que Valéria e era quem ensinava todas as manhas para as meninas ali presentes, como uma professora, que fazia as coisas primeiro, e depois todas a seguiam.

— Tem o Mário, o Héctor, talvez o Ramírez — disse Argentina, enumerando os nomes nos dedos.

Os garotos estavam na mercearia, quase em frente a elas, que estavam sentadas na calçada a poucos metros.

— Olhe aquele ali, Gregório, é uma besta, mas recomendo, e aquele de boné é o Sombra. Poderia ser ele também.

— Diga que quer perder o cabaço. Eles vão entender. — Rose tentou convencê-la com um sorriso, um que a fez pensar que aquilo era certo.

— Agora?

Val engoliu em seco e olhou para eles. Conversavam, sentados nos bancos, enquanto outros jogavam dominó.

— Não, claro que não, decida qual você quer. Depois pergunte, transe, mas não conte a ele como foi — disse Argentina. — E, se não perder esse cabaço, não fale mais comigo.

— Nem comigo.

Rose se levantou, olhando-a com desprezo.

As outras se levantaram, exceto Nina.

— Não ligue para elas, Valéria! São loucas. Não faça nada, você ainda não está pronta. Querem que seja como elas. Vá para casa. — Nina se levantou e se despediu com um abraço. As outras meninas estavam indo para outro lugar, provavelmente para a casa de Marian, e Nina correu atrás delas.

Valéria se levantou de repente e foi até a mercearia. Olhou para o rosto de cada um deles, não queria que ninguém a tocasse. Depois de ficar ali parada durante muito tempo, um dos garotos perguntou:

— O que está olhando, magricela?

— Nada — respondeu, com hesitação na voz.

— Perdeu alguma coisa aqui? Está com fome?

Todos riram. Valéria media 1,69 m e era mais alta do que dois deles. Por causa da altura, sua magreza chamava mais atenção. Ela parecia ser leve como uma pluma, por isso ficava horrorizada com os corpos daqueles homens. Eles poderiam destruí-la.

Quase todos se conheciam desde que eram crianças, por isso brincaram com Val, com piadas de duplo sentido que ela nem entendia. E Valéria sorria, porque não devia ficar ofendida se gozassem da cara dela. Eram vizinhos, viviam no mesmo bairro.

Mas um deles não riu, Sombra. Valéria o conhecia, mas não muito bem. Pensou em pedir a ele ou a Gregório. Ela olhou para o último, mas Sombra falou:

— Não olhe para ele, não há nada de bom ali.

Soltou uma risada ridícula e todos riram de novo.

— Não lhe dê ouvidos, Valéria. — Gregório, que sempre foi simpático com ela, abriu um sorriso. — Precisa de alguma coisa? É tarde, você deveria estar em casa.

Valéria assentiu repetidas vezes com a cabeça. Estava atrasada. Virou-se e saiu.

Na semana seguinte, começou a pesquisar mais sobre Sombra porque decidiu seguir o conselho do rapaz, que disse que Gregório não era bom para ela. Descobriu que Sombra não tinha namorada. Aparentemente. E com o tempo livre depois da escola, porque as meninas do bairro a abandonaram, Valéria descobriu onde ele morava, mas não teve coragem de fazer a pergunta ao rapaz.

Por que era tão difícil? Valéria só tinha que dizer às amigas que tinha transado e deixariam que voltasse a andar com elas de novo.

E foi o que fez. Mas elas descobriram. Disseram que, quando os rapazes tiravam o cabaço de alguém, todo mundo sabia. Aquilo deixou Valéria tão assustada que passou mais de dois meses sozinha.

Depois, foi até a casa de Sombra, com uma saia azul-celeste que ia até o meio das coxas e uma blusa rosa.

— O que está fazendo aqui? — perguntou ele, ao abrir a porta.

— Pode tirar meu cabaço, por favor? — pediu Valéria, com uma voz tímida.

Ela se sentiu muito sem graça quando Sombra a olhou de cima a baixo, espantado. Ele estava prestes a fechar a porta na cara de Val, mas ela o impediu com a mão.

— *Por favor.* — Sua voz saiu tremida.

— Você sabe o que está pedindo?

— Claro que sei.

Ela abriu bem os olhos para mostrar que sabia.

— Você é virgem?

— Sim.

— Isso é uma piada?

— Não.

— Ah, já entendi tudo. É sobre isso que Rose e Argentina falavam há um tempo. Todos estão dizendo que você pediu o mesmo a eles. Quantos foram antes de mim?

O rosto de Valéria ficou vermelho, ela sentia as orelhas queimarem. Era isso que pensavam dela? Mesmo?

— Só pedi a você.

Sombra a observou durante alguns segundos. Valéria não fazia seu tipo, se ela estivesse com o cabelo preso e sem batom, passaria por um garoto magricela.

Sombra pensou sobre isso com ela lá, parada à sua frente. *Deflorar uma das garotas da vizinhança*, embora não parecesse bom, não era tão ruim assim. E ele não transava havia um mês, por razões fora de seu controle. E se não o fizesse, a moça, *Valéria*, procuraria outra pessoa, como Ramírez, que não se importaria com o fato de ser a primeira vez dela ou não.

Ele respirou fundo.

— Caguei se você se arrepender ou se sua mãe vier reclamar comigo.

Valéria estava com medo e pensou em desistir. Não gostou daquele tom de voz.

— Entre, menina — insistiu.

Ela entrou na casa. O interior estava quente e bem limpo. A decoração consistia em um pequeno móvel e uma mesinha. A cozinha abrigava um fogão, um armário com gavetas na parte de baixo e uma geladeira, além de uma mesa de jantar com quatro cadeiras. Tinha uma porta fechada, que parecia não ser aberta havia muito tempo. A parede era verde-clara, tão clara que não parecia verde, mas azul. Não viu poeira, e, para um homem que morava sozinho, tudo estava bem organizado, como se ninguém vivesse ali.

Havia uma panela em cima do fogão. Sombra desligou o fogo e depois olhou para Valéria, que desviou o olhar.

Ela sentiu que ele se aproximava. Quando a conduziu pela cintura para o quarto, ficou tão nervosa que achou que fosse vomitar. "Não", pensou, "vou fazer isso pela primeira vez e não estou apaixonada".

Enquanto Sombra tirava o cinto e desabotoava a calça, pediu a Valéria para se deitar. Ela obedeceu.

Ajoelhou-se no colchão e lhe perguntou:

— Quer ficar vestida?

— Não sei. — Sua voz tremia e ela já estava arrependida.

Como poderia saber o que queria, se nunca tinha feito aquilo antes?

Sombra tirou a saia dela com facilidade. Valéria se sentiu estranha quando os corpos ficaram próximos demais e quando a boca do rapaz tocou na pele sensível do pescoço dela. Ele tocou seus seios, como se ela tivesse dado permissão. Por um momento, pensou em lhe bater. O que estava fazendo? Ela não queria aquilo, só queria ser aceita por suas amigas, mesmo que fosse apenas uma vez.

E, se tivesse de passar por aquele momento constrangedor, tudo bem. Foi o que pensou.

Fechou os olhos, segurou um grito quando percebeu a protuberância abaixo do abdômen do garoto e apertou ainda mais as pálpebras. Quando Sombra abaixou a cueca, o ar escapou dos pulmões de Valéria, que apertou o lençol. Parecia de pedra.

— Abra as pernas. Como quer que eu faça algo se está toda rígida?

Valéria arregalou os olhos e o encarou. Os olhos de Sombra eram escuros. Sem o boné, ela percebeu o corte curto do cabelo castanho. De qualquer forma, Val não abriu as pernas, e ele fez isso por ela, apertando suas coxas.

Naquele momento, no momento em que estava deixando sua inocência para trás, Valéria não pensava em nada, exceto na terrível dor que sentia e no grito desesperado que escapou de sua boca. Ela arranhou as costas de Sombra com tanta força que ele parou para reclamar. Com as unhas, tinha arrancado um pouco de pele, e ele nem havia se mexido do jeito que queria dentro da moça, não tinha feito praticamente nada. Estava dando um tempo para Valéria se acostumar com a sensação.

A única coisa que ela sentia era a ardência.

Sombra franziu a testa e a encarou com um olhar cheio de perguntas e com as unhas dela ainda cravadas nas costas.

— Solte-me, não consigo me mexer assim.

Valéria tentou abrir os olhos para encontrar os dele, mas, quando o fez, estava com a visão embaçada, lacrimejando. Ela soltou as costas de Sombra e tentou relaxar, mas não conseguiu. Era como se tivesse um corpo estranho dentro de si, e se sentia perturbada pela proximidade.

Sombra se moveu lentamente, depois acelerou. Valéria o agarrou de novo, cravando as unhas. Era como se quisesse que ele sentisse a mesma dor que ela a cada pequeno movimento.

— Valéria, porra, não era o que você queria? — perguntou ele.

Valéria começou a chorar.

— Não, *não era*, por favor, pare. Dói. Isso é horrível.

Sombra ignorou seu pedido e continuou se movendo. Valéria implorou para que ele parasse. Foi um desastre com muitas lágrimas, e ele não suportou a culpa. Agia como um idiota, era óbvio que ela não ia gostar de primeira, a não ser que cobrisse sua boca e continuasse, mas ele não era capaz de estuprar uma garota do bairro; teria que fugir, e não queria isso. Gostava de morar ali.

Então Sombra parou e, de repente, saiu de cima de Val. Ele não estava mais roubando todo o seu ar e lhe causando dor.

Não estava mais lá.

Ela não sabia para onde ele tinha ido tão rápido, e não se importava.

Sua mente focava a dor que sentia e as lágrimas estúpidas que inundavam seus olhos. Além disso, ela se sentia suja e mal consigo mesma.

Valéria não pensava em transar, nem sequer estava interessada em ter aquela experiência. Ela se considerava uma criança... mas, depois daquela noite, não tinha certeza se ainda era.

Quase uma hora depois, ainda sentia o calor do corpo de Sombra no seu. Levantou-se e viu a mancha vermelha secando onde estivera deitada.

Valéria se vestiu com as mãos trêmulas e saiu do quarto, o rosto já seco, concentrada para não tropeçar nas pernas bambas.

Ele estava sentado em um pequeno sofá, já vestido. Quando a viu saindo do quarto, encarou-a com raiva; seria capaz de insultá-la por ser tão estúpida, e a si mesmo por ser duas vezes mais estúpido. Sombra disse:

— Quando você vai voltar? Não achou que ia me deixar na vontade, não é? Arrume suas coisas, prepare-se mentalmente e volte. — Seu orgulho masculino fora ferido. Como deixar algo pela metade?

Além disso, a mistura de inocência e morbidade o fazia querer tentar de novo.

— Não voltarei nunca. — Valéria estava determinada, e Sombra notou que ela parecia prestes a chorar de novo. — Não sou mais virgem e não preciso mais de você.

Ele se levantou do sofá e se aproximou. Val se virou porque não queria olhá-lo nos olhos. Era como reviver a dor.

Sombra agarrou o pulso de Valéria para chamar sua atenção, e quando percebeu como era magra, como seria capaz de lhe quebrar um osso com a própria força, lembrou-se do quanto era vulnerável.

— Volte.

— Por que quer que eu volte se não consigo fazer isso? — questionou-o, reprimindo as emoções que guardava dentro de si. Era uma espécie de choro de partir o coração, mas Valéria aguentou firme.

— E por que não consegue?

— Porque dói, e não sou masoquista.

— Não vai doer mais, *Valéria*. Isso só aconteceu porque foi a primeira vez, e talvez eu não tenha sido muito cuidadoso.

Duas vezes. Sombra a chamou pelo nome duas vezes. Ele sabia seu nome e quem ela era. Como faria ao vê-lo na rua? Não tinha pensado nas consequências?

Sombra se aproximou de seu rosto, que ela mantinha afastado e voltado para o chão, e murmurou:

— Não vou pedir isso de novo, não vou dizer a ninguém que você chorou ou que me pediu primeiro, nem mesmo falarei com você fora daqui.

Valéria olhou para ele. Deus, por que ela dera ouvidos a Rose e a Argentina? Não queria voltar ali, queria fugir o mais depressa possível. Queria que o chão a engolisse para que nunca mais se sentisse daquele jeito.

Tentou escapar, mas ele apertou ainda mais seu pulso.

— Responda.

— Tudo bem, Sombra — disse em voz baixa, olhando para cima.

— Ben, meu nome é Ben, Valéria.

Três vezes.

Capítulo 2
ALGUMA COISA

Valéria, ele era o único que a chamava assim, com aquele tom de voz, como se precisasse dela, como se Valéria fosse uma parte vital de sua vida. Por que era tão fácil para ele mentir? Como aprendeu a fingir tão bem?

Ela chegou em casa com enxaqueca. Na cozinha, só havia chocolate quente e dois biscoitos que a mãe deixara para o jantar. Tudo estava em silêncio, exceto pela respiração pesada dos irmãos dormindo no quarto.

Ela se sentou na cadeira da sala de jantar. Costumavam ser quatro, mas uma delas tinha quebrado por causa da madeira podre. Depois de mergulhar o biscoito no chocolate e beber tudo, pegou seu pijama e abriu um lençol no chão.

Havia muitas razões para continuar indo à casa de Ben depois da segunda vez. Uma delas era que, quando Valéria voltou, não doeu muito e eles se beijaram. *Seu primeiro beijo.* Aquilo fez com que ela se sentisse amada. Era como se estivesse dando um tapa na cara de seu pai, que uma vez lhe dissera: "E você nunca vai ser amada por um homem." Além disso, sentiu algo tão intenso que a fez esticar os dedos dos pés, não conseguiu nem continuar o beijo.

Valéria voltou uma terceira vez, sem dizer nada, e ele também não fez perguntas. Não sabia por que, mas foi tudo diferente, e ela chorou de novo. Sombra se tornou um monstro e começou a atacá-la.

Ele se deteve.

— Valéria... por que está chorando agora? — perguntou, depois de alguns segundos.

— Porque está doendo.

Não era mentira, mas não era verdade. A pressa a incomodava, deixava-a inquieta e a fazia dizer coisas que nunca imaginara que pudesse dizer. A atitude dele às vezes a assustava. De vez em quando, Sombra era muito assustador... parecia capaz de se tornar um monstro e atacá-la novamente. Então descobriu que, quando dizia a ele que doía, Ben se tornava mais amoroso e atencioso. Era como se ele se transformasse em alguém doce e próximo, não o frio e distante Ben que ele era fora de casa.

Então ela voltou durante todo aquele mês e o começo do seguinte. E ele era sempre afetuoso, beijando-a, compartilhando seu jantar, conversando e deixando-a dormir algumas vezes.

No entanto, não eram nada um para o outro. Parecia fácil esquecer que o rapaz parado ali na esquina, ouvindo música, com calça muito larga e boné virado para trás era o mesmo que beijava seu pescoço suado à noite.

Não falava com ele e mal o olhava.

Valéria não se atreveu a contar a ninguém como foi sua primeira vez. Achava que tinha sido covarde, especialmente quando perguntou a Nina:

— Sua primeira vez doeu?

— Se doeu? Mas é claro que sim! Mordi a língua e deixei acontecer, a dor foi desaparecendo. Você está fechada e alguém a abre, então vai mesmo machucar no começo. Por que está perguntando? Ainda está pensando no desafio de Rose e Argentina? Espero que tenha esquecido essa história. Sou sua amiga e você não precisa fazer nada para continuar falando comigo. E, se eu for a algum lugar, pode ir também, mesmo que elas estejam lá. Não vão rir de você.

Ela nunca riu.

Valéria desejava que a amiga tivesse lhe dito ou demonstrado aquilo antes, mas já era tarde. Nina nunca a acompanhou nem ficou do lado dela, como tinha prometido.

Uma vez, pensou que Sombra tinha vergonha de dizer aos amigos que estava com ela, porque ele havia meio que lhe dito isso um dia. E, para Valéria, estava tudo bem, também não queria contar que Sombra tirara seu cabaço.

O chão estava frio e mais duro que o normal. Comparado com a cama de Sombra, tudo era diferente. Lá tinha um travesseiro de verdade, não um lençol dobrado embaixo da cabeça.

Valéria costumava dormir com os irmãos mais novos, mas, quando voltava de um encontro com Sombra, achava que não era uma boa ideia dividir a cama com eles. Sentia-se impura, não queria infectá-los.

Ela se deitou de barriga para baixo para não sentir dor nas costas e continuou pensando em Ben. Fazia isso quase todas as noites. Pensar. Em tudo o que havia acontecido durante o dia, culpando-se pelo que dera errado, até adormecer.

No dia seguinte, os irmãos mais novos de Valéria — Carlinhos e Carol — já estavam acordados e tomando café da manhã com bolo de chocolate. Valéria foi até o pequeno banheiro e escovou os dentes na frente do pedaço de espelho acima da pia.

Antes, era um belo espelho que a mãe tinha ganhado em um concurso de arroz-doce em uma feira de sobremesas. Mas, durante uma briga, o pai de Valéria batera no espelho e o partira em milhares de pedaços. Ela se lembrava de limpar os cacos de vidro enquanto a mãe pedia às crianças que parassem de chorar.

Ela cuspiu na pia como se estivesse cuspindo na cara do passado.

Entrou no chuveiro e, rapidamente, saiu enrolada na toalha. Procurou seu uniforme e vestiu a saia cáqui que era um pouco curta, não porque quisesse, mas porque Val havia crescido vertiginosamente depois que fez quinze anos, e a família não tinha dinheiro para comprar uma mais longa. Vestiu a camisa branca, as meias de cano curto e os sapatos de camurça. Odiava aquelas meias que deixavam as canelas e pernas finas ainda mais em evidência.

Mas não havia muita escolha, só tinha um dos pés do par de meias compridas e não conseguia encontrar o outro. Procurara por todo canto até ficar exausta.

Valéria levou os irmãos para a escola pública onde estudavam. Graças a uma bolsa de estudos, ela fazia o ensino médio em uma escola particular. Todos os seus esforços eram voltados para não perder a bolsa e conseguir se formar.

— Imagina se você se casar e não tiver mais a castidade para dar de presente ao marido.

"Não me vou casar", pensou Valéria enquanto batia o lápis na cadeira. Ela acreditava que o casamento, embora fosse uma ordem de Deus, era uma perda de tempo, ou pelo menos era isso que se tornara.

A professora de orientação sexual explicava que a *castidade era dada* ao cônjuge, com quem você ficaria para sempre, mas Valéria sabia que seu pai e sua mãe estavam separados.

Porém, não sabia se os dois eram virgens quando se casaram.

— Como seria se entregar a um desses rapazes, e depois não conseguir olhá-lo nos olhos?

Valéria não olhava para Sombra na rua porque ninguém podia suspeitar que havia alguma coisa entre eles.

"Alguma coisa." Não havia nada.

— Vocês acreditam que acaba ali, mas eles saem e contam tudo o que fizeram. Falam coisas como "essa é puta" e "*é* fácil" ou "não se dá ao respeito" e "faz de tudo".

Valéria não acreditava que Sombra fosse capaz de fazer aquilo. Ele mesmo dizia que não contaria a ninguém para não se prejudicar. Além disso, ela não era como Argentina ou Rose. Só ficava com Sombra.

Seus pensamentos giraram em torno do rapaz na metade do tempo da aula, e Valéria encostou a cabeça na carteira enquanto tentava se desligar da voz da professora e da constante desaprovação dos colegas em relação ao que dizia.

Val não podia fazer muita coisa. Já havia transado e não tinha como voltar atrás, seus encontros com Sombra eram tão rotineiros quanto o ato de um ser humano beber água.

— Algumas garotas recorrem a isso porque precisam de amor paternal. Mas, moças, esperem pelo momento certo. Fazer sexo tão cedo, além de ser algo para o qual não estão preparadas, pode levar a uma gravidez indesejada, o que iria prejudicar suas vidas nessa idade. O mesmo para vocês, meninos, vejam onde enfiam essa coisa, hein?

Valéria levantou a cabeça da mesa. Ainda doía. Por isso se comportara de modo estranho com Sombra na noite anterior. E não iria voltar à casa dele até que a dor passasse.

Era insuportável. Seus seios estavam inchados e duros. Queria perguntar à mãe o que estava acontecendo com seu corpo, mas tinha medo. E se a mãe percebesse que a filha não era mais virgem? O que diriam na igreja? Na escola? Os professores? Todos iriam julgá-la e se afastar.

Então Valéria preferiu fazer suposições. Por um momento, achou que fosse uma DST, mas não ousou perguntar a Sombra, não ousou perguntar nada fora do comum.

Na hora da saída, um de seus colegas de escola, Martín, brincou que ela estava chegando à puberdade, e começou a esfregar o próprio peito fingindo ser o de Valéria.

Ela ignorou e fingiu não o ouvir. Queria bater nele o mais forte possível. Não suportava aquelas mudanças no corpo que, por azar, começaram muito mais tarde que nas outras garotas.

No quinto ano, quando o corpo de todas as meninas começou a se desenvolver, Valéria ainda não tinha nada. Naquela época, todas já pareciam moças, menos Val.

Quando chegou em casa, os irmãos mais novos já estavam lá, com fome. Valéria não os buscou na escola naquele dia porque a mãe disse que o faria. A mãe deles, Claribel, fizera arroz e frango. E, já que Val havia chegado, podiam começar a comer como uma família.

À tarde, Valéria foi à mercearia comprar o jantar; quando estava chegando, viu Gregório e os outros meninos, menos Sombra. Ficou desapontada... Ele era uma das razões pelas quais gostava de ir ao mercado... mesmo que fosse para vê-lo em uma situação diferente.

Entrou na mercearia e fez seu pedido. Quando saiu, passou por ele e, por um segundo, Valéria esqueceu como andar, como se seus joelhos tivessem esquecido de segurar o restante do corpo, e não conseguiu dar um passo.

— Preciso falar com você — disse ele em uma voz firme, sem qualquer expressão ou pressa. Falou aquilo e continuou andando até o balcão.

Valéria olhou ao redor. Não havia mais ninguém, Sombra só podia estar falando com ela. Só o atendente estava ali, mas não se importavam com ele.

Depois de alguns segundos, ela saiu da mercearia. Sobre o que Sombra queria conversar? O que seria tão importante para que ele se dirigisse a Valéria fora de casa? Ela pensou naquilo durante todo o caminho de volta e enquanto fazia as tarefas.

Depois, saiu para a casa de Sombra sem saber por que ia tão cedo. Ela também não questionou por que se sentia forçada, como se devesse encontrá-lo. Poderia muito bem voltar. Além disso, por que deveria ir? Não queria, queria ficar em casa e aproveitar que a mãe e os irmãos estavam acordados e dormir na cama... mas na casa de Sombra também havia uma...

Valéria andava de um lado para o outro, qualquer um que a visse pensaria que era louca.

— Vai a algum lugar, Val? — Nina carregava um saco preto e se deteve quando viu a amiga.

Valéria olhou para ela. Agora não iria descobrir o que Sombra queria. Não poderia contar a Nina para onde estava indo.

— Não... Eu ia dar um passeio... só isso. Por quê? Está precisando de ajuda?

Nina estreitou os olhos, como se suspeitasse de alguma coisa. Valéria implorou para que ela não fizesse mais perguntas.

— Vai ter uma festa na casa de Marian com os rapazes do bairro. Todo mundo vai. E você?

Valéria pensou por um momento. Para que ir se as garotas não falavam mais com ela e Nina a deixaria de lado assim que chegassem lá?

— Não fui convidada, Nina.

— Estou convidando.

Valéria pensou durante alguns segundos.

— Talvez. Depende se Claribel vai deixar. Tenho que levar alguma coisa?

— Não. Mas precisa ir, alguém me disse que Gregório está atrás de você. Isso pode ajudá-la com as meninas. — Ela sorriu. Depois se virou para continuar seu caminho.

— De mim?

Gregório? Ele sempre fora gentil com ela, mas nunca demonstrara interesse. "Ele nunca deu um sinal", pensou Valéria.

— De você.

O coração de Valéria acelerou. Sombra e Gregório eram amigos, muito mais próximos do que os outros rapazes. Por que ele não dissera nada? Ela se sentiria muito mais confortável assim.

— Não vou.

Não sabia como rejeitar um rapaz e ser simpática ao mesmo tempo. Na verdade, nunca faria mal a ninguém.

— Ah, Valéria. Não faça isso com o pobre rapaz.

— O que eu fiz?

Valéria ficou perplexa. Não tinha feito nada.

— Exatamente — falou Nina, saindo.

De repente, Valéria se viu sozinha no meio da rua. Queria ir? Não. Mas, pensando melhor, se Gregório fosse, talvez Sombra também estivesse lá. E aquele pensamento lhe deu um frio na barriga.

Capítulo 3

MUITO PERTO

"Pare de sonhar acordada, pare de sonhar acordada."

— Tudo bem?

Valéria assentiu, sorrindo.

"Respire fundo, espere até ele desviar o olhar."

— Quer água?

"Finja que não é nada. O que você está escondendo?"

— Val...

"Nada."

— Não quero nada — respondeu baixinho. — Onde está Nina?

"Nada." Não estava acontecendo nada. Estavam conversando havia alguns minutos. Por que pensariam que estava acontecendo alguma coisa?

"Está muito perto..."

— Ótimo.

Por que, de repente, ouviu a voz dele?

"Muito perto..."

— Você está muito bonita hoje, Valéria.

"Por que ele tem que se aproximar tanto?!" Ela ficou arrepiada. Se tinha certeza de algo, era de que mataria Nina quando a encontrasse.

Ben passou a noite toda perto de uma garota, prima de José, um de seus amigos. Embora José se preocupasse às vezes, não parecia se importar. A moça estava do lado dele havia muito tempo, puxando assunto. Ben não queria decepcioná-la, a menina era bonita.

Valéria, por sua vez, passou a noite inteira com Gregório, lado a lado, talvez muito perto. Pareciam um casal. Ben não podia acreditar. Que absurdo. Ela e o melhor amigo. Por que ela não lhe contara?

"Novamente muito perto", pensou ele, com cara de nojo. "Esse filho da puta", insultou mentalmente o amigo, mas então lembrou que ninguém sabia que estava com Valéria. Seria complicado, e ele esperava que as coisas continuassem simples. Relações amorosas eram complexas, e ele não queria lidar com aquilo.

Por isso decidiu ir embora. E, por alguma razão estranha, estava zangado com Val por estar com Gregório e por não ir à sua casa naquela tarde. Será que ela havia se cansado? Por isso agira daquela forma na outra noite?

Ele andou mais depressa.

Não devia pensar no que Valéria fazia ou deixava de fazer. Não tinha nada a ver com aquilo. Ou com qualquer coisa que dissesse respeito a ela. "Você deve seguir em frente, deve continuar se escondendo como uma sombra... até que seu corpo se derreta na escuridão e você não consiga se ver."

Uma sombra sem sentimentos.

— Meu Deus, Gregório, deixe Valéria em paz! — Nina se sentou nas pernas da amiga, e Gregório, assustado, inclinou-se para trás. — Se quer se enfiar na calça dela, não deixe tão na cara, entende? — censurou, com desdém.

— O que foi, Nina? Eu também te amo.

Ele lançou um beijo para ela, mas dava para ver a irritação em seus olhos.

— Você está bêbado, vá procurar seu amigo, ele desapareceu.

Valéria achou que tinha entendido errado. Se ele realmente desaparecera, por que ela não reparou? Quando parou de perceber que Ben olhava para o amigo tão perto dela? "Idiota, idiota", disse a si mesma, talvez ele estivesse zangado.

— Que amigo? — perguntou Valéria, deixando as palavras flutuarem para que parecessem desinteressadas.

— Sombra, ele foi embora há algum tempo — respondeu Nina, sem pensar. — E você e Gregório? — perguntou com um sorriso malicioso.

Ele tinha se afastado quando Nina se colocou entre os dois. Jamais contou a ninguém, mas o rapaz não gostava dela.

Valéria pensou em negar, mas só se importava com o fato de Sombra ter ido embora, não tinha mais motivos para continuar na festa.

— Terra para Valéria... Olá? — Nina estalou os dedos. Quando Valéria voltou a prestar atenção na amiga, ela continuou. — Há alguma coisa entre você e Gregório?

— Só conversamos um pouco.

"Somos só amigos", pensou. Por que Nina suspeitava de que Val tinha algo com Gregório, e não com Sombra?

— Ele está cercando você?

— Defina cercando.

Valéria procurou Sombra com os olhos, não podia ser verdade. Ele havia mesmo desaparecido...

— A boca do garoto passou a noite inteira em seu ouvido. Não percebeu? Além disso, estavam quase abraçados.

— Não o abracei. Também me lembro de que não escolhi ficar aqui, você me abandonou.

— Da próxima vez, se não gostar, saia de perto.

Nina a olhava, séria.

— Obrigada, Nina.

Nina agarrou o pulso de Valéria e a levou para o lugar favorito das meninas: a calçada.

— Não se preocupe — disse Nina ao perceber que a amiga não queria ir. — Esta noite foi o suficiente para que a aceitem de novo. Fale com elas.

Argentina estava sentada com as pernas cruzadas, e as outras garotas estavam com as pernas estendidas na direção da rua. Era tarde e quase todos já estavam em suas casas, menos os poucos que tinham ficado pelas calçadas ou ido para outro lugar conversar e fazer barulho.

Naquele bairro, você podia ver as senhoras sentadas em cadeiras de plástico nas calçadas, e crianças sentadas ao seu redor, ouvindo histórias. Porém, quando as senhoras entravam, crianças, jovens e adultos sabiam que era hora de ir, quase como um toque de recolher. As ruas ficavam desertas, e os delinquentes começavam a agir porque não havia mais quem lhes lembrasse de suas mães e avós. Já não havia ninguém nas ruas. Argentina e seu clubinho esperavam o sinal para irem embora.

As senhoras não entravam de repente. Elas mandavam buscar suas cadeiras, caso alguém tivesse pedido emprestado. Depois, levantavam-se, olhavam para os lados e, com as cadeiras devolvidas, fechavam as grades, as portas e as janelas. E, a menos que um neto estivesse na rua, nenhuma delas seria vista até o dia seguinte. Então havia tempo suficiente para as meninas entrarem em suas casas, ainda mais porque nem todas as senhoras se recolhiam na mesma hora.

Sempre que restava apenas a sra. Elena, que todos diziam ter 82 anos, do lado de fora, Valéria ia para a casa de Sombra.

— Deus a abençoe — dizia a senhora em voz baixa quando ela passava.

Valéria se assustou na primeira vez que isso aconteceu, mas já não se sentia confortável sem a bênção. Acreditava nela, acreditava que alguma força no céu a protegia até chegar em casa, porque a senhora a havia abençoado.

"Deve ser sua neta", pensavam os assaltantes. "Talvez seja parente de Elena", diziam os Sulcuros, furtivos como uma sombra, uns aos outros. Então, de alguma forma, a bênção funcionava.

Na casa de Marian, todos já estavam acostumados àquelas festinhas. E como as senhoras ainda estavam nas calçadas, as meninas puderam ficar por mais tempo.

— Sombra estava flertando com Sara... — disse Argentina. — Gregório com Valéria... e Ramírez estava com Rose. Essa foi uma noite para namorar!

Argentina falou sobre Ben?

— Eu já esperava, ele gosta de garotas curvilíneas, como Sara — comentou Marian. — Ramírez também, parabéns, Rose!

Rose apertou a mão de Marian.

Se não estavam falando de Sombra, seria de quem?

— Mas e você, Valéria?! Ainda bem que se soltou um pouco. Gregório é bonito. — Argentina olhou para ela e, por um momento, Val sentiu o coração na boca.

O que ela havia dito? Não conseguira ouvir. Talvez a tivesse acusado de alguma coisa. A julgar pelo olhar, era fofoca, mas sobre o que seria?

Talvez, se não pensasse em Sombra... mas ele nem sequer tinha reparado nela. Valéria estava triste porque queria que reparasse.

"Idiota", pensou mais uma vez. Ninguém sabia sobre eles, e Valéria não deveria se importar. Mas estava zangada e não pensava em ir para casa. Além disso, por que ela sempre devia ir até ele?

Porque precisava dele.

E sabia disso.

Precisava saber que alguém a esperava, que alguém a queria.

Sentir o calor. Ouvir a voz dele. Ao menos vê-lo sorrir.

Aquilo a preenchia por um momento, até que se esvaziava e precisava voltar para ele. Era algo de que não podia se desvencilhar tão facilmente. Mas, às vezes, tinha que parar. Como fazia naquele momento, ali. Se ele podia ficar com a menina com corpão, ela podia ficar com Gregório.

O período de provas se aproximava, e Valéria precisava fazer deveres extras de algumas disciplinas, até porque os professores insistiam que assim era mais prático do que estudar para cada prova. E ela precisava manter a bolsa de estudos. Tinha que dar tudo de si para ser alguém, para ajudar a família.

Os trabalhos dificultavam as coisas. Eram longos e envolviam muita pesquisa. Valéria não tinha como pesquisar, então ia à casa de Sabrina, onde havia livros e acesso à internet. Lá ela podia estudar, assistir a vídeos, até a filmes. Pelo menos, ela se divertia um pouco.

Sabrina tinha dezesseis anos e era quase da mesma altura de Valéria. Era simpática, a única pessoa de quem se aproximara na escola. Mas não o suficiente para lhe contar sobre Sombra.

Quando voltavam juntas da escola, Sabrina viu os rapazes do bairro de longe.

— Ele é tão lindo.

A voz de Sabrina lhe turvou a visão... O que ela havia dito?

— Quem? — perguntou Valéria, olhando para o grupo de rapazes.

— Aquele com o boné. Adoro ele. É tão misterioso e lindo que eu gostaria de morar aqui.

Sabrina continuou com seu devaneio. Valéria supôs que ela estivesse brincando.

— Sabrina, você mora num lugar bom.

Ela morava em uma casa de classe média, e o desejo de morar naquele bairro deixava Valéria um pouco desconfortável.

— É burrice querer isso. Além do mais — Valéria mordeu o lábio —, ele não seria bom para você. Já ouvi coisas...

— Que tipo de coisas?

De repente, Sabrina ficou curiosa.

Valéria não tinha ouvido nada... talvez esse fosse o problema. Mas não queria que sua amiga gostasse de Sombra... Apesar de não o visitar havia tempo, de ter tentado esquecê-lo, não queria que ninguém se apaixonasse por ele.

— O de sempre... — respondeu, como se contasse um segredo. — Sabrina, precisa ir para casa agora, vai ficar escuro e é muito perigoso à noite.

— E como você faz?

— Acho que viver por aqui me ajuda. — Valéria deu de ombros, olhando de novo para os rapazes.

Depois de se despedirem, Valéria passou na frente dos rapazes, segurando os cadernos. Não olhou para Sombra, mas sentiu um formigamento nos dedos. De repente, o rosto ficou quente e ela começou a andar mais depressa. Ele estava olhando para ela, não estava? Era a única justificativa para se sentir daquele jeito.

"Não faça isso, por favor."

Talvez ele gostasse dela ou quisesse dizer que sentia saudade. Sentia? Se sentisse, seria muito estranho. Tão estranho quanto chover e as crianças não quererem brincar na chuva. Por isso, apesar de Valéria não saber nada sobre linguagem visual, decidiu que sim, que queria dizer algo, mas não tinha coragem.

"Covardes", os dois.

Ela chegou em casa e se deitou na cama até ficar completamente escuro. Mesmo com as garotas a aceitando de volta aos poucos, Valéria não se sentia como antes, não se sentia tão feliz com elas. De alguma forma, passou a odiá-las. Por culpa delas, acabara daquela forma.

Claribel chamou Valéria para jantar: mingau de maisena sabor baunilha. A menina devorou tudo em um instante. Depois de conversar com a mãe e contar sobre o vídeo a que tinha assistido na casa de Sabrina, de uma garota comendo canela em pó, saiu para procurar os irmãos mais novos.

— Carol, diga a Carlinhos para vir jantar.

Carol se levantou do chão do quintal e foi procurar o irmão.

Valéria estava lavando os pratos que ela e a mãe usaram quando os irmãos chegaram, com os sapatos imundos e as mãos sujas de poeira.

— Vão lavar as mãos!

— Está bem, está bem! — gritou Carol.

— Não! Quero brincar com Erick! — Carlinhos se jogou no chão.

— Já chega, vá lavar as mãos e tirar os sapatos.

— E se eu não quiser?

— Então não vai jantar!

— Vou contar para mamãe!

Ele se levantou e, com os sapatos imundos, sujou o chão até o quarto da mãe.

— Mãe, ela está sendo má comigo! Odeio a Valéria!

Val suspirou e secou as mãos na calça. Foi até o quarto da mãe para tentar tirar Carlinhos dali. Claribel estava com dor de cabeça, e não ia melhorar com a manha de uma criança.

No banheiro, precisou encarar novamente seu reflexo no espelho quebrado enquanto segurava as mãos de Carlinhos sob a torneira da pia. Ela o sentou na tampa da privada e tirou seus sapatos. O rosto do irmão estava vermelho de tanto chorar, e as roupas de Valéria ficaram manchadas com a lama que saía de seus sapatos.

— Se não parar de chorar agora, vai ficar de castigo! — ameaçou Valéria.

Carlinhos continuou chorando. Chorou até Carol terminar de comer e estar pronta para dormir.

Às 21h30, foi para o quarto onde Valéria estava e lhe deu um tapinha no braço.

— Maninha... maninha...

Valéria o ignorou. Carol dormia ao seu lado.

— Estou com fome e com sono.

— Então come e venha para a cama.

— Tenho medo de ficar sozinho. — Ele parou de falar e começou a chorar. — Desculpe, Val, não quis dizer que odeio você. Porque não odeio, eu te amo. Pode ficar comigo enquanto janto e escovo os dentes? Espera eu dormir antes de sair? — Carlinhos sabia que Valéria passava as noites fora, mas guardava segredo.

Carlinhos só tinha seis anos. Como poderia ficar zangada com ele?

— Está bem, eu desculpo. — Ela sorriu, depois se levantou e o abraçou. — Venha, vamos.

Ela esquentou o mingau e aguardou, como havia feito com Carol meia hora antes. Quando terminou, foi para o quarto da mãe, sentou-se ao lado dela na cama e esfregou mentol em sua cabeça para aliviar a dor.

— Mãe, vou sair com Nina, volto já. Não se preocupe — sussurrou Valéria no ouvido da mãe, depois lhe deu um beijo na bochecha. — Te amo, mãe.

— Cuidado, filha, por favor. — A voz de Claribel a deixava desconfortável. — Volte cedo. Se eu ainda estiver com dor de cabeça, arrume e leve seus irmãos para a escola amanhã.

Já não fazia aquilo todos os dias? Val conhecia seus deveres, mas não quis discutir com a mãe.

— Pode deixar.

— Que horas são?

— Oito e meia.

Se a mãe suspeitasse e fosse verificar todos os relógios da casa, eles confirmariam. Todos marcavam a hora que Valéria ajustara. Então, quando chegava muito tarde, para a mãe não parecia tão tarde assim.

Valéria voltou para o quarto onde as crianças dormiam, tirou a blusa molhada e vestiu outra sem mangas. Pensou em trocar a calça, mas não estava tão ruim. Olhou no espelho antes de sair e percebeu que seus lábios pareciam pálidos. Passou um batom, abriu furtivamente a porta da frente e se dirigiu para a casa de Sombra.

Capítulo 4

ELE PODE GOSTAR

Valéria bateu três vezes na porta. Ficou jogando o peso do corpo de um pé para o outro por alguns segundos, estava ansiosa. Nada. Ninguém abriu. Ela começou a sentir frio e se arrependeu por não ter levado um casaco. Não sabia se ficava ou ia embora. Talvez Ben não a quisesse mais, talvez o acordo já tivesse terminado.

Talvez devesse tomar uma atitude.

Tocou na maçaneta. Estava fria, tão fria que sentiu um arrepio pelo corpo. Virou-a. A porta estava aberta, o que era estranho. Val entrou em silêncio e sentiu que a atmosfera familiar a acolhia. O lugar tinha uma essência, um cheiro que o definia, e ela soube que havia caído na armadilha outra vez.

Ben não estava na sala ou na cozinha. Então decidiu procurar no quarto. Estava escuro, e a única luz acesa era a do banheiro. Ele nunca a apagava. Valéria achava que ele tinha medo de dormir na completa escuridão. "Sombra tem medo do escuro?", perguntou-se.

— Você tem que aprender a se controlar.

Ben sabia que ela estava no quarto. Ouviu a batida na porta e quando ela entrou. Qualquer um saberia.

— Estava muito agitada.

— Você reparou? — perguntou ela, levantando uma sobrancelha.

— Sim. Todos repararam, mas pensaram que era por causa de Gregório... Sabe o que estão falando por aí.

Ela não sabia o que estavam dizendo, e não se importava. Valéria suspirou alto e observou Ben se levantar da cama e se aproximar. Ele usou a mão direita para segurar seu queixo, olhando-a nos olhos.

— Sabia que viria.

Ele moveu a mão para trás de sua cabeça, agarrando seu cabelo com carinho. Brincou com os lábios, juntando-os em um beijo, como se tivesse fome, como se fosse um jogo não a deixar respirar.

Valéria tentou colocar a mão no peito de Ben para impedi-lo, para conseguir respirar. Depois, iria beijá-lo quantas vezes ele quisesse.

— Senti tanto sua falta, Ben — afirmou, mas havia um tom de pergunta na voz.

Ele parou e afastou um pouco seu rosto para vê-la melhor. Os olhos de Val estavam fechados. Ele se afastou mais. Não se lembrava de que Valéria sabia seu nome. Ao pensar naquilo, notou que ela já sabia muito sobre ele. Valéria... Valéria... Estava tomando conta de sua cabeça, aquilo não podia continuar acontecendo.

— Venha — pediu.

Valéria abriu os olhos e o viu sentado na beira da cama. Como ele se moveu tão rápido?

Hesitou por alguns segundos, mas aceitou. Ben começou a abrir os botões da camisa dela, um a um. Fazia aquilo bem devagar, deslizando os dedos pela pele exposta a cada botão, até deixar o tecido cair no chão. Ele aproximou o rosto de sua barriga, assoprou e sorriu.

Ben gostava de brincar com Val, de deixá-la daquele jeito: com os olhos fechados sem saber o que fazer. Seus lábios lhe tocaram, e ele abriu a boca e mordeu a fina camada de pele.

Valéria sentiu um arrepio. Ele fez uma careta.

— Que tal dançar um pouco para mim?

Ela não se mexeu, mas seu coração acelerou. Ben acariciou sua barriga com o nariz, esperando uma resposta.

— Não posso.

— Não pode?

— Não posso — repetiu mais alto. E começou a sentir um nó no estômago.

Ele se levantou e a soltou.

— Não pode ou não quer? — interrogou-a, aproximando-se ainda mais, empurrando-a para trás com o peito.

Valéria firmou os pés, estava quase tropeçando. Não queria cair.

— Perdeu o juízo?

— Não diga tolices!

— Tolices?! — Sentiu-se ofendida. — Por que devo dançar para você? Isso não faz parte do combinado.

— Que combinado? Nós só fodemos, não temos combinado algum.

Ela sentiu um aperto no peito, as mãos ficaram frias, e os olhos pareciam prestes a transbordar de lágrimas. Ela olhou para ele com raiva e pegou a camisa no chão.

— Valéria, o que está fazendo?

Ben gesticulou, apontando para o lugar onde Val havia se abaixado para recolher a camisa. Parecia arrependido, e estava. Eles se conheciam, por que não eram honestos um com o outro?

— Estou indo embora, sabia que não deveria ter vindo. Sabia que estava com a prima de José. Sabia que não me amava mais.

— Nunca nos amamos, Valéria, pare de dizer loucuras.

Loucuras? Ele sabia como ela estava se sentindo?

Val vestiu a camisa. Não queria chorar. Não na frente dele. Em vez disso, desejou com toda a força que Ben parasse de falar que não existia nada entre os dois.

Nada.

“Nada”, pensou. “Por que chorar? Não há nada, não há nada, não há nada, não há nada!”

— Não quero dançar porque não sou boa dançarina, não quero fazer isso porque, como você disse, só fodemos e pronto — explicou a si mesma, porque não devia nada a ele.

— Se não quer, pode ir embora. Não temos nada, e não estou forçando você a isso — disse Ben, sua voz fingindo desinteresse. O ego magoado.

"Mas quero uma história de amor...", disse a si mesma. Então percebeu que o que tinha com ele não era amor. Saiu depois de abotoar a camisa.

Ben suspirou e a seguiu. "É infantil, uma criança", pensou ele para se manter calmo. Tentou impedi-la duas vezes, mas Valéria se recusou. Na terceira vez, conseguiu segurar seu braço, virando-a para ele e apertando-a em um abraço. Val desmoronou ali mesmo. Queria dizer que o amava, mas aquilo arruinaria o momento.

Calor corporal. Essa era uma das coisas favoritas de Valéria. O que Ben lhe dava, não Sombra — e, quando Sombra se parecia mais com Ben, tudo ficava mais calmo e silencioso. Ela sentia que não seria julgada. Ninguém apontaria para ela ou a deixaria de lado. Ele estava quieto, suas carícias eram suaves. Em seus braços, em suas bochechas, brincava com os dedos das mãos. Ben tinha o poder de lhe queimar a pele sem machucar.

— Talvez ele estivesse com ciúme.

Mal escutou a própria voz ao dizer aquilo.

Ela não compreendia bem o que havia acontecido. Não entendia a que se referia. Talvez não quisesse entender.

De repente, sentiu uma sensação de esperança no peito. E se a razão para Ben agir daquele jeito fosse porque começara a gostar dela?

Então Val ficaria feliz. Muito feliz.

Era tarde, muito tarde para voltar para casa sozinha.

— Durma aqui.

— Não posso.

— Está muito tarde para sair, não acha?

— Minha mãe vai me matar.

Valéria virou o rosto.

— Não, não vai.

Valéria se virou novamente e olhou para a maçaneta da porta.

— Não seja uma desmancha-prazeres.

Um sorriso fraco surgiu nos lábios de Valéria.

Ben se aproximou e falou em seu ouvido.

— Fique.

Sentiu o cheiro da manhã.

Sempre dava para ouvir os passarinhos cantando pelo bairro. Anunciando a paz. Se não cantassem suas belas melodias, era sinal de problemas. E todos se levantariam desconfiados, ouvindo e observando.

Todos sabiam que os passarinhos só cantavam quando havia paz.

Ela se mexeu, havia alguém atrás dela. Ah, meu Deus. Ah, meu Deus. Entrou em pânico. Dormira na casa de Sombra! O que diria à mãe?

Levantou-se rapidamente, calçou as sandálias e penteou o cabelo. Lembrou que era sexta-feira. Tinha que ir à escola! Tinha que arrumar os irmãos!

Olhou uma última vez para Sombra e saiu. Às 6h30, não havia muita gente na rua, só os que iam trabalhar e os que abriam as janelas. Muitos nem sequer repararam em Val.

Antes de abrir a porta de casa, disse a si mesma: "Ele pode gostar de mim."

Nada mais importava, e ela nem sequer ouviu a mãe falar.

— Meu Deus, Valéria, onde você estava, minha filha?

"Ele pode gostar de mim."

— Nina disse que era muito tarde para voltar, desculpe.

"Ele pode gostar de mim."

Claribel olhou para a filha.

— Vou confirmar isso, Valéria. Vou à casa dela perguntar agora mesmo. Vá arrumando seus irmãos...

"Ele pode gostar de mim."

Ela acordou as crianças e as arrumou, rezando para que Nina confirmasse seu álibi, mesmo que não soubesse do que Claribel estava falando. Val continuou repetindo: "Ele pode gostar de mim."

O dia inteiro. Nem sequer ouviu o castigo que a mãe lhe deu. Agradeceu a Deus porque Nina confirmou a mentira, embora mais tarde tivesse que contar a ela onde passara a noite, teria que dizer que "perdeu o cabaço".

Na escola, ainda sorria.

"Ele pode gostar de mim."

Ela admitiu a si mesma que estava apaixonada por ele, por ele, por ele, por ele, por ele, por ele, por ele e só por ele... porque... porque... Como explicar?

Segundo Valéria, estar apaixonada não era como muitos diziam... que o amor destrói... que o amor, para os solitários, apenas os deixa mais solitários... que não é bom estar apaixonado... e só por esse dia ela agradeceu a Argentina.

Ela estava feliz. Muito feliz.

— Qual é o nome de Sombra? — perguntou Raini.

— Não sei — respondeu Argentina, desinteressada. — Por que não pergunta a Gisela? Ela já ficou com ele...

— Mas isso não significa que ele tenha dito o nome. — Rose começou a pintar a outra mão de Argentina.

Nina olhou para elas.

— Ramírez ou Gregório, um deles deve saber.

— E por que não sabem nada sobre ele? — perguntou Valéria.

— Você também não sabe, não se exclua — disse Raini.

Valéria parou de falar. Era verdade, não deveria saber nada sobre ele. Mas isso parecia ridículo. Sombra cresceu com eles e nasceu ali no bairro, como não sabiam nada sobre o garoto?

— De qualquer forma, só perguntei porque ele faz meu tipo.

— Barto... acho que é algo com “B”, tenho certeza — comentou Rose. — É que sempre o chamamos pelo apelido, como se o nome não importasse tanto.

— Mas é que estamos acostumadas a chamá-lo assim — concordou Argentina. — Valéria, como estão as coisas com Gregório?

Valéria sorriu.

— Que coisas? Não o vejo desde ontem à noite.

— Val não gosta de ninguém — disse Nina, sentando-se no lugar desocupado por Argentina para que Rose pudesse fazer suas unhas. — Você vai pintar? — perguntou para Valéria.

— Não, não — respondeu Valéria. — Tenho que ir para casa. Claribel está me esperando e me botou de castigo porque dormi na sua casa.

— Tudo bem.

— Valéria dormiu na sua casa? — perguntou Raini, em voz baixa.

Mas Val fingiu não ouvir. Ela se levantou e foi embora. Sempre passava na frente da mercearia, e os rapazes estavam agrupados na porta, sem fazer nada. Valéria não entendia como eles conseguiam, porque não ganhavam dinheiro... Talvez os pais os sustentassem. Ela abaixou a cabeça e tentou ver se Sombra estava lá. Quando viu que não, conseguiu agir normalmente.

— Valéria! — chamou Gregório.

Ela se virou e o viu se aproximar. Ele estava segurando um celular.

— Quero tirar uma foto com você.

— O que é isso? — perguntou Valéria. Ela adorava aparelhos eletrônicos.

— É meu celular novo. — Ele sorriu.

Valéria o observou enquanto caminhava na direção de Gregório. Depois se sentaram no banco vazio, lado a lado. Ele pegou o celular e acionou a câmera. Ela observou seu rosto suado e os olhos castanhos na tela. Queria um celular assim, não para fazer ligações, mas para brincar, para se gravar... Val adorava câmeras.

Gregório se aproximou ainda mais e tirou uma selfie dos dois, mas Valéria não sorriu porque não estava preparada para a foto. Em uma segunda tentativa, Gregório abraçou a moça para que pudesse tirar a foto com a outra mão.

Valéria sorriu. Quando Gregório começou a ver as fotos, Sombra se sentou ao seu lado e a encarou.

Era sério? Por que ele fazia isso? Ciúme de novo? Ele havia dito que não sentia ciúme antes... antes de dizer aquilo.

— Oi... — Valéria começou a falar com Sombra.

— Valéria, sai comigo esta noite? — interrompeu Gregório.

— Sair com você?

Valéria parou de olhar Sombra e se virou para Gregório, confusa.

— Não posso.

Olhou para Sombra e procurou sua mão atrás do banco, mas ele a afastou. Valéria continuou olhando para Gregório.

— Tenho coisas para fazer em casa.

E ela se levantou.

— Valéria... — Ele também se levantou.

— A gente se fala mais tarde, Gregório. — Ela se afastou apressadamente com um sorriso no rosto, não por causa de Gregório, mas porque Sombra a olhou quando se levantou.

Sombra observou Valéria se afastar e encarou o melhor amigo com o celular e as fotos que tirara com ela. Seu amigo sorria, e Ben quis perguntar a Gregório quando ele se apaixonara por Valéria.

Quando aquilo acontecera, e como ele não havia reparado?

— Você gosta da Valéria? — Sua voz soou desinteressada. Ele era bom nisso.

— Não sei, Ben — respondeu. — Estou tentando descobrir.

— Não brinque com ela. Ela não merece ser usada. — Sombra não se sentiu hipócrita ao dizer isso. Na verdade, nem percebeu que dissera a Gregório para não fazer o que ele mesmo vinha fazendo, e talvez essa fosse a razão de tudo: achava que a conhecia mais que qualquer outro.

Capítulo 5

DESEJO

— Preciso de um favor — disse as palavras quase sem fôlego, pois correra até lá.

— É? — perguntou Sombra, desinteressado. Estava despejando cereais em uma tigela quando ela entrou na casa. — Você não vai me cumprimentar, dar um "oi"?

— Oi — disse ela, colocando o cabelo atrás da orelha.

Ben sorriu.

— Quer um pouco de cereal?

O estômago de Val roncou. Sim, estava com fome. Tinha dado o jantar todo a Carlinhos para que ele parasse de manha e fosse logo para a cama. Pensou por um tempo se deveria ou não aceitar.

Piscou algumas vezes e avançou alguns passos.

— Quero lhe pedir dinheiro emprestado.

— Dinheiro? — repetiu, olhando para ela com desprezo.

Sentou-se com Val no sofá, com a tigela de cereais descansando na pequena mesa na frente dele. Era muito, ele iria comer tudo? Valéria sentiu o estômago apertar.

— De quanto você precisa, Valéria?

Às vezes... às vezes Ben emprestava dinheiro a Valéria, embora não fosse exatamente para ela, mas para a mãe. Val preferia mil vezes pedir dinheiro emprestado a ele do que a Julia, sua vizinha. Julia vivia cobrando. Pelo menos Ben esperava até que conseguissem o dinheiro para lhe pagar.

— Mil pesos...

Ele continuou a mastigar.

— Tem certeza de que não quer?

Limpou a boca, e Valéria se distraiu com seus lábios. Então se sentou ao lado dele.

— Abra a boca.

— Não sou criança — reclamou ela, apertando os lábios com força.

— Não é? — perguntou, de maneira cínica.

Val negou com a cabeça e provou o cereal, estava com fome.

Ben abaixou a mão de Valéria que segurava a colher e fez com que a soltasse. Ele a beijou e se inclinou sobre ela. Valéria o interrompeu. Tinha que pará-lo porque estava começando a sentir algo. E não o que sentia antes, mas algo mais forte. Algo que ela não conseguia evitar.

— E se eu gostar de você? — perguntou, com uma das mãos no pescoço dele. Procurou por algo nos olhos de Ben, mas não encontrou nada.

Ele a encarou durante alguns segundos. Não podia estar falando sério.

— Nunca vou gostar de você, Valéria. Tenho certeza, está bem?

— Por quê?

Val estava confusa.

Ben se levantou e foi para o quarto. Ela ficou onde estava. Realmente achou que ele responderia de modo carinhoso. Não daquela forma.

Do quarto, Ben afirmou:

— Isso só aconteceria se você fosse idiota. Não acho que seja o caso.

— Como você sabe? Não vê que sempre volto? Sou idiota o bastante, não acha?

Ele retornou para a sala e se sentou no sofá, ao seu lado.

— Não é. Eu sei, Valéria.

— E você é?

Ben se inclinou e beijou os lábios de Val. Depois colocou algo na mão dela.

— Não sou.

— Não gosta de mim? — perguntou.

— Que tipo de pergunta é essa? — Ele riu. Pegou as sobras do cereal que Valéria deixara. Ela havia comido quase tudo, sem nem perceber.

— Perguntei o que aconteceria se gostasse de você, e você me respondeu que isso só aconteceria se eu fosse muito idiota.

— Vá direto ao ponto.

Valéria se mexeu desconfortavelmente no sofá.

O dinheiro já estava na mão dela. Poderia ir embora, mas não queria. Sombra não era seu banco, mas sua companhia. Às vezes, se ele estivesse de bom humor, conseguia ouvir as palavras que esperava. Sem ter de passá-las por filtros nem nada.

— Poderia se apaixonar por mim? É idiota o bastante para isso?

— Você sabe que não sou idiota.

Valéria entendeu. Levantou-se do sofá.

— Gostaria de ser idiota, por você.

Ben estava encostado na bancada da pia da cozinha, olhando para ela. "Val é inteligente", pensou, "mas sabe do que isso se trata?"

— É isso que está fazendo agora, fingindo ser idiota?

Valéria expirou ruidosamente.

— Você fala em código, e não entendo o que diz. Diga: nunca poderia gostar de mim? — Ela gostava de se machucar, sabia a resposta, e suas antigas ilusões já tinham sido brutalmente mortas pelas palavras dele. Valéria sentiu um nó na garganta.

— Nós não combinamos. Você não deveria gostar de mim. Nem um pouco. Não somos nada. Você é livre, e eu também. Sabe disso. Ambos sabemos.

Val mordeu a língua. Acenou com a cabeça. Parecia tudo tão simples. Não acontecera nada. Ele não dissera nada de errado. Ele não a magoara.

"Nada."

— Escute, Valéria... — disse Ben, preocupado ao vê-la saindo. Se não a conhecesse bem, diria que estava à beira das lágrimas, mas ele sabia que Val era forte, que não iria chorar. — Valéria, escute, estou falando com você!

Ela mordeu o lábio e se virou.

— Se eu a desejar, você ficará satisfeita?

— Mas você não me ama.

Ele gesticulou para Val falar mais baixo. Podiam ouvi-la.

— Valéria — ele pediu sua atenção. — Isso é tão importante assim? Esqueça isso.

— Está bem, vou esquecer.

— Entre nós há desejo. E nada além disso, porque não somos idiotas. Está bem?

Valéria continuou andando e acenou com a cabeça. "Tudo bem", disse a si mesma, e correu o mais rápido que conseguiu. Ao chegar em casa, jogou o dinheiro na mesa e se deitou com os irmãos na cama, recusando-se a dormir no chão.

— Valéria! O que é isso? — A voz da mãe veio da cozinha.

— O quê? — retrucou, sem se importar que os irmãos já estivessem dormindo.

— Venha aqui!

Valéria se levantou, arrastando os pés.

Claribel segurava três cédulas de mil pesos.

— Eu disse só mil — exclamou, mostrando o dinheiro.

Por que Sombra lhe dera mais do que ela pediu?

— Fique com o restante.

E voltou para a cama. Sua mãe ficou de boca aberta, sem entender nada. Ou *sem querer* entender nada. Ela não queria saber como a filha conseguia tanto dinheiro, não queria saber como fazia por merecê-lo. Claribel fingia ignorar. Precisava do dinheiro.

— Quer dizer que ficou menstruada? — Ela arregalou os olhos.

— Acho que sim.

Valéria deu de ombros.

— Sabe o que significa, não sabe?

— Sim.

— Não entre em pânico. — Ela pegou uma caixa de absorventes que guardava no armário da escola. — Vai acontecer todos os meses, às vezes com cólicas, às vezes com seios inchados e retenção de líquido ou mau humor. Isso é tudo normal. Não entre em pânico.

Valéria bufou. Era por isso que seus seios doíam. Achou que fosse por causa da primeira vez. Não tinha nenhuma DST e Deus não a estava castigando por fazer coisas ruins.

— Quando vai parar?

— Tudo depende, é a primeira vez, não é? — perguntou Alexa, a professora.

— Sim, nunca aconteceu antes.

Não lhe haviam explicado esses assuntos de mulheres, ou talvez não tivesse prestado atenção. Independentemente do caso, Valéria tinha a sensação de que não era a única desinformada. Nunca se importara. Poucos meses antes, ainda brincava com bonecas, que agora eram de Carol. Ela se vestia como uma criança. Pensava como uma.

Tudo mudou depois que ouviu os conselhos de Nina e suas amigas. Aprendeu algumas coisas com elas, e depois outras, quando passou a visitar Ben. Ele despertou seus sentidos. Explorou tudo nela, de uma maneira que ela própria não conseguia. Ben lhe roubou a inocência, mas Val pediu isso. Era uma mulher... mesmo que não aparentasse; ainda havia uma pitada de inocência em seu rosto. Ela era uma mulher. Uma mulher desinformada sobre o funcionamento do próprio corpo. Não sabia nada sobre ele, suas mudanças, seus hormônios ou como deveria cuidar de si mesma.

— Agora você pode engravidar. É uma mulher feita. E deve se proteger.

O rosto de Valéria ficou inexpressivo. Então a professora sabia que não era mais virgem? O que era uma mulher "feita"?

— Mas não faço nada disso. — A voz soou trêmula.

— Eu sei, Valéria, mas precisa saber. Todas as meninas devem.

Ela apoiou os cadernos na mesa da professora e guardou os absorventes na mochila.

— A minha também chegou tarde. Na verdade, quando eu tinha dezenove anos. Você está com dezessete, certo?

— Sim... — respondeu, insegura.

A verdade é que ela preferia ter aquela conversa com a professora, em vez da mãe. Porque ela saberia, veria nos olhos de Valéria. Perceberia que estava escondendo algo, ainda que não demonstrasse.

— Pode começar amanhã, em uma semana, em um mês, talvez em anos. Mas, quando começar a ter uma vida sexual ativa, precisará se proteger. Não quer engravidar sem estar pronta, não é?

— Não...

— Pílulas, preservativos, injeções... Há muitos métodos contraceptivos. Está entendendo? Conhece esses métodos?

— A professora de orientação sexual foi muito clara sobre essas opções, e outras, mas não vou fazer isso agora. Vou me casar virgem. — Sorriu, nervosa, com os olhos brilhando. — Mas obrigada pela ajuda. — Pegou a mochila. — Obrigada mesmo.

Valéria tropeçou ao sair da sala dos professores. Depois, prendeu o cabelo atrás da orelha e respirou fundo.

— É uma mulher agora! É uma mulher agora! — Nina saltou várias vezes — Devemos gritar aos quatro cantos! E sua mãe? O que ela disse?

— Fez um escândalo, igual a você.

— Isso é tão engraçado.

Nina, animada, batia palmas.

— Não é, não. Quero bater com força em alguém. — Valéria olhava para baixo enquanto caminhava.

— Não entendo por que demorou tanto para menstruar — disse Nina.

As duas caminhavam para a quadra, onde todos assistiam ao jogo de basquete dos rapazes da vizinhança.

Vários times de diferentes bairros tinham apenas uma chance, um jogo, para definir quem iria para a final. Sulcuros e Lobos estavam em quadra.

Quando chegavam à fase das finais, muitas pessoas compravam ingressos, mas ainda estavam nas classificatórias. Como não havia muita procura, a entrada era livre.

Valéria podia ver o suor de Sombra de longe, sob os fortes raios de sol. Podia ouvir as outras garotas suspirando por ele, mas não podia falar que aquelas mãos passeavam por seu corpo. Podia vê-lo à luz do dia por um bom tempo, sem que ninguém repasse que só tinha olhos para ele.

— Minha mãe disse que é de família, que a dela veio aos dezoito anos. A da professora, aos dezenove.

— Eu não sabia. Bem, quando for ter sua primeira vez, vai precisar usar proteção. Não vai querer ter um filho agora. — Nina se aproximou, tocando no braço de Valéria. — Já ouvi falar de garotas que engravidaram na primeira vez. Não quer que isso aconteça, né?

Nina entrou pelo portão e se sentou na arquibancada. Valéria hesitou um pouco. Não queria engravidar. O pai a mataria. A mãe morreria de tristeza. Como algo tão belo como um bebê podia ser avassalador na vida de alguém?

— Você não vem?

Valéria entrou e se sentou ao lado da amiga. Havia mais algumas pessoas assistindo, e outras ao redor de dois rapazes no meio da quadra.

Sombra e outro menino. Estavam discutindo, mas Valéria não conseguia entender o motivo. Queria ir até lá e pedir para o rapaz se afastar de Ben.

Mas não podia. Ela era uma garota. O rapaz tinha músculos grandes, e ela nem devia falar com Ben. Como poderia defendê-lo?

Ele saiu em disparada para o banco, não ia discutir mais. Enquanto caminhava, viu Valéria o olhando. Ela vestia um casaco, o menino se lembrou de que era novembro. Fazia certo frio.

Ela não o procurava havia uma semana, desde que ele deixara claro que só queria sexo. E agora estava lá, observando-o de longe, quando podia tê-lo bem perto.

— Sombra, o que foi? — perguntou Nina quando ele chegou ao banco em que deixara o uniforme. — Por que estavam brigando?

Ele a olhou e respondeu:

— Ele cometeu uma falta. Trapaceiro. — Vestiu novamente a regata do uniforme. — O que vocês estão fazendo aqui?

"Vocês." Será que falava de Valéria? Se sim, então não havia motivo para não responder.

— Viemos ver o jogo.

Valéria sorriu para ele. Sombra olhou para cima, e o sorriso dela sumiu.

— Já acabou.

Ele desviou o olhar e foi embora.

— Há quanto tempo está aqui?

Ben tinha algo nas mãos, que guardou quando percebeu que ela se aproximava.

— Acabei de chegar — respondeu, levantando as mãos.

— Vem cá.

Valéria se aproximou e se sentou lentamente ao seu lado na cama. Estava quente por causa dele. Sentia falta daquilo.

— Pode tirar fotos sempre que quiser. — Estendeu um celular sem botões, com a câmera frontal ligada. Val olhou para a tela e se viu refletida ali.

— Onde arranjou isso?

Ela não entendia muito de celulares, mas sabia que eram caros. E não era como o aparelho de Gregório, era maior, mais leve, mais moderno. Ele roubara de alguém?

— Com meu pai, ele tem dinheiro.

— Então por que você mora aqui?

— Por você — respondeu ele, e sorriu. — E também porque não gosto de ser sustentado por minha madrasta, entende?

Valéria concordou com a cabeça. Sombra a beijou, com as mãos em sua nuca. Val retribuiu o beijo, que enviava uma corrente elétrica por todo seu corpo.

— Uhm... — Ela interrompeu o beijo — Não vim aqui para isso.

— E veio para quê? Mais dinheiro? Não vou cobrar, mas não posso emprestar mais. Depois você não me paga nem volta.

— Estou naqueles dias...

— O quê?

— Pela primeira vez — continuou, olhando-o nos olhos. — Não podemos continuar fazendo isso. Não quero engravidar.

Sombra coçou o queixo, assimilando as palavras que ela havia dito.

— Não me importaria de ter um filho seu, gosto de seus olhos.

Às vezes, Sombra, Ben, a confundia. Por que dizer coisas assim, fazê-la acreditar que gostava dela, que estava apaixonado e que tinham algo em comum? Mas não. Não era nada. Não era nada.

— Quero me proteger.

— Eu tenho preservativos. Às vezes uso com você, mas de vez em quando esqueço. — Ele apertou o rosto com as próprias mãos. — Não sabia, não sou tão descuidado, Val.

— Tente nunca mais esquecer — pediu, abraçando-o depois de um tempo. Por puro impulso. — Tenho que ir, Ben.

— Valéria... — disse, antes que ela atravessasse a porta do quarto.

Ela se virou para encará-lo.

— Se Gregório chamá-la para sair, vá.

Valéria estranhou. De onde vinha aquilo? Sair com o melhor amigo de Ben?

— Não vai ficar zangado comigo? — perguntou.

— Não, não vou. Melhor você sair com outra pessoa.

— Você vai transar com aquela menina? — perguntou sem pensar duas vezes.

— Não sei, Valéria, por quê? Perguntei se transaria com Gregório? — respondeu, irritado.

— Não vou.

Ela se virou e saiu.

Capítulo 6

O ENCONTRO

Era domingo e Valéria e os irmãos iam à escola dominical. Embora sentisse que o modo como viviam era injusto, ela acreditava em Deus e, surpreendentemente, não o odiava.

Às vezes perguntava a Ele por que as coisas aconteciam da forma como aconteciam. *Por que coisas ruins acontecem?* Em alguns momentos, duvidava de que houvesse um Deus, mas como não estava convencida de sua inexistência — não tinha nenhuma evidência para confirmá-la —, e havia muitos argumentos que confirmavam sua existência, acreditava Nele.

Valéria gostava de rezar e frequentar a igreja, mas não gostava das pessoas de lá. A Monte Nazaré era uma igreja pentecostal que ficava no fim da rua, no limite de seu bairro. Era praticamente de outra vizinhança, uma muito melhor, e seus membros eram de classe social superior. A minoria pobre, como Valéria, nem sequer era notada.

Por isso ela se sentia excluída pelas outras garotas da igreja. Talvez suas roupas não fossem diferentes das de suas vizinhas, mas eram diferentes das roupas das meninas da Monte Nazaré. Além disso, quando ouvia os sermões, sentia-se atacada. Parecia que tudo que o pastor falava era para ofendê-la e fazê-la se sentir uma pecadora.

E não era sempre o mesmo pastor. Eles mudavam a cada domingo. Havia apenas uma coisa em comum: todos concordam que Val era uma pecadora e que queimaria eternamente no lago de fogo e enxofre do inferno.

Eles não apontavam o dedo, também não a chamavam pelo nome, mas Valéria sabia que falavam dela, sobre ela, sem piedade. Talvez Deus estivesse lhe enviando uma mensagem.

Mas também não era sua culpa. Val não conseguia parar. Era o que a matinha viva de alguma forma, e talvez ninguém compreendesse. Nem mesmo sua conselheira da escola dominical, que dizia que o sexo antes do casamento era um pecado.

E Valéria achava que não queria mesmo se casar.

Os três irmãos iam de mãos dadas, cantando um dos coros da igreja. Quando chegavam ao quarteirão da Monte Nazaré, conseguiam perceber a mudança de atmosfera. Às vezes era tão radical que Valéria podia sentir, mesmo com os olhos fechados, que tinha chegado ao bairro, pelos sons, cheiros, tudo.

Ela encarava o chão, e se deteve. Alguém de calça jeans estava à sua frente. Valéria levantou o olhar e o viu. Gregório. Ele a olhava com um sorriso. Ela tentou sorrir também, mas não conseguiu.

— Deixe-me comprar um sorvete para você esta noite — pediu.

— Quero sorvete, Valéria! — gritou Carlinhos.

Carol olhou para ele de cara fechada.

— Cale a boca, Carlinhos. — Carol colocou o dedo indicador na frente dos lábios.

— Não posso. — Valéria negou com a cabeça. — *Desculpe*.

— Se não quer ficar sozinha comigo, seu irmão pode ir também.

Gregório a acompanhou na caminhada.

— Eu quero ir! Eu quero ir!

Carlinhos começou a saltar.

— Carlinhos!

— Carol, não grite com ele.

Valéria olhou para o irmão em reprimenda e o puxou pelo braço. Naquele momento, ela se lembrou do que Sombra havia lhe dito. Sair com o melhor amigo dele?

— Carol também pode ir?

— Claro que sim. — Ele suavizou a voz e sorriu. Então acariciou a bochecha de Valéria e lhe deu um beijo. — Até logo.

Ela ficou ali parada por alguns segundos. Depois, voltou a andar, olhando para os pés. As crianças cantavam, mas Valéria, não. Estava se perguntando como Sombra sabia que o amigo a convidaria para sair. Será que conversavam sobre ela? Não se incomodavam com aquilo? Por que Ben não dissera a Gregório que eles estavam juntos?

❦

— O que ela disse?

— Disse sim — contou, com um sorriso. — Mas terei que levar os irmãos.

Sua voz não indicava desapontamento.

— Que pena, não vai conseguir transar com ela como planejou. — A voz de Sombra demonstrava irritação.

— Valéria está ficando bonita, né? Só quero ficar com ela antes que outra pessoa fique. — Gregório não reparou na voz do amigo. Mantinha o olhar no lado leste da rua.

— E se ela já tiver ficado com alguém?

— Acho que não. — Ele esfregava as mãos enquanto observava o vento mover o vestido de Valéria e mostrar um pouco mais de suas pernas.

❦

— Mãe, quero ficar bonito! — gritou Carlinhos enquanto Claribel abotoava sua camisa.

Valéria prendeu parte do cabelo no alto da cabeça com uma fita. Pegou o batom que Nina lhe dera e o passou nos lábios.

— Com quem vocês vão à sorveteria? — perguntou a mãe de Valéria novamente, para ter certeza. Ela já tinha perguntado várias vezes.

Carol estava adorável no vestido com estampa de flores.

— O namorado de Valéria nos convidou para tomar um sorvete — respondeu Carol.

— Namorado? Você não é muito nova? — gritou a mãe, para ser ouvida.

Valéria suspirou e saiu do banheiro.

— Namorado? Acredita nela, mãe? É só um amigo, você o conhece, Gregório.

Claribel assentiu e pegou as meias do filho.

— Pelo menos vai com seus irmãos para não fazer nada inapropriado.

— Como beijar, mãe? — perguntou Carol ao ouvido da mãe.

Claribel concordou com a cabeça e falou o que deveriam fazer. Não incomodar ou envergonhar a irmã, não perguntar nada que Gregório não perguntasse primeiro.

Quando as crianças se afastaram, Claribel puxou Valéria pelo braço.

— Tome cuidado, Val. Você é linda. Se ele a tocar de modo inapropriado, bata nele. Não tenha medo. Se não der certo com ele, dará certo com outro. É o primeiro de muitos.

Valéria olhou para ela, confusa.

— Por que me diz isso?

— Porque em algum momento tenho que dizer, está saindo pela primeira vez com um rapaz...

— Sim, mas somos amigos e, mãe, vou com meus irmãos.

Ela beijou a mãe na bochecha e alcançou as crianças.

Se a mãe soubesse que estava tentando proteger algo que nem existia mais, talvez não a deixasse sair. Mas não sabia. Ela não sabia ou simplesmente ignorava.

Gregório a levou a uma sorveteria a cinco quarteirões da escola. Ele a buscou com o carro que antes estava com Sombra.

— De onde você tirou esse carro?

— Sombra, Ramírez e eu o compramos. Vamos revezar.

Sorriu para ela.

Na sorveteria, Carol e Carlinhos jogavam nas máquinas enquanto Gregório conversava com Valéria. Ela ria quando Carol a olhava, sinalizando que a vigiava.

Quando voltaram aos seus lugares, depois de comprarem os sorvetes, Gregório tentou beijá-la, mas ela se esquivou.

— Desculpe.

— Não, não, não. Desculpe, Gregório. Não quero uma relação no momento.

— Está tudo bem. Não vou pedi-la em casamento.

A cara triste de Gregório a fez sentir pena. Ele pegou na mão de Val.

— Podemos ir devagar, quem sabe, para nos conhecermos melhor, está bem?

Gregório concordou.

Valéria levantou-se da cadeira para beijar a bochecha do amigo e, naquele momento, sentiu que traía Sombra.

— Na quarta-feira, você disse à sua mãe que dormiu em minha casa, mas não dormiu. — Nina deu um grande sorriso. — Não me interprete mal, estou orgulhosa, mas onde passou a noite, Val?

Valéria e Nina estavam sentadas havia algum tempo no muro de uma casa no lado escuro da rua, conversando sobre o encontro com Gregório. Era tarde, por volta das dez horas da noite, e Valéria não queria voltar para casa. Estava decepcionada. Sem vontade de fazer nada.

Valéria fechou os olhos. Não queria responder.

Nina reparou.

— Val, não vai me contar? — perguntou, desapontada.

— Prometa que vai guardar segredo.

O que estava fazendo? Iria mesmo contar?

— Amigas para sempre, Val, lembra? — Ela levantou o dedo mindinho e sorriu, inclinando a cabeça.

— Na casa de um cara.

Valéria olhou para Nina e então fechou os olhos, esperando a reação da amiga.

— Eu sabia!

Nina deu um pulo, depois se abaixou e sussurrou:

— Você perdeu o cabaço! Eu sabia! Eu sabia!

Valéria sorriu. Já não parecia ser tão ruim. Talvez não estivesse fazendo nada de mau. Talvez fosse normal, uma fase.

— Espere... Com quem foi?

Val não respondeu, só olhou para a amiga.

— Foi quando me perguntou se senti dores depois da primeira vez?! Por que não me disse? Você estava agindo como se nada tivesse acontecido...

Valéria se sentiu sobrecarregada pelas perguntas. Abriu a boca, respirou e depois a fechou.

— Na verdade, eu estava...

— Foi com Gregório, não foi? Eu sabia! Todos falavam, mas eu dizia que não, que era boato. Todos acham que você e Gregório estão juntos em segredo.

Talvez tivesse sido por isso que Sombra falara para ela sair com o amigo. Queria que todos pensassem que estavam juntos, para ninguém suspeitar da verdade.

Ela tinha que parar o boato antes que chegasse aos ouvidos de sua mãe. Ou seria chamada de mentirosa, mas como faria aquilo?

— E... foi bom? Como ele tratou você? Como a trata agora? Já aprendeu muitas coisas? Ah, meu Deus.

Nina tapou a boca, depois abaixou as mãos.

— Como não reparei nisso? Seu quadril está mais largo!

"Provavelmente é mentira", pensou Valéria, depois verificou.

— Diga a todos que ainda sou virgem, por favor, Nina. Prometa.

Nina cruzou os braços.

— Mas por quê? Gregório é um bom partido. E não fala de você pelos cantos.

Nina estava confusa.

— Quem começou o boato?

— Não sei, Valéria.

Ela deu de ombros, um pouco irritada.

Valéria desceu do muro.

— É tarde. Tenho que ir.

Nina deu de ombros de novo.

Valéria não gostava de Gregório. Ele era bonito e a tratara bem, concordando em comprar sorvete para seus irmãos, mas ela só pensava em Sombra. Ele ocupara sua mente aquela semana inteira.

E a confusão, o desejo de estar com ele todos os dias, os sentimentos que cresciam dentro dela. Antes, não diria que era uma pessoa dependente, mas era justamente no que tinha se transformado.

Capítulo 7
ALIMENTANDO OS RUMORES

Valéria estava deitada na cama, em posição fetal. Com as pernas dobradas e a cabeça baixa, olhava para as unhas dos pés. Sentia o toque dos doces lábios de Ben em suas costas, fazendo barulho. Depois voltou a escutar a respiração dele, e o rapaz lhe tocou as costas, as mãos deixando um rastro frio quando as afastou para voltar a beijá-la.

— Por que não beijou Gregório?

Valéria levantou a cabeça. Os ossos da coluna se mexeram.

— Eu não quis.

— Por quê? Por que não beijou, Valéria?

— Porque senti como se traísse você — respondeu ela, rapidamente.

— Traição? — Ele a olhou nos olhos. — Mas nós não somos um ca...

— O que quer que a gente seja, Sombra!

Ela não costumava chamá-lo assim, mas daquela vez escapou.

— Você pode pensar que sou uma vagabunda, mas não sou. Estou ficando com você, e não quero ficar com Gregório.

— *Valéria...*

— Talvez você queira isso. Todo mundo acha que estou com ele, mas eu não quero.

Sombra sorriu, a beijou e a colocou montada sobre ele.

— Ainda bem que não, assim não me sinto tão mal por não ter dado um soco nele quando veio aqui esta noite.

Ela parou de beijá-lo e o encarou.

— Por que iria bater nele?

Ben não respondeu, apenas começou a beijar seu pescoço, depois a boca. Val parou de protestar.

Ela estava fazendo o jantar quando Nina entrou em sua casa e se sentou em uma das cadeiras de madeira. Valéria se virou para olhá-la.

— Olá, Nina. O que está fazendo aqui?

— Vim para falar com você — respondeu. — Oi, tia!

Ela cumprimentou a mãe de Valéria, que estava na sala e veio ver quem tinha chegado.

— Valéria pode conversar comigo na calçada da casa de Rose?

Claribel olhou para Valéria e, depois, para Nina.

— Valéria está fazendo o jantar e depois tem que lavar a louça.

Nina fez uma expressão triste.

— Por favor — implora.

— Mãe, posso ir quando acabar?

— Se não estiver muito tarde... — disse, contrariada, cedendo sem querer.

Valéria sorriu para Nina antes que ela saísse.

Quando terminou de lavar a panela em que fizera o espaguete, lembrou-se de que tinha prova no dia seguinte e de que precisava estudar o resumo que Sabrina lhe emprestara. Ela secou as mãos na calça jeans, pegou a mochila da escola, tirou o papel e começou a memorizar os diferentes conceitos.

— Mãe, estou indo! — avisou ao abrir a porta.

— Primeiro coloque seus irmãos na cama, Valéria! — pediu.

Valéria suspirou, voltando devagar. Queria sair dali. Foi até o quarto das crianças e as mandou escovar os dentes, depois as colocou na cama e ficou até Carlinhos adormecer.

— Valéria — chamou Carol, tocando-a no ombro.

— Sim? — sussurrou. — Não acorde o Carlinhos.

— Você acha que papai vai voltar? Disseram para Carlinhos que ele foi trabalhar longe. Rezo para que ele volte, mas não acha que já passou muito tempo?

— Carol, meu amor — respondeu Val em um tom doce, acariciando sua bochecha —, peça a Deus que nos ajude primeiro.

— Sei que ele não foi trabalhar, que nos deixou porque somos pobres, certo?

— Pobres? — perguntou Valéria, levantando-se. — Lembra o que disseram na igreja?

— Não, não presto atenção.

— Bem, pois deveria, Carol! — Ela riu e a tocou suavemente no joelho. — Disseram que, se seu coração é puro, você é uma pessoa rica. Lembre-se sempre disso, linda. Durma bem.

— Gregório vai nos levar para passear de novo?

Valéria estava saindo do quarto quando ouviu a pergunta.

— Não sei.

Antes de sair de casa, foi ao quarto da mãe para se despedir, e Claribel lhe deu quinhentos pesos para devolver ao vizinho. Valéria ficou contente por poder ir à casa de Sombra e lhe pagar. Mas ele não estava lá, as luzes da casa estavam apagadas, e ela ficou surpresa por sua ausência àquela hora.

Valéria colocou o dinheiro no sapato e foi para a casa de Rose, lendo o resumo de Sabrina, sem nem olhar para a rua. Quando chegou mais perto, dobrou o papel e o colocou no bolso da calça.

Ela se aproximou. Onze pessoas estavam sentadas em um grande círculo no meio-fio. Ela olhou para os lados e viu duas pessoas em um canto. Elas estavam se beijando e, quando Valéria se aproximou o suficiente da roda, descobriu que eram Sombra e Sara.

Seu semblante pareceu despencar, e ela sentiu a testa crescer e tomar todo seu rosto.

— Venha, Valéria!

Nina a puxou para se sentar ao seu lado na roda. No meio, havia uma garrafa. Valéria perdeu o olhar na garrafa enquanto Nina sussurrava:

— Estamos brincando de verdade ou consequência, e olha quem está aqui!

Valéria cruzou olhares com Gregório, que sorriu para ela antes de girar a garrafa.

Ela pensou em todas as palavras bonitas que Sombra lhe dissera. Como ele tinha ciúme de Gregório, se estava beijando Sara? Que idiota.

A garrafa parou apontando Argentina, que segurou seus cachos e disse:

— Posso dar a minha oportunidade a outra pessoa? Só não quero me envolver no negócio dos outros.

Alguns sorriram. Era como se todos estivessem conspirando.

— E você passa para quem, amiga? — perguntou Rose, com um sorriso.

— Para Val, minha querida Val.

Argentina apontou para Valéria, que a encarou. O que haviam dito? Ela não ouvira nada. Estava muito ocupada, seus pensamentos travavam uma guerra para decidir se mandaria Ben à merda ou não.

Valéria arqueou as sobrancelhas e perguntou:

— O quê?

Argentina pegou a garrafa e a apontou na direção de Valéria.

— É sua vez de beijar Gregório. Não é nenhuma novidade.

Valéria sentiu as orelhas arderem. Beijar Gregório na frente de todo mundo? Na frente de Sombra? Ele não estava exatamente ali, mas em um canto isolado, com Sara.

Ela se levantou e foi até o centro da roda. Gregório fez o mesmo. Por um momento, os dois ficaram frente a frente. Ele era bonito e tinha certa ternura no olhar. Valéria fechou os olhos e se inclinou para dar um beijo no canto da boca de Gregório, mas, antes que pudesse se afastar, ele a segurou pelos cotovelos e a beijou, fazendo-a se inclinar para trás.

Ele a beijava de verdade, não como se fosse um jogo, e todos começaram a aplaudir.

— Arranjem um quarto! — gritou Argentina, colocando as mãos em concha na boca.

Gregório a soltou.

Valéria se sentou novamente com um sorriso inevitável. E, quando alguém disse algo engraçado, ela riu com todo seu coração.

Valéria não beijou Gregório uma vez, mas três. Achava maldade que as garotas lhe passassem a vez sempre que a garrafa apontava para elas.

Não era isso que Ben queria? Que todos pensassem que ela e Gregório estavam juntos?

Sombra chamou Gregório, que se levantou com um sorriso no rosto. Sombra colocou as mãos nos bolsos e disse algo no ouvido do amigo.

— Vai ficar com ela?

— Sim, por que não?

— Tudo bem. Vá em frente.

Ele deu de ombros e voltou para a roda.

De onde estava, Valéria viu Sombra ir embora com Sara, sem nem sequer olhar para ela. O que falou para Gregório? Teria sido tudo armado ou Gregório estava mesmo interessado nela? E se toda aquela cena entre Ben e Sara tivesse sido mesmo apenas encenação?

— Fico feliz que tenha vindo me ver — disse, mas com uma expressão triste. — Como vai?

— Normal.

— E já tem uma namorada para me apresentar?

Ben pensou em Valéria, mas a imagem da garota beijando Gregório apagou o que ia dizer.

— É complicado. Não tem nada bom por lá.

— Sua mãe era do bairro, Ben.

— Verdade, mas as coisas não acabaram bem, ela estava...

— Ben — interrompeu-o e começou a beber o milk-shake de chocolate que pediu. — Quer voltar agora?

— Não, pai — respondeu. Ele deslizou o copo para a frente. A condensação começava a formar gotas em torno do recipiente.

— Precisa de dinheiro? Vai me visitar ou aceitar minhas visitas?

Ben olhou para o pai, seu rosto já estava um pouco enrugado, mas os traços firmes, passados para o filho, ainda se destacavam. Ele parecia quase irreconhecível em seu terno caro e sapatos de grife.

— Você visitaria a casa de sua falecida esposa? Não, pai. Pare de fingir que se preocupa comigo e me dê o que veio me dar.

— Não parece, Ben, mas me preocupo com você. É por isso que lhe dou dinheiro, mesmo já sendo adulto.

Ben ficou em silêncio, tirou a tampa do copo e bebeu o resto do milk-shake.

O pai expirou alto.

— Disseram que você é de uma gangue, os Norcuros.

— Norcuros? Sulcuros, quer dizer.

O pai se aproximou do filho.

— Não se meta em problemas, por favor. Sua mãe não ia querer isso.

— Não vou... Vivo sozinho desde os quinze anos, não vivo?

— Sozinho? — O pai de Ben sorriu. — Rebeca cuidou de você até os dezessete anos.

— A mesma que roubou o dinheiro que você me deu para se drogar? Que grande ajuda, ter que cuidar de uma mulher mais velha que eu. — Ben se levantou. — Vou embora, meu velho, está tarde e é perigoso.

O pai de Ben se levantou e deixou dinheiro na mesa para pagar a conta. Ele se ofereceu para levar o filho em casa, e Ben aceitou. A viagem de carro foi tranquila. Ele estacionou o veículo na frente da casa de Ben.

— Aqui, filho, para este mês. Não desperdice.

O pai lhe deu a mesada habitual. Ben não precisava, as despesas eram mínimas e ele tinha suas economias. Se não fosse por Valéria, e por gostar que ela jantasse com ele algumas noites, não manteria a despensa cheia. Ela era seu vício do momento. E aquilo o atormentava às vezes.

Ben entrou na casa e trancou a porta.

Quando tinha catorze anos, a mãe cometeu suicídio, ou assim disseram os médicos e a polícia. Quando o pai, bonito e jovem, ficou viúvo, conheceu uma mulher rica. Ela era dona de uma empresa bem-sucedida. Era velha, solteira e azarada no amor. Seu pai foi a salvação dela, e vice-versa.

Quando Ben foi morar com o pai e a madrasta, a vida virou um inferno. Ele sentia falta da mãe e do antigo bairro. O luxo ao seu redor não o preenchia o vazio. Acabou se tornando rebelde e insuportável com a madrasta. O pai percebeu que Ben ia fazer de sua vida um inferno e que tinha que se livrar do filho. Então perguntou:

— O que você quer?

E Ben respondeu:

— Voltar para minha casa.

Assim, aos quinze anos, Ben voltou, depois de um ano, para o bairro onde nasceu, e passou a viver na casa de sua falecida mãe com Rebeca, a drogada que cuidava dele. O pai sempre o visitava, mas aí começou a aparecer só uma vez no mês ou a enviar o dinheiro por outra pessoa. Quando percebeu que estava perdendo o filho, ele o procurou, aumentou a mesada e lhe deu presentes caros.

Ben se tornou Sombra porque estava sempre de boné ou com um casaco preto, na esquina com os amigos, e mal falava. Poucos se lembravam de que Sombra era o sorridente Ben de catorze anos que jogava basquete. Era uma sombra do que costumava ser. Não era nada nem ninguém. Sombra era uma pessoa apegada ao bairro. Além disso, Valéria, a garota magra que às vezes brincava na casa de Rose, era uma das razões pelas quais não queria partir.

Quando começou o boato de que Valéria transava com todos do bairro, ele não acreditou, porque a conhecia, e concluiu que não faria aquilo.

Porém, quando ela apareceu em sua casa naquela noite, ele pensou que os rumores poderiam ser verdadeiros.

E depois percebeu que eram mentiras.

Ele não sabia por que Valéria sempre voltava, mas gostava da ideia de que ela ficava com ele e nenhum outro. Manteria segredo, sem problemas. Se Ben nunca a levasse a sério, poderia dar certo. E ela precisava dele. Sem perceber, ele precisava dela também.

Capítulo 8
DESAPARECIDO

Valéria chegou cedo da escola, logo depois das dez, por causa das provas. Não via ou falava com Sombra havia uma semana. E queria que continuasse assim. Enquanto isso, Gregório continuava a procurá-la, convidando-a para sair.

Quando chegou em casa, Claribel lhe deu os quinhentos pesos restantes para pagar o vizinho. Ela se lembrou de não ter dado o dinheiro a Sombra na outra noite, porque não ousou falar com ele na frente de todos, ainda mais com Sara por perto.

Será que estava pensando que ela queria ficar com o dinheiro? Correu para o quarto e olhou no tênis que calçara naquela noite para ver se achava os quinhentos pesos e suspirou de alívio ao encontrá-los.

Correu até a casa de Sombra. Não falaria mais do que o necessário nem passaria da porta. Ainda estava magoada. E, embora sentisse sua falta, tinha conseguido ficar sem ele por uma semana.

Val ouviu uma música muito alta vindo de dentro da casa de Sombra. Tocou várias vezes a campainha para anunciar sua chegada. Depois de alguns minutos, Sombra abriu a porta.

— Cansou de Gregório, Valéria? — Seu tom de voz era neutro, denotando desdém.

— E você? Cansou de Sara?

— Pare de ser infantil.

Ele se virou, deixando a porta aberta.

Valéria tirou dinheiro do bolso.

— Não vim ver você, Ben. Vim devolver o dinheiro que peguei emprestado.

Ben olhou para o dinheiro na mão direita dela.

— Esqueça isso.

Ele fez uma careta.

— Não, tome — insistiu, colocando a mão na frente do garoto. — Não quero que pense que estou me aproveitando de você.

— No caso, sou eu que me aproveito de você — respondeu, passando a mão pelo cabelo dela. Ele respirou fundo. Olhou para Val. O que estava planejando?

— É por isso que não vamos mais nos ver, certo? Porque não está mais se aproveitando de mim, mas de Sara.

E aquilo a incomodava.

Sombra se sentou no sofá e voltou a brincar com o celular sem teclas que tinha oferecido a Valéria.

— Posso tirar vantagem de ambas — zombou ele.

Valéria ferveu de raiva. Não se mexeu, os punhos cerrados.

— Se quiser, entre, ou então saia, não gosto de ficar com a porta aberta.

Valéria ficou desapontada. Então era isso? Ele não a amava, já tinha lhe dito uma vez, então por que ainda era tão ingênua? Sempre achando que ele gostava dela um pouco... Que idiota.

— Você queria aquilo. Queria que eu beijasse Gregório. Por isso o beijei.

— Eu pedi para sair com ele, não para beijá-lo na frente de todo mundo, como uma qualquer, comportando-se como uma de suas amiguinhas. Foi ridículo. — Ele se levantou. — Por mim — apontou para o próprio peito —, pode dormir com ele, deixá-lo fazer o que quiser, mas não na frente de todo mundo. Você quer ter essa fama no bairro?

Ela deixava Sombra fazer o que quisesse, em segredo. Então era a isso que se referia? Queria compartilhá-la com o amigo? Valéria apertou os lábios. Qual era o objetivo? Ela não entendia. Não compreendia. Estava com raiva e chateada.

— Mas você beijou Sara.

— Sou homem. O que importa minha reputação? Além disso, Sara é uma qualquer — respondeu, sem fazer caso.

O rosto de Valéria refletia seu nojo.

— E deve ser assim que fala sobre mim com seus amigos.

Ben se ofendeu por Valéria achar aquilo. Aproximou-se e levantou seu rosto para que ela pudesse encará-lo sem desviar o olhar, mas a moça não fez isso. Ela adorava olhar diretamente em seus olhos. Era sua maneira de estar ligada a ele. Era sua maneira de falar, ser honesta com Ben.

— Não falo de você, Valéria. Isso é segredo, e não o revelo a ninguém.

O hálito de Ben esquentou a bochecha dela.

Valéria mordeu o lábio superior.

— Fiquei magoada por você ter beijado Sara, porque, por alguma razão estúpida, eu amo você.

Ela se retraiu, uma estranha sensação invadia seu peito. Balançou a cabeça. Com a voz trêmula, afastou-se dele.

— Pelo menos amei antes, e não... Já superei isso — corrigiu-se, dando de ombros.

Valéria deixou o dinheiro cair no chão e saiu. Ben só levantou os olhos depois que ela desapareceu. Ela o amava?

Que mentirosa! Ela o amava e o queria tanto que suas mãos tremiam de necessidade. As lágrimas escorriam pelo seu rosto. Por que ele não sentia nada por ela?

No quintal de sua casa, Valéria agarrou as bordas do tanque, que estava sempre cheio de água, e afundou a cabeça mais uma vez.

— Valéria!

Alguém a chamou, mas a água distorceu a voz.

— Valéria, onde você está?

Ela tirou a cabeça da água e respirou fundo. Viu seu reflexo no pedaço de espelho quebrado caído no chão, os olhos ainda estavam vermelhos.

— Estou aqui, mãe!

O peito subia e descia, tentando encher o pulmão com oxigênio de novo.

— Prepare o leite do bebê — pediu a mãe.

Naquela semana, Claribel estava cuidando de uma criança de um mês de idade a fim de conseguir algum dinheiro para as despesas. Valéria secou o rosto e preparou o leite. Aproveitou e lambeu o pó do dedo. Então lembrou-se de que tinha que lavar seu uniforme e, depois que entregou o leite para a mãe, lavou suas roupas e a dos irmãos.

❦

Valéria foi buscar os irmãos na escola. De longe, viu Carol brincando com a saia. Sentiu uma pontada de preocupação.

— Carol, onde está Carlinhos? — perguntou ao se aproximar.

Carol olhou para cima, abraçou e beijou a irmã.

— Valéria, ele saiu há algum tempo.

— O quê?! Mas com quem? — Valéria sentiu o sangue fugir de seu rosto.

— Um rapaz disse que era seu amigo. Era muito bonito.

A mente de Valéria travou. Quem havia levado seu irmão?

— Mas, Carol, por que deixou ele ir? Deveria cuidar dele!

Ela tentou ficar calma. Falou devagar para que a irmã entendesse suas palavras.

— Eu sei.

— Tudo bem, acalme-se. — Ela colocou a mão na cabeça. — Por que você ficou?

— Porque ele me disse que fariam coisas de homens, para eu esperar por você aqui — respondeu Carol calmamente, observando que a irmã não parecia tranquila.

Valéria apoiou as mãos na cintura e suspirou. Que droga! Como encontraria o irmão? E se a mãe brigasse com ela? Isso era certo. Estava nervosa.

— E o rapaz deixou isto aqui também. — Carol deu o dinheiro a Valéria.

Quando o viu, ela soube que havia sido Sombra quem levara o irmão. Já fazia um tempo que não o via. Quase quinze dias, ele só podia estar se vingando.

Pegou a mão de Carol e implorou por todo o caminho que ela mentisse para a mãe, que dissesse que Val levara Carlinhos para algum lugar, mas que não contasse onde, e prometeu dar um sorvete à garota como recompensa. Depois correu para a esquina de sempre e encontrou Gregório e os outros.

Valéria chamou a atenção do rapaz, ele se aproximou e lhe deu um beijo na bochecha. E pensar que todo o problema tinha começado com um beijo do garoto, ou talvez com o de Sombra e Sara. Ele era o culpado. Por que ela precisava pagar?

— E Sombra? — perguntou, cruzando os braços.

— Saiu com um menininho em nosso carro.

— Para onde?

— Não sei — respondeu, indiferente. — Vai fazer alguma coisa esta noite?

— Sim... tenho prova amanhã. — Valéria se mexeu, inquieta. — Tchau, Gregório.

Ele a abraçou de modo tímido. Valéria voltou para casa, mas não entrou. O que diria à mãe sobre o paradeiro do irmão de seis anos? Se visse Sombra, o mataria.

Valéria esperou por Sombra na porta da casa dele. Se tivesse um relógio, teria jurado que ficara no local durante horas, até dormido. Ela se levantou e voltou para casa... Talvez, se explicasse à mãe que um rapaz tinha levado seu irmãozinho, Claribel não a culpasse, porque a culpa não era dela, certo?

Quando Valéria chegou em casa, percebeu que eram cinco horas da tarde e recebeu um castigo por desaparecer por todo aquele tempo. A mãe estava assustada, e Nina a procurara por todo o lado.

Somente quando Nina a repreendeu foi que Valéria percebeu por quanto tempo ficara desaparecida. Não só Nina, mas também Gregório a tinha procurado. E, além disso, Carlinhos havia chegado em casa às três horas, e ninguém sabia onde Valéria tinha se metido ou o que estava fazendo.

E ela não sabia como responder.

Depois falaria com Ben. Não poderia sair naquele momento. A mãe a colocara de castigo, mas, como dormia cedo, em poucos minutos Val conseguiria fugir.

Por coincidência, quando chegou à porta de Sombra, ele também estava chegando. Ela apressou o passo e lhe deu um safanão.

— O que acha que está fazendo? — perguntou, com raiva.

— Por que você não vem mais me ver? — Ele ignorou a pergunta sem sentido de Valéria. Queria saber. O que tinha feito?

Ela também já havia pensado naquilo. Por que não voltava se queria tanto vê-lo de novo? Por que se torturar daquela maneira?

— Por orgulho, suponho.

Ela deu de ombros e se afastou um pouco.

Ben a estudou enquanto entrava em casa e jogava o boné sobre um móvel.

— Então não entendo o que está fazendo aqui.

— Eu fiz uma pergunta.

— E eu fiz outra — respondeu Ben. Ele tirou a camisa polo. — Olhe, Valéria, não vou negar que senti sua falta. Mas muito pouco. Vá embora e leve seu maldito orgulho com você.

— É por isso que beija outras? Porque sente minha falta?

Estava ferida.

— Não temos um compromisso!

— Mas podemos ter. Por que não podemos ser... namorados?

Valéria se aproximou e tocou seu ombro outra vez, dessa vez com delicadeza.

— Não, Valéria, sem compromissos... Você quer que eu a ame, que lhe faça carinho, essas coisas, e não pode ser assim.

Fazer carinho? Mas ele havia se esquecido de que lhe dava amor nas noites em que se encontravam? Temia ser visto com ela?

Não era isso, claro que não era.

Valéria mordeu o lábio para não chorar. Por que ele sempre... a fazia chorar? Ela não entendeu por que ainda tinha esperança. Ben nunca iria querê-la, só seu corpo. Ele a usava como um objeto, sem compromisso.

— Sempre encontra uma maneira de me machucar. Eu odeio você, odeio!

Ela apontou para o próprio peito.

— E não estou mentindo desta vez!

— Então não quer mais ficar comigo? — perguntou ele, segurando-a pelos ombros.

— Estou amadurecendo e consigo me controlar. Não vou mais agir como uma cadela. Não ficarei mais com você enquanto ficar com outras.

Sombra olhou para Valéria, que abriu os olhos.

— Ah, é mesmo?

Ele se aproximou, ficando bem perto, roçou os lábios no canto de sua boca, como se fosse beijá-la. Valéria desejava isso, tanto quanto ele, mas o orgulho é poderoso, mais poderoso que o desejo, e ela se afastou.

— Nunca mais vai me tocar — declarou, com a voz firme, e saiu.

Ben bateu a porta e jogou o único objeto decorativo da casa contra a parede: um pequeno vaso da mãe, que caiu no chão, quebrando-se em três grandes pedaços.

Estava zangado porque ela parecia dizer a verdade. Ele a magoara, era verdade, queria ficar com ela, mas não a merecia. Não conseguia dormir no próprio quarto, na cama que compartilhavam, porque se lembrava de Val. Ali, ela deixara de ser uma criança... Ele lhe tirara tudo. E a enganara, bem embaixo de seu nariz. A vida estava sendo cruel com ele? Não. Na verdade, Valéria apenas devolvia tudo o que ele lhe havia feito.

Capítulo 9

A BRIGA

E foi o que fez. Pelo menos até as férias de Natal acabarem e o vento de janeiro começar a soprar pelas janelas das casas. Era um novo ano, as pessoas faziam listas de resoluções e prometiam a si mesmas que seriam melhores. Até então, a única promessa de Valéria era não sentir tanta falta de Ben, porque foi tudo o que fez naqueles dias.

Mas manteve sua palavra. Não o procurara desde aquele dia. Talvez estivesse mesmo amadurecendo. Já não precisava mais de Sombra.

Em todo o bairro, ou seja, entre os rapazes e as garotas, havia um rumor de que ela e Gregório tinham algo. Uma fofoca que se espalhou rápido, como pólvora. Seria questão de tempo até que uma vizinha fofoqueira contasse à mãe, que a chamaria de mentirosa — pois sempre que ela perguntava, Valéria negava ter algo com Gregório.

Porém, com aquilo, com a fofoca, as garotas a readmitiram no grupo.

Por um momento, Valéria sentiu que nunca mais beijaria Ben, e tudo por causa do orgulho. Ele parecia ter se esquecido dela. Nem parava na esquina, parecia invisível, talvez porque ela não o visse mais.

E talvez fosse melhor.

Sem sombra, *sem ele*. Então ela ficaria bem. Teria sua vida de volta.

Meu Deus! Por que mentia? Ele estava entranhado nela. Val não conseguia apagar o nome dele de sua pele. Precisava de Ben, mas como lhe dizer isso?

Não faria aquilo. Nem que seu corpo doesse de saudade.

— A verdadeira vida é na madrugada, na escuridão — disse Argentina.

Valéria apoiou a cabeça nas pernas de Nina e olhou para o céu sem estrelas. Ouvia atentamente tudo o que a amiga dizia.

— Um dia vou levá-las à Casa Central, onde os Norcuros e os Sulcuros se encontram para socializar. É engraçado, porque eles não se dão bem na maior parte do tempo, mas também não é uma luta até a morte.

— Fazemos parte de qual? — perguntou Valéria.

Inacreditável. Ela estava fazendo perguntas, era uma delas. Tudo por causa dos rumores sobre Gregório, que ninguém negou. Ela era alguém, e isso era tudo o que sempre quis. No entanto, sentia falta dele.

Sombra.

— Dos Sulcuros.

— Vivi toda a minha vida, desde pequena, pensando que era uma lenda. O que eles fazem exatamente? — perguntou Marian.

— O de sempre. Eles se drogam, bebem, brigam, são estúpidos etc.

Um rapaz se aproximou e se sentou ao lado de Argentina. Ela começou a conversar com ele. Seu semblante mudou. Era Ramírez. Valéria levantou a cabeça para ver quem mais estava com ele. Ben estava lá, e de repente o coração começou a bater com força, fora de controle.

Valéria se sentou. Olhou para ele. Só para ele, não desviou o olhar. O boné de Ben escondia parte do rosto.

— Meninas, já volto.

Argentina levantou-se e puxou Rose com ela. As garotas, incluindo Valéria e Nina, ficaram sentadas.

— Por que Ramírez e Sombra vieram aqui? — perguntou Marian.

— Argentina e Rose devem muito dinheiro a Ramírez. E, como forma de pagamento, elas fazem coisas — revelou Estefani. Ela era uma garota calada, às vezes. Não falava muito de si mesma, na verdade.

— Que tipo de coisas? — indagou Nina.

Estefani fechou a boca. Os lábios eram vermelhos como uma maçã.

— Coisas...

— Fale, Estefani! Vai mesmo deixar a gente curiosa?

Marian lhe deu um tapa na coxa. Estefani se queixou e depois riu.

— Não é nada sexual. — Mordeu os lábios e depois continuou, como se não fosse nada: — Estão transportando pacotinhos.

— Pacotinhos?

Valéria arregalou os olhos.

Nina e Marian haviam entendido. Mas Valéria, não, e estava bem explícito em seu rosto.

— Pó, comprimidos... — sussurrou Nina.

— Meu Deus, pobre Argentina.

Valéria tapou a boca quando entendeu o que eram os "pacotinhos".

— Não me importo. Elas merecem — comentou Marian.

Valéria lembrou que Ben também estava lá. Ele as obrigava a fazer aquilo? E se em uma daquelas incursões os policiais as prendessem e elas denunciassem Ben? Iria perdê-lo? Não queria perdê-lo.

— Mas... Ben também...? Quero dizer, elas também devem a Sombra?

As três a encararam.

— Como? — perguntou Marian.

— Argentina e Rose também devem a Sombra?

— Não, o nome que disse antes.

— Não sei do que está falando.

Ela deu de ombros e olhou ao redor.

— Valéria, não se faça de idiota — repreendeu Nina.

Valéria fingiu não entender. Inflexível.

Todas ignoraram seu ato falho.

— Não, ele não — respondeu Estefani depois do silêncio. — Ele não está envolvido, não sei por que veio com Ramírez. Talvez só o esteja acompanhando. Talvez quisesse ver uma de nós, quem sabe?

Valéria suspirou.

— Ei, Val...

Valéria passou por Estefani quando voltava da casa de Sabrina.

— Todos estão dizendo que você é namorada de Gregório.

Valéria notou que a menina tentava não sorrir.

— Mas você... você parece não sair com ele. Tem outro namorado?

— Não tenho namorado.

— É Sombra? — Estefani arqueou as sobrancelhas.

Ela sabia de alguma coisa?

Valéria empalideceu.

— Não, não é. O que a faz pensar isso?

— Vou ignorar o fato de ter ficado pálida e o modo como olha para ele. Gosta de Sombra, não é?

Valéria ficou chateada e voltou a andar, mas Estefani a seguiu.

— Então... só está com Gregório por causa do amigo. Quer chamar a atenção de Sombra? — A voz de Estefani saía entrecortada, graças à dificuldade de acompanhar o ritmo de Valéria.

Ela devia fugir da garota, de suas perguntas, de suas acusações. Estefani descobriria a verdade, estava quase lá, e Ben, apesar de não terem mais nada em comum, ficaria com raiva.

— Sombra não repararia em você, por isso seu esforço...

Valéria se virou, e Estefani parou, quase se chocando com ela. Estefani mexeu a cabeça enquanto falava.

— ... Por isso seu esforço em ser namorada de Gregório é em vão.

— Você não me conhece. Adoro Gregório.

Valéria sentiu vontade de vomitar ao dizer aquelas palavras. Então respirou fundo.

— Mas disse que não está com ele.

Valéria começou a ficar irritada.

— O que quer de mim?

— Diga o que há entre você e Gregório.

— Por quê? Você gosta dele?

Estefani deu um tapinha na cabeça de Valéria, como se faz quando uma criança não entende quando estão falando com ela. Valéria se queixou e pensou em retribuir batendo no braço da amiga, mas Estefani a deteve.

— Somos namorados, só isso. Não há mais nada, não gosto de mais ninguém, estou louca e profundamente apaixonada por ele, está bem?

Tinha esclarecido a questão?

Estefani não respondeu. Apenas a soltou.

Já começava a escurecer. As ruas pareciam acinzentadas, tudo estava acinzentado porque não havia Sol nem Lua. Era estranho, um pôr do sol triste, e logo depois ficaria completamente escuro. Valéria, de braços cruzados, conversava com Rose e Argentina. Parecia que tudo tinha voltado ao normal.

Mesmo assim, ela esperava por Nina. Não conseguia encontrar uma maneira de participar da conversa sem a amiga, que estava comprando cigarros para o pai e demoraria uns quinze minutos para chegar.

Não viu ninguém se aproximando, mas sentiu quando puxaram seu cabelo e lhe deram um soco no rosto.

— A vaca que rouba namorados! — gritou uma garota antes de socá-la de novo. Então deu-lhe um pontapé no estômago, tentando abrir caminho entre as mãos que Valéria levantara como escudo.

Ninguém a ajudou, na verdade todos encorajavam a confusão gritando *briga!, briga!, briga!* enquanto as cercavam. Então Val percebeu que Rose e Argentina não eram suas amigas, que estavam se divertindo com a luta.

Valéria bateu na virilha da menina, que caiu no chão com a dor. Apesar de a garota ser maior, Valéria conseguiu ficar em cima dela e começou a socá-la com o punho ossudo enquanto a outra tentava se proteger. Valéria sabia brigar, mesmo nunca tendo participado de uma luta antes.

A garota conseguiu arranhar seu rosto e puxar seu cabelo. E queria cuspir nela, queria sujá-la.

A notícia logo se espalhou. Quando começaram a gritar que duas garotas estavam brigando, muitos correram para ver, mas Sombra não se mexeu até outro rapaz dizer: "A namorada de Gregório está brigando!"

Ben nem olhou para o amigo, que estava ao seu lado. Apenas correu para onde todos estavam indo. Não olhou para nada, nem respirou porque estava sufocado, nem sequer olhou para a garota debaixo de Valéria. Ele apenas a pegou, agarrando-a pela cintura e depois a carregou como uma princesa, levando-a para longe dali. Longe de todo o caos.

A outra garota se levantou à procura de vingança, com o nariz sangrando.

Quando Gregório a segurou pelos braços, a única coisa que recebeu foi um soco no nariz, com toda a raiva que ela estava sentindo.

— Droga, Ana, isso dói! — reclamou ele.

— Você me traiu com aquela vaca? Seu idiota!

Ele limpou as mãos, tocou o nariz, reclamando da dor.

— Aquela maldita! Vou matá-la! Vou retalhar o rosto dela! — gritou Ana.

Mas Valéria estava muito longe para ouvir a ameaça.

Capítulo 10

O CHEIRO DELE

Ben não colocou Valéria no chão até chegarem à sua casa. Ela não falava nada, e seu lábio tremia. *O cheiro dele*, jurava que tinha esquecido. Mas não, ainda era igual, não queria soltá-lo nunca mais.

Ben a levou para o banheiro e tirou sua roupa. Vulnerável de novo diante dele. Nem sequer conseguia articular uma palavra e lhe perguntar o que estava fazendo ou o que pretendia.

Não, não queria falar, porque não queria impedi-lo.

Ele a colocou de lado e abriu o chuveiro. O som da água caindo na banheira tomou o ambiente. Ben parou à sua frente e levantou seu queixo com o dedo indicador, examinando-lhe o rosto. Val não sabia que ele a encarava só para ver seus machucados. Os arranhões tinham sido leves, mas a pele estava vermelha e o lábio, inchado por causa do primeiro golpe que Ana lhe dera. Ben tocou sua boca com o dedo, e Valéria faz uma careta.

— Desculpe — murmurou ele.

— Acho que devo ir — disse Valéria, balançando a cabeça. Nem sabia por que Ben a levara até ali. Ele a tocou. Ela perdera a própria aposta.

Ben a ignorou e tirou a camisa.

— Estou falando sério, tenho que ir.

Ela caminhou até a porta, com os olhos quase fechados. Aonde iria sem roupa? Só queria que Ben a impedisse. E foi o que ele fez. Segurou-a pela cintura e a colocou de volta no lugar.

Ele lhe pediu silêncio e a colocou dentro da banheira, mas Valéria se virou, chocando-se contra ele, porque a água estava muito fria.

— A água fria vai ajudar com a dor mais tarde.

Ele passou as mãos no rosto e nos cabelos dela, tentando apagar o que aconteceu.

— Vai congelar todos os seus sentidos.

— Tarde demais, já está doendo — confessou Valéria.

Ben tirou o restante da roupa. Depois entrou no chuveiro. O cabelo de ambos ficou molhado. Valéria fechou os olhos porque não sabia o que pensar.

— Por que aquela garota me bateu? — perguntou.

A água fazia alguns arranhões arderem. Especialmente os do braço.

Sombra sorriu, parecia orgulhoso.

— *Você* bateu nela.

— Eu só me defendi.

Ela abriu os olhos.

— Valéria... — Ben suspirou perto de seus lábios, e ela sentiu que ia derreter. Ele não parou de olhar para Val, mas não fez nenhum movimento. — Pode me perdoar e voltar a me encontrar?

Valéria fechou a boca e, esquecendo-se de seu estado, abraçou-o. Achava que nunca fariam as pazes. Ela precisava dele, sentia sua falta, mas fazia tudo errado.

Infelizmente, Sombra era um vício que ela não conseguia largar. Fechou os olhos e mordeu o lábio enquanto o abraçava. Por que as coisas eram tão difíceis?

— Hoje à noite posso abraçá-la até que durma — propôs ele, e a abraçou de volta.

Valéria manteve o rosto descansando no ombro de Ben enquanto sentias gotas de água escorrerem por suas costas.

— Assim vai saber que não quero só transar com você.

— Apesar de querer ficar, tenho que voltar para casa.

Ela parou de abraçá-lo, mas cruzou as mãos ao redor de seu pescoço e o encarou.

— Vai sozinha? E se aquela menina estiver esperando por você?

— Não tenho ninguém para me levar, e tenho mesmo que ir para casa.

Alguém bateu na porta, fazendo muito barulho. Ben olhou para o lado, suspirou e saiu do chuveiro. Vestiu as roupas ainda molhado e entregou a toalha a Valéria.

Ela ficou ali parada um tempo, depois começou a se vestir.

Quando Sombra abriu a porta, encontrou Gregório. Ele parecia calmo.

— Onde está Valéria?

— Valéria?

— Sim, não se faça de desentendido. Disseram que ela saiu com você. *Não*, disseram que você a tirou de lá.

— Quer dizer quando a peguei para que sua namorada não a espancasse até a morte?

— Ela está com ciúme porque acha que estou ficando com Valéria, todos estão dizendo isso agora.

— E não estão?

— Estamos... Quero dizer, não, nós estamos... Valéria é complicada. Mas, mesmo assim, Ana é louca e a atacou do nada. É por isso que quero pedir desculpa, porque não vai acontecer de novo. Falei com ela e expliquei...

Então Valéria saiu do quarto. Vestia as roupas de antes, e a camiseta estava molhada das gotas que escorriam de seu cabelo. Os braços estavam cruzados. Não podia acreditar que Gregório quisesse algo com ela mesmo estando comprometido com Ana. Todos os homens eram assim?

Gregório se virou em sua direção.

— Valéria, sobre a... — Deu alguns passos até ela antes de se dar conta. Então se calou.

Ambos estavam com cabelo e corpo molhados. Ele se achou um idiota.

— Vocês dois...?

Ele fez uma careta. Só podia ser uma piada.

Sombra não disse nada. Precisava explicar? Não. Valéria era dele muito antes do que Gregório poderia imaginar.

— Não vão falar nada?! — gritou Gregório, e Valéria estremeceu.

Havia sido uma péssima ideia aparecer. Por que fizera aquilo? Por que queria vê-lo?

— Vamos lá, amigo. O que quer saber? Vai fazer uma pergunta para a qual já tem resposta? — disse Sombra.

Instintivamente, ele ficou entre Gregório e Valéria.

— Você transou com ele? — perguntou à Valéria, com um olhar de censura.

Mesmo? Ela e seu melhor amigo? Por que não sabia? Como não sabia? Por isso fingia que não a via! Por isso não apoiara suas tentativas de ficar com Valéria. Ele já estava com ela. Queria que aquilo ficasse claro.

Valéria abriu a boca várias vezes, mas não disse nada. Estava sem voz. Todos iriam descobrir com ele gritando daquele jeito. Todos iriam descobrir. E iriam reagir da mesma forma. Ela sentiu vontade de chorar, seu rosto estava quente.

— Não vai responder?!

— Não fale assim com ela! — gritou Ben, aproximando-se e apontando o dedo para Gregório. — *Sua mulher* bateu nela, e você tem coragem de falar assim? Seu filho da puta.

— Você era meu amigo! Sabia que eu gostava dela, que queria ficar com ela! Mas me enganou!

Gregório se afastou de Ben. Se ficassem tão perto, brigariam por uma garota. Brigariam por ela.

Sombra tirou o cabelo do rosto.

— Você só queria transar com ela. Não a *ama*. Só queria saciar seu desejo porque Ana não é suficiente. Me faça um favor e saia da minha casa.

Ela estava lá. Por que falavam como se ela não estivesse lá? Como decidir quem era pior? Não sabia o que fazer. Estava prestes a entrar em colapso. Gregório socou a cara de Ben, que se virou por causa do impacto. Ben retribui o soco, mas Valéria se enfiou entre os dois, que pararam.

— O que ele fez com você, Valéria?

Gregório a olhou com pena, mas ela não respondeu.

— Valéria, pelo amor de Deus, saia daqui — pediu Sombra, apontando para o quarto. Estava tão chateado que ficou irreconhecível. Seus punhos estavam cerrados.

— Não vou deixar que briguem!

Ela se virou para Gregório.

— Não há nada entre nós, entendeu? Não sei por que está tão zangado. — Sua voz estava carregada de sarcasmo.

Alguns dias antes tinha dito que estava louca e profundamente apaixonada por ele. Talvez aquilo tivesse sido a razão de tudo. *Uma mentira.* Então bastava de mentiras. Só diria a verdade, para si mesma e para todos.

Não gostava dele. Nunca iria gostar. Só queria Ben, Sombra. Só ele.

— Você é uma vaca. Nunca se esqueça disso.

Ele andou de costas até a porta, sem desviar o olhar de Val.

"Talvez seja outra verdade."

Ben tentou ir atrás dele, mas Valéria o impediu. Ela o abraçou enquanto desmoronava em lágrimas. Se todos diziam que era uma vaca, talvez fosse mesmo, certo?

Depois de secar o cabelo e seu rosto voltar à cor normal, Valéria decidiu ir embora da casa de Ben.

Ele não a deixou ir sozinha. Pela primeira vez, Ben a acompanhou rua abaixo. Val foi na frente, com a cabeça baixa e o coração partido. Ben a seguiu, como sua sombra, com as mãos nos bolsos e um boné preto na cabeça. Não deixaria que ninguém a tocasse ou se aproximasse dela.

E assim foi.

Ninguém se atreveu a perguntar a Valéria o que tinha acontecido. E também não falaram com Ben. Nada, ninguém perguntou o que faziam juntos. Nem sequer prestaram atenção.

Não por não estarem interessados, mas porque ninguém espalhava rumores sobre Sombra. Ninguém se intrometia em sua vida. Era reservado demais para que fizessem isso. Não se metia com ninguém. Por que se meteriam com ele?

Mas, também, o que tinham para falar? Viram-no tirar Valéria da briga. Viram o rosto de Gregório inchado. Viram até o lábio partido de Sombra. Eles o viram acompanhá-la até sua casa, mantendo distância.

Mas era só isso. Eles não comentavam. Todos sabiam que era assim. Pelo menos com Sombra.

— Ana vive a cinco quarteirões daqui — comentou Nina.

Valéria deu de ombros. Seu rosto estava marcado, e não queria falar daquela garota.

— E ela é, ou era, a namorada de Gregório. Há quase um ano.

Valéria não sabia disso, ninguém sabia. Por que ninguém sabia?

— Uma garota lhe disse que você estava apaixonada por ele, e sabe como são essas mulheres possessivas. Você passou bastante tempo com ele.

— Mas não é justo.

— Não é, mas você sabe que é assim que as coisas são resolvidas aqui no bairro, já viu brigas antes. Elas só pioram. Você não era o alvo. Graças a Deus ela não quebrou sua cara.

— Você não estava lá — pensou em voz alta. Nina não estava lá para defendê-la.

— Desculpe, Val, eu te amo muito, de verdade. E me sinto mal por não estar presente para ajudá-la. Desculpe, desculpe mesmo.

— Já passou. — Valéria tentou sorrir, mas não conseguiu.

Elas esperaram um carro passar para atravessarem. Nina e Valéria estavam a caminho da papelaria para comprar a pasta do trabalho que ela precisava entregar. As ruas estavam frias, com o inverno no auge.

— É verdade que Sombra tirou você de lá?

— Sim.

— Uau. Vocês se conhecem?

— Somos do mesmo bairro — comentou, mas sabia que Nina não tinha ficado satisfeita com a resposta. — Bem, não. Ele só queria ajudar.

Mordeu o lábio.

— Sombra, querendo ajudar?

Nina olhou para Valéria e ficou em silêncio.

— E se ele quiser alguma coisa de você?

E se já tiver o que quer? Ele a tinha, inteira.

— Nina...

Valéria tirou as mãos do bolso do casaco.

— Sim? — perguntou, parando na calçada.

— Há algo que não contei.

— O quê?

— Minha primeira vez... não foi com Gregório, nunca fiquei com ele.

— Então você ainda é virgem?

Valéria voltou a andar, olhando para a rua.

— Não.

Ela abaixou a cabeça e observou seus pés avançarem pela calçada.

— Foi com Sombra. Pedi a ele, como vocês falaram para fazer. Não foi bom, mas depois passei dois meses visitando sua casa só para isso. Então parei de procurá-lo, e agora voltei.

— Está... brincando, certo?

Nina fez uma careta e levantou as sobrancelhas. Se sua pele fosse branca, ela teria ficado pálida.

— Mas Sombra está sempre com outras garotas... Quero dizer, mulheres, mulheres *de verdade*, e você...

Ela olhou para o rosto de Valéria e depois para a frente.

— Bem, isso é bom, minha melhor amiga mentiu para mim... Por que não me contou? Eu podia ter lhe dado conselhos, dizer que ele não era bom para você.

— Acho que estou apaixonada por ele, de verdade.

Valéria sorriu. Algo saiu de seu peito, como um ar, um ar de amor. Sua história de amor. Nem sequer ouviu o que Nina disse. E não se importava.

— Não, você está confusa.

— Por que não pode ficar feliz por mim? — perguntou, olhando para Nina enquanto caminhava.

— Porque sei que Sombra está brincando com você. Ele está usando você.

Valéria parou de repente.

— Mas você deveria me apoiar.

Ela se sentiu atacada.

— Não, Valéria, sou sua amiga e quero o melhor para você.

— A melhor coisa para mim é estar com ele.

A expressão de Valéria ainda estava fechada. Por que Nina não percebia como ela se sentia?

Nina colocou a mão na bochecha de Valéria.

— Ei! Terra para Valéria! O que está acontecendo? Você diz que o deixa fazer *aquilo* quando quer... Valéria, Sombra se aproveita de você!

— Não, não se aproveita! — negou tão alto que algumas pessoas na rua olharam para ela como se fosse louca. Tinha que gritar para acreditar no que dizia.

Nina repetiu porque queria repreendê-la. Não acreditava que a amiga podia ser tão burra... Ele... Sombra, mesmo?

Capítulo 11

MARCAS DE AMOR

Eram nove horas da noite, e Valéria fora procurar Nina em sua casa. Val tinha um sorriso no rosto. Estava feliz, e não deixaria ninguém atrapalhar seus planos. Estava convencida. Depois de pouco mais de três meses, sabia o que sentia por Sombra. Só precisava fazê-lo admitir que nutria sentimentos por ela.

Para Valéria, era simples assim. Ele a amava, era no que acreditava.

— Valéria?

— Nina, preciso de um favor — sussurrou ela. — Se minha mãe lhe pedir alguma coisa amanhã ou mandar alguém aqui, diga que eu estava aqui, que dormi em sua casa. Por favor, por favor, por favor, por favor, por favor.

— E aonde você vai? — perguntou, como se não soubesse a resposta.

Valéria sorriu mostrando os dentes, e Nina se sentiu culpada. Como poderia deixar que a melhor amiga se enganasse daquele jeito? Por que ela se apaixonara por alguém como Sombra? Valéria merecia algo muito melhor.

Nina ia confrontá-lo na frente de todos. Para que ficasse envergonhado, para que toda a vizinhança soubesse que Sombra tinha roubado a inocência de Valéria e que partiria seu coração. Mas, olhando para a amiga com aquele sorriso genuíno e a felicidade que emanava dela, apenas concordou com a cabeça. E depois a abraçou. Onde estava a Valéria que só fazia o que era certo?

Ele estava fumando quando Valéria chegou. Na realidade, não sabia por que achava que ela não viria, talvez por medo de sair de casa e encontrar com Ana. Medo? Podia descrever Valéria de muitas maneiras, mas não como uma garota medrosa, não depois de conhecê-la. Ela tinha mudado. Era corajosa. Sua imagem de menina frágil era apenas um escudo para que os outros não vissem seu grande poder e sua força, seu eu verdadeiro.

Valéria prendeu a respiração quando entrou. Dava para perceber pela forma como a barriga sumiu debaixo da blusa. Ela usava jeans apertado e tinha uma mochila pendurada no ombro.

— Vai morar aqui? — brincou Ben.

Valéria soltou o ar. Não gostava de cigarros, eles lhe traziam más lembranças. Mas não reclamava do sabor do fumo nos lábios de Ben. No entanto, sentiu o cheiro de outra coisa. Na escola, falavam sobre as consequências de fumar, e ela as conhecia. Já tinha dito a ele milhares de vezes, mas Ben não escutava. Ou fingia ouvir e fumava quando ela não estava por perto. Não sabia por que ele estava fumando agora.

— Minha mãe acha que vou dormir na casa de Nina.

— E ela concordou?

— Vamos mesmo falar sobre ela?

Val deixou a mochila cair no chão e se sentou na cama. Sombra desapareceu no banheiro e depois voltou. Tinha jogado o cigarro fora.

Sentou-se ao seu lado e deslizou a mão por sua cintura, fazendo-a se deitar.

— Não quer falar comigo?

— Sim, quero — respondeu Valéria —, mas não sobre Nina.

Porque estava zangada com a amiga. Mesmo ajudando naquela noite, ela não aprovava aquela relação. Como se atrevia?

Ele levantou a blusa dela até logo abaixo do sutiã. Beijou a pele exposta e depois olhou para Valéria.

— Quero fazer uma coisa, posso?

A pergunta era irônica. Estava mesmo perguntando?

Valéria balançou a cabeça.

O rosto de Ben ficou na altura do dela, lado a lado.

— Não? — perguntou.

Valéria se levantou um pouco para beijá-lo, mas ele se manteve longe, segurando-lhe os ombros.

— Sim?

Valéria não respondeu. Ele já conhecia aquele silêncio.

Ben voltou para onde estava, posicionando-se entre as pernas de Valéria. Ajoelhou-se e tirou a blusa. Com os dedos, desenhou uma linha desde o umbigo até o maxilar de Valéria. Como se trilhasse um caminho ardente no corpo dela, enviando sinais ao cérebro para que se preparasse para um estado de excitação total.

Ele se inclinou sobre o corpo de Val, sem tocá-la, e passou os lábios pelo caminho traçado por seus dedos. Depois a mordeu. Valéria fez uma careta e se mexeu um pouco, mas não o suficiente. As mãos de Ben seguravam sua cintura e não permitiram que ela se mexesse muito. Se ele a apertasse o suficiente, conseguiria juntar as duas mãos ao redor da cintura dela.

— Ele disse alguma coisa? — Sombra respirou perto de sua barriga e a mordeu de novo, então passou a língua como se tentasse acalmar o que fizera com sua pele delicada.

Ele estava falando de quem?

— Quem? — perguntou. A pele reclamava, mas ao mesmo tempo era bom. Como podiam dois sentimentos tão contraditórios se complementarem?

— Você sabe quem.

Sim, sabia.

— Não — respondeu, referindo-se a Gregório.

Ela olhou diretamente para a parede.

— Estou evitando ir à mercearia. Minha mãe... Claribel não me deixa sair à noite porque tem medo de que a tal garota me bata outra vez. Ela foi me ameaçar de novo, apesar de ter sido avisada de que eu não tinha nada com ele.

Ben acariciou a barriga de Valéria com os lábios. Ao subir, atravessou o vale formado por seus seios, alcançou sua clavícula e fingiu mordê-la. Valéria o sentiu muito perto.

— Sua mãe sabe da história toda?

Valéria olhou para baixo para encontrar o olhar dele.

— Ela acha que ele era ou é meu namorado. Acha que Gregório é um bom rapaz. Não sabe sobre você.

Sombra voltou a descer, parou na barriga e levantou a cabeça. Valéria o observava.

— Quem sabe sobre nós, então?

O dedo dele desenhava linhas na renda da calcinha dela.

Valéria suspirou. Adorava quando ele a tocava.

— Ninguém.

Ele tirou a camiseta e se posicionou sobre ela, mas segurando o peso do corpo com as mãos apoiadas ao lado da cabeça de Valéria.

— Ninguém?

Tinha certeza? E todos que o viram levá-la para casa? Ou os hematomas no rosto dos então melhores amigos?

Valéria sentiu seu hálito nas narinas, o sutil toque de cigarro, e desejou que ele a beijasse. Por que estava demorando tanto?

— Gregório sabe... Será que contou para alguém?

— Não sei. Mas ele está zangado comigo. — Ben respirou contra a pele de Valéria. — Tenho você, e ele, não.

Sombra afundou a cabeça no pescoço de Valéria, perto de sua orelha, e mordeu a pele sensível. Por reflexo, a mão dela tentou afastá-lo, mas ele a segurou e a colocou sobre a cabeça da garota. Os lábios dele se dirigiram para sua boca. Ele a beijou, fazendo Val suspirar.

Quando se separaram, ele olhava para ela e para seus lábios. Não entendia como Val o deixava tão romântico. Se é que podia ser romântico.

— Nina sabe.

Ele largou suas mãos.

— Sabe o quê?

— Sobre a gente. Que você e eu...

Ele se levantou, e Valéria se sentiu nua, embora ainda estivesse vestida.

— Por que ela sabe? Você contou? — Ele estava na defensiva.

— Ela é minha melhor amiga.

— Mesmo assim...

Ben pensou em algo e se deitou ao lado de Valéria.

Ela sentiu a respiração dele em sua barriga. Era só uma impressão. Ele estava ali, mas era uma sombra ao lado dela.

— Ela disse que...

— Disse o quê?

— Ela não disse de verdade, mas quis dizer que você está se aproveitando de mim.

Valéria o observou, tentando identificar sua reação. Esperava que ele dissesse que não, que era tudo mentira, mas, em vez disso, Ben afirmou:

— Talvez seja verdade.

Val escondeu os lábios e desviou o olhar. Caíra na armadilha de novo. Sempre caía. Por que sempre acreditava em Ben e em suas palavras nunca ditas?

— Não é assim, ela disse em outro sentido, como se abusasse de mim...

— Como se eu abusasse de você? — perguntou.

Valéria estava sem palavras. O que ele estava tentando dizer? Ela queria saber, mas não conseguia, não o entendia.

— Como se abusa de drogas? Talvez eu abuse, então — Ele a beijou com força. — Sim, *abuso*, mas você gosta.

Ele parou de beijá-la com um sorriso na boca. Soltou a mão dela e correu a sua pelo rosto de Valéria.

— Não a obrigo, Val. Ela sabe disso? Pode ir embora quando quiser.

Não. Ela não queria ir embora. Não queria deixá-lo, e não queria que ele a deixasse. Nina e o que ela achava pouco importavam. Afinal, Valéria era parcialmente culpada.

Quando saiu da cama e seus pés tocaram o chão, Valéria sentiu o frio correndo pelo corpo, dos pés até onde Ben a beijara, atrás da orelha. Ela foi ao banheiro e se observou no mesmo espelho em que se vira refletida quando brigara com Ana, quando Ben cuidara dela.

Na frente do espelho, viu as manchas roxas que se formavam onde Sombra a beijara, na clavícula e atrás da orelha. Então olhou para sua barriga e viu duas mordidas e outras marcas.

Se ela havia se sentido tão bem na hora, por que pareciam tão horríveis? E como poderia esconder aquelas marcas?

Valéria tocou a pele, uma delas parecia bem escura.

Saiu do banheiro, e Ben estava sentado na cama, esperando por ela. Ele se levantou e a puxou pelo quadril, apertando-a contra ele, tão abruptamente que Valéria soltou um suspiro. Ao mesmo tempo, pôs as mãos no peito.

Não se esqueceu do descontentamento. E se as manchas nunca sumissem? Já tinha que cuidar dos machucados que Ana deixara em seu rosto.

— Você exagerou!

Ele tentou beijá-la, mas ela recusou. Sombra a deixou ir, não conseguia forçá-la a fazer nada. Viu Valéria procurar a blusa e a mochila. Ben levou alguns segundos para ver a pele do lado direito de seu pescoço. Ele tocou no cotovelo de Val, que estava abaixada, recolhendo a roupa do chão. Quando ela se levantou, tocou as marcas.

— Está zangada por causa dos chupões?

Valéria, furiosa, também apontava para as marcas em sua barriga: uma fila de manchas e marcas de dentes... Que tipo de monstro ele era?

Ben suavizou a expressão, quase sorrindo.

— São marcas de amor...

Val continuou zangada, mas parte dela amoleceu. Sombra colocou os braços de Valéria em seu pescoço e enlaçou a cintura dela, beijando-a suavemente, como se massageasse seus lábios.

— É para que, caso fique com outra pessoa, ela saiba que já estive aqui antes. Ninguém vai lhe fazer sentir o que eu faço você sentir, *nunca.*

Valéria se deixou beijar, deixou-se tocar. Ela se rendeu e se juntou a ele. Naquele único momento, parecia haver amor.

Quando Sombra era carinhoso e gentil com ela, Val sentia seu calor e sua afeição, e parecia que qualquer tipo de vergonha desaparecia, porque ele não a julgava como todos os outros.

Talvez, para os outros, as marcas em sua pele fossem algo feio e censurável, mas Ben lhes dava outro significado. Até mencionou a palavra amor. Nada mais importava.

Capítulo 12
ACABAR COM SUA VIDA

Na manhã seguinte, Valéria procurou entre suas roupas uma que cobrisse o pescoço, não só por causa do frio, mas por causa das "marcas de amor", além dos novos chupões causados por Ben depois que quase discutiram.

Não era como se tivesse aceitado. Ainda não gostava das marcas, mas, sempre que tentava ficar zangada, acabava sorrindo. Ele fora tão gentil depois.

— E o que tinha lá, Carlinhos?

— Uma grande tela e muitos videogames.

— E você jogou?

— Muitas vezes, o mais velho disse que eu podia ir quando eu quisesse, e todos os outros rapazes me trataram bem.

Carol se aproximou do irmão mais novo.

— Então por que não contou para a mamãe? — perguntou Carol, quase sussurrando.

— É, Carlinhos, por que não falou a verdade?

Carol se virou e viu Valéria chegando ao quintal, então apertou os dedos, abrindo os olhos em alerta. Olhou para Carlinhos.

— Ai... Ai! Ai! Ai!

— O quê? — perguntou Carlinhos, que fingia estar distraído.

— Que verdade não contou à mamãe? — Valéria queria saber.

— Nenhuma.

— Nenhuma?

Valéria olhou para Carol, o olhar cheio de dúvidas.

Carol olhou para Carlinhos, depois para Valéria, e franziu a testa.

— Prometi não contar — respondeu Carol.

— Querem saber de uma coisa? — Valéria se abaixou para ficar na mesma altura dos irmãos. — Ouvi tudo e, se não me contarem, vou dizer à mamãe para castigar vocês. Você — ela apontou para Carlinhos —, por não dizer a verdade, e você — apontou para Carol —, por ser cúmplice de seu irmão.

Ambos ficaram sérios.

— O que quer saber, Val? — perguntou Carlinhos depois de pensar na ameaça por alguns segundos.

— Quem o buscou na escola? — retrucou Valéria.

— O velhote.

— Não sabe o nome dele? Nunca o viu antes? Por que foi com ele?

— Já o vi antes, na mercearia. Além disso, disse que era seu amigo. E, quando perguntei o nome dele, respondeu que era velho, que eu podia chamá-lo assim.

Valéria levantou uma sobrancelha.

— E ele o levou para jogar videogame?

— Sim... Para que mais seria?

Valéria se levantou.

— Não minta mais, Carlinhos, por favor.

Ele assentiu. Carol olhou para a irmã à espera do próximo passo.

— O que estão fazendo aqui fora? — perguntou.

— Mamãe disse para sair, temos visitas — respondeu Carlinhos.

— Visitas?

Valéria franziu a testa.

— Sim — confirmou Carol. — Aí ficamos aqui porque estamos cansados de ficar lá dentro, e como você brigou com aquela menina, mamãe não nos deixa mais sair para brincar com nossos amigos.

Carol estava emburrada.

Ao ouvir "brincar", Carlinhos se levantou para procurar um pedaço de madeira.

— Carol, vamos jogar bola.

— Sou menina, seu idiota, não jogo bola. — Carol lhe deu as costas. Valéria parou no caminho antes de entrar em casa.

— Não, não fale palavras feias, Carol — repreendeu a irmã, entrando na casa.

A mãe de Valéria estava sentada na sala com a cabeça baixa, estava havia horas assim, mas Valéria não sabia. Nem mesmo as crianças, que não tinham entrado desde que os visitantes saíram.

— Mamãe, o que aconteceu? — perguntou Valéria, preocupada, e se ajoelhou diante dela.

Claribel respirou fundo. Valéria reparou que ela estava chorando.

— Não sei o que fazer, tudo está caindo em nossas cabeças.

— O que quer dizer? — perguntou, ainda mais preocupada.

— Estão se preparando para tirar nossa casa, por causa das dívidas.

Valéria ficou em silêncio, olhando para um ponto fixo na mesa. O que poderia fazer? Nada. Absolutamente nada.

Um ano e meio antes, a casa fora hipotecada para pagar outras dívidas. No início, parecera uma boa solução, mas os juros subiram cada vez mais, tornando o pagamento quase impossível.

As coisas ficaram mais difíceis depois que o pai de Valéria foi embora — ele pagava a hipoteca com metade do salário, mas, desde então, aquela quantia era usada para sustentar os filhos. Não era o suficiente para cobrir o mês nem pagar a hipoteca. O dinheiro extra que a mãe recebia era para alimentação e necessidades básicas. E, mesmo que Claribel achasse que a filha não se importava com aquilo, na verdade era uma grande preocupação para Val, um peso que carregava nos ombros e que lhe dava uma sensação de impotência.

Valéria foi encontrar Nina depois do almoço. Era uma hora da tarde, tudo estava vazio, ruas, esquina, calçadas, tudo. Era hora da *siesta*, as pessoas se sentavam depois de comer para descansar e se deitavam para cochilar antes de trabalhar ou sair. Embora nem todos cumprissem esse costume, se recolhiam, porque os pais diziam às crianças: "Todos estão descansando a esta hora." Então, elas deviam esperar dar pelo menos duas horas da tarde. Além disso, naquele horário o sol era de rachar, fosse inverno ou verão, exceto quando estava nublado.

Nina estava sentada em uma cadeira de plástico na frente de casa quando Valéria chegou. Ela a observou por alguns segundos antes de Val começar a falar.

— Nina...

— Agora o que, Valéria? Quer que eu minta de novo para ficar com Sombra?

Valéria percebeu que ela não aprovava aquilo. Será que ainda era sua amiga? Podia lhe contar seus problemas? Seu rosto estava sem expressão alguma. Não sabia o que dizer. Então resolveu voltar para casa.

— Espere, Valéria... — pediu Nina.

Valéria parou, mas não se virou para ela.

— A verdade é que me preocupo com você. Está sendo tão idiota...

Aquilo foi o suficiente para Valéria ir embora, surpreendendo Nina, que ficou ali sentada, sem reação.

Ela só sabia de um lugar onde poderia falar sobre seus problemas. E mesmo que Sombra não falasse sobre os dele, Val podia extravasar todo o seu estresse. Sabia que ele a ouviria e que raramente responderia como os outros. Pelo menos, Sombra não tinha pena de ninguém.

Ela bateu à porta, e Ben a abriu depois de alguns segundos. Estava de jeans e sem camisa, descalço, com uma colher na mão. Tinha um frasco de pomada debaixo do braço. Valéria olhou por cima dos ombros e viu o fogão ligado.

— Está cozinhando algo?

— Ainda não comi — respondeu.

— E sempre faz comida assim?

— Estou tentando passar pomada nas costas, mas é fisicamente impossível.

Ben olhou para o pescoço de Valéria para ver se as marcas ainda estavam lá. Algumas já haviam desaparecido, mas outras continuavam bem escuras.

— Estou repetindo as roupas porque nem todas cobrem meu pescoço — explicou Valéria, sorrindo. — Para que precisa da pomada?

— Entre.

Ele se virou, e ela descobriu. As costas de Ben estavam cobertas de arranhões. Estavam melhorando, mas Val sabia que eram de dois dias antes.

— Desculpe.

Ela entrou e ficou diante das costas do rapaz. Algumas marcas eram de unha cravada, outras deixaram a pele esfolada. Eram piores do que as "marcas de amor".

— Por que não disse?

— Gosto que me arranhe — respondeu, ainda de costas.

Valéria o abraçou por trás.

— Eu passo a pomada para você.

— Espere.

Ben desligou o fogo do arroz, que já estava pronto, e colocou a carne para aquecer no micro-ondas.

Ele se sentou em uma cadeira, de costas para ela. Com os dedos trêmulos, ela começou a espalhar a pomada.

Não havia percebido que sua pele era tão macia. Gostava de tocá-lo. Por um momento, perdeu a concentração. Gostava do fato de tocá-lo, de sentir as marcas que os arranhões deixavam naquela pele.

— Dói?

— Às vezes. Alguns — respondeu ele.

Então ficaram em silêncio, e Valéria parou de mover o dedo. Um pensamento quase a deixou aos prantos.

— Minha mãe vai perder a casa.

— O quê? — perguntou ele, virando-se para Valéria.

— A hipoteca está atrasada, não pagamos há meses...

Valéria começou a chorar, era inevitável. Seus olhos transbordavam em lágrimas, vindas do nada, enquanto tentava manter os lábios apertados para não gritar.

— Quero ajudar, mas não posso — disse Valéria.

Ben se sentou com ela no sofá e encostou a cabeça da menina em seu peito.

— Quero mesmo ajudá-la, mas não há nada que eu possa fazer.

Silêncio. Ele apenas acariciava seu ombro.

— Nina está estranha comigo. Não quer mais ser minha amiga.

— Ela disse isso?

— Ela me falou coisas horríveis quando a encontrei, e depois disse que se preocupa comigo... — Valéria fungou. — Acredite ou não, você é o único que não me julga.

Ela o olhou nos olhos. Era verdade. Eles não disseram mais nada. Estava tudo bem. Valéria já não sentia que guardava mil coisas dentro de si. Os problemas não desapareceram, mas ela se sentia leve como uma pluma. Sombra lhe acariciou a bochecha e deslizou a mão até seu pescoço para puxar sua cabeça de volta ao peito dele.

No domingo seguinte, Valéria vestiu um vestido de renda um pouco acima dos tornozelos para ir à igreja. O pescoço estava visível, a maioria das "marcas de amor" já tinha sumido e seu cabelo escondia as que ainda estavam aparentes. Ben prometeu que lhe daria chupões em outro lugar, porque ela não podia andar daquele jeito.

Logo depois de rezar, pedindo a Deus por um milagre para que não perdessem a casa, viu Gregório. Como se ele fosse a resposta divina enviada por Deus.

— Gregório? O que faz aqui? — perguntou. A verdade é que ele se desculpara um milhão de vezes depois da briga. No entanto, ela ainda ouvia as palavras que ele lhe dissera: "Você é uma vaca. Nunca se esqueça disso."

Valéria tinha chorado enquanto rezava. Seu rosto estava vermelho e seus olhos lacrimejavam

— O que houve, Valéria? — perguntou ele, acariciando sua bochecha.

— Nada.

Ela saiu da igreja. Não queria desrespeitar a Deus, e, além disso, as meninas que frequentavam a Monte Nazaré a observavam.

— Veio me procurar? — perguntou, já do lado de fora.

Gregório suspirou.

— Olhe, sinto que você mudou, para pior. Não é a mesma.

— Está enganado. Sempre fui Valéria Garcia. Meu nome mudou?

— Sabe o que quero dizer. Não finja que não, porque sabe.

Valéria, indiferente, continuou a caminhar para casa.

Gregório a seguiu.

— Ben ainda é meu amigo, e eu o conheço bem. Valéria, ele não ama você.

Valéria parou. Ele não sabia de nada, do que estava falando?

— Por favor, Gregório, não faça como Nina, como todos.

Valéria estava exausta.

— Por favor, tente entender. Você é o único amigo que tenho agora.

Gregório suspirou.

— Não posso ser seu amigo, Valéria. Sabe dos meus sentimentos, não vou deixar de tentar conquistá-la.

— Mesmo sabendo que estou com Ben? Vocês são amigos desde pequenos!

— Por que estava chorando?

— Não mude de assunto.

— Vou tentar falar com ele de novo, prometo. É isso que quer?

Não, não queria aquilo. Não estava lhe pedindo nada. Foi ele que a seguiu.

Valéria voltou a andar.

— Também vou tentar ser seu amigo.

— Sem querer tirar vantagem disso?

— Exatamente.

Gregório sorriu.

— Por que não tornam tudo público? Por que ele queria que eu lhe convidasse para sair se já estava com você?

Valéria olhou para o chão e cruzou os braços.

— Ele não quer compromisso, e eu acho... Acho que é melhor assim, sabe? Tudo secreto, por favor, não conte a ninguém.

— Não contarei.

Eles continuaram a caminhar em silêncio. Valéria jogou o cabelo para trás e deixou escapar um gemido frustrado. Não alto o suficiente para as pessoas ouvirem, mas Gregório percebeu.

— O que houve?

— Preciso de um emprego.

— Um emprego, você? Para quê?

— Num horário noturno.

Gregório olhou em frente e deu um sorriso.

— Vou ajudá-la.

O sorriso era contagioso. Valéria o encarou, incrédula, e também sorriu.

Quando Valéria passou em frente à casa de Marian, percebeu que Nina estava com Rose e Argentina. Quando cruzou o olhar com a antiga amiga, Val virou o rosto e fixou os olhos na rua. Não queria falar com ela, muito menos encará-la. Sentia falta de Nina. Eram melhores amigas, mas, mesmo assim, estava um pouco ressentida. Independentemente da razão, Valéria sempre a apoiara em todas as suas decisões, até a encobrira muitas vezes. Por isso, não entendia por que era tão difícil para Nina fazer o mesmo com ela.

— Tenho que contar uma coisa a você — disse Nina, apressada, às costas de Valéria, que se virou para encará-la.

— Que Sombra é ruim para mim?

— Sim. — Ela passou o braço sobre o ombro de Valéria. — Na verdade, tenho muitas razões, pesquisei a vida do garoto inteira, só por você, porque me preocupo.

Valéria não sabia muito sobre Ben. Lembrava-se dele brincando com os meninos do bairro quando criança, mas ele nunca se relacionara com ela, que naquela época não estava interessada em meninos.

— Você só tem alguns segundos.

— A mãe se matou, foi encontrada na banheira da casa onde Sombra mora! E o pai se casou com uma mulher mais velha e rica, dona de uma empresa bem conhecida. Não sei por que, Sombra não quer saber dos dois, mas é sustentado pelo pai. — Ela esfregou o dedo indicador com o polegar, referindo-se ao dinheiro. — Há alguns meses, usava drogas, e ninguém sabe se ainda usa. E há uma garota que afirma andar com ele, chama-se Laura. É muito bonita.

— Quer que eu acredite nisso?

— Não se lembra da polícia quando a mãe de Sombra morreu? Fazendo perguntas para todo mundo?

Como esquecer? Ela tinha apenas dez anos. Não lhe fizeram perguntas. Quando soube que uma senhora tinha morrido, nem sequer se importou. Os pais não disseram nada, mas não a deixaram ir para a rua por mais de uma semana.

— E qual é o problema?

— Além do fato de que ele talvez a traia com outra pessoa... e de que é viciado em drogas? Valéria — Nina a olhou com toda a seriedade —, ele vai acabar com sua vida. Por favor, acorde!

Valéria fechou a cara e voltou a andar rápido, o coração batendo acelerado, como se não aguentasse mais. Bastava!

Por um momento, não queria Sombra nem ninguém. Só desejava ficar sozinha... e respirar.

Capítulo 13

DE CALÇA JEANS JUSTA

— Esta é Valéria.

A mulher olhou para ela de cima a baixo, com os lábios franzidos.

— Sabe contar?

— Sim.

— Mil e vinte um vezes dois?

— Dois mil e quarenta e dois — respondeu, após alguns segundos.

— Ótimo.

A mulher saiu de trás do balcão, Gregório e Valéria a seguiram.

— Tudo bem, preste atenção. Primeiro, você anota o pedido e leva para Patrícia. Ela lhe entrega o pedido, você o entrega para o cliente e recebe o pagamento lá mesmo. Isto é uma caixa registradora, o pagamento é guardado aqui. É isso.

— Tudo bem.

Valéria acenou com a cabeça.

— Nunca dê troco a mais.

Valéria assentiu.

A mulher continuou a explicar as coisas.

— Não vendemos álcool, mas, às vezes, alguns idiotas vêm e compram bebidas de laranja, se sentam naquele canto e misturam com rum, ficam bêbados e começam a falar muita besteira. Ignore-os. Se exagerarem, enfie um garfo neles. Ou, se não tiver coragem, chame Patrícia, ela os expulsará.

— Por que não são proibidos de entrar?

— Porque são uma grande parte do nosso rendimento.

— Está bem — concordou.

— Vestuário. Aqui há mulheres bonitas, mas não nos vestimos como vagabundas. O único homem entre nós é o cara de óculos, que está sempre lá atrás, limpando a sujeira. Não se preocupe, ele joga no outro time. — Ela piscou o olho. — Um jeans e uma blusa de qualquer cor. Pode ser decotada, mas sem ser vulgar.

Valéria olhou para seu decote, quase inexistente e, em seguida, de volta para a chefe.

— Nosso avental cobre — disse, referindo-se ao decote.

Ela lhe entregou um avental vermelho com o logo de uma bebida e a frase "Bebidas Fresa" embaixo. Que criativo. Era o nome da mulher que lhe explicava o trabalho.

— E o boné. — Era tipo uma viseira, deixando parte da cabeça descoberta. — Amanhã, domingo, você começa a trabalhar.

— Muito obrigada.

Valéria olhou para Gregório com entusiasmo.

— E o pagamento pode ser semanal, de mil e quinhentos; se quiser quinzenalmente, três mil; ou mensalmente, seis mil.

— Quinzenal está bom.

— Equilibrada, gostei. — Ela sorriu.

— Muito obrigado, Fresa — disse Gregório.

— Tudo pelo meu sobrinho querido.

Ela olhou para Valéria de canto de olho, a calça da menina estava um pouco folgada.

— Ah, outra coisa, use calça mais justa, tão justa que mal consiga respirar. Homens gostam de olhar para bundas.

O Bebidas Fresa ficava no mesmo bairro de Valéria, mas do outro lado. As pessoas (na verdade, os rapazes) daquela área não se davam muito bem com os do lado de Val. Ficava um pouco longe, a sete quarteirões da esquina e a dez quarteirões de sua casa. Era uma boa caminhada, mas valia a pena.

O primeiro dia de trabalho passou normalmente, até que a noite caiu e um grupo de rapazes a deixou muito nervosa.

— E você é nova?!

Um deles tocou em sua mão enquanto ela limpava o balcão.

— Bem, nunca estive aqui antes. — Levantou os olhos.

Qual seu nome, pequena? — perguntou um rapaz, reclinando-se no balcão.

— Sou maior que seu amigo ali atrás — respondeu.

— Ahhhh... — reagiram os outros.

— Tem de abacaxi? — Um dos rapazes quis saber.

— Sim, vai querer um? — Ela tentou ser profissional.

— Não, melhor de melancia com banana.

— Está bem. — Valéria anotou o pedido e saiu.

Os rapazes fizeram uma confusão que a deixou desconfortável.

— Você tem uma bundinha bonita — disse um deles. Alguns riram.

— Isso é muito rude.

Valéria se afastou e voltou a se sentar.

— Ainda não pedimos nossa bebida! Vou falar com Fresa para não contratar pessoas ineficientes.

Valéria se levantou outra vez.

— Então faça seu pedido e pare de me agredir verbalmente — reclamou, sentindo o sangue no rosto.

Anotou o pedido dos outros dois. À sua esquerda, o rapaz que Valéria ofendera ainda a encarava. Ela esperou que ele fizesse o pedido. Ele sustentou o olhar; seus olhos eram azuis.

— O que quer?

— Você...

Valéria ficou com vergonha. Ia responder, mas ele apontou algo com o dedo.

— Você... acha que isso aqui é bom?

Ele apontava no cardápio o sabor de maçã verde.

— Maçã verde?

— Sim, não sabe ler?

Valéria o ignorou. Os rapazes se sentaram, ela teve que respirar fundo depois de passar os pedidos para Patrícia.

— Se quiser, levo as bebidas para eles. Fique aqui.

— Obrigada.

Sentou-se, mas os viu fazendo coisas estúpidas. Revirou os olhos. Podiam ser mais idiotas? Não, claro que não.

A tia de Valéria foi visitá-los e conversou com Claribel durante toda a tarde. Ela levou presentes para Val e seus irmãos. Falou para a sobrinha que não entendia como uma moça de dezessete anos se vestia daquele jeito. Com calça larga na altura dos tornozelos, roupas sem forro e camisas com estampas de bonecas.

Ela levou várias peças de roupa, não era muito, mas fazia a diferença. Val não parecia mais uma criança, pelo menos por fora. O pouco que tia Victória levara chamava atenção.

Quando a tia e Valéria estavam sozinhas no parque, Victória teve a chance de conversar com ela.

— Como está tudo?

Victória viu a tristeza de Valéria. E ela estava mesmo triste. Fazia dois dias que tentava ignorar todo mundo e ficar sozinha. Além disso, Claribel já tinha avisado a Victória que Valéria estava mimada e sem interesse pelas coisas. A tia ficou preocupada. Val nunca havia sido daquele jeito.

Na infância, ela era a mais feliz das crianças e sorria para todos. Era fácil simpatizar com ela.

— Normal.

Victória conseguiu decifrar o que sua sobrinha tinha ao vê-la com a cabeça baixa, balançando os pés.

— Apaixonada?

— Não... — respondeu Valéria, bem rápido.

— Vamos, Valéria, sou sua tia, não uma estranha, confie em mim.

Ela piscou, e Valéria a olhou e afastou alguns fios de cabelo do rosto.

— Talvez.

— Então por que está sofrendo?

Valéria mordeu o lábio.

— Acho que o amo. — Sentiu que ia chorar e conteve as lágrimas. — Tia, quem disse "eu amo você" primeiro, você ou seu marido?

— Ele disse: "Ei, eu amo você." Ri na cara dele e respondi que não estava apaixonada por ele. Sabe o que ele disse?

Valéria negou com a cabeça.

— "Não quero saber, já te dei meu coração." E eu era dele. A partir daquele momento, eu era dele, foi como se uma faísca nascesse em mim e eu me apaixonasse de repente.

— Uma menina pode se declarar primeiro?

Victória deu de ombros.

— Sim, por que não? Diga como se sente. Estamos no século XXI.

Valéria se perdeu em pensamentos.

— É porque quer dormir com ele ou já fez isso?

Naquele momento, Valéria ficou pálida

— Eu não disse...

— Não tenha vergonha, a sexualidade não é motivo de alvoroço. Perdi minha virgindade aos catorze anos. Então, se você com dezessete não for mais virgem, não vou julgar, vou parabenizá-la por esperar tanto. — Ela riu, mas Valéria, não. — Não quero que transe com alguém sem amor, vai se magoar. Esclareça as coisas ou então coloque um ponto-final na história.

Valéria parou de olhar para a tia e estudou o outro lado da rua.

— Quem me dera que fosse assim tão fácil.

— Então siga seu coração.

— Ah, não, tia. Não me diga que vai contar histórias de princesas, porque nunca sabemos o que acontece depois do "felizes para sempre".

— Faça o que achar certo, você é uma garota saudável, forte e bonita. Não deixe ninguém fazer com que pense o contrário. É forte, Valéria.

Com seus irmãos, com a casa, agora que seu pai não está mais aqui. Você e sua mãe são presentes na vida de Carlinhos e Carol, e eles vão ficar bem.

Valéria ficou em silêncio.

— Emprestei dinheiro a sua mãe para pagar parte da hipoteca, e ela vai me devolver quando puder. — Na verdade, era o salário de Valéria que pagaria a tia. — E sobre o rapaz, se ele a machucar, diga-me, eu quebro a cara dele. E sobre sexo, é só decidir quando estiver pronta.

A tia pegou um táxi e deu dinheiro para Valéria pegar outro para casa. Mas, quando foi embora, Valéria guardou o dinheiro e voltou a pé.

Era quase noite. Em uma bolsa a tiracolo, Valéria levava uns biscoitos que havia feito para Ben na casa de Sabrina. Tinha tantas coisas para falar com ele que nem sabia como começar.

E, ao mesmo tempo, sentia medo. Supunha que não devia perguntar sobre a vida do rapaz. Já tinha cometido aquele erro antes, e sabia o risco que corria. Frio, distante, zangado, triste. Mas tinha que fazer aquilo, tinha que perguntar a ele, porque permanecer com a dúvida seria como abrir um buraco que ficaria cada vez maior.

Sentia cãibra nas pernas e o rosto queimava. Não entendia por que seu corpo reagia daquela maneira: tinha um grande nó no estômago e as mãos estavam frias. Ia contar sobre o emprego. "Mas tenho que dizer quem me ajudou... Será que ele vai ficar bravo?"

Também queria saber sobre a mãe de Ben, mas sabia que seria muito mais difícil. Ele nunca havia falado sobre aquilo. Deveria ser um assunto delicado. Não queria que ele se fechasse e que ela nunca mais pudesse ser honesta com o rapaz.

Outra coisa que a deixava louca era a história da droga. Na escola, explicaram seu efeito nocivo. Por que ele usava? Ela não acreditava naquilo. Para Valéria, Ben era a melhor pessoa do mundo.

Segurou a bolsa com mais força. Temia ter amassado os biscoitos, então deu uma olhada. Suas mãos tremiam, e ela não sabia a razão. Então algo passou por sua cabeça. "Quem era Laura?" Ele não gostava de ter namoradas, só amigas. Mas Laura alegava ser namorada dele. Quem era ela? Por que nunca ouvira falar nela?

"Porque ninguém fofoca sobre os assuntos de Sombra."

Ela bateu à porta, mas uma garota a empurrou antes que a abrissem. Estefani.

— Eu sabia! — disse, em tom acusador.

Valéria ficou sem palavras.

— Você gosta dele. Mas sabe no que está se metendo? Ele é um fodido, Valéria, pelo amor de Deus.

A porta se abriu. As mãos de Ben impediram que Valéria caísse. Ele olhou confuso para as meninas, xingando baixinho.

Estefani se afastou um pouco.

— Espere, sabia... que ela viria?

— Estefani, o que você quer? — perguntou ele, com voz rouca. Parecia que tinha acabado de acordar. Estava com marcas de travesseiro no rosto. Mas, talvez, se estivesse dormindo, não teria aberto a porta tão depressa.

— Você é o pior ser humano do mundo — disse Estefani, cruzando os braços.

— Tudo bem, mas já chega. Quem você acha que é para falar assim? — Valéria estava na defensiva. Ben não era mau. Por que todo mundo insistia naquilo?

— Cale a boca.

— Estefani, não brigue com ela.

Estefani suspirou.

— Por que usaram Gregório como isca? Ah... Ela é a garota que vem aqui? Valéria, pelo amor de Deus, acreditei em você.

— Estefani — disse Ben, em tom de aviso.

— Benjamin! — Ela olhou para Valéria. — O que quer dele?

— Ela não quer nada. Vá embora, Estefani.

Ben saiu da casa e empurrou Valéria para dentro.

O céu estava alaranjado. Prestes a escurecer. Clima abafado, pois o ar de janeiro ainda se fazia presente. Àquela hora, Ben estaria se preparando para sair, mas isso não estava em seus planos naquele dia.

— Espere. Vocês estão envolvidos? — Valéria olhou para os dois. Sentiu uma dor no peito. Estefani era "Laura"?

— A mãe dele era sobrinha da minha mãe — explicou Estefani, como se Valéria devesse saber.

O problema é que ela não se metia em nada que não fosse da sua conta. Aprendeu isso com as varas e os palavrões dos pais. Não se metia nos assuntos dos outros nem procurava saber sobre a vida de ninguém.

— Mas você tem quase a minha idade... — Valéria achou que eles a estavam enganando.

— Você tem dezoito anos? Achei que tivesse quinze.

— Tenho dezessete — respondeu, com os dentes cerrados.

Ela não era uma criança. Claro que sabia o que estava fazendo.

— Ah, é mais velha. Por isso pensa que é amor?

Valéria não respondeu, e Ben voltou a empurrá-la para dentro.

Ele olhou para Estefani antes de fechar a porta.

— Não se intrometa — murmurou, para que só ela escutasse.

Valéria pegou o guardanapo no qual embrulhara os biscoitos, mas ficou desapontada quando viu que haviam se tornado migalhas. Sentiu vontade de chorar.

Sabia que ia dar tudo errado.

— Por que veio ainda de dia?

Não era mais dia, já estava escurecendo.

— Valéria, pelo amor de Deus, não sabe guardar um segredo?

— Queria trazer esses biscoitos.

O lábio dela tremia. Que loucura havia lhe passado pela cabeça? Quantos mais a teriam visto?

Mas já não os tinham visto no dia em que ele a acompanhara até sua casa? Por que ele não queria que todos soubessem?

Ben não queria ser visto como o vilão ou talvez fosse porque achava que não tinham nada sério. Não a amava. Se todos soubessem, iam considerá-la uma das paqueras de Sombra. Aquilo a chateava.

Valéria estendeu o guardanapo. Ben o pegou das mãos trêmulas e o levou para a pia.

— Migalhas! — disse, como se não acreditasse. — Por umas migalhas idiotas, pôs sua reputação em risco. Está fazendo besteira de novo.

— Desculpe. — Ela não conseguia se mexer. — Desculpe. Desculpe. Também vim para lhe dizer uma coisa.

Quando Sombra escutou seu tom de voz fraco, acalmou-se. Relaxou as costas e o maxilar. Tentou se aproximar, mas ela recuou por reflexo.

— Há quatro dias que trabalho em meio período.

Ben se sentou no chão com as mãos no queixo.

— Sério? Quatro dias?

— Sim.

— Onde?

— Bebidas Fresa, entro às três da tarde, saio às nove, dependendo de como está tudo. Hoje entro às sete. Por isso vim mais cedo, para lhe contar. Com as aulas e o trabalho, estou exausta demais para visitá-lo. Queria me explicar.

— Você não tem que se explicar. Não é obrigada a vir, Valéria, entenda isso.

— Eu sei.

Ela piscou várias vezes para não chorar. Cerrou os dentes quando afirmou:

— Já me disse isso várias vezes. Que não sou obrigada a vir. Mas sei que faz isso com segundas intenções. Sabe que vou voltar.

Ben não suportava encará-la. Em vez disso, pensou no trabalho de Val. Do outro lado do bairro, no território dos Norcuros.

— Gregório arranjou um emprego para você naquela pocilga? — Ben levantou as sobrancelhas.

Fresa era tia de Gregório, era óbvio que ele havia ajudado. Ben se sentiu um idiota, seu melhor amigo ousara empregar Valéria. Naquela área onde Ben não tinha nenhum controle.

— Preciso do emprego. Fui ao dono da casa pedir uma prorrogação. Vou pagar tudo com meu salário logo, e ele vai suspender o processo de despejo. Não posso deixar que nos joguem na rua, Ben. Não importa o que seja. E não é uma pocilga, Fresa decorou tudo muito bem. Com cores brilhantes, e a moça que trabalha comigo é simpática.

— Do lado dos Norcuros.

— O que há de errado com isso?

— Nada — respondeu rapidamente.

De repente, ele sentiu sede. Levantou-se e foi até o armário, pegou um copo, lavou-o e abriu a geladeira. Pegou o jarro com água gelada e encheu o copo até quase transbordar. O exterior se condensou, formando uma pequena poça. Sombra bebeu a água em um gole. Valéria o observava.

— O que tem de tão ruim?

Ele não iria contar. Tinha que ser mais cauteloso. Devia se afastar dela.

— Alguém a incomodou?

Valéria pensou nos comentários dos rapazes que frequentavam o local todas as noites. Mas eram clientes. Não podia se queixar deles.

— Não.

— E deve chegar às sete hoje? Valéria, a que horas pretende sair?

— Não sei.

— E se alguém a machucar?

— Não tinha pensado nisso.

Sombra se aproximou de Val. Ele a olhou como se estivesse à procura de alguma coisa.

— E você é minha?

— O... quê? — A voz de Val tremeu.

— Esquece.

Ele se afastou. Procurou um pano para secar a água.

— Vá embora, Valéria.

— Também queria perguntar uma coisa. — Foi a única coisa que sua boca conseguiu articular.

— Vá embora, Valéria — repetiu.

Sabia que ele falava sério. Apesar de nunca a ter expulsado antes. Não queria continuar com aquilo.

Capítulo 14

PÓ BRANCO

Ao sair da casa de Sombra, a respiração de Val se acelerou. Seu peito subia e descia. Não tinha conseguido fazer todas as perguntas. Tudo dera errado.

"Você é minha?" A frase se repetia em sua cabeça. Por que perguntara aquilo?

Parou de andar. Ela era dele? Não. Ela era de si mesma. De mais ninguém.

Mas a reação de seu corpo era diferente. Sim, queria ser de Ben, por que não? Só dele, amá-lo. Era só o que fazia. Era tudo o que queria.

Pelo menos, até aquele momento. E não havia mais planos.

Voltou em casa para deixar a bolsa. Ben tinha razão. Não trabalhava na área mais segura de todas. Havia um motivo para as duas metades do bairro serem mantidas separadas, embora não soubesse qual. Ela não sabia nada sobre territórios ou gangues. Apenas se concentrava no que realmente importava. Ir em frente.

Quando ele passou na frente da Casa Central, chamou a atenção das pessoas. Uma visita de Sombra, que *honra*, pensaram alguns; outros acharam que ele estava espiando, observando tudo o que acontecia. Mas não fazia sentido, a vida real era de madrugada, quando não havia pessoas inocentes na rua. Ben não tinha quem espiar.

Eram nove horas da noite, e ele acabara de chegar ao local. Havia muita gente, era aniversário de um dos rapazes. Ben o conhecia. Talvez por isso tenham pedido para Valéria mudar seu horário, porque precisavam de alguém para servir as bebidas aos convidados.

Alejandro estava presente. Falava com ela em vez de estar com seu grupo de amigos no canto. Estava sentado em uma das banquetas redondas, debruçado no balcão. Ele a olhava, e sua boca se mexia. Estavam conversando. Ou, pelo menos, ele falava enquanto Valéria concordava com a cabeça e servia bebidas em uma bandeja. Talvez fosse um pouco tarde, mas tinha que ter fé de que não era.

Os amigos de Alejandro, os Norcuros, com suas tatuagens em forma de estrela no punho direito, viram Ben entrar e o seguiram com os olhos. A poucos passos do balcão de Valéria, ele olhou para cima.

Alejandro fez o mesmo, e o ar tenso preencheu o lugar de modo surpreendente.

Valéria ficou sem jeito. As mãos tremiam quando tentou levantar a bandeja.

— Está bem, pode deixar, eu levo

Patrícia pegou a bandeja. Valéria secou as mãos no jeans justo que usava. O avental estava puxado até em cima para esconder seu pobre decote.

Alejandro a observava. Era óbvio que Valéria o conhecia.

— Em que ano você está? — repetiu.

Mas Valéria só olhava para Sombra, que estava no balcão. Ele estudava os doces fingindo não a ter visto. Fingindo que era um estranho.

Alejandro pigarreou.

— Conhece Benjamin? — perguntou, com voz muito baixa.

Valéria olhou para Alejandro. Ele sabia o nome de Sombra, então também o conhecia.

— Nã-não.

Ben parou de fingir que olhava para alguma coisa, então se sentou ao lado de Alejandro.

— Tem batida de abacaxi com leite? — perguntou a Valéria. Nem sequer a cumprimentou. Ela percebeu que era para agir como se não o conhecesse.

— Sim, sim... — A voz falhou. Estava nervosa.

Ben arregalou os olhos.

— Então traga uma.

Valéria foi até onde as batidas eram preparadas enquanto Patrícia estava no salão da festa de aniversário. Ia preparar o pedido de Ben. Pegou o recipiente de alumínio e o encheu de leite até a metade. Despejou cubos de gelo e pedaços de abacaxi. Tampou o recipiente e o colocou em uma das bases dos misturadores.

Quando o som começou a ensurdecê-la, Val respirou. Ah, meu Deus. Ela estava falando com Alejandro. Será que Ben ficara com ciúme? Valéria mordeu os lábios. Queria que ele sentisse ciúme, mas não queria que ficasse zangado. Olhou pelo vidro e os viu conversando. Eles se conheciam!

O rapaz com os olhos azuis e Sombra se conheciam! Algo na mente de Val estalou e a fez sentir um arrepio.

— Viu aquela bunda linda?

Ele acenou como se beliscasse o ar.

Ben o ignorou.

— Ela fica nervosa quando falamos com ela. — O hálito dele cheirava a morango.

Ben concordou com a cabeça, aborrecido.

— Quantas batidas você bebe para ver aquela bunda todos os dias?

— Muitas. Muitas, Sombra. Acho ela engraçadinha.

Valéria saiu com a bebida na mão. Ambos a olharam.

— Quer espuma de baunilha ou de chocolate? — perguntou ela.

Ben fez que não com a cabeça. Valéria lhe entregou o copo e, ao fazer isso, os dedos de ambos se tocaram. Ben se virou, observando o lugar, os Norcuros olhavam para ele, perplexos. Os dois chefes de cada região reunidos fora da Casa Central.

Valéria olhou para a nuca de Ben, depois para Alejandro, que ainda a observava. Com um gesto, ele deu de ombros e se levantou. Parou em frente a Sombra.

— Até logo. Foi uma surpresa vê-lo por aqui.

Depois foi se sentar com o restante da gangue.

Valéria não sabia o que tinha acontecido, mas o ar estava tão denso que podia ser cortado com uma faca. Ele se sentou nas mesas de trás. Ninguém mais pediu sucos ou batidas. Ninguém se aproximou do balcão enquanto Ben estava ali. E ele ficou até às dez horas da noite.

Quando estavam quase fechando, Patrícia se aproximou de Ben para perguntar se desejava mais alguma coisa, mas ele só se levantou e saiu. Ele ficou lá fora, esperando.

— Louco — murmurou Patrícia, começando a recolher tudo.

Valéria a ajudou. Meia hora depois, o lugar estava mais limpo do que antes. Val saiu e lamentou não ter levado um casaco.

Sombra estava na esquina, encostado na parede, sozinho, esperando por ela.

Quando chegou em casa, colocou água para aquecer. Depois tomou um banho. Ela estava tão cansada que, ao deitar-se na cama, sentiu-se no paraíso. Desmaiou sem perceber que estava em cima das pernas de Carol.

Quando acordou, já não havia ninguém na cama. Era sábado. As crianças estavam na sala, tomando o café da manhã: pão e ovos mexidos. O cheiro a acordara. Quase podia saborear a comida quando sentiu um gosto amargo na boca. Abriu bem os olhos e se levantou, descalça. Tomou banho, escovou os dentes e saiu sem falar com a mãe.

O bairro parecia tranquilo. Era cedo. As pessoas não costumam incomodar muito de manhã. Foi para a casa de Sombra. Tinha coisas em mente: descobrir se estava chateado ou com ciúme, descobrir quem era Laura e perguntar sobre as drogas.

Quando chegou ao beco, a porta estava fechada. Bem fechada. Ouviu passos. Virou-se e encontrou Estefani com os braços cruzados.

— Ele não está.

— Obrigada. — Valéria se virou para ir embora.

— Desculpe por ontem, estava um pouco chateada.

Estefani tentou sorrir amigavelmente, mas Valéria não se mexeu.

— Pensei que ele me contasse tudo, mas, óbvio, não é bem assim... E me incomodou Ben ter dito que não quando perguntei se estava com você. Meus instintos não falham.

— Como descobriu?

— A maneira como ele olhou para você uma noite. Mordeu o lábio com tanta força que nem reparou. Ele tem uma enorme queda por você.

— Sério?

— Bem, nem tanto. Ele sabia que Ana ia tirar satisfação.

Valéria ficou parada, assimilando a informação.

— Mesmo?

— Sim. Antes de contar a Ana o que você me disse que "sentia" por Gregório, perguntei a Ben, e ele falou que era verdade.

Ela acabara de confessar que mandara Ana lhe bater?

— Como sabia que ela ia me bater?

— Já contei, não escutou?

Valéria estava zangada com Estefani, em parte por ela ser a culpada da cicatriz seca do arranhão de Ana ainda em seu rosto, mas só pensava em uma coisa: por que Ben iria deixar que a machucassem?

— Por que devo acreditar?

— Certo — Estefani deu de ombros —, não acredite. Mas é bom que saiba que estou do seu lado.

Valéria foi embora.

Ela usava um short e um casaco que a tia lhe dera. Era contraditório, estava frio, usava um suéter, mas deixava as penas de fora. Chutava pedrinhas entre a rua e a calçada quando Argentina se sentou ao seu lado, rindo. Nina e Rose a seguiram.

— Veja quem encontramos. Nossa companheira de aventura!

— O quê? — respondeu Valéria.

— Não se preocupe, Val. Disse à sua mãe que vai dormir em minha casa. Está tudo certo — garantiu Nina.

Argentina e as outras duas se levantaram e começaram a andar, carregando Valéria com elas. A menina parecia drogada. Seus cachos castanho-claros balançavam para todos os lados. Ela era uma das mais bonitas do bairro. Valéria tentou se soltar, mas Nina a impediu.

— Val, quer saber para onde vamos? — perguntou Nina.

— Se possível, por favor.

As três riram.

— Vamos à Casa Central. Hoje, há um encontro — respondeu Argentina.

— Por quê?

— Bem, não sei. Há uma reunião entre os dois clãs. E convidaram qualquer um que quisesse assistir. É uma grande oportunidade — respondeu Rose.

— E por que querem que eu vá? Não quero ir.

Argentina sorriu.

— O único requisito é que se deve ir com um parceiro. Entram dois de cada vez. Vocês são as outras duas.

Valéria tentava compreender. Continuou andando. Era um pouco longe. Havia uma pessoa parada na frente da porta. Deixaram que entrassem em pares. Primeiro, Nina e Rose; depois, Valéria e Argentina. Mas, assim que entraram, se separaram. Somente Nina ficou com ela, olhando para a amiga com tristeza.

— Descobriu se falei a verdade sobre Sombra?

— Não, ainda não. — Valéria cruzou os braços. — Por quê?

— Bem... quero que saiba que ele está aqui. Com ela. Quero dizer, a outra *ela*. Aqui não é como quando ele está em casa. Não fale com ele se não quiser passar um mau bocado. Qualquer coisa, vá me encontrar, estarei perto do pátio. Pode me interromper se eu estiver acompanhada.

Então Nina desapareceu. Valéria ficou ali e perdeu a noção do tempo. Não se mexeria até que as garotas voltassem. Pensou em ir embora, mas o homem na porta insistiu que só poderia sair acompanhada. Era uma espécie de código estranho, que ela não entendia.

Seus pés doíam. Foi até um dos quartos da casa; era uma casa normal, como se fosse de família, deveria ter sido. Já não tinha mais telhado. Uma sala de estar. Uma sala de jantar. Cozinha. Um dos quartos era unido parcialmente ao do lado por uma parede quebrada, tinha pequenas mesas. Os jovens estavam deitados, cheirando um pó branco.

Não bebiam cerveja. Valéria conhecia muito bem o cheiro da cerveja. Os rapazes sempre bebiam na esquina, então sabia que não era cerveja. Alguns estavam com copos de isopor com um líquido cor de âmbar, um odor mais forte. Também não havia música, não queriam chamar a atenção de ninguém. Dois ou três usavam os celulares para ouvir música em seus fones ou com aqueles que os rodeavam. Todos conversavam, às vezes rindo em voz alta.

Ela ia se sentar no sofá, mas Alejandro estava lá. Ele a deixava nervosa, por algum motivo. Tinha medo do garoto.

Foi para outro lugar, um terraço. Parecia o lugar onde crianças brincariam, como o pátio da casa.

Seus olhos se assustaram com o que viram. Sombra inclinando-se sobre uma mesa, alinhando uma linha de pó branco com o que parecia ser um cartão de crédito. Depois a inspirou, inclinando-se para trás. E, lá estava ela, fora de si. A menina ao lado de Ben era mais velha que ele, com vinte e poucos anos. Ela acariciava seu rosto, e Sombra lhe deu um sorriso. Outros fizeram o mesmo que Ben, como se esperassem que ele experimentasse primeiro para ver se era o que eles queriam.

Valéria ficou irada, queria sair de lá. Queria vomitar. A comida ameaçava subir por sua garganta e abrir caminho pela boca. Ela caminhou até a porta com a mão nos lábios, mas se lembrou de que não iriam deixá-la sair. Tinha que estar acompanhada. Val se escondeu atrás de um grupo de pessoas. Não via Nina em lugar algum. Nem acompanhada nem sozinha. Queria desaparecer, não pertencia àquele mundo.

Novamente, tentou sair, mas o homem na porta não deixou. Valéria recuou e bateu em alguém, que agarrou seus braços e a empurrou para fora da casa. O rapaz que vigiava a porta não se meteu no caminho dos dois. Val não conseguia respirar. Não conseguia enxergar bem, embora não soubesse o porquê. Ela se sentia tonta. O tempo frio a fez espirrar.

Ben a chamou. Parecia que não o escutava, como se estivesse em outro mundo. Teria consumido alguma coisa?

— Valéria! Droga, o que está fazendo aqui? — gritou, enquanto a abanava para ver se ela reagia.

Valéria prestou atenção. Ele parecia fora de si. Estava ansioso, enérgico, furioso.

— Nina...

— Aquela idiota... por que ela a trouxe aqui?

— E-eu...

— Sabe que alguém poderia machucá-la?

Valéria não respondeu.

— Podiam estuprá-la. Sabe quantas coisas ruins acontecem aqui?

Valéria o olhou nos olhos.

— Dão uns comprimidos e você só se lembra no dia seguinte.

Ele tinha consumido, e só Deus sabe o quê.

— Ou é isso mesmo que você queria? — Ele se calou, depois segurou o queixo de Val. — Veio ver Alejandro?

Valéria não entendia por que Ben estava gritando. Seus olhos transbordavam de lágrimas. Ele suspirou e tentou abraçá-la.

— Não, não. Não, por favor — pediu, entre soluços. — Estava com outra ainda pouco. Não toque em mim.

Sombra suspirou de novo.

— É? Nós não temos nada!

— Então não toque em mim!

Ele não a tocou. Afastou o próprio cabelo com os dedos, estava grande de novo.

— Onde você vai dormir?

— Na casa de Nina.

— Aquela louca foi embora. Desapareceu, Valéria. Ela me ligou de casa, para dizer que esqueceu você aqui.

Quanto tempo tinha passado? Ela não sabia, mas olhou ao redor e viu as janelas de madeira trancadas, as portas trancadas e as grades trancadas. Não havia uma alma na rua. Como iria voltar para casa sozinha?

— Mas e Argentina?

— Ela tem um homem aqui. Não vai embora hoje. Agora me diz como vai embora daqui. Para onde vai?

Valéria tremeu. Não sabia o que fazer. Queria chorar. Queria que a terra a engolisse.

— Você usa drogas — acusou Valéria.

Ela não tinha para onde ir. Ele era um viciado. Poderia morrer. Valéria não queria aquilo.

— E?

— Você tem uma namorada. O nome dela é Laura?

— Ela não é minha namorada. — Ele tensionou o maxilar. — Só temos um lance.

Aquela palavra a magoou, mas ele não percebeu. Por que podia ter algo com outra, e não com ela?

— Mas por quê?

— Vai me deixar tratá-la igual trato Laura sem chorar? Ela não é uma criança. Faz coisas que você ainda não fez.

Mais lágrimas surgiram. Ela as enxugou. Parecia que um dos efeitos da droga era deixá-lo terrivelmente cruel.

Nunca quis dizer aquilo a ela.

Sombra sentiu remorso. Ela sentia frio e estava com as bochechas molhadas de lágrimas. Como se olhasse para um monstro. Aquilo o magoou. Arrependeu-se do que falara. Além disso, não dormia com Laura havia meses, ela só fazia alguns favores, como não cobrar sua mensalidade na academia e outras coisas. Foi tudo o que conseguiu dizer, mesmo que não fosse verdade.

— Valéria, não fique assim. Sim, gosto de ficar com você, juro, mas não gosto dessa breguice e...

Valéria cruzou os braços.

— Não sou sua, Ben — disse, respondendo à pergunta que ele fizera anteriormente. — Mas me diga o que tenho que fazer para que seja meu. Por favor.

Ele ignorou essa parte e pensou em outra coisa.

— O que lhe deram lá dentro?

— Não me deram nada.

Sombra a tirou de lá. Alguns repararam como saíram juntos no carro que comprara com os amigos. Gregório claramente não estava lá. Se estivesse e a visse sozinha, teria levado Valéria para fora dali imediatamente. Aquele não era lugar para garotas como ela.

Quando chegou em casa, estava zangado. Ben se sentou no sofá. Sentiu o coração batendo acelerado. Valéria ficou parada, sem sair do lugar. As lágrimas haviam secado em suas bochechas.

— Tem medo de mim agora? — perguntou com voz triste, mas não baixa. O tom era alto.

Ela negou com a cabeça. Não tinha medo de Ben. Só ficara magoada porque, de repente, descobrira sua outra vida. Talvez ele não fosse a melhor pessoa do mundo, afinal de contas.

Como poderia amá-la se não fosse igual à Laura?

Mas Val o queria. E não sabia o que fazer para que ele a desejasse também. Ou, pelo menos, fingisse que a amava. Sem isso, ela não teria nada. Porque não tinha amigos em quem confiar e, em casa, só havia problemas. Sua única fonte de tranquilidade estava mudando... ou não. Talvez Sombra sempre tivesse sido daquele jeito e estivesse apenas se preparando para abandoná-la. Por que todo mundo sempre a abandonava?

— Pode me tratar como faz com ela, para que possa esquecê-la.

Valéria estava desesperada.

Ben a olhou.

— Do que você está falando? — Ele não entendia o que ela queria dizer.

— Não quero chorar, juro que não quero — disse para si mesma, limpando o rosto. Doía tanto. Não queria que Ben a abandonasse. Queria ser a droga dele para sempre.

— Vá dormir.

— Você gosta muito dela?

— Valéria, vá dormir. Amanhã a gente conversa.

Ela se aproximou.

— Vou tentar me parecer com ela.

— Valéria — disse ele, mas não a encarou.

— Ela é melhor que eu? — perguntou. Por que Ben não a tocava? Sentou-se ao seu lado no sofá. — Desculpe, queria que me dissesse o que está acontecendo entre a gente...

Valéria já sabia o que estava acontecendo: Sombra estava cansado dela e de sua infantilidade... Ele precisava de alguém maduro. Talvez a outra fosse madura ou, pelo menos, madura o suficiente. Ela não conseguia pensar direito, seu castelo de areia estava desmoronando muito rápido.

Sombra se levantou do sofá e foi para o quarto. Valéria o seguiu.

— Ben — murmurou.

Ele se virou e, sem aviso, pegou-a pela cintura, levantando-a, e a colocou na cama. Valéria ainda estava perplexa quando ele a cobriu com o lençol. Para quem *não estava* sob efeitos da droga, ela se sentia muito hiperativa.

Valéria estava pegando fogo e não entendia o que estava acontecendo. Tentou sair dali, mas ele colocou as mãos em seus ombros.

— Val, já chega — sussurrou.

E foi a última coisa que ela ouviu antes de se resignar e adormecer.

Dormiu como um anjo. Não era a primeira vez que passava a noite na casa dele, mas foi a primeira vez que o viu dormir. Além disso, ele não estava virado de costas para Val, e sim deitado de lado, a sua frente, com a mão esquerda em sua cintura. Ela não queria se mexer. Sentia-se parte do corpo de Ben.

Valéria ainda estava coberta pelo lençol e usando seu casaco. Tudo intacto. Lembrava-se de que ele não queria tocá-la. Talvez tudo estivesse acabado.

Ela tocou sua bochecha suavemente. Ben se assustou e arregalou os olhos. Era apenas Val, mas era tão familiar que sentiu um arrepio pelo corpo. Ela o olhou, mas ele estava mal. Parecia doente.

Algo passou por sua cabeça.

— Fiz algo de errado com você?

Ele ainda se atrevia a perguntar? Mas, em vez de responder "você partiu ainda mais meu coração", ela negou com a cabeça.

— Não fez nada.

Ben se virou e fixou o olhar no teto.

— Prometa-me uma coisa.

— Depende — respondeu Valéria.

— Vai parar de me visitar.

Não pareceu um pedido, e sim uma ordem. Mas ela não iria implorar. Nunca o faria, pelo menos aquilo a mãe lhe havia ensinado.

Ele nunca lhe pediu aquilo antes, nunca pediu que ela não voltasse. Valéria fechou os olhos para dissipar a dor, que ela não sabia de onde vinha nem o que a causava. De alguma forma, queria gravar na memória a sensação de estar deitada naquela cama, com ele ao seu lado, qual era seu cheiro e como era sua casa. Ia obedecer. Sem perceber, voltou a dormir. Quando Ben a viu adormecida, aproximou-se para abraçá-la, não sem antes lhe beijar a testa. Sabia que Val não estava entendendo nada. Talvez fosse melhor assim.

Capítulo 15

OS ESCUROS

Ela pegou os papéis espalhados pelo chão, colocou-os em ordem e depois se virou. Sabrina a olhou por alguns segundos, com o lápis na boca, e voltou a escrever.

— E se deixarmos isto para mais tarde? Nem descansei depois do almoço — disse Carolina, amiga de Sabrina e da turma de Valéria.

As três faziam um trabalho sobre feriados nacionais. Janeiro estava no fim e o ano letivo tinha começado bem puxado. Valéria deixou os papéis na mesa que dividiam.

A casa de Sabrina era muito bonita. Ela tinha a própria sala de estudos, com uma grande mesa de mogno e quatro cadeiras. Também tinha um computador em uma escrivaninha e uma cadeira giratória. Carolina estava sentada nela.

— O trabalho deve ter 32 páginas no mínimo, e só temos dez. Temos que nos apressar — disse Sabrina. Ela era muito responsável e preocupada com as notas. Por isso Valéria gostava de ser sua amiga. Pelo menos, era uma boa influência e a estimulava a estudar.

— E já vai dar 14h30.

Valéria se lembrou de uma coisa.

— Meu Deus, preciso ir.

— Por quê? — Sabrina parou de escrever, mas Carolina ainda estava digitando.

— Tenho um compromisso às três.

— Um namorado?

— Não, estou trabalhando em uma lanchonete.

— Isso é tão legal! — disse Carolina, que parara de digitar. — Quero trabalhar, mas meu pai não deixa. Tenho que continuar a estudar violão na escola de música.

— Ok... — Sabrina começou a recolher tudo e depois se levantou.

Foi até Valéria e a abraçou, depois lhe beijou a bochecha.

— A gente se vê amanhã na escola.

Valéria deu tchau para Carolina.

— Ei, e da próxima vez nos encontramos em sua casa... — avisou Carolina, e Valéria a olhou. — Sabrina me contou que há uns rapazes bonitos lá.

Valéria fez uma expressão indiferente.

— Não acho que seja uma boa ideia.

— Por quê? — perguntaram as duas, ao mesmo tempo.

Havia vários fatores, mas um pesava mais que os outros.

— Não tenho internet.

— Não importa, vamos reler o que escrevemos.

— Também não há espaço.

— Fala como se vivesse numa caixa.

Não era uma caixa, mas não se comparava à enorme casa de Sabrina. E, pelo que Valéria sabia, Carolina vivia em uma casa ainda maior.

— Não dá — disse, em tom seco.

Sabrina franziu a testa.

— Se você diz...

— Egoísta — murmurou Carolina.

Valéria seguiu seu caminho.

Não queria pensar que falariam sobre ela depois que saísse, mas não podia levá-las até lá. Quando visitavam Sabrina, eram recebidas com aperitivos e refrigerantes. Além disso, na casa da amiga havia lugar para se sentar e observar a paisagem. E Valéria não poderia oferecer o mesmo. Não que invejasse a situação delas. Não escolheu onde nascer. Também não podia culpar ninguém.

A última vez que as meninas não concordaram com Valéria, tornaram-se grosseiras e frias. No recreio, deixaram-na sozinha e riam quando ela passava. Eram ainda mais fofoqueiras do que as garotas do bairro. Valéria não era ninguém na escola sem elas. Precisava delas. Contudo, não havia como levá-las para sua casa.

Ao entrar em sua rua, encontrou Estefani conversando com a mãe na porta. Valéria ficou pálida. Seu coração começou a bater tão forte que conseguiu senti-lo nos ouvidos. Deu um passo para trás, mas a mãe já a tinha visto.

— Val!

— Sim? — perguntou.

Se Claribel ia acusá-la de sair com Sombra, não parecia nem um pouco zangada. Parecia feliz.

— Estefani estava me falando sobre...

— Minha festa de aniversário de dezenove anos.

— O tio, que é político, vai dar uma festa incrível para ela. Ela veio convidar você.

— Mãe, não tenho dinheiro para pagar nada. — Como se ela não soubesse.

— Não se preocupe — disse Estefani, sorrindo. Ela sabia ser legal quando queria. — Qual a parte de meu tio pagando tudo você não entendeu?

— O tio é o marido da sra. Berroa, da loja de eletrodomésticos! O filho também mora aqui no bairro.

Ben.

— Bem, dinheiro do meu tio ou da esposa, não importa! — Estefani sorriu de novo. — E então?

— Não sei, tenho que trabalhar.

A mãe de Valéria a repreendeu com o olhar.

— Não seja malcriada.

— Fale sobre sua festa, Estefani. — Valéria se obrigou a ser gentil.

— Farei cinco danças com cinco cores; você é branco, minha pureza. E vai dançar com um rapaz que também estará de branco.

Claribel aplaudiu de felicidade.

— Fantástico! Talvez assim Valéria socialize mais com rapazes. Ela passa muito tempo com Nina.

Estefani olhou para Valéria com um sorriso zombeteiro.

Ela socializava. Muito. Com um parente de Estefani. Com Sombra.

— O rosto angelical foi o que me fez decidir por ela, mesmo que não sejamos tão próximas. Você é perfeita. E talvez nos tornemos mais amigas agora!

Ela não sabia se queria ser amiga de Estefani. Mas sabia que seu rosto não era angelical; a pele não era branca o suficiente, o cabelo não era loiro, e os olhos não eram grandes e impressionantes, mas pequenos e delicados, com uma cor preta intensa, que às vezes não deixava as pessoas verem suas pupilas.

Valéria entrou em casa e tirou o uniforme. Ficou parada de calcinha e sutiã, fazendo cálculos. Era tarde, se tomasse banho antes de ir para Bebidas Fresas, se atrasaria. Levantou os braços, não estava cheirando mal e, com os ventiladores, talvez nem suasse. Então vestiu a roupa de trabalho e saiu correndo. Não sem antes confirmar com Estefani que participaria de sua festa.

Estava limpando um suco derramado com o esfregão quando encontrou uma moeda de cinco pesos no chão. Ela se abaixou para pegá-la, devia tê-la deixado cair quando recebeu o pagamento de alguém. Podia não ser muito, mas Patrícia a avisara para ter cuidado com o dinheiro. Se faltasse um peso na hora do fechamento, Fresa ficaria brava.

— Linda, onde está você?

Ela reconheceu a voz. E se levantou para confirmar que era Alejandro a chamando de novo.

— Olá.

— Pode me chamar de Alê. Não ligo, querida.

— Está bem.

Valéria se virou, jogou a moeda dentro da caixa registradora e passou um novo pedido para Patrícia.

— Vai querer alguma coisa?

— Não, só vim ver você. Estou sem dinheiro.

Ele tocou o bolso da calça.

— Não posso vender fiado.

— Eu sei.

Então, silêncio. Valéria pegou a bebida preparada por Patrícia, entregou à menina que fizera o pedido, recebeu o pagamento e lhe deu o troco. A menina não foi embora, e Valéria suspeitou de que ela gostasse de Alejandro. Mas ela só passou um tempo mexendo no celular e depois saiu.

Alejandro sussurrou:

— Então, eu a vi na Casa Central esse sábado.

Embora fosse uma afirmação, parecia uma pergunta. Valéria olhou para ele de longe e deu de ombros.

— E, pelo que vi, conhece Benjamin.

Ela não o encarou. "Ben", suspirou para si mesma, mas se lembrou de que estava zangada porque ele não a amava mais. E aquilo doía muito.

— Não o conheço.

— Então por que foi embora com ele? Eu o vi segurar seu pulso e colocá-la no carro.

Valéria não o ouvia. O lugar estava vazio. Nem uma única alma para comprar nada. Ela desejava com todas as forças que alguém quisesse uma bebida e aparecesse, mas a clientela só chegava mesmo depois das seis, quando os empregados saíam do trabalho e os alunos, das escolas e faculdades. Então se resignou a ficar ali, de pé, a uma distância prudente de Alejandro.

— Ou é a irmã mais nova ou é a namorada dele.

— Do que está falando? E por que o chama de Benjamim? Por que não se refere a ele como Sombra, como todos?

Alejandro sorriu de lado. Tinha conquistado sua atenção. Iria aproveitar.

— Eu o conheço melhor do que pensa.

— Bom para você.

— Calma, eu explico. Venha aqui.

Ele a chamou com os dedos.

Valéria hesitou durante alguns segundos. Não precisava olhar para ele duas vezes. Alejandro era bonito e também perigoso.

— Benjamin David era meu melhor amigo quando éramos crianças.

— Não acredito. — Valéria sorriu, fechando os olhos.

— Calma... — Ele pôs o dedo indicador em frente aos lábios. — Nossas mães eram amigas.

— Continue.

— Então éramos muito amigos. Muito competitivos, o que ainda somos.

— E...

— E nada, é isso. É por isso que sei o nome dele. Éramos amigos.

— E o que aconteceu?

Alejandro deu de ombros e rodou a cadeira giratória.

— Não sei.

Valéria olhou para ele por alguns segundos, depois disse:

— Ben usa drogas?

— Está me avisando ou perguntando?

Valéria não respondeu.

— Ele não fuma. Só cheira ou engole.

— Você também?

Ela sentiu uma dor no peito.

— Olhe, Valéria, às vezes temos que experimentar o produto para garantir que é de boa qualidade. Não sou viciado e posso dizer que seu namorado também não.

Valéria sentiu as orelhas ardendo.

— Ele não é meu namorado.

Não o beijava desde sábado. Não sabia dele.

— Por mim...

— E o que experimentam?

— Ecstasy, cocaína. Uma vez ele teve...

— Uma overdose?

Tudo o que Nina lhe contara estava voltando à mente de Valéria.

— Sim, ele se entusiasmou.

Valéria tentou engolir, mas sua garganta parecia seca.

— Isso a incomoda muito?

Valéria balançou a cabeça.

— Você mencionou que devem conferir se o produto é de qualidade... O que quis dizer?

— Eu e meus amigos, e Benjamin e os dele, controlamos o comércio de drogas no bairro.

A menina ficou tão pálida que Alejandro achou que ela iria desmaiar.

— Acalme-se. Ele e eu não vendemos mais diretamente. Estamos numa posição mais elevada. Sabe, quando a vi no sábado, achei que estava em apuros, que devia dinheiro ao amigo de Benjamin e que teria que vender para pagar a dívida. Falei com seu namoradinho, que só disse que você era a garota dele e que não sabia o que estava fazendo lá. Ficou furioso e depois que a encontrou ficou ainda mais. Para onde a levou?

Valéria ignorou a pergunta. Ele havia dito aquilo? Ela estava sem palavras.

— Não entendo. Por que não se dão bem?

— Não é isso. Eu nunca disse isso. Disse que há competição, sabe, ele cuida da área dele, e eu cuido da minha.

— Não entendo.

Valéria se aproximou um pouco mais. Não sabia nada sobre Ben. Era um enigma total para ela. E, apesar de ainda estar magoada, queria saber tudo sobre o rapaz.

— Pegue um guardanapo.

Valéria quase tropeçou quando foi buscar o que ele pediu.

— Um lápis também!

— Aqui.

Valéria entregou os dois.

Ele fez um esboço do bairro.

— Você mora desse lado.

— Eu sei, Alê.

— Sei que sabe, querida, mas me deixe terminar. Olhe. — Ele traçou uma linha no meio do desenho. Escreveu "norte" em cima e "sul" embaixo. — Este é meu território — apontou —, e o sul é o de Benjamin.

— E?

— Ponha na prática.

Valéria fez uma careta, prendendo o cabelo atrás da orelha.

— Quem é do sul não pode vender no norte.

— Espere um minuto. Sulistas e nortistas?

— Sulcuros. Norcuros. Sul-escuros e norte-escuros.

— Por que escuro? — perguntou, mas não o deixou responder. — Espere, é porque trabalham quando está escuro?

— No escuro — corrigiu.

— Uau...

Valéria começava a entender.

— Isso é sério?

— Claro que sim.

— Vocês são inimigos?

— Não, somos da mesma família escura. A nação escura. Este bairro é grande, somos um grande bloco.

— Mas estão divididos...

— Olhe, há muitos de nós. Isso já causou problemas. Quando um vinha de longe para roubar a clientela do outro, esse outro o atacava com facas ou armas.

Val se arrepiou. Tinha ouvido falar das brigas em diferentes lugares do bairro.

— Para pôr fim a isso, dividimos o território em duas partes. Trabalhamos de madrugada, quando saímos para vender, e só em nosso território.

— Quem compra?

— Você ficaria chocada. Desde o pai de família até a mulher mais respeitável do bairro, os universitários com um futuro brilhante... Não vou dizer quem, querida, não quero lhe causar problemas.

— Podem me matar por saber?

— Sendo namorada de Benjamin, acho que não. Além disso, é tudo pequeno, não somos assassinos nem a máfia, estamos na base da pirâmide. E, Valéria, quase todos sabem. Só fingem ignorar.

Sim, ela conseguia entender. O mundo não se importava se algo estava errado, sempre seguia seu curso, ela sabia disso.

— Por que Casa Central?

— Porque é lá que fazemos as contas e essas coisas.

— Por que ninguém chama a polícia?

— E para quê? Policiais são corruptos, querida, não há lei. São corruptos e aceitam subornos. Até o mais sério, pelo menos por aqui.

Valéria ficou frustrada.

— Como Ben se tornou o líder dos Sulcuros?

— Sendo como ele é, um idiota que não fala com ninguém mais do que precisa. É frio o suficiente para agir apenas em benefício próprio e no das pessoas com quem se preocupa, seus companheiros. Imagine só, é desumano. Suas capacidades de vender, chantagear e manipular ajudaram muito.

— Ele não é uma pessoa má. Ben é uma boa pessoa.

Ficou surpresa ao se ouvir, mas acreditava mesmo naquilo. Sabia que ele era. Às vezes.

— Sim, você está certa, pobre criança traumatizada pela morte prematura da mãe. Talvez pelas mesmas drogas que ele agora vende... Não faz sentido, faz?

Valéria sentiu nojo. Não era justo se referir a Ben daquele jeito sem que ele pudesse se defender.

— Entendo por que ele não quer saber de você.

— Não faz diferença, querida, não me importo com ele.

Valéria se virou, afastando-se do balcão e de Alê.

— Sua bundinha parece mais firme hoje.

Valéria revirou os olhos. Sentou-se em outra cadeira, longe do garoto e perto da caixa registradora.

— Querida, a gente se fala mais tarde. E, por favor, não conte o que eu disse. Posso ter falado demais. Diga oi para seu namorado.

Dessa vez, ela não disse que Ben não era seu namorado.

O som dos metais, o cheiro forte de suor e a música alta. Ben estava na academia, deitado, tentando levantar peso, quando alguém suado parou atrás dele.

Ben se levantou.

— O que quer?

— Essa foi boa, hein...

— Do que está falando, Alejandro?

— Mentir sobre a menina bonita que levou para casa no sábado.

Sombra o ignorou.

— Eu não estava tão interessado na garota. Juro... Só era divertido vê-la nervosa, mas estar com você aumenta ainda mais seu preço no mercado.

— Merda, Alejandro, ela é uma pessoa, não um saco de batatas.

— Todos esses arranhões de que tanto se orgulha quando tira a camisa... Ela que fez? Ela aguenta a pressão?

Ben ficou furioso.

— Calma. — Alejandro riu. — Ela não é nada sua, não é? Então os arranhões não foram obra de Valéria.

Ben suspirou.

— Não. Não vê que é uma criança?

— Então posso ficar com ela. Tenho certeza de que nunca a tocaram.

Sombra riu. Limpou o suor com a toalha que tinha trazido.

— Ei, Sombra, contou a ela sobre seu trabalho e seus hobbies?

Ben não respondeu.

— Não? Bem, acho que fiz isso por você.

— Vá se foder, Alejandro — cuspiu as palavras antes de sair de lá.

— Mas, responda, por favor. Já se divertiu com ela? Posso ficar com a garota?

Ben se virou e o agarrou pelo pescoço, apertando com força.

— Não toque nela.

Ele o soltou. Alejandro tossiu um pouco.

— Seu filho da puta! Você não manda em mim!

Sombra pegou a garrafa de água. Tinha que encontrar Valéria e descobrir o quanto ela sabia. Com certeza estava com medo dele, iria julgá-lo. Ele não lhe dissera para ficar longe de Alejandro?

Capítulo 16

DOENTE DE AMOR

Freddy Villa era um bom rapaz. Muito magro e menor que Valéria, com espinhas no rosto e litros de gel no cabelo encaracolado. Tinha uma voz tão fina que, se não olhassem para ele enquanto falava, podiam confundi-lo com uma menina. Ainda assim, era um garoto legal.

Ele passou um tempo com Valéria, porque Sabrina ainda estava zangada porque ela não havia aceitado que fossem estudar em sua casa. E "um tempo" queria dizer metade da semana.

Val não falava muito com ele, mas sabia que era muito tímido e um pouco bobo. Não era bonito. Mas, para não se sentir terrivelmente só, buscou sua companhia no intervalo. Além disso, que reputação ela iria prejudicar ao se juntar ao rapaz? Não tinha nenhuma. Ela não era popular, a mais engraçada da turma, a que estava sempre dormindo ou a mais a nerd. Era apenas uma estudante normal. Nada mais.

Valéria guardou o caderno na mochila enquanto caminhava com Freddy até o portão de saída. Nos últimos dias, ele a havia acompanhado até sua casa. Freddy não ligava de ter que voltar todo o caminho para chegar até onde morava, do outro lado da cidade. Gostava de conversar com Val.

A verdade é que era louco por ela. E, de alguma forma, mesmo sabendo que as outras garotas não gostavam dele e que seu rosto sempre ficava vermelho quando estavam perto, Valéria nunca reclamou. Sorria para Freddy e conversava naturalmente. Como se ele fosse normal.

Freddy parou e, de repente, não conseguiu falar.

— O que foi? — perguntou Valéria com um sorriso.

Valéria olhou para frente e viu Sombra encostado na parede da saída da escola, com os braços cruzados. "Que não seja por mim", pensou, mas seu corpo dizia algo completamente diferente. Seu coração começou a bater rápido, e as mãos suavam.

— Pode ir. — Valéria encorajou Freddy a continuar.

Mas ele não se mexeu, estava apavorado e queria ir embora. Dois dias antes, quando a acompanhou pela primeira vez, quis um refrigerante. A única mercearia aberta era a da esquina. Valéria atravessou sem olhar para Ben — não porque não quisesse, mas porque iria se decepcionar. Mas, quando Freddy atravessou, Sombra colocou o pé na sua frente, e o pobre magricela caiu com o rosto no chão, machucando o queixo, que ainda estava dolorido.

Por isso, quando Freddy o viu, ficou assustado e pálido. Sombra havia sido grosso, e ele não precisava pensar duas vezes. Definitivamente não gostava do rapaz.

Sombra levantou a cabeça e caminhou até eles.

Freddy recuou.

— Val — cumprimentou-a.

A voz a fez tremer. Não falava com Ben havia quase uma semana, e agora ele estava ali, querendo conversar com ela?

Além disso, sorria, e o mundo de Valéria se derreteu. Cada fibra de seu ser sentia falta do garoto, mas cada fibra de seu ser estava ferida. Não entendia. Se havia pedido para ela não voltar a sua casa, por que fora buscá-la na escola?

— Tenho que ir — avisou Freddy.

— Sim, é melhor ir. — O sorriso de Sombra desapareceu.

— Desculpe — lamentou Freddy, e saiu sem olhar para trás.

Todos encaravam Sombra. Estava de chinelos, calça jeans caindo do quadril e uma camisa de flanela preta. Pegou a bolsa de Valéria, mas ela a puxou de volta.

— Não se atreva.

Ela se afastou com a bolsa no ombro. Se ficasse de frente para ele, não resistiria ao seu charme.

Ele a seguiu.

— Está mesmo com aquele magrelo para me esquecer?

Valéria se ofendeu, mas não defendeu Freddy. Sim, ele era estranho às vezes.

— Ele não é nada meu.

— Ótimo, porque parece um fósforo, e o cabelo tem cor de vômito.

Valéria lhe deu um olhar sofrido.

— Devia procurar um rapaz mais parecido com você.

— O que você quer?

Ela se virou e parou.

Sombra se aproximou demais.

— Você.

Valéria soltou uma risada nervosa e voltou a andar. Quase desmaiou. Tinha se esquecido de como era bom estar perto de Ben.

— Falou para eu não voltar — disse, quando ele a alcançou.

— Fiz comida hoje, o dobro do que devia, e me perguntei se poderia vir e comer comigo.

— Por que não chama Laura? Ela ficaria muito feliz. Aproveitem e se droguem juntos.

— Não sou viciado, Valéria. — Seu tom de voz era duro. Pegou a mochila dela e a colocou no ombro. — Se acha que estou pedindo para transar, está errada. Só não quero desperdiçar comida.

— Lamento, mas não posso.

Sem se dar conta, ela já estava na frente da escola dos irmãos. Sentou-se no banco onde costumava esperar por eles. Ben se sentou ao seu lado.

— Valéria, preciso falar com você sobre um assunto sério.

Ela também, mas... não o entendia. E parecia que, sempre que voltava para ele, Ben a humilhava ainda mais. Por que a procurava? Ela estava chateada.

— Fale aqui.

— Quero que vá à minha casa.

Ben se aproximou, como se fosse beijá-la, e, por um segundo, Valéria fechou os olhos e foi levada pela sensação de que ele estava muito perto, mas, então, o som da buzina de um caminhão a fez acordar de seu devaneio.

— Estamos no meio da rua!

— E?

— Não pode me beijar na rua!

Sombra não disse nada, apenas desviou o olhar. Valéria arrumou a saia do uniforme e depois observou o perfil dele. Devia ir? Tinha muitas perguntas para ele. Perguntas demais, e não se falavam havia mais de uma semana. Não queria chegar a oito dias afastada de Ben, mas também não queria ceder tão facilmente.

Ficaram em silêncio. Valéria ouviu o sinal, o que significava que os irmãos já iam sair.

— Vou esperar você.

Ele se levantou, não sorriu nem nada. Apenas foi embora.

— Disse que não posso — respondeu ela, enquanto se levantava.

Sombra se virou e parou a poucos metros.

— Não me faça implorar.

Depois de dizer isso, ele desapareceu.

Valéria ficou furiosa. "Não me faça implorar." Uau. Sim, ela queria ir, era tudo o que mais queria. Desejava ficar sozinha com ele e consertar as coisas, perguntar sobre sua mãe e saber como ele se sentia sobre aquilo, e por que não queria que ela frequentasse mais sua casa. Mas estava cansada daquele jogo. Cansada.

As crianças saíram correndo, e Valéria foi ao encontro delas no portão. Depois começaram a andar, e ela se esqueceu de tudo. No entanto, sentia as pernas bambas.

Ben serviu dois pratos de comida, comeu metade do que estava no seu, pegou o de Valéria e o cobriu. Esperou quase meia hora. Ainda esperaria mais um pouco.

A hora do jogo se aproximava. Ele se levantou com o prato na mão e o jogou na pia, furioso. Cacos de porcelana e comida misturados. Quando tentou recolher e limpar tudo, cortou o dedo.

A campainha tocou. Apertando o dedo, abriu a porta. Estefani.

— Seu pai disse que você não está atendendo as ligações.

— O que quer agora?

Estefani piscou os olhos.

— O que é isso?

— Nada.

— Você se cortou!

— Já disse que não é nada!

Estefani olhou para o chão.

— Seja o que for, rei do mau humor, vai ou não vai a minha festa?

— Já disse que não.

Estefani suspirou.

— Bem, então tchau. — Ela se virou, mas não foi embora. Em vez disso, franziu a testa e perguntou: — E Valéria?

— E como posso saber?

— Você transa com ela. Pode fazer o certo e não terminar de novo...

Ben a ignorou, abriu o armário e pegou um pote de sal. Jogou um pouco no corte, que parou de sangrar e passou a arder.

Ele não se virou, só ouviu Estefani fechar a porta.

Para não visitar Ben, ela se trancou no banheiro. Ainda estava lá. Sentada na tampa da privada, olhando para um ponto fixo no chão. Estava de folga e, no dia seguinte, receberia o primeiro salário. Começaria a pagar tia Victória. Pelo menos, as coisas estavam indo bem.

Se não fosse por ele... porque estava quase enlouquecendo.

Era inexplicável. Sentia que, quanto mais o visse, mais iria doer. Por isso não iria, não cairia em outra armadilha. Tirou a roupa e entrou no chuveiro. A água descia pelos canos naturalmente quente — o sol, mesmo sendo janeiro, esquentava o telhado da casa e aquecia a água na caixa.

Algumas semanas antes, Nina havia dito que, por não ser mais virgem, seus quadris se alargariam, mas Valéria não via nada de diferente. Tudo estava igual, a não ser pelo ponto roxo esverdeado perto do umbigo. Ela tocou na mancha e fechou os olhos, lembrando-se do momento em que Ben a mordera.

As dobradiças da porta tremeram com as batidas de Carlinhos.

— Quero ir ao jogo!

Valéria abriu os olhos.

— Carlinhos, deixe sua irmã em paz — interrompeu Claribel, do outro lado da casa.

— Mas ela prometeu me levar!

— E vou, mas são só duas horas. O jogo é às quatro, não se lembra?

Carlinhos chutou a porta.

Valéria saiu do banheiro, vestida com as primeiras roupas que encontrou, e esperou que a mãe terminasse de arrumar os irmãos. Saíram de casa às três horas da tarde e chegaram ao estádio, em outra parte do bairro, às 15h30. A arquibancada não parecia muito cheia.

Uma equipe estava de um lado, com bermudas e camisetas verdes; a outra equipe usava uniforme azul. Ela sabia muito bem qual era a de Sombra. Encontrou Gregório e o cumprimentou.

Ele a abraçou todo suado e depois cumprimentou Carol e Carlinhos.

— Tudo bem?

Mas ela estava mal. Como se o sol tivesse tirado suas forças ou como se, de repente, não quisesse estar ali. Viu que o primeiro jogo era com os Sulcuros.

O nome do território e o nome da equipe eram o mesmo. E, de alguma forma, aquilo confundia as pessoas, pois não sabiam se estavam falando da facção ou da equipe de basquete.

— Estou bem — respondeu ela.

Carlinhos e Carol se sentaram no banco. Valéria se sentou na arquibancada. Já estava melhor. Ben não estava lá. Todos da vizinhança foram, menos ele.

Respirou fundo. Tudo ficaria bem. Não queria vê-lo jogar porque não poderia manter sua promessa. E não era justo.

Abaixou a cabeça e ficou assim mais da metade do jogo. Ninguém a tocou nem lhe perguntou o que estava fazendo ali, se não queria assistir à partida.

Valéria levantou a cabeça e viu Gregório ao seu lado.

— Seus irmãos estão chamando.

Valéria se levantou e quase caiu. Gregório a segurou.

— Está se sentindo bem?

Ela estava bem, mas sentia muito calor. Estava um pouco desorientada, mas bem.

— Estou bem.

— Como vai o trabalho?

— Bem, amanhã é o pagamento.

— Que bom. Fico feliz. — Ele a segurou pelo braço quando ela tropeçou.

Ao alcançar os irmãos, Carlinhos estendeu seu caderno com uns rabiscos ininteligíveis.

— O que é isso?

— A entrevista com os Trinitários, agora só falta uma dos Sulcuros.

— Estou no time — respondeu Gregório, com um sorriso.

E Valéria se perguntou se ele também vendia drogas.

— Está bem, eu tenho uma entrevista. Falta só uma.

Valéria se sentou. Sentia a cabeça girar e o estômago embrulhado. Olhou para a frente e viu um par de tornozelos na quadra. Podia ver uma lua crescente no tornozelo direito. Era Sombra, mas estava tão fraca que não sentiu nada.

Era possível ficar doente de amor? Não sabia, mas começou a desconfiar que sim. Ou talvez não devesse pular as refeições e comer só um pedaço de pão.

Carol se sentou ao seu lado.

— Val, você está quente.

Ela se afastou.

Estava na metade do jogo, os jogadores voltaram ao banco para descansar durante alguns minutos. Valéria se levantou a fim de ceder o lugar a um dos jogadores. Carlinhos correu para Sombra.

— Velhote, posso fazer algumas perguntas? É para meu dever de casa. — Carlinhos falava rápido.

Ben olhou em volta. Se Carlinhos estava ali, a irmã também estava. O corte no dedo ainda doía.

— Claro que pode.

— A primeira é: vai me levar para a loja de games de novo?

Algo bateu contra o chão de cimento. Quando Ben levantou o olhar, Valéria já tinha desmaiado.

Alguém estava brigando, mas não com ela. Eram os vizinhos, que discutiam sobre os pratos que ainda estavam sujos, falavam algo sobre ser 18h30. Ela se levantou como uma mola.

— Calma, Val. — Era a voz de Nina.

Valéria estava na cama.

Ela voltou a se deitar por causa da tontura. Fechou os olhos. Sentia um vazio no estômago e dor de cabeça.

— Espere, por quanto tempo vai continuar me ignorando?

Valéria não respondeu. Estava tentando se lembrar do que havia acontecido, mas só se recordava da febre e da tontura.

— A vizinha disse a sua mãe que você está anêmica. Abriu seus olhos para checar. Não está comendo? Quer ficar mais magra?

Mas Valéria não respondeu, sentiu o cheiro de chá. Cobriu o nariz, porque não gostava do aroma.

— Fizeram um chá de ervas para levantar sua imunidade. Quer algo para comer? Um refrigerante, um biscoito?

Desde sábado Valéria evitava Nina, e com razão. Ela a abandonara na Casa Central. Val deveria estar furiosa, não entendia o que a garota fazia ali.

— Estou preocupada com você. O que de tão ruim aconteceu depois de ver Sombra?

— E você se importa? Você me abandonou naquele lugar! — respondeu lentamente. Os lábios ainda sem cor.

— O quê? — sussurrou Nina, ofendida e um pouco surpresa. — Não fiz isso! Você que me deixou lá.

— Você é impossível.

— Não, espere. O que ele disse?

— Que você tinha ido embora.

Nina balançou a cabeça.

— Não, Val, eu estava lá, nos fundos da casa, onde falei que estaria. Você me procurou?

— E não a encontrei.

— Olhe, Ben me encurralou, furioso, perguntou se era verdade que você estava lá, e eu disse que sim. Depois percebi que ele tinha levado você para fora da Casa Central.

Se pensasse um pouco, fazia sentido. Alejandro tinha dito que ele contara a Ben que ela estava lá. Mas por que mentir?

"Era a única maneira de eu ir embora com ele."

Se Valéria soubesse que Nina ainda estava lá, não o teria acompanhado. Sombra queria tirá-la de lá, mas para quê? Para dizer que nunca mais voltasse?

Ela ficou de mau humor, zangada com Nina. Se não tivesse ido até lá, não teria conhecido aquele lado de Ben, nunca saberia tudo o que sabia, e ele não teria pedido para ela não o procurar mais. Talvez ainda estivesse com Ben, deitada ao seu lado enquanto ele brincava com seus dedos.

Valéria não respondeu. Fechou os olhos e voltou a dormir.

Acordou às dez horas da noite, suando. A mãe havia preparado uma sopa e a forçou a beber o chá.

— Você tem bons amigos — comentou, ao remover o lençol. — Disseram que você desmaiou e que Gregório e um amigo a carregaram.

— Que amigo?

— O velhote! — intrometeu-se Carlinhos.

Então Valéria se lembrou de Carlinhos perguntando: "Vai me levar para a loja de games de novo?" Ben havia ousado levar seu irmão de seis anos para a Casa Central? De repente, sentiu o desconforto desaparecer, como um sonho. Queria ir à casa de Ben e brigar com ele por ter levado o irmão àquele lugar horrível.

Capítulo 17

POSSO MACHUCÁ-LA

Mais uma vez, ele a esperou na saída. Mais uma vez, os alunos o olharam de forma estranha. Freddy desaparecera, e Valéria sentia um carnaval em seu corpo, mas continuou andando. Ben pegou sua mochila, e ela não reclamou.

— Então você parou de comer?

Ela ficou surpresa com a rapidez com que Nina espalhara a notícia. Como ele sabia que não vinha comendo o suficiente? Talvez tivesse reparado... não. Como poderia?

Valéria ignorou a pergunta e mudou de assunto.

— Sei que não devo me meter, e não me importo com seu negócio, mas não leve meus irmãos para lá.

— De que está falando?

— Levou Carlinhos para aquele lugar onde se drogam — acusou, entre dentes.

— Não. Levei seu irmão ao fliperama. Como pode pensar que o levei para aquele lugar? Nem sequer o deixariam entrar.

Valéria apertou o passo. Sombra a deteve. Seu braço tremia e o toque a fez arder.

— Pode vir a minha casa almoçar hoje?

Ela balançou a cabeça.

— Há dois dias tento falar com você, Valéria. Não vou desistir até você concordar.

Ficou com água na boca ao ver a comida. Bife com fatias de banana verde fritas. Fazia tanto tempo que não se alimentava de comida de verdade que aquilo parecia até uma iguaria.

Depois de comerem calmamente, sentaram-se no sofá, mas Ben não dizia nada e Valéria estava ficando impaciente. Ele queria falar com ela, mas não falava nada, e estava ali, sentado ao seu lado, tão perto, como se não se importasse.

Ela não entendia. E, nossa, como queria!

— Quero entender você. — Val transformou seus pensamentos em palavras.

— Por quê?

— Porque sim, porque quero.

Ben se virou para que ela pudesse encará-lo. Ele se aproximou até que seus lábios se tocassem e a beijou. Seu hálito ainda cheirava à comida. As mãos dele tentaram tirar a camisa de Valéria de dentro da saia do uniforme, para que pudesse tocá-la, mas ela o deteve.

— A tatuagem no tornozelo, o que significa? — perguntou ela.

Ben se afastou.

— Nada importante.

— O grupo de Alejandro tem estrelas no punho. Tem a ver com "aquilo"?

— O que conversou com ele?

— O que ele falou ou deixou de falar não é problema seu. — E se ressentiu do próprio tom de voz.

Ben passou a mão pelo cabelo. Havia semanas não ia ao barbeiro, não queria, e nem Valéria. Seu cabelo curto traria de volta recordações indesejadas. Talvez mais tarde pudesse voltar a vê-lo com o cabelo de antes, mas não no momento.

— Não tenho nenhum problema, Val, pode fazer o que quiser, mas não com ele.

— Mas por quê?

Ele não respondeu, só tocou o queixo com a mão em vez de dizer alguma coisa.

Valéria deu um grito de frustração e se levantou, histérica.

— Não cabe a você ditar as regras de com quem posso ou não falar. Não pode!

— Não estou fazendo regras!

— Não, está me dizendo para ficar longe de Alejandro? É ciúme?

— Não, Valéria, não tenho ciúme dele. Mas você não pode ficar com outra pessoa sem ser ele?

Valéria mordeu o lábio.

— Só você tocou em mim. E não gosto de Alejandro, não gosto de mais ninguém. Gosto de você. E sabe disso. Se, por acaso, se esqueceu, repito: gosto de você. E você sempre se aproveita disso.

— Não sei o que quer que eu diga. Já disse que pode fazer o que quiser.

Voltava a se contradizer. Valéria suspirou e se sentou. Estava acostumada. Por alguma razão, não deixaria que aquilo a afetasse daquela vez, decidiu ignorar.

— Vou receber meu primeiro salário.

— O que vai fazer com o dinheiro? — perguntou, com cuidado.

— Pagar a minha tia pelo dinheiro que ela me emprestou.

— Emprestou para você?

— Para minha mãe — corrigiu. — Mas ela não pode pagar, porque há mais coisas para pagar em casa.

Ben fez um gesto de desaprovação, e os dois ficaram em silêncio.

— Está tudo bem com você?

— Sim... acho. — Ela segurou a cabeça.

Quando perguntou como ela estava, Valéria não sabia se estava se referindo ao seu estado de saúde, emocional ou qualquer outra coisa. A conversa não fazia sentido para ela. Não queria ir embora, ao mesmo tempo não queria ficar ali. Mas queria lhe perguntar sobre a mãe.

— Não devia ter pedido que viesse. Não tenho nada de relevante para dizer. Só queria vê-la na minha casa de novo.

— Quer que eu vá embora?

— Não, Valéria, não quero — sussurrou, com a boca perto de seu pescoço, beijando-o. — Gostaria que ficasse.

— Eu também gostaria de ficar — disse, séria.

Ben deslizou a mão para a parte de trás da cabeça de Val, aproximando-a dele para beijá-la, mas não beijou. Em vez disso, sussurrou:

— É melhor ir. São quase três horas.

Mesmo? O tempo voava quando estava com ele. Sentiu como se até o relógio estivesse contra ela, mas se levantou. Val o abraçou. Por um longo tempo.

Não se importava se ele era a pior pessoa do mundo. Quando estavam juntos, sentia que Ben era o homem mais doce da Terra, e Val achava impossível não o amar. Além disso, as dúvidas sobre ele amá-la ou não sempre desapareciam em momentos como aquele.

— Mil, dois mil, dois mil e quinhentos e... três mil. — Fresa fez as contas. — Aqui está, na palma da mão, Valéria. Dinheiro.

— Muito obrigada.

— Isso não é um favor, você ganhou com seu trabalho.

— Obrigada. Não posso deixar de agradecer. A gente se vê na segunda-feira.

Era de noite, e o caminho de Valéria estava escuro. Um dos famosos apagões, a falta de luz elétrica deixava o quarteirão um breu. Só as casas com gerador e o luar iluminavam a rua.

Eram poucos os que tinham gerador, então, quando a luz acabava, a rua parecia uma caverna. Nem mesmo as velas podiam dissipar a escuridão que se apoderava dos lares naqueles momentos. E não havia nada que as pessoas pudessem fazer para impedir os apagões.

Valéria levava o dinheiro nas mãos, um pouco orgulhosa. Lembrou que precisava de um novo par de meias, e que Carol não tinha escova para pentear o cabelo... Carlinhos precisava de tênis novos, e a mãe gostaria de comer um pedaço de bolo de chocolate... talvez ela pudesse dar à tia seu próximo salário e usar aquele para celebrar com a família, saindo para comer em algum lugar.

Ficou alegre. Trabalhar tinha seu lado bom, como o dinheiro, de que precisava, e talvez pudesse ser como suas colegas de escola.

— O que você tem aí, menina? — Um jovem com um boné desceu de uma moto que ela ouvira meio quarteirão antes.

— Nada — respondeu, em um fio de voz.

Mas o jovem já tinha tirado o dinheiro de sua mão com destreza. Ele subiu na moto, então Val percebeu que eram dois homens e que estavam indo embora com seu salário.

Ela continuou andando como se nada tivesse acontecido. Os olhos queimavam e sentia um grande nó na garganta. Percebeu que o dinheiro fora arrancado de suas mãos. Ela o ganhara com tanto esforço, e eles o tiraram.

Não se lembrava de seus rostos. Olhou ao redor para ver se alguém testemunhara o acontecido, mas a rua estava deserta. Sempre estava deserta. Ela caminhou e respirou fundo.

"Fui roubada", disse para si, repetindo várias vezes até acreditar. Então a verdade começou a doer e não conseguiu seguir seu caminho. Se fosse para casa, a mãe poderia repreendê-la por não ter tomado cuidado. Como carregava o dinheiro nas mãos?

E, se encontrasse Nina, ela zombaria de Val.

Suas mãos tremiam e estava prestes a cair. Quase sem perceber, chegou à casa de Ben. Bateu à porta.

Ele estava deitado. Brincando com o celular. Quando não tinha nada para fazer, distraía-se daquele jeito. Levantou-se para abrir a porta e viu Valéria. Eram onze da noite.

— Valéria... — Ele notou sua expressão assustada e os lábios sem cor. Temeu pelo pior. — Deus, o que aconteceu?

Ela não respondeu, apenas entrou e se sentou no sofá, em silêncio. Ben fechou a porta, e Valéria começou a soluçar.

Valéria colocou as mãos nas têmporas. Estava com uma forte dor de cabeça e, apesar de estar apenas recolhendo os copos das mesas, não conseguia se concentrar.

Ela ainda não contara à mãe sobre o assalto e não podia aceitar o dinheiro que Ben queria lhe emprestar. Não tinha ido até ele para pedir. Por que achou que Valéria aceitaria? Como se ele não a conhecesse!

— Olá.

Alejandro a agarrou pela cintura.

Valéria deu um pulo e se esquivou.

— Ah, é você.

— Querida, ainda está zangada com o que contei sobre seu namoradinho?

Valéria o ignorou. Terminou de fazer o serviço e foi para onde ficaria segura: atrás do balcão. Ela se apoiou na superfície e o observou.

— Não estarei aqui amanhã, então nem precisa vir.

Alejandro sorriu.

— Desculpe falar isso, mas eu já vinha aqui antes de você começar a trabalhar no bar. E amanhã tem jogo.

— Basquete?

— Isso.

Valéria olhou para ele com os olhos semicerrados, depois sorriu.

— Nunca o vi.

— Só jogo nas finais, e amanhã tem treino.

Valéria ficou calada, mas algo a incomodava.

— Posso fazer uma pergunta?

— Claro.

— Como sabe se Ben é viciado ou não?

— Falei que éramos amigos.

— Quando ele começou, vocês eram amigos?

— Sim.

— E quando isso aconteceu?

— Quando a mãe morreu.

Valéria se calou. Naquele momento entendeu por que Ben não queria que ela falasse com Alejandro, ele o conhecia muito bem. E ia lhe contar tudo. Finalmente. Tudo o que tinha que fazer era saber quando perguntar e quando parar.

— Não faz sentido. É como se usasse as mesmas drogas que a mãe para se sentir mais perto dela, talvez.

A mãe era viciada? Por que não pensou no filho antes de se meter naquilo?

— A única coisa que não entendo é ele usar as drogas que tiraram a vida da própria mãe. Também não faz sentido para mim. Não faz sentido.

— Deveria perguntar a ele — disse, desinteressado. — Quero levá-la a um lugar, quer ir?

— A mãe o colocou nisso?

— Não, Valéria — respondeu. — Foi Rebeca. Ela viveu com ele durante quase dois anos e era viciada.

— Como ele passou de consumir a vender, e de vender a "observar"?

Alejandro se levantou e a chamou com a mão. Quando Valéria se aproximou, porque achava que iria lhe responder, ele se aproveitou e beijou sua bochecha. Depois foi embora.

❦

As mãos suavam de nervoso. Bateu na porta. Era muito cedo, cerca de 6h30. O sol, preguiçoso, ainda não nascera. E estava frio.

Sabia que ele acordava cedo, mesmo que voltasse a dormir durante o dia.

Ben abriu a porta.

— Bom dia.

— Bom dia.

Ele sorriu. Valéria entrou.

— Quero fazer várias perguntas... sobre você, e preciso que responda, por mim. Sinto como se você soubesse tudo sobre mim, e não sei nada sobre você, não é justo.

— Vivemos aqui toda a nossa vida. O que não sabe sobre mim?

— Não sabia que usava drogas.

Ben suspirou. Ela só falava naquilo.

— Ocasionalmente.

— Na escola, disseram que as drogas podem matar. Você quer morrer?

Ben olhou para Val como se ela fosse louca.

— E essa coisa no tornozelo?

— É uma lua. Quer uma?

— Uma tatuagem? — Ela ficou surpresa ao saber que lhe oferecia uma tatuagem. — Deus não gosta, Ben.

— O quê?

Ele levantou uma sobrancelha.

— Para Deus, é pecado contra o próprio corpo. Não vou marcar minha pele.

Ben sorriu de orelha a orelha.

— Quer ser fiel a Deus?

— Sim, é o que planejo.

— Ao seu corpo?

Valéria acenou com a cabeça, mas depois percebeu aonde ele queria chegar. Ela não era uma santa, não era pura. Podia ter parado de ficar com ele, podia não estar fazendo mais nada de errado. Porém, só de pensar, ou só de dizer alguma coisa... Essas eram as armas mais poderosas do corpo.

— Onde aprendeu isso?

— Vou à igreja todos os domingos, e um dia você deveria ir comigo.

Ela parou de falar quando reparou na reação de Ben.

— Valéria, não sei no que acredita, mas Deus não está contente com você, é uma pecadora. Você mente para sua mãe, você e eu temos... o que nós temos... você está mergulhada em pecado, e uma tatuagem não a afundará mais.

A respiração de Valéria ficou pesada. Talvez, se tapasse os ouvidos e continuasse acreditando que não havia feito nada de errado, permanecesse boa.

— Além disso, não sei o que significa a lua — argumentou ela.

— A luz na escuridão.

— Não sou assim — respondeu Valéria.

— Tanto faz, Valéria. É cedo, quer tomar café da manhã comigo?

— Vou continuar perguntando — avisou.

Ben foi até a cozinha, pegou queijo, manteiga, tomate e um prato. Dentro do micro-ondas, estava o pão.

— Quem é Rebeca?

Ele se virou para olhá-la sentada no sofá com os braços cruzados.

— Vejo que ainda conversa com Alejandro.

— Também quero saber por que vocês eram amigos e não são mais... Ele disse que você não é viciado. Como posso saber? Outra coisa, ele também usa? Estou tentando lidar com isso... Você não vai gostar de ouvir o que vou dizer, mas, caramba, o cara de que gosto está metido em algo que pode matá-lo. Por quê? Tento ver as coisas de um ponto de vista diferente.

Val se calou. Ele a observava.

— Sei que você me disse inúmeras vezes que não me ama e que não há "nós", mas não posso deixar de me preocupar com você. Eu te amo e tenho milhares de perguntas sobre você. Eu te amo, Ben, e não quero vê-lo envolvido nisso. Por favor.

— Nunca disse que não a amava.

— Olhe, quando você disse para eu não voltar, fiquei brava e prometi que não voltaria, mas é como um ímã estranho que me atrai, mesmo sabendo que não é bom para mim e que me machuca. Então acho que estou apaixonada pela dor... isso é libertador... — Respirou fundo. — Sabe o que mais me assusta? O fato de eu não saber quando parar. Não vou mesmo seguir suas ordens, quero estar com você, não de uma forma sexual, caso tenha se enjoado de mim. Só quero estar com você... talvez ser sua amiga...

Ela falava sem parar, sem ouvir o que ele tinha a dizer, ou se tinha algo a dizer.

— Valéria, pode voltar quando quiser.

— Uma amiga. Normal. Podemos fingir que nada aconteceu, começar de novo? — Ela riu da própria idiotice. — Mas, por favor, responda minhas perguntas anteriores, porque senão...

Ben cobriu a boca de Val suavemente. Com a outra mão, secou uma lágrima que escorreu de seu olho.

— Jesus, como fala! Vai fazer uma pausa para eu poder responder?

Ela assentiu com a cabeça. Ben se ajoelhou diante dela.

— Alejandro já disse que éramos amigos. Ele está onde está por minha causa. E, olhe, não somos os piores inimigos, Valéria, é tudo uma questão de aparência. O que acha que aqueles que o seguem vão pensar se virem que somos amigos?

— Vocês não se odeiam?

— Ele é um ingrato que está insatisfeito com o que já lhe dei. E agora quer mais.

Não foi uma resposta direta, mas Valéria tinha outra pergunta:

— Como você chegou ao ponto em que está agora?

— É um segredo que não posso contar.

— Por quê?

Ben hesitou.

— Não sei se ele pediu para me perguntar.

Valéria suspirou.

— Rebeca era a mulher que cuidava de mim quando eu tinha catorze anos.

— Vocês namoravam?

— Algo assim.

— Ela ensinou você a usar drogas ou foi sua mãe?

A pergunta escapou. Ben ficou confuso. E a confusão se tornou desagrado, depois, desconforto.

Ele riu, indignado.

— Acha que minha *mãe* me deu drogas quando eu tinha catorze anos?

Sua família era perfeita. Uma família que todos invejavam e usavam como exemplo em suas casas. E eram o que aparentavam ser. As discussões ocorriam à mesa, sem vozes alteradas, eram felizes. Depois veio a tragédia. Foi um golpe duro que ninguém esperava. Destruiu os alicerces e derrubou o que levou anos para ser construído.

— Desculpe, não quis insinuar que... Só quero que me fale sobre ela... sobre como se sente, para que eu entenda.

— Entender? O que quer entender sobre mim, Valéria?

Valéria se sentiu nervosa.

— Deve ter sido difícil e acho que...

— Minha mãe não era viciada, Valéria. Ela não comprou o ecstasy com que se drogou. Não tomo drogas por causa dela. E, se as uso, o problema não é seu. A morte de minha mãe não é problema seu. Entendeu? Se eu morrer de overdose, o problema não é seu. Nada em mim é problema seu. Preocupe-se com você e não se meta em minha vida. Se quiser, fique longe de mim.

— Não quero isso — diz, levantando-se.

Ele se virou.

Havia algo em seus olhos castanhos. Algo que estava sempre presente quando Ben a encarava. Podia mentir quantas vezes quisesse, podia magoá-la cada vez mais para mantê-la afastada. Mas ela sabia que seus olhos refletiam um sentimento que ia além da irritação, além do ressentimento.

— Pois deveria. — Ele se aproximou de Val, empurrando-a com seu corpo. — Posso machucá-la.

— Não faria isso.

— Por que tem tanta certeza? — perguntou, desafiador.

— Porque sei que me ama.

Ele riu. Colocou as mãos em seus quadris e a puxou para perto de si. Mordeu seu pescoço. Valéria se queixou. Tentou afastá-lo.

— Espere, Ben...

— Estou lhe dando amor. — A voz dele soava alegre.

Ben a encurralou contra a parede e não a deixou escapar.

— Deixe-me lhe dar amor, Valéria, você me ama. — Ele abriu a calça da garota com uma das mãos. — Não importa se a magoei, certo? — sussurrou em seu ouvido.

Valéria fechou os olhos, seus joelhos tremiam.

— Está tudo bem. Vou dar o que você quer. Farei com que me entenda — disse ele.

Quando Valéria abriu os olhos novamente, Ben não estava mais a sua frente, o pão tinha queimado e a casa estava cheia de fumaça. Ela ficou atordoada, respirando rápido e com o rosto quente. Seus pés falharam quando tentou se mover. Os joelhos ainda tremiam. Val se lembrou de uma coisa. "Nunca disse que não a amava." Seria isso um "Eu te amo"?

Ela se perguntou, enquanto se sentava no sofá e cobria o rosto. Por que Ben queria que se afastasse se gostava dela?

Capítulo 18

PESSOA FAVORITA

Era segunda-feira, a primeira segunda-feira de fevereiro, e ela tinha que se levantar. Eram 6h20, mas, se somasse todo o tempo que levava para preparar as crianças, já estava atrasada.

O problema era que Valéria não queria se levantar e lidar com elas. Estava muito cansada e não queria ir para a escola. Os sentimentos despertados pela atitude confusa de Ben e sua recusa em falar sobre a mãe ou o uso de drogas a esgotaram. Ela se preocupava de verdade com ele.

Em geral, as pessoas têm pelo menos uma coisa que amam fazer no dia. Para alguns, por exemplo, é assistir à série de TV favorita às sete, e isso faz com que passem o dia inteiro pensando sobre o que vai acontecer no próximo episódio, correm para o trabalho ou escola, suportam o sol e as pessoas irritantes que falam demais, comem, tomam banho e vestem-se para, enfim, assistir à série de TV favorita. E não se importam com o dia de merda que tiveram. Tudo valeu a pena porque podem ver sua coisa favorita.

Ben era sua pessoa favorita. Assim como algumas pessoas decidem se levantar por causa de uma novela, para comer alguma coisa, para um novo projeto ou para jogar bola, Ben era seu motivo. Pensar no garoto era agradável, mas cansativo e confuso.

Não negava que adorava aquilo. Ela era apaixonada por estar apaixonada por Ben, e não se importava com o que diziam sobre ele. Nunca agradaria a todos.

Val já estava na escola, com a bolsa no ombro, quando alguém a interrompeu. Era Sabrina, que sorria para ela.

— Ei, Valéria... Aquele rapaz que veio buscá-la, quem era? — Ela manteve o sorriso.

Valéria quase sorriu, mas respondeu:

— É um vizinho.

— É muito bonito. — Ela continuou sorrindo. Valéria continuou caminhando, e Sabrina a acompanhava. — Tem belos músculos e a aparência de alguém sempre em alerta.

— Ah, sim.

— Mas pelo que vi e pelo o que aquele mané com quem você anda às vezes contou...

— Quem?

— Freddy. — Ela virou a cabeça — Pelo que ouvi dele, vocês estão juntos.

— Ele disse isso?

— Sim.

Ficaram em silêncio até chegar à sala de aula. Valéria entrou e colocou a bolsa na primeira carteira vazia que viu. Ela não gostava de se sentar atrás, achava que era onde as pessoas que não estudavam ficavam, e tinha que estudar para manter a bolsa de estudos.

— Então? É verdade?

— Ele é só um amigo, mas está atrás de mim.

— Ah, Deus...

Valéria não compartilhou seu entusiasmo. Uma semana antes, elas nem se falavam.

— Ele não é do outro mundo.

Na verdade, era, mas não diria isso a ela.

— Carolina e Naomi vão dormir lá em casa amanhã. Quer ir? Vamos falar de muitas coisas.

Ela estava com saudades das amigas, e Freddy se tornara meio insuportável, com suas perguntas sobre Sombra e seu ciúme constante e inapropriado. Valéria não entendia como as pessoas se sentiam íntimas tão depressa.

— Vou ver.

Sentaram-se, e o professor entrou na sala.

Havia uma maneira de cobrir as marcas de amor atrás da orelha: base em pó. Quando a encontrou na gaveta da mãe, ficou aliviada. A nova marca chamava muita atenção. Dava para ver os dentes de Ben e já estava ficando roxa.

Sua mãe fingia não reparar, embora a tivesse visto quando Valéria estava de pijama, escovando os dentes com os irmãos; tinha prendido o cabelo num rabo de cavalo. Mas Claribel não disse nada. Os outros não notaram, ou seu cabelo cobria o suficiente... Como não podia sempre usar o cabelo para tapar o chupão, teve que dar um jeito ou alguém poderia suspeitar.

Colocou muita base e percebeu que assim chamava atenção da mesma forma. Esfregou novamente, até doer. A pele em torno ficou vermelha, e lágrimas começaram a escorrer pelo seu rosto. Tinha que fazer alguma coisa.

Respirou fundo. Vestiu o uniforme escolar e pegou mais uma bolsa além da que levava para a escola diariamente. Nela, havia colocado sua roupa de trabalho, pijama e uma camisa limpa para o dia seguinte.

Dormiria na casa de Sabrina. Claribel estava animada, a filha iria para a casa de outra amiga que não Nina. Valéria nunca dormia na casa de Nina, mas a mãe não sabia disso. Ver que Valéria tinha outras amigas, como Sabrina, era uma alegria.

Depois das aulas, a mãe de Sabrina foi buscar a filha e Valéria. Ao chegar ao quarto de Sabrina, Valéria se deitou na cama. O cabelo escorregou e deixando o pescoço descoberto. Sabrina subiu na cama depois de tirar os sapatos.

— O que é isso?

Valéria se assustou.

— O quê?

Sabrina se apoiou nos joelhos.

— É maquiagem!

Ela molhou o dedo com saliva e esfregou o pescoço de Valéria. A base saiu.

— É um chupão!

Valéria não entendeu o motivo de Sabrina ficar feliz com aquilo. Na verdade, não era um chupão, era uma mordida. Ela cobriu a marca com o próprio cabelo.

— Deus, agora como vou esconder no trabalho?

— Eu também tenho um.

Sabrina tirou a camisa da escola. A pele escondida pela roupa era mais branca que a dos braços e a do rosto, e estava cheia de marcas. Debaixo da terceira costela, a pele tinha um hematoma.

— Sabe Eddie, do terceiro B?

— Sim?

— Ah, garota, você nem imagina... — Ela sorriu como uma tola e se deitou na cama com os braços abertos. — Os rapazes são tudo na vida.

Valéria foi até o armário, que tinha um espelho grande, e olhou para o pescoço. A prova do crime bem à vista. E ela não tinha base em pó para esconder.

— Valéria... — chamou Sabrina, sem tirar os olhos do teto. — Quem fez o seu?

— Um rapaz.

— Dã — respondeu. — Óbvio que foi um rapaz, a menos que seja lésbica.

Valéria tentou colocar o cabelo por cima, mas, quando mexia a cabeça, a marca voltava a aparecer.

— Você é virgem?

Valéria a olhou.

— O quê?

— É virgem, Valéria?

Valéria respirou fundo. Devia contar sua vida para Sabrina?

— Não quero responder — disse, encarando Sabrina pelo espelho.

— Qual foi a coisa mais legal com que você já sonhou? — perguntou Mário, a voz distante, enquanto carregava pequenas caixas com o nome de uma marca de velas aromáticas.

— O quê? — perguntou Sombra, sorrindo. — Está realmente falando nisso?

— Sonho sempre em desaparecer deste bairro, ficar rico, ter milhares de carros.

Hector abriu uma das caixas, tirou duas garrafas e uma pequena pá.

— Que sonho — comentou Ramírez. — Só quero subir, só isso.

— Ir para os Estados Unidos — explicou Mário.

Alguns riram.

— E você, Ben, quais são seus sonhos?

Ben estava sentado na cadeira de balanço. Sacodiu a cabeça. Nada lhe ocorria.

Gregório entrou na sala sem bater, olhou ao redor e viu várias caixas de velas aromáticas no chão. Mário estava ajudando Hector a colocar alguns comprimidos em pequenos frascos de plástico amarelo. Sombra estava sentado na cadeira de balanço, e Ramírez verificava as caixas do lado de fora.

— Foi o dobro do que pedimos.

— É melhor sobrar do que faltar — retrucou Ramírez.

Ben nem ergueu o olhar.

— Ainda não estão se falando — comentou Mário, aborrecido. — Parecem duas crianças.

— Nós nos falamos sim, não é?

Sombra o encarou e assentiu.

— Conhece algum lugar para fazer tatuagens além daquele gordo, nojento e bêbado? — perguntou Sombra, inclinando-se para a frente.

— Do outro lado da cidade — respondeu Mário. — Quer fazer outra tatuagem coletiva como aquela lua idiota?

— Quero fazer outra. Hector tem as costas todas tatuadas! — Ben apontou para o amigo. — Tenho de pedir sua permissão?

— Tudo bem, vou ver se consigo arranjar um — disse Mário, voltando ao que fazia.

Gregório olhou para Sombra.

— Quero falar com você.

Sombra não queria, mas foi até ele. Fechou a porta atrás de si. Estavam no corredor da casa.

— O que está fazendo?

— O que estou fazendo?

— Com Valéria. — Gregório a vira naquela manhã com muita maquiagem no pescoço.

Sombra tentou voltar para o quarto, mas Gregório o impediu.

— Deixa marcas em seu pescoço, visíveis para quem olhar...

— Não, errado. É visível para você, porque está sempre olhando para ela.

Gregório negou.

— Não é justo, ela não merece isso.

— Ela merece você, não é? — perguntou, levantando a sobrancelha.

Eles se encararam.

— Irmão, não a coloque no meio de nossa amizade. — Sombra sorriu. — Não faço nada que ela não queira.

Gregório o deixou passar.

— Ela está tão apaixonada que não enxerga que tudo o que você quer dela é sexo. E nada mais.

Sombra não respondeu. Não valia a pena discutir seus sentimentos com Gregório. Ele não entenderia.

— Um dia você vai se apaixonar, e vai doer. Vai se sentir péssimo.

— Como você se sente por ela? — Sombra riu. — Eu sei, vou andar por aí atrás da garota, mesmo sabendo que já tem alguém...

— Não sabia que vocês dois tinham algo, nunca me falou nada, Benjamin.

— Vou lhe arranjar um emprego onde ela corra perigo. Sim, assim ela vai me querer. Mas não. Ela continua com o idiota. — Sombra ficou sério. — Lembra alguém?

— Esqueça.

Gregório o empurrou para fora.

Sombra evitou tropeçar enquanto ria do garoto.

— É o que vou fazer.

— Vamos ver, Valéria... — Naomi examinou seu pescoço. — É profundo, parece uma mordida.

— É — concordou, calma.

— Até que é bonita, dá vontade de tirar foto — disse Carolina.

— E a minha? — Sabrina abriu o roupão que usava para dormir. — Não é bonita?

Carolina cruzou os braços.

— Não é justo, os meus estão ainda mais escondidos.

Aquilo era comum? Até alguns meses atrás, Valéria pensava que apenas as meninas em seu bairro tinham namorados, mas estava descobrindo que aquilo acontecia com qualquer menina que estivesse disposta, independentemente do status. Algumas só escondiam melhor.

Valéria levantou a blusa que vestia para que pudessem ver sua barriga enquanto estava deitada no chão. Naomi localizou as marcas.

— Você é muito magra — queixou-se Carolina.

— O cara a come viva — disse Sabrina, sorrindo. — Quero alguém como ele.

Valéria se juntou a elas.

— Ele também é muito carinhoso. — Sorriu. Era agradável que a invejassem, que quisessem ter as mesmas marcas de amor, embora sua situação fosse difícil, aquilo a fazia feliz. — É muito amoroso.

Sua língua não queimava com as mentiras.

— Eu tenho entre as coxas — disse Naomi, abrindo as pernas. — É só uma. Mas ele me beliscou, não foi com a boca.

— Vocês são virgens? — perguntou Valéria.

— Eu sou — confessou Sabrina.

— Eu também — disse Carol. — Meu sonho é perder a virgindade em minha noite de núpcias, será tão mágico. — Ela sonhava acordada, e, por um momento, Valéria desejou poder dizer a mesma coisa.

Naomi torceu a boca.

— Eu não.

Valéria não disse nada.

— Ninguém gosta das que não são virgens — comentou Sabrina. — Já ouviram a professora falar sobre quem já é mulher?

Todas ouviram, Valéria não queria se lembrar.

— Queria não ser — queixou-se Carolina ao amarrar o cabelo. Ela se esqueceu do que dissera havia menos de um minuto.

— E você é? — perguntou Sabrina.

Valéria desviou o olhar.

— Sim, sou.

— Meu Deus, como assim? — respondeu Naomi. — Vai dizer que o cara lhe dá chupões e mordidas e ainda não dormiu com você?

As três ficaram surpresas com aquilo.

— Tudo bem... — Sabrina se levantou do chão. — Isso está saindo do controle. Naomi, não fale assim.

— Desculpe, escapou — disse, girando uma mecha do cabelo. — Será a melhor sensação para vocês.

— Como é? — perguntou Carolina.

— Parece que você está no céu. Tudo treme e, se gostar do rapaz, tudo se torna mais excitante.

— Você chegou ao grande O? — perguntou Sabrina.

— Ah, sim, é o céu.

— Grande O? — perguntou Valéria.

Na verdade, se falavam de virgindade mental, ainda era virgem, porque só então estava descobrindo coisas sobre seu corpo e sobre a sexualidade humana.

Sombra lhe ensinara tudo o que sabia, mas sem nomes, apenas fazia.

— O êxtase, quando você se contorce de prazer e fica sem fôlego.

— Como sei se experimentei um? — Reformulou a pergunta. — Quando já não for virgem, como saberei se tive?

— Você se transforma em geleia, você se sente como... ah... é que não sei como explicar, seu rosto ganha um sorriso estranho e...

Valéria olhou para as outras, Carolina e Sabrina encaravam Naomi com olhos brilhantes. Valéria entendia o que Naomi queria dizer e podia contar suas experiências com Sombra, mas valia a pena tirar a inocência das outras duas amigas? Preferiu fingir que também era inocente, que não sabia de nada.

— Como são os homens?

— Não sei, eles são como...

— Ei, ei, ei! — protestou Carolina. — Por que estamos falando de sexo? Costumávamos falar apenas de beijos.

— Não sei. O assunto surgiu... — desculpou-se Naomi.

Carolina desligou as luzes e acendeu a lanterna do celular.

— Está na hora das histórias de terror.

— Espere — interrompeu Valéria. — Naomi, como podemos... — Ela olhou para as amigas. — Como podemos seduzir um homem?

— Os homens são muito fáceis, tudo para eles envolve a visão, maquiagem, cabelo arrumado, e você precisa agir como se não quisesse nada com eles, mesmo que esteja morrendo por dentro. Toque neles, uma leve carícia nas costas, nos ombros ou nos braços. Rebole, use lingerie sexy. Outra coisa, sorria.

— Vou fazer isso com Carlos! — afirmou Carolina.
— Não vai esperar pelo casamento? — perguntou Sabrina.
— Um homem se apaixonaria por mim assim? — perguntou Valéria.
— Sim, por que não? Se não se apaixonar de primeira, seduza-o.

Valéria pensou no assunto. Queria seduzi-lo, mas não tinha maquiagem e não sabia rebolar. Sua calcinha podia não ser feia ou velha, mas não era sexy, fio dental ou algo do tipo. Ela se lamentou.

As meninas contavam histórias de terror e já tinham se esquecido da conversa, mas Valéria não conseguia.

Eram 18h30 e, graças ao acordo que Estefani fizera com Fresa, Valéria podia sair na terça, quarta e quinta-feira mais cedo para ensaiar para seu aniversário. Tudo o que sabia era que seria a pureza. E que devia fazer algum tipo de dança simbólica.

Marian ia participar, e outra garota chamada Emily também. Além de uma prima de Estefani, Daniela, e Argentina — embora Rose e Estefani não se dessem muito bem, Argentina tinha a mesma idade da aniversariante, e estudavam na mesma turma.

O lugar era muito bonito. Tinha um hall de entrada, onde todos esperavam por Estefani, que tinha ido buscar Valéria no carro de Gregório e Sombra.

Mas Ben não estava nem Gregório, todos os rapazes que iriam participar eram do bairro, mas não como eles. Não que fossem santos, mas tinham uma imagem melhor e a mãe de Estefani os havia escolhido.

Depois do lobby, as cinco meninas e os cinco meninos foram para uma sala, chamada Âmbar, que consistia em um grande espaço sem cadeiras, com grandes janelas que filtravam a luz. Em um canto, havia mesas desmontadas e, no lado mais próximo da porta, uma mesa e tapetes para se sentar. Pertenciam à turma de yoga que se encontrava todas as manhãs ali.

Era um lugar limpo, e o ar cheirava a baunilha. Havia um corredor fora da sala de estar, com uma porta que o ligava à saída e aos banheiros.

— Vai convidar muita gente.

— Talvez o bairro inteiro.

Valéria engoliu em seco. Argentina, no meio do salão, levantou os braços e sorriu.

— Isto é lindo.

Emily e Marian se sentaram, e os demais também. Chegou a hora de Estefani falar.

— Meu aniversário será algo muito especial para mim e para minha família. Há cinco anos, na família, houve uma tragédia e minha festa de aniversário, que tínhamos começado a organizar, foi cancelada. Eu tinha treze anos e foi muito difícil. Toda a minha vida sonhei com aquele dia especial.

Valéria não teve festa de quinze anos, nem de treze. Nunca teve uma festa de aniversário.

— Depois de mais de cinco anos de luto, minha família, especialmente minha mãe, decidiu que a sobrinha descansava em paz, que sua alma não nos atormentaria.

Valéria percebeu que estava falando da mãe de Ben. Seu suicídio afetou a família, e a vida deles não era mais a mesma. Nem conseguiram cuidar da criança que tinha sido abandonada pelo pai naquela casa, quem ousaria entrar ali de qualquer maneira? A mãe ou a avó de Estefani não ousariam, eram supersticiosas, achavam que o espírito ainda vagava pelo lugar e que possuía Ben algumas noites. Diziam isso porque, às vezes, seus olhos ficavam com a mesma tonalidade de castanho-claro que os da mãe, mas, no dia seguinte, voltavam a ser castanho-escuros. Nunca pensaram se tratar de alterações climáticas.

Ele é o lembrete latente de que a mãe tinha escolhido o caminho mais fácil e deixado todos sozinhos.

— Durante minha vida, vários sentimentos me acompanharam.

Ela coçou o pequeno nariz, que destacava seus grandes olhos, com cílios ainda mais abundantes graças ao rímel. Estefani tinha um cabelo normal, castanho, bem encaracolado, e um sinal acima do lábio, do lado direito. — Paixão, pureza, esperança, alegria e tristeza. Para cada um desses sentimentos, haverá uma dança, que nosso coreógrafo — ela apontou para o lindo moreno ao seu lado — vai ensinar a cada um de vocês. Por favor, quero que lembrem que isso não seria possível sem meu tio. Estou muito grata por ele e por seu apoio após a morte de sua esposa.

Todos ficaram em um silêncio desconfortável.

Depois daquela breve introdução, indicaram quem faria par com quem. Todos tinham seu parceiro, e Valéria ainda não memorizara os nomes, só sabia que seu par era vários centímetros mais baixo que ela. O queixo batia em seu ombro. Talvez ele fosse muito baixo ou Valéria muito alta, mas ela ia parecer uma amazona, e ele, um pequeno duende.

Val pensou em se queixar, mas não queria ser rude. O rapaz estava desconfortável e chateado. Além do mais, morava a duas casas de Valéria, mas nunca haviam se falado.

Quando terminaram os minutos de alongamento, fizeram uma introdução a cada coreografia e foram dispensados até o ensaio seguinte.

Valéria abordou Estefani.

— Oi... — Hesitou por alguns segundos. — Estefani, tenho um problema.

— O quê, não gostou da dança?

— Não, não. — Suas orelhas queimavam quando se lembrava do coreógrafo cujo nome não sabia.

— Então o que é?

— Brayan é um pouco...

— Chato, eu sei. Não quer participar, mas a mãe o obrigou — completou Estefani, sem dar importância.

— Por que não arranjou outra pessoa?

— Não há mais ninguém. Não se preocupe, vai dar certo.

Então não falou mais nada.

O trabalho andava estressante, mas Alejandro não aparecera naquele dia, o que era raro. Valéria tentava se concentrar no emprego, nos deveres escolares e em tudo o que ainda tinha que fazer — suportar a mãe que se queixava por Valéria pagar a dívida com a tia e ficar sem nada. Não era como se tivesse pagado milhares de vezes, apenas duas ou três.

Quanto ao primeiro pagamento, os três mil pesos apareceram na mochila de Carlinhos. Quando ela foi devolver a quantia a Sombra, ele jurou que não era dele.

Valéria aceitou, porque precisava do dinheiro.

Ela batia à porta de Ben às vezes, só o via duas vezes por semana, no máximo. Mas, quando o visitava, eles não transavam, não faziam nada havia um mês, desde que ele pedira que Val não voltasse mais.

Agora tentavam ser amigos. "Sim, amigos." Mas, às vezes, se beijavam e ele a abraçava. Não passavam disso. As conversas fluíam, mas só falavam sobre ela e suas amigas, sobre o que acontecia em uma festa de pijama, até mesmo riam de Freddy e falavam sobre como Carol era inteligente, mas não falavam sobre ele.

— Eu esperava ver você — disse ele, abrindo a porta.

Valéria entrou, e ele a fechou.

Ben percebeu sua maquiagem, não era nada exagerado. Ela estava com lápis nos olhos, rímel e batom vermelho.

— Uau.

— O quê?

Ele se aproximou, abraçando-a um pouco acima da cintura, onde conseguia sentir suas costelas.

— Posso tirar esse batom? — murmurou em seu ouvido.

— Não, fico bem com ele.

Val se afastou.

— Por que a maquiagem?

— Foi feita por uma assessora que Estefani contratou para seu aniversário. Estamos testando minha pele e os tons de vermelho que mais combinam comigo — explicou, olhando para uma das portas da casa. E então se lembrou de que nunca a vira aberta. O que esconderia?

— Combinam mesmo.

Ela deu de ombros.

— Você continua vindo, Val...

Valéria sentiu um aperto no peito e virou-se para olhar para ele.

— Posso ir embora, se quiser...

— Não — sussurrou.

Ben se aproximou e abaixou a alça de sua blusa até deixar o ombro nu. Ele a beijou, os lábios frios. Valéria sentiu um arrepio.

— Quero que venha...

Val fechou os olhos e colocou os braços em volta de seu pescoço.

— Mas pediu para eu não voltar?

— Não foi sério.

Ben lhe beijou a bochecha, muito perto do olho.

— Venha, vamos para o quarto.

Parecia uma pergunta. E ela decidiu que não. *Não queria.* Ficara mal antes. Mas já estava bem e não pensava muito nele, pelo menos tinha mais controle de seus sentimentos. Sabia que, se voltasse a ficar com Sombra, iria se machucar de novo.

Repetiriam os mesmos padrões. Iria querer que ele dissesse que a amava tanto quanto ela o amava. Talvez tudo fosse um jogo para Ben. Brincar com o coração de Val, com as necessidades de seu corpo, com seus sentimentos.

— Não. — Ela o deteve. — Não quero, desculpe.

Ben se afastou, confuso. Seu cabelo estava desgrenhado.

— Então, quer comer alguma coisa? — A voz dele tremeu um pouco. Parecia nervoso.

— Não, obrigada.

— Então... — Ele se virou para ela. Estava sentado em uma das cadeiras da sala. — Como você está?

— Decidi que não vou deixar você me tocar até admitir que gosta de mim ou que me ama.

— De onde veio isso?

— Você não pode negar que há algo entre nós — respondeu ela. — Quando vim aqui na primeira vez, estava cega, não sei o que estava pensando. Eu me senti mal por semanas, e mesmo assim voltei, e continuei me sentindo mal depois. Porque todos pareciam me julgar apesar de não saberem de nada, mas você não me julgava. E nunca conversamos sobre sentimentos, e eu não sabia se havia um "nós", ainda não sei. Mas descobri que te quero, e não entendo por que pensou que eu conseguiria transar sem desenvolver nenhum sentimento por você. Isso é impossível, Ben.

— Não é impossível.

— E sei que também gosta de mim, mas não quer aceitar. Não estou dizendo que te amo nem mesmo que gosto de você. Só estou dizendo que te quero, entende?

Estava na frente dele. Valéria era mais alta que seus amigos, mas ele também era. O queixo da garota mal batia em seus ombros, mesmo que o erguesse.

— Claro que entendo.

— Talvez queira um beijo seu, talvez queira saber sobre você, talvez queira estar com você. — Ela se aproximou, quase tocando a boca de Ben com a sua. — Só me fale...

Mas Ben achava que falar sobre aquilo o deixaria mais próximo de dizer as outras três palavras. E não queria. Não queria voltar a enfrentar as consequências.

— Você está me subornando... — Ele sorriu, roubando um beijo rápido, que Valéria se recusou a dar.

— Só estou jogando nosso jogo. — E gesticulou com os braços.

— Está brincando comigo, é isso?

Ele se aproximou e a segurou pelo braço.

— Acredite no que quiser, Ben.

Ela se afastou dele, abriu a porta e foi embora.

Ben olhou para a porta e coçou o queixo. O que tinha sido aquilo?

Capítulo 19

BORBOLETA AZUL

Valéria estava se afastando de Ben porque, de acordo com Naomi e Carolina, as garotas tinham que jogar duro. E tudo estava indo incrivelmente bem. Naquele dia, Nina a acompanhava no ensaio. Ainda que Valéria não fosse fazer nada. O menino baixinho decidira faltar, já era o quinto ensaio consecutivo ao qual não comparecia.

As quatro meninas estavam ensaiando, Estefani assistia. Ninguém podia ver sua dança, ela ensaiava aos sábados com seu parceiro, também secreto. Valéria sentia ciúme, porque acha que Ben era o par da aniversariante.

Argentina era a paixão. Todos concordavam que ela era perfeita para esse sentimento.

Às vezes, às segundas e sextas-feiras, os ensaios aconteciam de uma às três da tarde, que era o horário em que Valéria começava no trabalho. Depois de comer às pressas, ela colocava o jeans numa bolsa e seguia com o uniforme da escola; por isso ela estava brincando distraída com a saia, quando a porta abriu e Ben entrou.

— Sombra, olá! — cumprimentou Argentina.

Ele levantou a mão, cumprimentando todo mundo.

Estefani se virou para olhá-lo.

— Deus, estou tão feliz por ter vindo, vai me salvar dessa grande confusão. Graças a Deus, você é um bom dançarino.

Ela se virou e pediu a Valéria para se levantar.

— Vocês dois estão juntos. Joel vai lhe explicar os passos, Sombra. Valéria já os conhece.

— Vou me sentar para ver isso. — Argentina se jogou no colchão, e Marian, Daniela e Emily a imitaram, os outros meninos se sentaram no chão. Nina já estava sentada.

Sombra chegara tarde, e os outros quatro casais haviam praticado sem parar desde o início. Já eram mais de duas da tarde, e eles precisavam descansar.

Joel mostrou o passo a passo da coreografia com Valéria, e ela não se importou que ele segurasse sua cintura ou seu rosto. Ela fingia tocá-lo — porque era assim o passo da dança —, mas temia perder a compostura quando fosse com Ben. Ela não sabia se seria capaz de aguentar. Até então ele só a tocara quando estavam escondidos em sua casa, e ninguém mais via o que faziam no quarto escuro. Mas ali, não, estavam em público, em uma sala com mais de dez pessoas.

— Comece, Valéria. Estamos correndo contra o tempo. — O instrutor apontou para o próprio pulso, como se indicasse um relógio.

Valéria faz seus primeiros passos: uma garota que parece inocente chega a um lugar, sozinha, depois abre os braços como se fosse uma flor, fica na ponta dos pés e inclina a cabeça. Uma borboleta prestes a voar. Fecha os braços, parecendo incapaz de voar. Suas mãos se movem sem sentido, seus pés tropeçam constantemente. Um rapaz aparece, quer roubar sua pureza, ele a segue e tenta torná-la sua, mas a garota se afasta, embora se sinta atraída, perdendo-se em si mesma. As mãos do rapaz estariam manchadas com um pó marrom que simbolizaria como a pureza vai se perdendo ao longo dos anos.

Estefani queria representar como deixou de pensar, sentir e falar igual a uma criança agora que havia crescido. A dança da esperança era uma dança lenta, mas enérgica; a da alegria era cheia de risos e saltos; a da tristeza, lenta, muito melancólica e, de alguma forma, simbolizava a perda da família; a da paixão era mais ou menos erótica. Mas ela incluiu alguns toques a mais na dança de Valéria.

Quando Val sentiu Ben colocar as mãos em sua cintura, fechou os olhos por reflexo, não tinha mais que agir como uma criança confusa que tropeçava, porque já era assim naturalmente. Ela se afastou dele. De acordo com a dança, ele deveria fazer uma volta e reencontrá-la, traçar uma rota com o dedo de seu torso até seus lábios, e então colocar as palmas da mão em seu rosto. Valéria se virou de repente, mas tropeçou e quase caiu.

— De novo — pediu Joel.

Ia passar por aquele inferno outra vez.

Para piorar, depois que Valéria o recusara, Sombra parara de falar com ela. Talvez porque não houvesse voltado mais a sua casa.

Val estava de costas para Ben, que deveria insinuar que as mãos marcavam a silhueta de seu corpo, como se seu maior desejo fosse lhe roubar a pureza. Não deveria tocá-la até se aproximar de sua cintura, onde a primeira mancha marrom iria aparecer no vestido. Mas as mãos traçaram o corpo de Val sem decoro, e ela deixou a cabeça cair para trás, encostando-a no ombro de Ben, e um gemido escapou de sua boca.

Era tarde demais para tentar disfarçar. Joel tinha reparado. Ele limpou a garganta e disse:

— Ei, não, não. — repreendeu, dirigindo-se a Ben. — Qual é seu nome?

— Sombra.

— Sombra?

— Sombra.

Joel olhou para Estefani, que estava boquiaberta. O que Ben tinha feito não parecia certo. Valéria sentia tanta vergonha que nem sequer conseguia erguer o olhar. Como ele se atrevia a provocá-la daquele jeito?

— O que foi aquilo? — perguntou Joel.

— A culpa não foi minha.

— Claro que foi! O que está fazendo? Tocar o corpo dela assim. Está maluco? — sussurrou para que só os dois escutassem.

Alguns riram. Valéria não aguentava mais. Estava com vergonha. Saiu do lado de Ben e correu para fora da sala.

— Valéria! — Argentina a seguiu.

Todos ficaram em silêncio.

— Sombra, você errou. Vá pedir desculpas a ela — ordenou Estefani. — Siga a coreografia. Você finge tocá-la, mas não faz isso de verdade.

Ben suspirou.

— Não sei o que fiz de errado.

— Você tocou nos seios dela — explicou um dos garotos, incrédulo. — Não é errado? Vocês não são um casal. Não deveria ter feito aquilo.

Ben o ignorou.

— Por favor, vamos esquecer. Não quero mais conversas sobre isso. A menina é tímida, por isso, quando ela voltar, é melhor ninguém falar nada. Daniela, Maicol, é a vez de vocês. Quero ver uma dança carregada de tristeza. — Joel tentava desviar a atenção.

A música começou a tocar, e Estefani saiu da sala.

❦

Valéria estava chorando no banheiro. Não era justo. Por que sempre se perdia quando o assunto era Ben?

Argentina estava do lado de fora da cabine.

— Valéria, sei que não somos tão próximas. Sombra é um idiota e tal, mas você tem tanto cabaço que não aguenta que um cara gostoso a toque? Está exagerando.

Valéria a ignorou. Argentina não sabia de nada.

— Nunca pensei nisso, mas, Valéria, Sombra gosta de você.

Naquele momento, Estefani entrou no banheiro e Argentina apontou para a cabine, imitando lágrimas escorrendo pelo rosto com os dedos, então apontou de novo. Estefani entendeu que Valéria estava chorando.

— Valéria, desculpe — pediu Estefani.

Ela não respondeu.

— Se quiser, procuro outra pessoa para ficar no lugar de Ben.

Mas Valéria não queria aquilo.

— Você é muito tímida, querida — disse Argentina. — Viu Raul me tocar na coreografia? Eu não reajo assim... chamando a atenção de todos.

Estefani lhe lançou um olhar de reprovação e Argentina parou de falar.

— Valéria, você está zangada? — perguntou Estefani.

— Sim — respondeu —, e humilhada, porque parece que aconteceu o que a Argentina *disse.*

Ela suspirou com as mãos cobrindo o rosto.

— Esqueça isso — disse Argentina, tentando melhorar as coisas. — Você é uma mulher, e é assim que reagimos.

— Nem todas — murmurou Estefani, sem emitir som.

— Cale a boca — replicou Argentina da mesma forma.

Valéria as ouviu cochichar, mas não perguntou sobre o que falavam, e não respondeu mais nada.

Val limpava o balcão, eram cinco horas da tarde. O lugar estava vazio, e Alejandro não tinha aparecido. Era estranho. Ele fazia piadas e era simpático, às vezes, quando não tentava seduzi-la ou deixá-la constrangida.

Ben entrou na loja e Valéria reparou imediatamente.

— Deseja fazer algum pedido? — perguntou enquanto ele se aproximava.

Sombra se encostou ao balcão.

— Entendeu por que não podemos ter nada?

— O que quer dizer? — O coração começou a bater mais rápido.

— Você sempre faz isso. Parece inocente, e não é, Valéria. Todo mundo a vê como uma vítima, como se eu tirasse vantagem da doce e inocente Val, que nunca fez nada, que não mata uma mosca.

— Não sei do que está falando.

— Não? — Ele estava chateado. — Eu a toquei anteontem e você gostou, mas depois fugiu como uma criança, porque abusei de sua confiança. Mas foi isso mesmo? Não, Valéria, não foi, você gostou tanto quanto eu.

— Não faço de propósito — respondeu.

Era diferente, gostava que ele a tocasse, mas não na frente de todos. Ou, pelo menos, não de surpresa. Pensou sobre o assunto. Ela se lembrou de que sempre quis que Ben a tocasse em público, para que todos soubessem sobre eles, mas não sabia por que não tinha sido como esperava.

— Talvez não tenha feito de propósito, mas me magoou. Todos vão concordar com você. Se falar que eu abuso de você, vão acreditar mesmo sendo mentira, mesmo com *você* indo até minha casa.

Os olhos de Valéria estavam cheios de lágrimas.

— Agora vai chorar. Pare com isso, Valéria! Cresça! Era isso que você queria. Não a forcei.

Ela não tirou os olhos de Ben.

— Está acontecendo alguma coisa aqui? — perguntou Patrícia. — Ele está incomodando você, Valéria?

Ben suspirou. Aquela era a questão, sempre o viam como o vilão da história.

Valéria limpou o rosto.

— Não, não. Com licença, vou fazer um intervalo.

Ela saiu de trás do balcão, deixando a loja, e Sombra a seguiu.

— Desculpe, Valéria.

Ele a virou para abraçá-la no meio da calçada.

Valéria não disse nada, apenas fechou os olhos. Não queria, mas como controlar aquilo? Como passar de uma garota inocente para uma que poderia andar com Sombra, sem que pensassem que ele se aproveitava dela?

Quando voltou, Patrícia a esperava a com um olhar de censura.

— Ele é seu namorado?

Valéria negou.

— E por que veio até aqui para fazer uma cena?

— É sobre algo que aconteceu — Valéria prendeu o cabelo atrás da orelha. — Mas vamos esquecer o assunto, está bem?

Patrícia torceu os lábios em desaprovação.

— Se é o que deseja.

— Valéria, meu amor.

Valéria virou com um sorriso.

— Alejandro? Nossa, você sumiu.

— Desculpe, querida, assuntos importantes na cidade. Patrícia está? Que tal nos divertirmos um pouco?

— Ela acabou de sair, mas não, Alejandro, somos só amigos. O que você deseja?

— Um de limão.

Valéria foi até a máquina de sucos. Os sucos naturais já estavam prontos, ao contrário das batidas, que precisavam ser preparadas na cozinha.

Quando Valéria voltou, Alejandro se afastava da porta. Ela não percebeu, mas ele virou o sinal de "aberto" para "fechado".

— Quem mais está aqui?

Valéria o viu contar as cédulas e lhe entregar o dinheiro.

— O rapaz de óculos, Diego, acho que é o nome dele.

— Fica sozinha aqui com ele?

— Ele não gosta de meninas.

— Ah, sim.

Ele colocou a mão no bolso, pegou uns comprimidos e os colocou na boca.

— Quer?

Valéria franziu a testa.

— Não sinto dor nenhuma para tomar remédio.

— Vamos, você vai se apaixonar.

Ela não precisava se sentir apaixonada. Já estava.

— Em outra galáxia, em outro mundo.

— Não, obrigada.

Val procurou a vassoura. Alejandro bebeu o suco e tomou o segundo comprimido.

— Eu me sinto tão bem.

— Que bom — retrucou Valéria.

— Venha cá — chamou ele.

Valéria se aproximou.

— Quer se sentir bem?

— Eu me sinto bem.

— Não, não sente.

Ele acariciou sua bochecha.

— Você está triste.

Valéria se afastou, guardou a vassoura e se sentou na frente de Alejandro.

— Não estou triste. Quer outro suco?

— Sim, por favor.

Ela se levantou e pegou outro suco. Ele engoliu mais um comprimido.

— Prometo que não vão fazer mal. Se gostar, posso lhe dar alguns.

— O que são?

Ela estava confusa.

— Experimente.

Valéria hesitou.

— Olhe este, que lindo. É azul com uma borboleta.

Ele tirou outro do bolso da calça.

— Tem gosto de quê?

— Shhh. Abra a boca e levante a língua.

— Nunca disse que queria um.

— Mas quer.

Ele contornou o balcão e se aproximou, encurralando-a, pegou seu queixo e o levantou.

— Vamos lá.

Valéria abriu a boca, sem saber o porquê, e levantou a língua. Alejandro colocou dois comprimidos ali e fechou seus lábios. Valéria franziu a sobrancelha quando o sabor amargo começou a tomar conta de seu paladar. Ela bebeu todo o suco de limão.

— Bem, como se sente?

Ele se afastou.

— Normal. Como deveria me sentir?

Alejandro não respondeu.

— Você está suando, vou ligar os ventiladores — disse Val.

Saiu de trás do balcão e os ligou. Estavam desligados para economizar energia elétrica. Fresa iria lhe agradecer quando a conta do mês viesse mais barata.

Ela se sentou. Não entendia por que sentia que precisava fazer alguma coisa. Tinha uma sensação estranha. Sorriu.

— Tem mais?

Já fazia meia hora que tinha aceitado os primeiros comprimidos.

— Quantos quiser.

Valéria começou a rir, e ele também.

— Vamos para um lugar onde ninguém possa nos ver e roubar a nossa felicidade.

Ele passou o braço sobre seu ombro. Foram para a cozinha, onde Diego estava dormindo. Atrás, havia um pequeno corredor sem telhado, com a lixeira e algumas caixas vazias, por onde chegavam as mercadorias para reabastecer o estoque toda semana.

Alejandro a encurralou na parede. Ele segurou seu rosto para beijá-la.

— Não faça isso.

— Olhe para mim.

Valéria olhou para ele.

— Gosta de se sentir assim?

Valéria confirmou com a cabeça. Ela se sentia em outro mundo, leve, sem saber o motivo.

As pupilas de Alejandro estavam dilatadas, e Valéria se assustou um pouco.

— Aqui.

Ele lhe deu um envelope com uma dúzia de comprimidos.

— Pode me procurar quando quiser mais, para você, dou de graça.

Alejandro se aproximou de novo e a beijou. Valéria reagiu imediatamente.

— Espere, não. Pare.

Ela o afastou com as mãos, sem força.

— Tudo bem, Ben não vai saber.

Voltou a beijá-la, segurando seu rosto enquanto separava os lábios de Val com os seus.

— Isso é intolerável, Valéria.

A voz de Patrícia a assustou.

Alejandro ainda segurava seu rosto depois do beijo.

— Vou deixar você resolver isso.

Ele a soltou e se afastou, passando por Patrícia.

— Desmancha-prazeres — sussurrou Alejandro.

Patrícia foi até Val, que suava. Seus olhos estavam fechados, e ela tinha um sorriso no rosto.

— Valéria, você está bem?

— Sim, sim, vou... vou voltar ao trabalho — respondeu, mas Patrícia teve que ajudá-la.

— Por que estava aqui com ele? Se eu contar a Fresa, você perde o emprego. Isso aqui é um depósito...

— Não sei o motivo. — Ela escondeu os comprimidos e abriu bem os olhos. Outro segredo.

Val deixou Patrícia sozinha e voltou ao trabalho.

Foi só quando chegou em casa que percebeu o que tinha acontecido. Ela se sentiu muito mal, estava com nojo de si mesma. Ainda mais porque, no fundo, a sensação tinha sido agradável. Mas, antes de decidir se tinha valido a pena, procurou uma pedra no quintal, tirou o envelope com os comprimidos do bolso e os esmagou.

Várias lágrimas rolaram enquanto destruía os comprimidos para que não houvesse vestígios de sua culpa. Ela os jogou no vaso sanitário e depois apertou a descarga, uma, duas vezes. Sentou-se no chão e abraçou as pernas. Val se lembrou de que Alejandro a beijara, mas que não tinha se incomodado com aquilo.

No entanto, quando viu Ben no dia seguinte nos ensaios, sentiu-se culpada. Continuava desajeitada e mordia a própria língua para não deixar nada escapar.

O único contato físico que tinham eram nos ensaios. Ele era muito bom em fingir que não sentia saudade.

Ben não notou nada estranho em Val durante o ensaio. Ela seguia os passos e, de vez em quando, se esbarravam com muita força. No fim da dança, o rapaz devia deslizar a parceira por sua coxa, e ela devia descansar em seu ombro. Quando Ben a tocou, Valéria apertou seu ombro.

Val seguia com o jogo de não o visitar enquanto Ben não dissesse que gostava dela. Ele não poderia tocá-la. Sombra sabia disso.

Sentaram-se em um dos colchões de yoga à espera da coreografia dos outros pares. Ela ficou de olhos fechados. Ele se levantou e foi até o banheiro.

— Valéria, vá procurar seu parceiro. Aonde ele foi?

Val acordou do transe. Joel repetiu que ela devia procurar Ben. Ela se levantou e foi até a porta que dava para o corredor. Ben estava saindo, e eles se chocaram.

— Desculpe, estão esperando a gente — disse calmamente, olhando para baixo.

— Venha — convidou ele, puxando-a para dentro do banheiro.

Uma vez ali dentro, tudo ficou silencioso.

— Ben?

Ele segurou seu rosto e a beijou.

— Ben, espere. O que está fazendo? — perguntou, enquanto tentava fugir.

Ele a olhou.

— Gosto de você.

Valéria se surpreendeu e deixou que Ben beijasse seu pescoço. Quando voltou a olhá-la, ela perguntou:

— De quem você gosta? — questionou, enquanto ele tocava seu lábio, movendo o dedo da direita para a esquerda.

— De você.

Ela não podia acreditar, mas sorriu.

— De mim?

Passou a mão por baixo de sua camisa. E Ben ficou louco.

— Sim, *gosto de você*, Valéria.

Ela se inclinou para beijá-lo. Era tudo o que queria ouvir, mas não tinha certeza.

— Eu gosto de você — repetiu, passando a língua pela orelha da garota. — Não se afaste mais de mim...

Val acreditou. Gostava de verdade? Aquilo a fazia tão feliz. Começou a sonhar acordada.

— É você que eu quero... não queria me afastar...

— Gosto de você — repetiu Ben.

Quanto mais ele repetia, mais Valéria ficava contente e relaxava com seus beijos. Estava tão feliz por beijá-lo, e ele retribuía com intensidade.

As mãos de Ben escorregaram para baixo de sua saia, e Valéria as segurou.

— Não podemos fazer isso aqui, Ben.

— Vá até minha casa.

Ambos sorriram com cumplicidade.

— Eu vou.

Valéria arrumou o uniforme e o cabelo, molhou um pouco o rosto com água para se refrescar e eles voltaram para o ensaio, esperando que ninguém tivesse suspeitado de nada.

Mas talvez tivessem desconfiado.

Capítulo 20

ERROS

Argentina estava concentrada, varrendo a poeira da frente de casa quando Valéria passou, distraída como sempre, absorvida demais nos próprios pensamentos para perceber o que acontecia ao seu redor. Escutou alguém chamando seu nome.

Valéria se aproximou. Argentina a chamara?

— Então Sombra tirou sua virgindade no banheiro?

Valéria ficou envergonhada.

— O quê?

— Calma. Não vou dizer a ninguém que vi vocês entrando no banheiro e depois saindo amassados.

Valéria tentou esconder a vergonha.

— Contou a alguém?

— Já disse que não. Nunca me meteria com Sombra e seus brinquedinhos.

Valéria não entendeu a última palavra, por isso não se abalou. Sentou-se no muro da casa de Argentina e se esqueceu do que estava fazendo. Também pensou no fato de que a garota suspeitava de algo, acreditava em algo... Ela havia visto. Seria tão ruim assim ela saber o que tinha acontecido? Pelo menos, não sabia dos encontros nem que ele foi seu primeiro... Só os viu saindo do banheiro juntos. Talvez pensasse que eles tinham se beijado pela primeira vez no banheiro.

Então entendeu o que quis dizer com "brinquedinhos". Argentina já tinha usado aquele termo antes, quando um menino e uma menina estavam ficando — em segredo ou não —, mas sem compromisso algum. A garota não tinha ideia do quão sério aquilo era para Valéria, talvez para o próprio Ben. Decidiu deixá-la na dúvida, achando que Valéria era apenas um brinquedo que Ben gostava de beijar nos banheiros.

Valéria mudou de assunto.

— Pagou tudo que devia a Ramírez?

— Eu não devia a ele. Devia a Sombra.

— Por que Estefani mentiria?

— Não sei. Ele é parente dela, né? Vai defendê-lo para sempre.

Valéria era a única que não sabia, afinal de contas.

— Tem alguma ideia do porquê da rivalidade entre Sulcuros e Norcuros?

— Claro que sei. — Argentina largou a vassoura e se sentou ao lado de Valéria. — Os Sulcuros têm um fornecedor melhor, e isso atrai pessoas de todo o lado para comprar, o que os torna conhecidos. Os Norcuros dizem que os lucros obtidos deviam ser distribuídos entre os dois grupos, porque são da mesma família, ou que, pelo menos, uma porcentagem das vendas devia ser dada a eles, mas o chefe dos Sulcuros não concorda.

— Quem é?

— Não sei. Mas sei que ele afirma que o fornecedor é dele e se recusa a dizer quem é. É por isso que há tanta rivalidade, é sobre poder e ambição.

Valéria concordou, olhando para a rua, a boca aberta enquanto processava o que ouvira. Tinha uma dúvida.

— Como sabe disso?

— Namorei um cara dos Norcuros. — Ela deu de ombros. — Ele me contou.

— Mesmo você sendo deste lado?

— Isso importa? — perguntou, irritada. — Não estou na gangue, só vivo aqui.

— Não, claro que não — respondeu Val, em voz baixa.

Argentina desceu do muro e voltou a varrer. Valéria fez o mesmo e seguiu seu caminho.

Patrícia não precisava trabalhar na loja. Porém, não trabalhar ali significava ter que trabalhar na empresa da família, vendendo pão sem receber pagamento. E era por isso que preferia trabalhar e pagar sua parcela do apartamento. Além disso, se quisesse, poderia trabalhar na academia do bairro, mas teria que aturar seu tio como chefe e o cheiro de suor. Além de um salário reduzido por ser parente. Ela fez uma careta quando pensou naquilo.

Valéria olhou para ela.

— Repita, por favor, por que estamos aqui?

— Vamos fechar daqui a pouco... São cinco horas, eu sei, mas tenho um compromisso. Além disso, não quero deixá-la sozinha porque, da outra vez, um cara estava se aproveitando de você no depósito.

Valéria ficou envergonhada. Tinha se esquecido daquilo.

— Val... fique aqui, já volto.

Ela foi até ao balcão onde estava um homem branco e alto. Ele tinha cabelo preto, provavelmente pintado.

Valéria olhou ao redor, ignorando os comentários machistas dos rapazes que a viam parada, com calça jeans apertada e decote. Não estava mais trabalhando. Abotoou a blusa, cobrindo-se o suficiente para se sentir confortável, e ignorou todos os rapazes e o cheiro que incomodava suas narinas.

Então o reconheceu. Ela o reconheceria em qualquer lugar. E se aproximou.

— Ben?

Ben ouviu a voz, mas não achou que Val estaria na academia. Ele virou-se e a viu, depois olhou para a frente novamente.

— Não me chame assim, Valéria.

— Benjamin — chamou outra voz. Uma muito irritante.

Ben se levantou e vestiu a camisa.

— Olá — cumprimentou secamente.

Alejandro estava com um braço apoiado nos ombros de Valéria, e com a outra mão acenou para Ben.

— Trazendo a namorada para a academia? — perguntou Alejandro.

Aquelas palavras deixaram Val de pernas bambas. Ben se virou para pegar a toalha e a garrafa de água. Nisso, Alejandro sussurrou para Valéria:

— Devo contar a ele nosso segredo?

Ela o olhou. Não, por que contar? Não fazia sentido. Não havia significado nada. Ela nem queria beijá-lo.

Ben viu como Valéria olhava para Alejandro.

— Já deu, deixe-a respirar — disse Ben, passando entre eles para que Alejandro tirasse o braço da garota. — Quer companhia até em casa, Val?

Mas ela ainda estava em choque. Com medo de que Alejandro falasse a qualquer momento.

— Sim — respondeu alguns segundos depois.

Alejandro agarrou as bochechas de Valéria, beijando sua testa. Por um momento, ela achou que iria beijá-la na boca, na frente de Ben. Mas ficou agradecida por ele não ser tão mau. Val o odiaria por toda vida.

— Adeus, querida, foi um prazer ver sua bundinha hoje.

Ele sorriu.

Ben a guiou com a mão nas costas enquanto lançava um olhar furioso para Alejandro. Mas, em vez de saírem por onde Val entrara com Patrícia, eles subiram os degraus que levavam ao segundo andar.

No fim da escada, havia uma porta de cor creme com uma janela de vidro que ficava na altura do queixo.

— Não gosto que fale com ele.

— Não falo com ele — respondeu Valéria.

Ben bateu duas vezes na porta.

— E, se eu falasse, você não teria nada a ver com isso.

— Ei, talvez você goste daquele idiota de olhos azuis e aquele papinho que ele usa com você. Sei que eu disse que poderia ficar com quem quisesse, mas não com ele. Não está interessado em você.

— Como pode saber?

— Só está interessado em mim.

Ele a olhou nos olhos.

A porta se abriu.

— Benjamin — disse uma moça.

Era a mesma que estava com Ben na Casa Central, quando Valéria o viu cheirando cocaína.

Aquela memória voltou e a magoou. O que ele queria? De repente, Val ficou paralisada, fitando Laura com ódio. Viu a garota encarando Ben com um olhar sonhador. Dava para ver o sutiã dela através da blusa transparente, e sua calça de cintura alta destacava os quadris enormes.

— Sua amiguinha não vai entrar? — perguntou Laura.

Valéria quis bater nela. Só por tê-la chamado de *amiguinha* e por olhar daquele jeito para Ben. Não tinha direito de fazer aquilo. Ben pegou a mão de Valéria e a puxou. Eles entraram no pequeno escritório.

— Preciso de um favor seu.

— O que quiser.

Valéria sentiu que a resposta tinha duplo sentido, mas não importava, a mão de Ben não estava nas costas de Laura, e sim nas suas. O rapaz estava ao lado dela, não de Laura.

— Preciso do número do seu pai.

Laura arqueou as sobrancelhas.

— Foi para isso que veio?

— É tudo de que preciso.

— Para quê?

— Uma coisa. Não posso falar agora.

Laura apertou os olhos e depois escreveu o número em um pedaço de papel.

— Aqui.

Sua mão tocou a de Ben por mais tempo que o necessário.

Voltaram pelo caminho de onde vieram. Patrícia aguardava Valéria no andar de baixo.

— Não gosto de você — disse Patrícia a Ben.

— Oi?

— Não gosto de você.

Ela pegou Valéria pela mão e saiu da academia. Ben demorou um tempo para sair. Valéria já estava com Patrícia na esquina.

— Por que não gosta de mim?

Ben parecia galanteador. Correu um pouco para ficar na frente das duas.

— Primeiro, apareceu no negócio que eu administro e afastou meus clientes, depois fez cena com uma de minhas assistentes. Depois tenho que ficar procurando por ela, porque acho que uma daquelas pessoas loucas a raptou ou algo assim.

Ben a olhou, e Patrícia deu de ombros.

— Não foi uma cena... — argumentou Valéria.

— Patrícia, linda, peço perdão, mas agora posso levar sua ajudante?

— Para quê?

— São assuntos particulares.

Ele sorriu.

— Não. — Ela continuou de mão dada com Valéria.

Ben ficou ali olhando enquanto elas se afastavam. Valéria acenou para ele e murmurou "até mais tarde" com um sorriso.

— Você me levou naquele escritório para quê? Para causar ciúme? Ou foi uma vingança por Alejandro ter beijado minha testa? — perguntou Valéria.

Ela o olhou muito de perto, para ver se captava alguma mentira ou verdade escondida.

— Não estou com ciúme. E também não faço esse tipo de coisa — respondeu, sem mudar de expressão.

Era noite. Depois de chegar do trabalho, Valéria fez o jantar e saiu de casa. Quando chegou à casa de Sombra, a porta estava aberta, ele a esperava.

— Então para quê?

— Eu precisava do número. Por isso fui até lá. — Ele deu um beijo suave no pescoço de Valéria. — Não sinto ciúme de Alejandro. Não vai funcionar.

"*Parece* funcionar", pensou ela. A julgar por sua expressão quando viu o braço do menino em seu ombro. Talvez, Sombra gostasse dela de verdade, afinal.

Val decidiu não insistir mais. Pensou em Laura e nas drogas. Ficou triste.

— Ainda está com ela, não está?

Quando perguntou, quis dizer "com Laura e com as drogas" no lugar do "ela".

Ficou sem saber se ele tinha entendido quando respondeu com seriedade:

— Não. Não estou mais com ela.

Valéria não quis esclarecer a resposta. Laura ou as drogas, qualquer resposta seria dolorosa.

— Como vou saber se gosta mesmo de mim? Ou se diz isso para ficar comigo? — perguntou Valéria, tocando o próprio cabelo com os dedos.

— Uhm... Por que não descobre?

— Não sei como — queixou-se, frustrada.

Ben tocou sua bochecha.

— Quer que eu minta?

Ela não respondeu. Pensou por alguns segundos. Claro que ele estava mentindo. Sempre. Mentia desde que a conhecera. Talvez ela fizesse a mesma coisa.

— Somos amigos?

— Amigos? — Ele beijou-a. — Acha isso?

Ben mordeu seu lábio com delicadeza.

— Não — respondeu Val pensativa. — Mas então... O que nós somos?

Ben não respondeu, mas a beijou de novo. Depois continuou a fazer o de sempre, delicado e gentil.

— Como está, querida?

Valéria deixou a batida cair. Ficou feliz pelo copo ser de plástico.

— Bem, obrigada por perguntar.

Ela foi pegar o esfregão.

Quando Val acabou de limpar, Alejandro perguntou:

— Gostou dos comprimidos?

— Ah, sim — mentiu —, eram bons.

Não sabia como ele reagiria se contasse que os havia jogado na privada e dado descarga, sem nem saber o preço.

— O efeito desapareceu depois de três dias?

— Não sei o que quer dizer — respondeu ela, honestamente.

Ele estreitou os olhos.

— Quero levá-la a um lugar.

— Não, obrigada, quero dizer, não posso, tenho que ir para casa, ajudar a minha mãe com umas coisas e...

— Você me faria muito feliz se fosse. Prometo que não será nada de mau.

— Para onde?

Alejandro pensou alguns segundos antes de falar:

— Quero que venha comigo procurar uma coisa, em meu apartamento.

— Não, desculpe — respondeu, limpando as mãos nos guardanapos.

— Vamos... Benjamin está lá.

— Ben? O que Ben estaria fazendo em seu apartamento?

A ideia parecia estúpida e, por alguma razão, possível.

— Está fazendo umas contas em minha casa, mas é melhor perguntar a ele.

— Não são inimigos?

— Isso é só fachada.

Lembrou-se de que Ben dissera o mesmo, em outras palavras, mas dissera. E sabia o quanto ele ficava irritado na presença de Alejandro. Val gostava de vê-lo com ciúme. Ela o encarou por alguns segundos, uma energia estranha passou por seus dedos.

Valéria concordou.

Era sábado, e ela saía mais cedo do trabalho. Arrependeu-se no instante em que entrou naquele lado do bairro. Havia cães sujos e trêmulos na calçada, e crianças brincando de beisebol — tinham uma aparência doce, mas de um jeito assustador. O prédio, no entanto, parecia ter saído de um belo condomínio e colocado ali, porque não combinava com o local. A escada era delicada e o corrimão, embora limpo, não inspirava confiança suficiente para ser tocado.

Antes de entrar, ele pediu que ela abrisse a boca, mas Valéria se negou. Alejandro segurou seu queixo.

— Por favor.

— Não, eu não quero, Alê.

Alejandro colocou o comprimido na própria boca, mastigou sem engoli-lo e beijou Valéria sem avisar. O sabor amargo agora também estava na boca dela.

— Não faça isso! Não me beije!

— Por que não percebe que gosta de mim? — perguntou em seu ouvido.

Valéria o olhou sem responder. Ele abriu a porta, e ela entrou primeiro. Na sala, alguns rapazes assistiam à televisão.

— É ela!

Apontaram para Val.

— Não pode ser! — gritaram quando viram a moça apertada no jeans justo e camisa amarela.

— O que sabe, vai nos contar o segredo? — perguntou um rapaz, aproximando-se demais de Valéria.

Valéria recuou alguns passos, com medo, e esbarrou em Alejandro.

Ela ficou sem reação, ainda não sabia se devia ter medo. Mas, quando percebeu que Ben não estava lá, começou a se desesperar e a respiração disparou.

— Espere, não. Alejandro, tenho que ir.

Seus lábios perderam a cor.

— Não, querida, vamos nos divertir.

"Não." Mas não sabia se estava falando ou apenas pensando.

— Sabe ou não sabe? — perguntou outra voz.

— E ela parece saber? — questionou Alejandro, com autoridade.

Os rapazes se calaram.

— Se não sabe de nada, o que está fazendo aqui? Não é meu tipo, não é nosso tipo — queixou-se outro rapaz, voltando a olhar para a televisão.

O rapaz estava certo, Valéria podia estar vestindo calça justa e decote, mas não se parecia com as garotas de que gostavam.

— Mas ela é o calcanhar de Aquiles de Sombra.

Alguns arquearam as sobrancelhas.

— Pegue o celular.

Ele pegou Valéria no colo, enquanto ela implorava que a colocasse no chão, e entraram em um quarto.

A sala cheirava a pipoca e o quarto, a aromatizador de ambiente. O ombro de Alejandro cheirava a colônia. Valéria processou os cheiros, mas não parou de gritar e protestar mesmo quando ele a colocou no chão. Os vizinhos poderiam ouvi-la se não fosse pelo alto volume da televisão, mas, mesmo que ouvissem, não iriam ajudá-la. Não entrariam naquele covil.

— Shhh — pediu, mas Valéria não se calava. — Isso é só um jogo. Por favor, Valéria.

— Não! — reagiu.

— Valéria, preciso que me faça esse favor.

Ela fez que não de novo, estava chorando. Dois rapazes entraram.

— Faça isso, por favor? Eles não vão machucá-la, nem eu.

Valéria fez que não mais uma vez. Não sabia o que ele queria ou o que estava dizendo. Por que aceitaria?

— Fique quieta — mandou.

Valéria estava suando e se sentia um pouco tonta.

O menino ligou a câmera do celular, e Alejandro murmurou algumas coisas para a lente do telefone, depois ficou de costas para a câmera e tocou a blusa de Valéria.

— Não faça isso, por favor — pediu ela.

Alejandro iria deixá-la de sutiã na frente daqueles dois rapazes que ela nunca tinha visto antes? Sentia-se traída. Naquele momento, a única pessoa que conhecia era Alejandro, e ele foi o primeiro a atacá-la.

— Desculpe — sussurrou em seu ouvido, e lhe deu um beijo rápido. — Como disse, não vou machucar você.

O que ele pensava que estava fazendo? Valéria sentia raiva ao olhá-lo com os olhos transbordando de lágrimas.

Alejandro abriu sua blusa, mas não a tirou. Ficou atrás da garota e levantou seu rosto, fazendo-a olhar na direção da câmera do celular.

— Desiste?

Mas Valéria não sabia se ele estava falando com ela, porque não a encarava. Estava olhando para a câmera.

Passou a mão pela barriga de Valéria, um toque suave e nervoso. Ela fechou os olhos e soltou um lamento.

— Pare, por favor — implorou.

Ela abaixou o rosto para que o menino nervoso que via Alejandro tratá-la daquele jeito e para o outro que filmava, sorrindo, não a vissem chorando.

— Vai ajudar? — Ele beliscou suavemente suas costas.

— Pare... Eu desisto.

Depois ele a soltou, e Valéria fechou a blusa rapidamente.

— Desculpe.

Alejandro a encarou. Valéria ainda estava chateada. O que tinha sido aquilo?

Pouco a pouco, ela voltou a se sentir segura depois que os rapazes desconhecidos saíram do quarto. Alejandro se sentou na grande cama.

— O que você quer? — perguntou, furiosa, quando teve certeza de que estavam sozinhos.

— Eu não ia machucar você... — defendeu-se, olhando-a com uma expressão séria e um sorriso fixo no rosto. — Obrigado pelo favor. Acha que posso agradecer de outra forma?

Valéria cobriu o rosto com as mãos. Estava com dor de cabeça.

— Para que aquele vídeo?

— Deixe para lá — sussurrou.

Valéria se sentou ao seu lado porque estava tonta. Fechou os olhos, esperando que tudo parasse de girar.

Alejandro ficou olhando para ela, prendeu sua franja atrás da orelha e começou a beijá-la enquanto a outra mão passava por outra parte de seu corpo. Então ele se deitou sobre ela.

E Valéria não o impediu, porque não conseguia.

O vídeo levou apenas dez minutos para carregar e outros quinze para ser enviado ao único destinatário. Quando ele o viu, achou que não fazia sentido algum. Quão idiota Alejandro podia ser?

Chegou à Casa Central às dez horas da noite. Alejandro estava em um dos quartos dos Norcuros com um novo aprendiz. Ben entrou e não cumprimentou o garoto, pegou Alejandro pelo pescoço e o empurrou contra a parede. O adolescente que estava com Alejandro ficou alerta.

— Saia — ordenou Ben entre os dentes.

O rapaz tropeçou e saiu correndo.

— O que aconteceu depois que a câmera foi desligada?

— Nós nos divertimos um pouco. —Alejandro riu. — Desiste?

Ben aproximou seu rosto do dele.

— Você é um imbecil se acha que vou dizer alguma coisa porque enganou Valéria e tentou assustá-la. Ou que vou dizer a ela ou ter medo de um vídeo idiota. Deixe-a fora disso. Ela não sabe de nada e não saberá. E, se soubesse, também não lhe diria.

— Eu sei. — Ele continuou sorrindo. — Mas ainda vale muito.

— O que fez com ela?

Ben se controlou para não bater no outro. Alejandro tentou se soltar, mas Sombra o pressionou com ainda mais força contra a parede.

— Se eu tivesse feito algo de errado, ela teria contado para você. Benjamin, ela não é sua, pode ficar com quem quiser.

— Ela não quer você.

— Mesmo? — zombou.

Ben deu um soco em sua barriga e o soltou em seguida. Alejandro se curvou de dor. Ele tinha razão. Sentiu-se estúpido por pensar que Valéria estava arrependida. Talvez ela quisesse mesmo estar com Alejandro. Talvez não voltasse para ele.

Ben o olhou com raiva, mas não respondeu. Era um idiota.

— Não toque nela de novo — ameaçou Ben, de forma suave. Quase gentil.

Alejandro limpou o canto da boca e se afastou o suficiente de Ben.

— Por que não, se ela quiser?

— Droga, Alejandro, não toque nela de novo ou eu mato você. Não-toque-nela-de-novo.

Ele chutou uma cadeira no quarto. Alejandro o observou em silêncio. Ben estava realmente irritado, não como da outra vez. Alejandro percebeu que ele não queria compartilhá-la com ninguém.

Engoliu em seco.

— Tanto faz, ela nem é tão gostosa — comentou indiferente. — Nem quero vê-la de novo.

Ben se virou, batucando no batente da porta enquanto pensava na situação. Em sua mente ecoava a própria voz, dizendo a Valéria que ela podia dormir com qualquer um. Por alguma razão, aquelas palavras pesavam muito sobre ele naquele momento.

Alejandro o observava parado ali. Alguém entrou. Ramírez e Fran que, quando viram o adolescente sair correndo, foram ver o que acontecia. Eles conheciam Ben e seus impulsos.

— O que está acontecendo aqui? — perguntou Ramírez.

Ben reagiu e parou de tamborilar os dedos no batente da porta.

— Ela é minha, entendeu?

Ramírez e Fran olharam para ambos antes de seguir Ben.

— Não se briga nesta casa, lembra? — repreendeu Fran. Ele era dos Norcuros e devia defender Alejandro.

Mas Ben o ignorou e foi para casa.

Ela fechou os olhos, abriu os braços e fechou novamente. Inclinou-se um pouco para a direita, deu alguns passos e o viu quando abriu os olhos. Estava confusa porque nunca se sentira atraída pela impureza. Seus dedos eram ásperos e macios ao mesmo tempo... Como era possível?

Ela caminhava com a delicadeza de uma flor, como se estivesse descalça. Ele a seguiu, ela se virou, e ele a tocou nos ombros. Depois nos lábios. Uma onda de desejo a atravessou, semelhante à luxúria. Ela derreteu-se, virou-se, sentiu que alguém estava atrás dela. Ele simulava um toque, tocou sua cintura. Afastou-se.

Deixe que a amem, pequena flor da primavera.
Deixe que a toquem,
Deixe-o roubar sua inocência,
Ah, pequena flor da primavera.

Uma canção era recitada ao fundo.

Uma pequena dança. Um beijo no pescoço, derreteu. Um, dois, um, dois, ele se aproximou e depois a deslizou pela perna. Ela perdeu sua inocência.

O ensaio era exaustivo, faltavam apenas algumas semanas para a festa, e Valéria achava cada vez mais difícil guardar segredo quando estava com ele. Sentia-se muito mal.

Era como se nada pudesse apagar o sentimento de culpa. Era tão horrível se sentir culpada. Seria possível desfazer alguma coisa? Não. Ela fechou os olhos. As imagens em sua cabeça lhe davam náuseas. Não tinha coragem de voltar à casa de Ben.

Não queria sentir nada. Não se permitia sentir qualquer coisa, talvez se voltasse à casa de Ben, ele traria os sentimentos de volta. Mas Sombra se alternava entre simpatia e brusquidão às vezes. Ela tentava entendê-lo. Achava que precisava compreendê-lo, não o procurava desde a sexta-feira anterior, e já era quinta-feira.

Ben dissera antes que ela sempre se fazia de vítima. Talvez tivesse que aceitar as consequências de seus atos. Teria que ser forte, porque ninguém a obrigara a ir àquele apartamento. Mas tinha aprendido a lição e não deixaria que a manipulassem outra vez. O que a fazia se sentir culpada não era a possibilidade de ter gostado, porque não gostara, mas sim o fato de Ben não saber. Sentia que estava escondendo aquilo dele, escondendo coisas da pessoa a quem sempre contava tudo.

Valéria pediu para ser dispensada às sete horas da noite. Sem ela, Ben não tinha com quem ensaiar, então ele a seguiu.

Se Val não estivesse tremendo durante o ensaio, Ben acharia que já tinha superado tudo. Mas ela ainda se deixava afetar, ainda o amava, Ben não entendia por que tentava esconder o que havia acontecido com Alejandro. Por que ela achava que ele não descobriria?

— Valéria?

Ela sentiu um tremor. E se virou.

— Está me seguindo?

— Sim, estou.

Val sorriu sem querer. Por alguma razão, sentia que não o merecia. Ele começou a andar ao seu lado.

— Você está me evitando há uma semana, pelo amor de Deus — comentou Ben, calmo, olhando nos olhos dela.

Os olhos de Valéria estavam cheios de lágrimas, lágrimas invisíveis porque ela não chorava.

Será que ele sabia o que tinha acontecido?

Capítulo 21

FRIO

Valéria sentiu cheiro de umidade no carro. Ben não disse nada, nem ela. Quando entraram na casa, Val sentou-se no sofá sem dizer uma palavra. Sentia-se como uma estranha depois de tanto tempo sem aparecer.

Mordeu o lábio. Ele reparou.

— Comprei uma pizza esta manhã e guardei mais da metade — contou ele, enquanto tirava a caixa da geladeira. — Vou aquecê-la para o jantar.

Valéria concordou, enquanto o observava. Talvez ele pudesse apagar suas lembranças, afinal, Ben sempre fora seu refúgio. Por que ainda não lhe contara?

O micro-ondas apitou e Ben tirou as fatias de pizza fumegantes. Colocou-as em um prato, foi para o sofá e começou a comer.

Mas Valéria não se moveu. Embora estivesse doida de vontade de comer pizza.

— Não vai comer?

— Por que me pediu para vir, Sombra?

Ben pensou enquanto pegava outro pedaço.

— Você leva seu papel de pura muito a sério. — Ele se calou, mas depois continuou: — Não entendo por que não me visita.

— Por que me quer aqui? Você me quer? — perguntou, com cautela.

— Sim, Valéria, quero você aqui.

Valéria deu umas mordidas na pizza, mas, quando estava na metade, Ben já tinha acabado. Ele se levantou e foi para o quarto.

Quando terminou, Valéria se levantou, colocou o prato na pia e se sentou no sofá, mesmo sabendo que Ben estava no quarto.

Ele a queria, mas continuaria querendo se soubesse a verdade?

Ele voltou para a sala, com um controle na mão, a temperatura do quarto estava mais fria do que na sala.

— Está com frio? — perguntou.

— Sim.

Ela esfregou os braços.

— O que aconteceu aqui?

— Meu pai me deu esse aparelho, porque sabe como é quente aqui.

Ele a pegou pelo pulso.

— Saberia se tivesse vindo antes, mas você não vem, apesar de eu ter falado que gosto de você.

— Desculpe. — Mas não disse por quê.

— Não quer ficar comigo? — perguntou Ben, deitando-a na cama.

Ela deixou que ele tirasse sua roupa. Mas, em vez de fazer como das outras vezes, ele parou e a observou. Valéria retribuiu o olhar sem dizer nada. Ben se deitou sobre ela e deixou seu corpo pressionar o de Val. Ela sentiu dificuldade de respirar, como se estivesse sufocando. Tentou fazê-lo se mexer, mas não conseguiu.

Val não conseguia falar, por isso tentou se mover sob aquele corpo. E como não conseguiu, tentou afastá-lo.

Ele riu quando agarrou as mãos dela para tirá-las de seu peito. Depois Ben deixou de ser Ben. Tudo começou a ser muito duro, sem... amor.

Valéria queria pará-lo, mas ele prendeu suas mãos nas dele, acima da cabeça. Ela não conseguia se soltar. Mesmo que tentasse fechar as pernas, a pressão fazia com que parecessem geleia.

— Ben, pare... — achou que tivesse sussurrado, mas sua voz não saia.

Val tenta fugir mais uma vez.

— Por favor... perdão...

Calma total. Ela estava chorando.

— Perdão — sussurrou, mais calma.

— Quando iria me contar? — perguntou ele.

Valéria balançou a cabeça, os ossos doendo com o peso em cima de seu corpo, os pulsos tão apertados que ficariam com marcas roxas.

Entendia tudo.

— Eu não queria.

Se dissesse que pensara nele, teria acreditado ou ficaria louco de raiva? Iria chamá-la de maluca.

— Está dizendo que ele abusou de você?

Valéria ficou em silêncio. Ele se levantou e se sentou na cama.

— Não acredito nisso. Até vi o vídeo.

Valéria cobriu a boca com a mão trêmula.

— Não, Valéria, ele não gravou vocês transando, mas caras como ele podem fazer isso e *pior*... — Ben cobriu o rosto com as duas mãos. O que teria feito a ela? — Quer esquecer o que ele fez com você? Quer me usar para apagar sua memória? Valéria, não deixe que ele a use para chamar minha atenção, que você já tem.

Mas aquilo não a confortou.

— Por que fez isso?

— Tenho o mau hábito de abrir as pernas para idiotas. — murmurou.

— Eu a magoei?

Ele se curvou, um pouco preocupado, mas ela não o olhou.

Ben saiu da cama, não disse mais nada e adormeceu no sofá.

O ar frio fez seus ossos doerem. Ela se odiou a noite toda, e também sentia um pouco de dor... mas sentia algo. Pelo menos, sentia alguma coisa. Uma semana sem sentir nada, sem emoção, seca, sem querer chorar, mas pelo menos tinha isso: aquele amor destruidor, mas que, se não a destruísse, não se sentia viva.

O dedo trêmulo desenhou um coração na parede enquanto lágrimas escorriam do olho esquerdo, cruzando o nariz até o direito, para enfim cair no colchão.

"Não se pode odiar quem se ama."

Valéria percebeu que era uma idiota apaixonada por um garoto que não a amava. Aquilo doía ainda mais. O que fazer?

Eram duas horas da manhã. Não tinha para onde ir, mesmo que quisesse. Virou-se e olhou para a porta, que estava fechada, um símbolo do coração de Ben fechado para ela... E se dissesse que o amava? Que amava amá-lo? Então diria que era uma masoquista... todos diriam. Não que Val se importasse, ser masoquista não era bom, mas ela nunca havia feito nada de bom.

Sua vida era baseada em más decisões, em tudo o que fazia, das amizades até aquele idiota que lhe tirara tudo.

Ben foi sua melhor má decisão, sem dúvida.

Saiu da cama e tropeçou a caminho do banheiro. A dor no pé a fez xingar. Foi ao banheiro e a dor pareceu se dissipar um pouco. Ali dentro, fechou a porta e se sentou na tampa da privada. Ficou por um segundo.

Ele a atacara, não foi? Não tinha certeza, não pensava com clareza. Era como sua primeira vez, apesar de saber que nunca teria uma primeira vez novamente, percebeu que poderia se sentir assim.

Quando Valéria voltou para casa naquela noite — a noite de sua primeira vez —, não quis falar com a mãe, sua garganta estava seca. Ela tomou um longo banho até ter apagado tudo. Mas não apagara nada, porque sempre voltava.

Daquela vez era pior, ela não podia mais apagar Ben de si mesma.

Tomou banho e, quando saiu, vestiu a mesma blusa, porque não tinha outra. A água estava geladíssima, e Valéria tinha certeza de que pegaria uma gripe se não tomasse um remédio.

Voltou para o quarto, só de blusa. Sentou-se de pernas cruzadas e olhou para a porta. O queijo da pizza ainda estava preso aos molares, o hálito, amargo, o que a deixava desconfortável. Enquanto brincava com as mãos, notou algo nas coxas, algumas leves marcas roxas... que doíam quando eram tocadas.

Levantou-se para lavar a boca, porque não suportava aquele amargor, e ficou dentro do banheiro, examinando aquelas marcas. Também seriam de amor? Não se atrevia a perguntar, nem sequer sabia se ele estava chateado.

Sentou-se no chão e inclinou a cabeça contra a parede enquanto cobria o rosto. Em seguida, adormeceu.

De manhã, Ben descobriu que ela não estava no quarto. O único lugar em que podia estar era o banheiro. Ele bateu na porta duas vezes, mas ninguém respondeu. A porta estava trancada.

— O que aconteceu depois que a câmera foi desligada? — perguntou, porque queria ouvir dela.

Valéria levantou a cabeça, o pescoço doía porque dormira em uma posição desconfortável. Procurou pelas contusões em suas coxas novamente, como se em busca de um pesadelo, e elas ainda marcavam sua pele, até mais perceptíveis. Não disse nada. Apenas cobriu a boca para não deixar nenhum lamento sair.

— Valéria, preciso que me diga, por favor.

A voz de Ben era linda, pelo menos era o que ela pensava.

— Para quê?

— Quero saber.

Valéria cobriu o rosto e começou a chorar.

— Os dois rapazes que estavam lá, rindo, saíram, e então... — Hesitou, porque não queria contar. — Então...

Ben se encostou na porta, tocando o próprio queixo. Ela não iria confessar.

— Ele não a incomodou mais?

— Não. Alejandro não foi mais à loja.

— Tá bom — disse, batendo na porta de novo.

— Fez algo com ele? — perguntou Valéria.

— Você se preocupa com ele?

Valéria negou com a cabeça, mesmo ele não podendo vê-la.

— Não.

Limpou o rosto, inalou todo o ar que os pulmões permitiam.

— Está zangado comigo?

— Sim, Valéria, estou. Estou muito zangado. Você agiu sem pensar, eu avisei para não falar com ele. Eu avisei.

Mas não era justo, era ela que deveria estar zangada. Levantou-se e abriu a porta do banheiro. O olhar gelado de Sombra não a deixou mais confortável. Mas seu coração começou a bater com força e não conseguia pensar em mais nada.

Sombra a abraçou quando ela saiu e beijou sua testa.

— Sinto muito por ter passado por isso.

Mas Valéria não soube ao que ele se referia nem quis perguntar. Só retribuiu o abraço, como se aquilo tirasse sua dor.

Ela bateu à porta. Claribel abriu.

— O que está fazendo, Valéria? Acha que pode passar a noite fora?

— Desculpe, estava na casa de Nina e ficou tarde, a mãe dela não deixou que saíssemos. Desculpe — repetiu novamente. — Eu teria ligado, mas Carlinhos quebrou seu celular, lembra?

Claribel a examinou. Viu seus olhos inchados.

— Dormiu muito, hein?

Deu uma volta ao redor da filha para observá-la.

— Aconteceu alguma coisa?

Valéria ficou de frente para a mãe e desviou o olhar.

— Não.

A voz quase falhou quando se lembrou. O que ela mais queria era abraçá-la e contar tudo. Tudo o que mais queria era que sua mãe a ajudasse a encontrar uma saída que ela não via.

— Carol estava preocupada com você, não conseguiu dormir.

Valéria não respondeu, entrou no quarto, as crianças ainda dormiam.

— Estefani passou aqui ontem à noite para avisar que você pode provar seu vestido na segunda ou terça-feira. Disse que você deixou o ensaio às sete horas da noite, porque se sentia mal. — A voz da mãe soava desconfiada.

— Sim, sim, foi por isso que encontrei Nina.

— Por que não veio para casa para tomar um remédio ou um analgésico? — perguntou, parando na porta da sala.

— Era outro tipo de desconforto, só precisava de ar fresco.

Ela tocou a bochecha de Carol.

Claribel não respondeu. Identificava uma mentira de longe, mas, por alguma razão, não queria saber mais. Ela se afastou e deixou os três filhos sozinhos.

Quando Valéria percebeu que a mãe tinha saído, pegou o lençol e o travesseiro e fez uma cama improvisada no chão enquanto olhava os irmãos. Ela estava tão suja que não merecia dividir a cama com eles, pelo menos não naquela noite. Eram seis horas da manhã e provavelmente ficaria ali até as dez, ou até que os irmãos se levantassem e ela pudesse usar a cama.

— Ficou lindo em você — afirmou Nina quando Valéria surgiu com o vestido da festa de Estefani. — Todos já experimentaram?

Nina fechou o zíper do vestido, Valéria não respondeu.

— Estou falando sério, é lindo.

— Obrigada. E sim, já experimentaram.

— Então me diga como fez para Sombra ser seu parceiro de dança.

— Não fiz nada. — Valéria sorriu com um pouco de tristeza diante da ironia. — O destino nos quer juntos.

Nina revirou os olhos.

— Ainda está apaixonada, não está?

Valéria sorriu. Sim, estava, estava apaixonada por ele.

— Então, não precisamos fazer alterações, não é mesmo? — perguntou a costureira.

— Não, não. — Valéria levantou os braços. — Está perfeito em mim.

— Ótimo! Agora, vamos tirar, porque é branco e pode sujar.

Valéria entrou no provador e pediu a Nina para abrir o zíper, mas a amiga entrou com ela em vez de ficar do lado de fora. Valéria tirou o vestido e ficou de calcinha e sutiã enquanto procurava suas roupas.

— Aqui está. — Nina lhe entregou a blusa.

Valéria a vestiu, e, enquanto isso, Nina viu as marcas em sua barriga. Ela ia dizer alguma coisa, mas Valéria se abaixou para pegar os jeans e as marcas esverdeadas em suas coxas ficaram aparentes. Nina a levantou.

— Mas o que é isso?!

Valéria não fazia ideia do que a amiga falava, por isso se sentou e abriu as pernas.

— Ele fez isso com você?

Nina quase chorou ao ver a amiga daquele jeito.

Valéria não respondeu e vestiu a calça.

— Valéria, se ele está machucando você, precisa acabar com tudo!

— Não posso, eu o amo.

— Não, não! Você está apaixonada, sufocada, é algo passageiro. Acha que ele é bom para você, mas só marca seu corpo e abusa de você.

A voz de Ben lhe voltou à cabeça, as palavras distorcidas: era verdade, ela sempre desempenhava o papel de vítima.

— E se eu gostar?

— Ah! Você está quase chorando! Algo de ruim aconteceu e agora está com essas marcas nas pernas. Nem sequer são mordidas.

— O que você sabe? Não estava lá!

— Valéria, sei muito mais que você. Sei quando um homem a obriga a transar e a maltrata.

— Ele não me obrigou a fazer nada. Minha vida é da minha conta, e de mais ninguém. Não tente me manipular! — Valéria quase gritou ao sair do provador.

Não esperou por Nina e foi para casa, mas a amiga não a seguiu; queria se vingar. Foi para a esquina onde Ben estava com outros rapazes e gritou com ele:

— Você é um filho da puta!

Ben a olhou sem entender nada e a ignorou.

— Venha cá ou vou gritar na frente de todo mundo, não me importo.

Ela parecia louca.

Ben se levantou devagar e foi até ela. Eles pararam em um canto isolado, onde a luz não estava tão forte.

— Acha que Valéria é um brinquedo!

— Não estou entendendo.

Ele cruzou os braços.

— Não acredito que fez aquilo. Se ela não queria, você que parasse. — Nina chorava de raiva. — Ela está apaixonada e não vê as coisas ruins que você faz. Não pode se aproveitar disso para abusar dela. Seu babaca. Estou quase acabando com essa brincadeira e o denunciando por abusar de uma menor. Val só tem dezessete anos, idiota!

— Ei! Em primeiro lugar: não abusei dela. Por que acha isso?

— Ela está com marcas roxas entre as pernas. Val resistiu, e você a obrigou.

— Não fiz isso — murmurou, irritado. — Não a forço a fazer nada.

— Nojento, pode ficar com qualquer puta, mas escolhe Val. O que ganha com isso?

— Não importa o que eu diga, você não vai acreditar. Mas Valéria não vai depor contra mim, porque sabe que não foi assim e porque, como você disse, está apaixonada. Por isso, cuide da própria vida e deixe sua amiga se divertir. Agora, largue do meu pé ou vai se arrepender.

Nina fervia de raiva ao vê-lo se afastar. Sentia um pouco de medo por causa da ameaça. Havia motivos para ninguém se meter com Sombra, ele era protegido. Valéria se metera em uma grande confusão, e Nina não sabia como ajudá-la.

A casa cheirava a fritura. Ben cortou o pão ao meio e colocou o presunto. Depois ketchup. Valéria estava tirando fotos no celular. Sem dizer ou aparentar nada.

Ben deixou o pão na mesinha e Valéria começou a comer.

— Como estão as coisas? — perguntou ele, um pouco nervoso.

Valéria engoliu.

— Bem. — A voz soava hesitante.

Quando terminaram de comer, ele se aproximou da garota de novo e a beijou, colocando a mão embaixo de sua saia. Valéria se queixou quando tocou na parte de dentro de suas coxas, ainda machucadas.

— O que aconteceu? — perguntou ele.

Ben percebeu do que se tratava, e o fato de ela negar só o deixou mais enfurecido. Ele a levou para o quarto e levantou sua saia, mas Val não abriu as pernas.

— Espere...

Valéria tentou detê-lo, mas, ainda assim, ele abriu suas pernas e viu as marcas roxas e esverdeadas. O rosto de Ben se contorceu, refletindo culpa e horror.

— Por que não me contou?

— Não queria que ficasse zangado.

— Mas, Valéria... — Ele se conteve, baixando o tom de voz e tomando cuidado para não apertar os hematomas. — Isso é horrível! Eu que fiz?

Valéria concordou. Não entendia por que aquilo importava. Afinal, não eram marcas de amor?

— Não entendo por que não mostra para mim, o autor, mas mostra para Nina, que jogou essa merda na minha cara na frente de todo mundo.

— Desculpe — disse, tapando o rosto. — Não queria que ela visse. Vou ter mais cuidado. Nem uso short para minha mãe não reparar. Desculpe, mesmo.

Ele abaixou as mãos de Val para olhá-la nos olhos. Aqueles pequenos olhos pretos mostravam medo. Ela estava quase chorando.

Ben examinou as marcas com os dedos. Estavam mesmo feias, muito feias. Não ficou surpreso pelo choque de Nina. Mas se perguntava se havia abusado de Val em algum momento. Teria sido bruto? Esqueceu-se de como ela era frágil? Tudo estava borrado, ele não se lembrava de nada com exatidão.

— Dói muito? — Ele tocou as manchas de novo.

— Não — mentiu Valéria, fazendo uma careta quando ele encostou em sua pele.

— Por que está mentindo? Por que não me fala a verdade?

— São marcas de amor? — perguntou, com um fio de voz enquanto o olhava nos olhos.

— Não, Valéria, não são.

— Então o que são?

Ela se sentiu mal.

— Desculpe... Não deixe que eu faça isso de novo. Nunca mais.

— Ben...

Ele se levantou. Olhou para ela sem qualquer emoção.

— Por favor, Valéria, pode vir quando quiser, mas não me deixe machucá-la assim.

— Você não me machuca.

— Mesmo?

Valéria negou, chorando, e o abraçou porque percebeu que, de fato, tinha sido machucada. Aquilo não era uma marca de amor. E não sabia se ele a perdoara ou se estava guardando rancor no coração. Fechou os olhos e o abraçou com força.

Estava chovendo quando os ensaios acabaram. Argentina reclamava enquanto segurava a mão de Valéria. Sombra e Estefani as seguiam. Então deixaram a garota em casa, e Estefani se desculpou com a tia de Argentina por ela voltar com frio e molhada.

Os três foram a pé até a casa de Estefani. Quase não enxergavam direito, já eram seis horas e anoitecia. A chuva não ajudava a visão.

— Valéria, quer que a gente vá junto?

— Está bem, eu vou com ela, Estefani.

Estefani olhou para ele, mas não disse nada e entrou em sua casa.

Valéria e Ben estavam encharcados quando chegaram à casa do rapaz.

— Tire as roupas para não molhar o quarto todo — disse Ben, tirando a calça e a camisa.

Valéria tremia de frio quando ficou sozinha, de sutiã e calcinha. Sua baixa massa corporal não a ajudava a se manter quente. E, para completar, o ar-condicionado no quarto de Ben estava ligado. Ela achava que morreria de hipotermia.

— Aqui. — Ele mostrou para ela uma calcinha florida. — Se quiser, pode tomar um banho e vestir isso e uma camisa minha enquanto sua roupa seca na grade da geladeira.

— Te-tenho que ir e-embora, Ben — balbuciou, enquanto tentava se vestir.

Ben abriu a janela do quarto e a fechou logo depois.

— Ainda está chovendo forte. Você morreria lá fora — brincou.

— Comprou isso para mim? Não gosta da minha?

Ela achava sua calcinha cor-de-rosa adorável, mas talvez estivesse enganada.

— Gosto da que usa no dia a dia, quando não sabe se vai vir, também gosto da sua de renda e das normais.

Val se lembrou da primeira noite em que batera à porta de Ben.

— Comprando calcinha... — pensou ela em voz alta. — Como sabe meu tamanho?

— Tiro sua roupa de vez em quando. Sei todas as suas medidas.

Valéria sentiu o rosto queimar, às vezes se esquecia de que ele sabia tudo sobre ela.

— Isso não significa que pode sair e comprar para mim.

Ben gesticulou enquanto saía do quarto.

A água no banheiro também estava gelada, então pensou em aquecer alguma no fogão para não ter que se expor ao frio, se possível. Abriu o chuveiro e gritou enquanto seu corpo se adaptava à temperatura. Ela não tomou banho, só jogou uma água no corpo até não sentir mais os dedos dos pés.

Saiu enrolada na toalha de Ben e com a calcinha que ele tinha comprado. No quarto, estava tão frio que ela nem parou no armário para pegar uma camisa. Deitou-se na cama e se cobriu com os lençóis.

— Val... — Ben procurou por ela quando entrou no quarto. Levou apenas alguns segundos para perceber que aquilo que tremia em sua cama era ela. — Valéria... Por que não desligou o ar?

— Não sei como funciona — respondeu, embaixo do lençol.

Ela ouviu um apito e pouco a pouco parou de sentir o ar frio enchendo o lugar. Embora ainda estivesse fresco, não se parecia mais com a Antártida.

Ela abaixou o lençol e viu Ben sentado na cama, cobrindo o rosto com as mãos.

— Parou de chover?

— Ainda não — sussurrou, as mãos ainda no rosto.

— Claribel ficará brava — lamentou ao puxar o lençol até a altura do queixo.

— Deite-se, Valéria, deixe-me ver... essas coisas.

Valéria se sentou e ele puxou o lençol. Dali em diante, deveria ter sempre esse cuidado em mente, se é que iria existir um "em diante". Até que Valéria percebesse que "eles" não eram uma opção. Sombra estava disposto a aproveitar até que ela entendesse aquilo de vez.

Ben viu as marcas. Estavam começando a clarear e não pareciam tão feias quanto antes.

Valéria respirou fundo e viu que ele parecia preocupado.

— Estão melhores.

Mas Ben não respondeu. Ele a cobriu e deitou-se ao seu lado, abraçando-a. Eles dormiram e, ao acordar, pareciam ter despertado de um pesadelo.

— Deus... Que horas são? — perguntou ela.

Ben se mexeu.

— Horas? — Sua voz estava rouca, o cabelo, desgrenhado.

— Ben, que horas são? Minha mãe vai me matar!

Ele se levantou da cama, arrastou os pés descalços no chão, procurou o celular no bolso da calça.

— São 22h30.

Valéria se espantou.

— Qual é a pressa? Eu a vejo com suas amigas até meia-noite na rua.

— Você não entende, minha mãe... bem, ela é um pouco instável...

— De saúde? — Ele estava genuinamente preocupado.

— Não, Ben, ela é instável comigo... Disse a ela que um menino tentou se aproximar, e ela explodiu, mas não com o menino. Comigo, disse que eu o provoquei por causa das minhas roupas e das roupas que minha tia comprou para mim. Ela acha que tem algo errado comigo... Só quero que fique calma.

— Contou a sua mãe o que aconteceu com Alejandro?

Valéria suspirou.

— Sim.

— Por quê?

— Porque cheguei em casa com os olhos vermelhos e ela percebeu, viu em meus olhos e me perguntou o que tinha acontecido. Contei que um rapaz tinha tentado se aproveitar de mim.

Ben pensou naquilo, de repente, nervoso.

— Contou que não é mais virgem?

— Não. — Valéria ficou em silêncio por alguns segundos. — Acha que ela sabe? Ela sabe tudo sobre mim. Sou sua filha.

— Se sabe e não fala nada... aí é estranho.

— Não é melhor ficar quieta e ignorar que desapontei a família?

Ficaram em silêncio.

— Esqueça, tenho que ir... Parou de chover?

— Sim.

— Então tchau.

— Quer companhia?

Queria, mas a mãe suspeitaria de alguma coisa.

— Não, tudo bem, obrigada.

Capítulo 22
PÓ MARROM

Um grande caminhão estava estacionado na frente da casa de Rose. Era uma hora da tarde e o sol banhava as ruas. Não havia uma sombra sequer.

Valéria continuou observando o caminhão até entrar na mercearia. As pessoas pararam de falar quando ela chegou. Ela abriu a geladeira e pegou uma garrafa de refrigerante, pagou e viu os móveis serem carregados para dentro do caminhão enquanto voltava para casa.

— Eles descobriram que ela está grávida de dois meses — contou Argentina.

Marian balançava os pés no muro de sua casa. Nina, Valéria e Argentina estavam sentadas na calçada com os pés no meio-fio. — Ela foi burra, falei para abortar, até me ofereci para comprar o suco que as bruxas fazem para tirar os bebês.

— Para abortar? — Valéria se sentiu enjoada ao ouvir aquilo. Se, por alguma razão engravidasse, não o faria.

— Sim, para que mais seria? Não trabalha, não é ninguém — respondeu Nina.

— O pai fez uma cena — comentou Estefani, sentando-se ao lado de Marian.

— Como você sabe disso?

— O bairro inteiro está falando sobre isso. E a mãe finge que não sabia de nada. Vão se mudar por causa da vergonha. Tenho pena de Rose.

— É o que acontece quando não se toma cuidado — disse Argentina. — E quem é o pai da criança?

— Criança? Que criança? Assim que descobriram, porque o médico disse à mãe que a tontura de Rose era porque estava grávida, o pai saiu do trabalho, pegou a garota em casa e a espancou até que o bebê saísse pela boca — respondeu Estefani.

— Era um feto, mas não sairia pela boca — comentou Marian.

— Era um feto. E sim, Estefani, ela só sangrou — afirmou Argentina.

Valéria ficou pálida. E se acontecesse com ela? Embora seu pai estivesse longe, o que faria se descobrisse algo assim?

— Isso aconteceu mesmo? — perguntou Valéria.

— É o que dizem.

Com isso, Estefani deu de ombros. A verdade podia ser distorcida várias vezes na boca dos vizinhos, mas eles sempre sabiam quando algo acontecia. Sabiam da vida de todo mundo.

Valéria se sentia mal. Como se fosse vomitar.

— Preciso de um namorado — disse Marian, mudando de assunto.

Argentina sorriu.

— Sabia que Sombra gosta de Val?

Valéria estava tonta e, ao ouvir aquilo, vomitou no meio-fio.

— Que nojo! — gritou Marian.

Estefani e Nina se agacharam e seguraram o cabelo da amiga enquanto Argentina olhava horrorizada, sem se mexer.

— Assim vou achar que não gosta dele — comentou Argentina.

Valéria a olhou. Veio outra ânsia, e o vômito sujou seus sapatos.

— Talvez você esteja grávida — brincou Marian.

Nina olhou para Estefani. Ambas sabiam. Nina olhou para Marian, que sussurrou um "desculpe".

— Valéria, Deus, o que aconteceu? — Nina quis saber, passando a mão pela testa da amiga.

Outra ânsia. Uma vizinha apareceu.

— Ela está vomitando? — indagou, preocupada.

— Sim, traga um pouco de água, por favor — pediu Estefani.

A mulher procurou um cantil e ajudou a limpar a boca de Valéria. Mas seu cabelo e suas roupas estavam sujos. Até Nina e Estefani haviam se sujado.

Elas ajudaram Valéria a se levantar, porque ainda estava tonta, e ela novamente sentiu a pressão do que guardava no bolso.

— Vou levá-la para casa — avisou Nina, e passou o braço de Valéria por sobre o próprio ombro.

— Vá com cuidado! — gritou Estefani.

Argentina estava perplexa e Marian, enojada. Todas ainda atordoadas. A senhora, Martina, lavava o vômito de Valéria, que escorria pelo meio-fio.

— O que foi aquilo?

— Não sei... — Ela olhou para Nina antes de entrar em casa, e repetiu: — Não sei.

Valéria odiava a forma como Nina a olhava, com tristeza.

— Por que contou a Sombra sobre as marcas? Não consegue guardar um segredo?

De repente, Valéria estava zangada.

— Val... Desculpe... Foi para defendê-la. Não quero que ninguém a magoe — disse, calmamente.

— Pelo amor de Deus, deixe-me em paz.

— Valéria, não fique assim, o que está havendo?

— O que está havendo? Quando Rose e Argentina me convenceram a procurar um dos rapazes, você não censurou a ideia. Nunca me disse que eu ia me magoar e que ia me sentir tão mal. Você nem me ajudou quando me senti suja e envergonhada porque não havia como voltar atrás. Disse uma coisa e fez outra! Você me deixou sozinha e foi com elas, eu só queria uma amiga, mas não sou legal o suficiente, certo? Por que agora? Responda, por que agora?

Nina não respondeu, mas se sentiu culpada.

Valéria gritou de frustração, entrou em casa com o cabelo ainda sujo. A mãe apareceu por causa do barulho e viu Nina parada com um olhar atônito no rosto.

— O que aconteceu com ela? — perguntou Claribel.

Nina lhe contou.

Valéria se trancou no banheiro. Relaxou e começou a chorar.

Guardou a roupa suja em um canto para lavar depois e entrou no chuveiro. Colocou o rosto no jato d'água que caía do cano e respirou. Algumas gotas entraram em suas narinas, fazendo todo o nariz queimar. Começou a tossir até sentir outra ânsia, foi até a privada e vomitou novamente. Ela olhava para seu reflexo no pedaço de espelho. Nua, fraca, no fundo do poço sem saber o porquê.

Voltou para o chuveiro até que os pés e as mãos ficassem enrugados. Vestiu o roupão, deitou-se na cama e só abriu os olhos no dia seguinte.

Um merengue tocava e todos dançavam e se moviam felizes. Valéria não sabia dançar, por isso ria ao observar os outros.

Um homem alto, bonito, com cabelo castanho-escuro e olhos cor de mel estava à porta.

— Estou contente por vê-la feliz.

Estefani desligou a música, correu até ele e o abraçou, gritando:

— Tio!

Valéria viu Ben. A semelhança era visível. Era o pai do garoto.

— Pessoal — Estefani estalou os dedos para chamar a atenção —, este é meu tio Manuel; tio, estas são Emily, Argentina, Marian, você conhece Daniela...

Ela continuou apresentando as meninas. Valéria tentou se esconder.

— Olhe quem está aqui! — exclamou, referindo-se a Ben. Manuel o abraçou e começou a despenteá-lo. — Precisa cortar o cabelo.

Ben tentou não expressar nenhuma emoção. Era constrangedor seu pai tentar tratá-lo como criança.

— E tio, esta é Valéria.

Ela estendeu a mão.

Manuel, voltando-se para Estefani, perguntou:

— E quem é seu parceiro, Estefani?

— É segredo... Mas no sábado você verá. Daniela está com Mauricio, aquele está com Argentina — disse, apontando para Raul —, Eddie está com Emily... e Xavier com Marian...

— E meu filho?

Ben suspirou.

— Ele está com Valéria.

Valéria se sentiu desconfortável quando o pai de Ben a olhou.

— Bom, bom.

Mas Val ficou mal com aquela resposta e saiu de perto das meninas.

— Por que veio, tio? — perguntou Estefani.

— É hora de escolher o design das toalhas de mesa e das capas das cadeiras, e me perguntei se os participantes queriam, não sei, ajudar. — E sorriu.

Valéria olhou para eles pela terceira vez.

— O pai de Sombra é muito bonito — disse Emily, corando.

— O que não entendo é dar a Estefani uma festa de aniversário desse tamanho. Ela é só uma parente distante. — Marian parecia estar com inveja, mas só estava sendo bisbilhoteira.

— Mas foram criados como primos — respondeu Emily. — A mãe de Sombra era como uma irmã para a mãe de Estefani, não só sua sobrinha.

— Acho que, como Sombra não é uma garota, o pai não pode dar uma festa assim para ele — comentou Marian, enquanto arrumava o cabelo.

Daniela inspirou, se abanando, e disse:

— Está quente.

As demais concordaram. Estefani se aproximou para lhes dar uma notícia. Enquanto as meninas a observavam, Valéria observava pai e filho conversando. A semelhança era arrepiante. E, ao mesmo tempo, eram tão diferentes — enquanto o pai usava uma camisa de linho fina e bem passada, Ben vestia camisa polo normal e calça jeans, nem de longe da mesma qualidade da calça de tecido preto do pai.

Manuel olhou para Valéria, que desviou o olhar e fingiu ouvir Estefani.

— Ela está...?

— O quê? — perguntou Ben.

— A menina de quem ia falar... Está com ela agora?

— Não — respondeu Ben, olhando para Valéria, de costas para eles.

— Não? — Seu pai arqueou a sobrancelha.

— Não — repetiu, irritado.

Manuel riu e depois assobiou.

— Ela não para de olhar para cá, acho que gosta de você, filho.

— E daí?

— Você não para de olhar para ela — acrescentou.

Ben parou de olhar para Valéria.

— Talvez seja só um lance... — disse, tentando minimizar.

— Conheço o pai dela. Ele sabe que vocês...? — perguntou, virando-se um pouco.

Ben olhou para ele.

— Não, ela não vive com o pai.

Manuel chutou uma bola invisível.

— Verdade, ele vive sozinho do outro lado da cidade.

Ben olhou para o pai.

— Ele disse alguma coisa sobre ela?

— Hum, ele evita falar no assunto, mas a menciona.

Manuel olhou sério para o filho.

— Não a engravide.

Ben suspirou outra vez.

— Mas é muito nova para você. Achei que gostava das mais velhas.

Ben ficou tenso, sentia que ia explodir.

— Deve ter quinze, dezesseis no máximo.

— Ela tem dezessete anos — respondeu Ben, com dentes cerrados.

— Ainda é uma criança.

— Você não tem nada a ver com isso.

— Você é mais velho, não quero problemas depois. Além disso, não se parece com as gostosas que você curtia, é muito magra.

— Você que está dizendo.

Estefani se aproximou.

— Estamos prontos. Não vão todos, só um casal.

Quando Valéria viu o carro, ficou de boca aberta. Era um grande jipe cinza. Devia ter custado quase um milhão de pesos.

Ben entrou primeiro, e ela se apressou para se sentar ao seu lado. Então reparou que havia uma mulher loira no carro.

— Olá — cumprimentou a loira.

Valéria sorriu. Depois olhou para Ben. Sabia que era sua madrasta, mas ele não a cumprimentou. Mauricio entrou no carro, depois Daniela, Argentina e Estefani.

— Valéria, sente-se no colo de Sombra. E Daniela, Argentina vai se sentar e você fica no colo dela.

Valéria olhou para Ben e depois para a frente, quando o pai dele entrou no carro.

— Pode vir alguém para cá, tem um lugar.

— Não, está tudo bem, tio. Estamos bem — respondeu Estefani.

Valéria estava sentada no colo de Ben e a mão direita dele estava em sua cintura. O jipe começou a andar. Falaram de várias coisas, mas Ben não participou, e Valéria sabia que ele estava chateado pela maneira como mexia a perna esquerda. Por isso, começou a brincar com os dedos do rapaz enquanto olhava pela janela.

Não parecia que haveria uma festa aquele dia. Estava tudo calmo. Já tinham passado algumas semanas desde que Valéria vomitara. Milagrosamente, ela ficou bem depois. E saudável.

No ensaio, antes da festa, todos estavam nervosos, incluindo Ben. Achava que iria fazer papel de idiota na frente dos convidados. A única coisa que o salvava era estar com Valéria. Além disso, quando lhe perguntaram por que resolvera participar, ele apenas dizia: *porque a aniversariante é minha prima.*

Todos os participantes homens se arrumaram na casa de Ben. Estavam sentados no sofá, conversando e rindo de nervoso. Ben estava sem paciência, porque não queria que ficassem ali mais tempo.

— Não tem nada para beber? Para acalmar os nervos... — perguntou Raul, o par de Argentina.

— Água... e refrigerante de limão.

— Estava falando de álcool.

— Não bebo álcool.

Os rapazes se surpreenderam. Mauricio mexeu na gravata azul, que combinava com o vestido azul da tristeza.

— Quer enganar a quem? Já o vi na esquina. Acima de tudo e de todos. Todo mundo que fica ali na esquina bebe.

Ben se sentou no sofá e deu de ombros.

— O álcool é prejudicial à saúde.

— Está repetindo o que dizem nos anúncios de cigarros? Acho que já o vi fumar maconha.

— Quer saber se cometo todos os pecados capitais?

— Daniela é linda, mas nossa dança... — Deteve-se. Ele lembrou que a festa era da família de Sombra, e não queria vê-lo com raiva.

Xavier percebeu a situação e perguntou:

— E qual é seu nome?

— Sombra.

— Esse foi o nome que sua mãe lhe deu? — indagou, voltando ao assunto, sem querer.

O celular de Ben tocou.

— Avisaram que podemos ir agora.

Devagar, os quatro rapazes se levantaram. Ben esperou que eles saíssem e depois trancou a porta da casa. Deu a partida no carro e os levou para o salão.

Quando chegaram, metade do bairro já estava lá, todos bem-vestidos. Apesar de não ser um bairro de pessoas ricas, sabiam onde conseguir o que não tinham. Gabavam-se enquanto aproveitavam o bufê, envergonhados pela falta de elegância ao comer, e faziam uma bagunça.

Obviamente, não eram todos. Ser pobre não significa não ter educação e, além disso, alguns eram mais educados que bilionários.

Eles entraram pela porta dos fundos e viram todas as cores dos vestidos, exceto o branco. Então Ben a viu, procurando por alguém entre os convidados.

Val sorriu quando os avistou. Olhou para Ben e ficou ali parada e quieta.

O vestido era justo na altura da cintura e se abria como uma flor na parte de baixo. Ela estava de sandálias brancas e maquiagem profissional, o cabelo preso de modo que parecia mais nova. Estava linda. De repente, sim, Ben ficou nervoso.

Ele se aproximou.

— Você está muito bonita, Valéria.

— Você também — disse ela, convincentemente.

Vestido daquele jeito, ele parecia mais novo. Ben nunca aparentava ter a idade que tinha, parecia um pouco mais velho por causa da tensão e das olheiras que, às vezes, apareciam sob seus olhos, mas, naquela noite, ele estava bem e parecia mais jovem e bonito.

— Homens não ficam bonitos, isso é coisa de mulherzinha.

Valéria o encarou e mordeu o lábio.

— Está muito bem-vestido, então. — Ela olhou para as mãos. — São muitas pessoas... Estou nervosa, espero não errar.

— Vamos nos sair bem.

— E seus amigos estão aqui.

Ben se aproximou para ver a quem Valéria se referia. Ao fazer isso, ficou bem próximo dela. Aquilo a deixou louca. Seu coração acelerou, e Ben, aproveitando o momento, sussurrou em seu ouvido:

— Esse vestido me faz pensar no que posso fazer com você.

Uma piada sexual, talvez a primeira. Valéria o olhou, ele estava rindo. Queria saber mais.

— Como o quê?

— Tirar toda a pureza que ainda lhe resta. — Ele lhe tocou na bochecha.

— Que resta?

— Você ainda não sabe de nada.

Estefani chamou a atenção de todos, que se viraram para olhá-la.

Estava linda em um maravilhoso vestido lilás. A saia tinha várias camadas e um cós. Parecia sexy e comportada ao mesmo tempo, e Valéria não entendia como aquilo era possível.

— Sabem a ordem de apresentação?

— Sim — disse Argentina. — Tristeza, esperança, alegria, pureza, paixão.

Valéria mal a entendeu de tão rápido que falou.

— Então podem ir, aproveitem, tirem fotos, comam, e depois é conosco.

Estefani sorriu feliz.

— Ainda bem que aprendeu tudo, Argentina. Sempre tão eficiente.

Os casais se sentaram. O mestre de cerimônias começou e chamou um casal de cada vez para a dança, até chegar a vez de Valéria e Ben.

E eles dançaram direitinho. As pessoas pareciam fascinadas porque, do nada, o vestido de Valéria ficou sujo com o pó das mãos de Ben. Todos aqueles ensaios serviram para algo.

Valéria tentava manter a concentração sempre que ele a tocava, e também quando Carlinhos gritou:

— É a minha irmã!

No fim, enquanto escorregava pela perna de Ben, Valéria se segurou em seu ombro e escondeu o rosto. Estava ao seu lado na frente de todos, enfim, mas ninguém iria julgá-la.

Queria parar o tempo naquele segundo.

Ficar daquele jeito para sempre.

Sempre.

Mas depois as luzes se apagaram e eles tiveram que sair. Argentina e Raul eram os próximos.

Valéria, alegre, foi para a sala onde se reuniram antes. A mãe estava sentada no sofá com Carol e Carlinhos. Eles se atiraram em Valéria quando a viram entrar. Claribel abordou Ben.

— Foi muito bonito, o que tinha nas mãos?

Valéria falava com os irmãos, mas ficou atenta à conversa entre Ben e sua mãe.

— É um tipo de pó.

— Acha que dá para tirar? O vestido é muito bonito.

— Não sei, talvez. — Ben começou a ficar desconfortável.

Diante de Claribel, estava o rapaz que, de fato, tirara a pureza de sua filha, sua inocência, e ela não sabia de nada.

— A dança parecia inapropriada às vezes, mas, Valéria, você se sentiu desconfortável?

Valéria sorriu, nervosa.

— Não, não. Nós ensaiamos muito, então não fiquei tão nervosa.

Ela olhou para Sombra.

— Bem, estou indo, acho que vamos comer. Vamos, crianças. — Ela as pegou pelas mãos. Carol colocou na cabeça os prendedores que seguravam o cabelo de Valéria.

— Nos vemos em casa ou vocês terão outra festa depois, como nos filmes?

— Não sei, mamãe.

— Talvez — respondeu Ben.

Claribel saiu. Ela não tinha nem fechado a porta quando Ben puxou Valéria e a beijou ferozmente. Ele a encostou no armário e a beijou com ainda mais ímpeto. Como se queimasse.

— Você deve cuidar bem dessa pureza...

Colocou a mão embaixo do vestido, e Valéria tentou impedi-lo.

— Ben... podem nos ouvir, aqui não é lugar, pare com isso.

Ele a beijou de novo, segurando sua nuca. Virou-se sobre seu corpo. A porta se abriu, e Nina viu Ben abraçando Valéria, agarrando seu rosto como se a forçasse a beijá-lo.

— Para com isso, pelo amor de Deus! Deixe-a em paz!

Ben murmurou um xingamento e sentou-se ao lado de Valéria, que ajeitava a roupa. Depois se levantou e foi embora.

Nina olhou feio para ele. Valéria arrumou seu penteado e sorriu quando a porta se fechou.

— Ele gosta de mim.

— Ou o amiguinho dele ficou animado porque a viu assim e quis se aproveitar de você na sala ao lado da festa, pois sabe que você deixará.

Valéria a olhou feio.

— Estou achando que está com inveja.

— Por favor, não quero ninguém igual a ele!

Nina riu.

Valéria reparou. Voltou para a festa e foi se sentar com a mãe, depois mudou para a mesa dos participantes. Sentou-se ao lado de Ben, e todos jantaram.

Estefani fez um discurso, a mãe e outros parentes também. Choraram um pouco. Foi um pouco constrangedor, e depois chegou o momento das fotos. Ben não sorriu em nenhuma, manteve-se sério. Valéria concluiu que era sua maneira de tirar fotos, "intimidante", mas a mão dele esteve sempre em sua cintura, guiando-a.

Ela se sentia bem. Ficou tão confortável que não pôde acreditar que talvez fosse a única vez que Ben estaria perto dela, tocando-a em público sem entrar em pânico e sem que suspeitassem de algo entre os dois.

Depois que seu rosto ficou dormente de tanto sorrir, Val saiu para o corredor que levava ao banheiro. Ben a seguiu e a levou para o estacionamento.

— Ainda não acabou, Ben.

Ben continuou caminhando e abriu o carro.

— Já transou num carro?

Valéria o encarou. Quando estava prestes a dizer que ele fora seu único, percebeu que aquele já não era mais o caso, e ficou em silêncio.

Ben abriu a porta do carro e pediu que ela entrasse. Depois que Val o fez, ele também subiu, olhando para os lados.

— Não há ninguém por aqui — disse, ansioso.

Ele começou a beijá-la, mas Valéria achou o lugar muito pequeno e sufocante.

— Está tudo bem? — perguntou Ben.

Valéria concordou. O suor escorria por sua testa, não sabia se por causa do calor ou dos beijos de Ben.

Ela abaixou a calcinha até os joelhos, depois a tirou e levantou o vestido. Ele tirou o cinto e abriu o zíper.

— Vão notar quando voltarmos — sussurrou ela, a respiração pesada.

— Não vão — murmurou Ben.

Então tudo ficou calmo, pelo menos ele estava calmo.

Levantou-se e vestiu a calça. Valéria procurou sua calcinha e a vestiu, mas não queria sair do carro.

— Eu deveria ser a pureza — lamentou-se.

— Se você deveria ser, meu trabalho era tirá-la de você.

Valéria o encarou, triste, mas não por aquilo. E sim porque queria fazer uma confissão, dizer que o amava. Mas Sombra não iria responder do jeito que ela desejava.

Valéria começou a chorar em silêncio. Ben reparou e se aproximou, secando suas lágrimas.

— Val... o que houve? Eu machuquei você?

Valéria sacudiu a cabeça. Ele não entenderia sua dor. Chorava porque ele não a amava, porque não tinha coragem de lhe dizer que o amava, com todas as suas forças, sentia que não podia viver sem Ben.

Ele parecia preocupado, tentou acalmá-la acariciando seu cabelo.

Valéria o abraçou. Ele tinha dito que a queria, que gostava dela, tudo coisa passageira, nada duradouro. Um "eu te amo" pode ser falso. Se você confessa amar a pessoa e proíbe que ela lhe toque até que corresponda o sentimento, ela alegará amor mesmo sem ser verdade!

É uma desgraça, tão fugaz como a maré alta. Iria perdê-lo, também chorava por isso, um dia, ambos iriam esquecer tudo aquilo, alguém iria embora, algo aconteceria. Aquele pressentimento a desolava. Era tão triste.

No entanto, Ben estava longe de entender por que Val chorava, o corpo frágil tremia em seus braços, e ela não falava nada. Repensou a forma como a tratara, mas não a havia machucado nem sido bruto. Será que chorava porque percebera que não era pura?

Nada mais lhe vinha à cabeça. Concluiu que não chorava por causa dele. Mas como poderia não ser?

Quando Valéria o soltou, os olhos estavam vermelhos, e o terno de Sombra, molhado no ombro esquerdo.

Estavam no estacionamento olhando um para o outro. Ben tinha acabado de acender um cigarro, e a fumaça se espalhava pelo ar.

— O que acha que minha mãe pensa de você? — perguntou Valéria, enquanto olhava para o chão.

— Nada, acho que não está interessada em mim. — Ele tragou o cigarro.

— Não posso ir para casa assim, com o vestido amarrotado e os olhos vermelhos. Ela vai pensar que algo aconteceu.

— Está sempre pensando que podem descobrir seu segredo? — perguntou.

Quando Valéria não respondeu, ele soube qual era a resposta.

— O que fazemos talvez seja errado, Valéria, mas não somos os únicos, sabe? Você não é a única que transa antes do casamento às escondidas, há meninas ainda mais novas que você. Se todo mundo faz, por que você tem que se sentir culpada?

— Talvez eu esteja carregando a culpa de todo mundo — comentou, com um tom de amargura na voz. — Eles transam por transar, eu transo porque te a... gosto de você.

Ela transava porque queria, mas, além disso, havia algo mais, algo que Ben lhe dava que tinha feito com que se apaixonasse, algo que se dividia em várias coisas: ele a queria, Val sabia disso, e lhe dava atenção, sempre perguntava como ela estava e, a cada dia, dava-lhe carinho. Além disso, quando lhe contava seus problemas, quando dizia que algo dera errado, Ben nunca falava demais ou começava a falar sobre os próprios problemas, como os outros faziam. Ele não era assim. Preocupava-se e a ouvia, só falava se tivesse algo útil a dizer.

Não lhe pedia nada em troca.

Mas parecia que o amor ressaltava o pior nas pessoas, porque, quando Valéria começou a amá-lo, tudo conspirou para que o odiasse, para que o ferisse. Mas, ao olhar diretamente para Ben, parecia não se lembrar de nada daquilo. Só sentia que o amava e que o sentimento estava enraizado no desespero, porque acreditava que nunca seria retribuído.

Capítulo 23

MAU PRESSÁGIO

Sabrina estava falando algo sobre matemática, mas Valéria não a ouvia. Ainda se sentia tonta. A amiga parou de falar, e Valéria agradeceu a Deus. Mas logo percebeu o que a interrompera.

— Olá! — Ele acenou para Sabrina — Val...

Valéria sorriu imediatamente. Estava muito feliz em vê-lo.

— Sombra — cumprimentou Valéria. — Tchau, Sabrina.

Ela se virou e ficou de frente para Ben.

Ele também se despediu de Sabrina, e os dois caminharam juntos até a escola de seus irmãos mais novos.

— Como vai? — perguntou, olhando para o céu. O pescoço de Ben era lindo, pelo menos era o que Valéria achava.

— Bem — respondeu. — Estamos a um mês da primavera.

— Gosta da primavera?

— Mais ou menos.

Ela limpou o suor da testa.

— Estou preocupado com você, Valéria.

Ela ergueu o olhar do chão para ele.

— Valéria, não quero ficar sabendo que está fazendo isso.

— O quê?

Ben parou de andar.

— Não quero mesmo.

— Não estou fazendo nada de ruim — respondeu ela. — Além de vê-lo. Talvez esteja grávida.

Ben ficou calado.

— Quer que eu aborte? — perguntou.

Ben a encarou, sério.

— Falei que gostava de seus olhos e não me importaria de ter um filho com você, mas você se importaria. Vomitou depois daquele dia que soube de Rose?

"Então ele sabe..." Parecia que Ben sempre sabia quando algo lhe acontecia.

— Sim — mentiu. — Não quero que me aconteça a mesma coisa.

Ben parou quando chegaram à frente da escola. Ele segurou seu rosto e reparou nos olhos cansados. Não queria acreditar.

— Valéria, eu me preocupo com você. Por favor, não se meta em problemas.

Problemas, talvez tivesse dito aquilo de propósito e já soubesse de alguma coisa.

❦

Ben estava sentado nos degraus de entrada da casa. Estefani se sentou ao seu lado.

— Vim falar com você sobre Val. — Estefani foi a primeira a contar a Ben sobre Valéria ter passado mal.

Ben ficou calado.

— Não sei o que aconteceu depois da festa, mas o que quer que tenha sido, você a magoou. Ela está diferente e acho que...

— Talvez seja culpa minha — interrompeu Ben, olhando para o chão de pedra.

— O que vai fazer? — Estefani parecia preocupada.

— Ainda não sei.

Estefani fez uma careta.

— Acha que vai ficar tudo bem?

— Sim. Vai ficar. É apenas uma fase rebelde, certo?

Ele se virou para encarar Estefani. Os olhos castanhos estavam cheios de preocupação.

— Devia levá-la ao hospital.

Ben ficou furioso com a estupidez da ideia.

— Sim, claro, vou levá-la ao hospital para que o médico a examine. A mãe vai ficar sabendo e serei o culpado.

— Se ela morrer, vai ser pior. Ela não sabe o que está fazendo.

— Ela não quer me contar — respondeu entre dentes. — Val me conta tudo o que sente, tudo o que faz. Se ainda não disse nada, é porque não quer que eu saiba. E não quero acusá-la sem ter certeza.

— Ela está apaixonada e quer chamar sua atenção, é óbvio. A culpa é sua.

Ben parou de falar. Levantou-se e entrou em casa. Ele deixou a porta aberta caso Estefani decidisse entrar, mas ela ficou do lado de fora por um tempo, então gritou:

— Deixe-a em paz antes que você lhe faça um mal que não pode ser resolvido. Ela não tem que carregar seus demônios.

Ele sabia disso. Val não precisava carregar seus demônios, mas não a forçava a nada. Talvez devesse deixá-la ir, mas como?

Valéria estava sentada com Sabrina e Carolina em um pequeno banco, ao lado delas, em outro, sentavam-se Martín, Vidal e Roberto.

— Vou me casar com uma supermulher. Que me sirva e que sirva.

— Você é um idiota, Vidal — interrompeu Sabrina, e os rapazes a olharam.

— E que não reclame — completou Roberto.

— Uma mulher que não reclama, sério? Onde vai encontrar uma assim, idiota? — questionou Carolina.

— Eu a conserto se for ruim igual você — retrucou Roberto, batendo o punho várias vezes contra a outra mão, algo subentendido. Tinha um sorriso cínico nos lábios.

Carolina fez uma careta. Sabrina ficou zangada.

— Se tocar na Carolina, mato você, seu filho da puta. Arranco suas bolas fora.

Valéria despertou de seus pensamentos quando a ouviu se expressar daquela maneira. Viu os três rapazes rirem de Sabrina.

— Fique tranquila, não disse que me casaria com ela. — Ele riu, só queria irritá-la. O que a deixou ainda mais zangada.

— Com nenhuma mulher!

— Não ouviu o que a professora disse sobre homens maltratarem mulheres? — perguntou Valéria.

— São covardes — completou Carolina.

Roberto e Vidal se olharam.

— Você não entende uma boa piada — disse Martín.

Ele era promíscuo e irritante. Do tipo que ficava atrás das garotas e fazia sons estranhos. Parecia maníaco por sexo, por falar sobre sexo, e sua vida parecia girar em torno do assunto. Embora seu conhecimento se resumisse a vídeos pornográficos. Sem contar a mão direita, era virgem.

— Cale a boca. Não brinque com isso — ordenou Sabrina.

Valéria ficou do lado de Sabrina, ele era nojento. Seu pai nunca tinha batido em sua mãe, não tinha nem tentado. Mas, vendo a raiva que Sabrina sentia naquele momento, começou a pensar que a garota havia passado por aquilo, que vivera aquela situação. Então ficou zangada por ela também.

Val nunca deixaria um homem lhe bater. Memorizou a promessa enquanto voltava o olhar para o chão.

— Relaxe, vai ficar feia e enrugada, e Valéria vai ganhar de você. — Martín olhou para Val com lascívia. — Olhe como está ficando bonita.

Valéria não se preocupou em olhar para ele.

— Estou relaxada! Mas a mentalidade escrota de seu amigo é nojenta. Minha tia... ela quase foi morta pelo marido. Isso não é justo. Não gosto de homens assim. Todos em minha família sofreram por ela até o cara parar atrás das grades.

— Não é problema meu.

Vidal deu de ombros.

Valéria se sentiu impotente quando ouviu a crueldade daquelas palavras. Podia não ser problema seu, mas era algo que machucava Sabrina. Por que ele tinha que ser tão descuidado?

— Não pode descarregar sua raiva em nós.

Roberto se levantou. Vidal fez o mesmo, e Martín parou na frente de Sabrina e olhou para baixo. A garota tinha lágrimas nos olhos.

— Desculpe, às vezes somos idiotas — disse Martín.

Ele tocou na cabeça de Sabrina, depois na de Carolina e na de Valéria, que não esperava pelo gesto e se afastou.

— Não faça isso, não me toque — pediu, em voz alta. Ele sempre implicava com Val por causa de seu corpo, perguntava se já havia chegado à puberdade ou se ficar com ela seria "melhor" que com outra menina. Martín era um completo idiota. E, embora o carinho tenha sido suave, ela se sentira atacada. Não queria que ele a tocasse.

Martín a olhou como se fosse o espécime mais raro do mundo. Deu alguns passos para trás e foi embora com os outros dois. Carolina abraçou Sabrina. Valéria voltou à posição inicial. Respirou fundo. O coração batia rápido. Ela estava suando, parecia que ia desmaiar a qualquer momento. Segundos depois, a campainha tocou, indicando que o recreio tinha acabado.

— Mãe, vou até a casa da Nina — avisou Valéria. A mãe estava deitada, com o braço em cima dos olhos para protegê-los da claridade.

— E as crianças?

— Estão brincando, e o dinheiro da tia Victória está na gaveta.

Claribel não respondeu.

Valéria tomou o dobro da dose que tomava havia uma semana e saiu.

Sentada na calçada com Marian e Argentina, ela se sentia sufocada e cansada. Depois de ficar ali por mais de uma hora, percebeu que não aguentava mais. Estava morrendo, e ninguém podia ajudá-la. O calor a sufocava, e o suor escorria por sua testa. No entanto, ninguém reparava. Valéria não conseguia articular uma palavra, por isso não pediu ajuda. Também não queria que ninguém reparasse.

Levantou-se sem se despedir e, quando estava chegando em casa, percebeu que não ia aguentar. Cederia, e a mãe descobriria.

Ela bateu à porta de Ben, mas ele não estava. Eram nove horas da noite. Ele costumava sair às quintas-feiras. Val se sentou apoiada na porta e segurou a cabeça.

Estava delirando. Nem percebeu quantas vezes perdeu e recuperou a consciência em quinze minutos.

Ouviu alguns passos ecoarem no pequeno beco. Ben procurava a chave no bolso e a viu ali. Ele sabia que era Val, mas não acreditava.

— Valéria?

Mas ela não respondeu.

Ben se aproximou e a levantou. Estava banhada em suor e mal conseguia abrir os olhos. Ela não respondia, apesar de Ben chamá-la várias vezes. Seus lábios estavam azuis, e a pulsação, acelerada.

Ele abriu a porta de casa e a colocou no sofá. Ela estava de olhos fechados, e o peito se movia lentamente, ainda que o coração batesse acelerado. Não precisava ser reanimada. Mas estava muito quente e banhada em suor. Ben tirou suas roupas, deixando-a de calcinha e sutiã, e abriu o armário para procurar a chave do quarto que quase nunca abria.

Só de vê-la, percebeu do que se tratava, e sabia como resolver. Já tinha ajudado Rebeca muitas vezes, mas não acreditava que Valéria havia se metido naquilo.

O quarto era muito bonito, com uma cama de casal, uma cômoda com gavetas e duas mesinhas de cabeceira, uma de cada lado da cama. Uma porta se abria para o banheiro, que era maior que o de Ben, mas não muito. Era um banheiro normal, limpo, sem vestígios do que já acontecera ali. Ele encheu a banheira, mas não muito, para evitar acidentes. Felizmente, a água estava fria. Pegou-a no colo e a levou para o banheiro. Foi até a geladeira e pegou todo o gelo que tinha, mas sabia que seria pouco. Ben colocou Valéria dentro da banheira, mas ela não acordou. Ele a apertou logo abaixo das costelas para ver se reagia à dor, mas nada aconteceu.

Pelo menos, está respirando, pensou, aliviado. Não queria levá-la para o hospital. Não queria chamar atenção. Ben aprendera a lidar com todo o tipo de overdose, mas não sabia o que ela tinha consumido.

Talvez tivesse sido uma mistura. Seus sintomas eram estranhos, e ele não conseguia pensar por que todo o seu cérebro estava focado em uma coisa: fazê-la reagir.

Esperou até que a temperatura corporal de Val baixasse. E ela começou a tremer.

— Tire-me daqui — implorou.

Ben tocou sua bochecha. Talvez não tivesse ingerido muita coisa. Ela já estava se recuperando, mas estava desorientada.

Esperou até que sua temperatura voltasse ao normal. O choque iria despertá-la e tirá-la daquele estado. Ele sabia disso, embora também soubesse que era perigoso, porque a pessoa podia se afogar.

Foi o que aconteceu com a mãe. Ninguém estava lá para avisar que ela não devia entrar na banheira sozinha enquanto alucinava.

Ben tirou aqueles pensamentos da cabeça. Não era Jesus e não podia ressuscitar os mortos, mas podia salvar uma vida.

Quando foi tirá-la da banheira, Valéria se agarrou a ele, e Ben a cobriu com a toalha. Ela tremia, mas estava consciente.

Ele a colocou na cama. O ar-condicionado estava ligado, e Sombra cobriu seu corpo seminu com várias camadas de lençol. Todos os lençóis que encontrara, na verdade. Ele também se certificou de deixar um espaço para que Val respirasse.

Ele se sentou na beira da cama, enterrou a cabeça nos joelhos e depois gritou, furioso. Levantou-se e derrubou a pequena prateleira com suas coisas pessoais, chutando-a, até sentir o pé queimar.

Valéria tremia. Ben encontrou o que procurava.

Val acordou. Estava vestida e deitada no sofá; passou as mãos pelas pernas, mas estava sem a calça e sentiu vontade de chorar. Olhou ao redor e reparou que Ben a observava.

— O que você está fazendo, Valéria?

— Nada.

Ele se aproximou dela, encarando-a, muito zangado.

— Não entendo por que está fazendo isso com você mesma.

— Desculpe — disse, começando a chorar.

— Não comece, por Deus. — Ele cobriu a boca. — Quem deu isso a você?

Ela ficou quieta. Ben tinha certeza de que não tinha sido ele, e de que aqueles comprimidos não tinham saído de sua casa.

— Diga! Sabe que essas drogas podem matá-la? Existe uma mistura própria para os viciados do bairro!

Valéria desviou o olhar.

— Há uma semana, pedi a Alejandro. Ele me perguntou quais eu queria, e pedi que me desse o que você usa, para poder me parecer com você.

Ben estava com raiva. Alejandro era um maldito. Um idiota. Ben queria matá-lo com as próprias mãos.

— Ele a enganou! Você podia ter morrido!

Dava para ver as veias saltando em seu pescoço.

Ben não era estúpido, não iria consumir qualquer coisa e, quando o fazia, usava as de qualidade. Ele nem sequer se lembrava da última vez que tomara. Provavelmente desde que Valéria percebera, algumas semanas antes, porque não queria lhe dar mau exemplo. Mas nunca contou a ela. Sentia-se culpado por isso.

— Valéria, você não precisa dessa merda. Se continuar com essa mistura, vai acabar viciada ou se prostituindo na rua, morrendo de fome para conseguir mais. É isso que quer? — Tentou falar em voz baixa, mas estava quase gritando.

— Eu amo você. — Sua voz parecia quebrada.

— E acha que ficarei feliz porque se droga? Valéria, perdi minha mãe assim. Por que eu gostaria de perdê-la também? Quer mesmo me fazer passar por isso? E ainda diz que está fazendo por mim!

— Não, não quero.

Não queria que ele sofresse. Nunca foi seu plano. Sentia-se uma idiota.

Ben se acalmou e se sentou ao lado dela. Valéria descansou a cabeça em seu colo.

— Valéria, prometa que nunca mais vai usar nenhuma droga ou alucinógeno. Que não vai provar nada que não saiba de onde veio.

Valéria mordeu o lábio.

— Não quero fazer isso de novo, é a pior coisa do mundo. — Ela agarrou a camisa de Sombra com força.

— Por quê? — sussurrou. — Por que fez isso?

Porque o amava. Foi por isso. Val se convencera de que não importava ferir seu corpo com aquelas substâncias. Que ferisse, senão nunca teria o que queria.

Valéria não respondeu, e eles permaneceram em silêncio por vários minutos. Ela ainda sentia dor de cabeça, mas já estava muito melhor. Nem sequer sabia que horas eram. Talvez já passasse das dez.

— Você bateria numa mulher?

Ben parou de acariciar seu cabelo.

— Não, o que a faz pensar nisso?

— Não sei.

— Acha que eu machucaria você?

— Você disse que poderia me machucar. Pelo menos, sei que não faria de propósito, que estava mentindo. Só não sei o porquê. — Pegou na mão dele. — Mas há homens que machucam mulheres. A propósito, não quero que isso aconteça comigo.

Ben respirou fundo.

— Me ensinaram a nunca fazer isso.

— Nem uma vez?

— Quando eu tinha oito anos, uma garotinha roubou meu café da manhã. Dei um soco em seu estômago. Ela arranhou meu rosto e foi embora chorando. Quando cheguei em casa, já tinham telefonado para meu pai, e ele me bateu e disse para eu nunca mais fazer aquilo.

Pigarreou, lembrando-se dos hematomas quase invisíveis nas coxas de Valéria.

— Eu nunca machucaria você.

A garganta de Ben estava seca.

— E você não deve deixar nenhum garoto, não importa o quanto você o ame, machucá-la, entendeu?

Valéria concordou.

— Doeu? — perguntou, referindo-se à surra que Ben levara do pai quando criança.

— Não. Sabe o que dizem, as crianças são feitas de borracha. Além disso, meu pai não é tão violento, depois de me dar a surra, viu minhas pernas vermelhas e me levou para tomar sorvete. Sentiu-se muito culpado por uma semana inteira.

— Ele te ama muito. — Ben ouviu aquilo como uma pergunta. — Você o ama?

— Não sei.

Valéria afundou o nariz na roupa do rapaz.

Não podia esperar mais nada dele.

Naquele momento, ela se arrependeu. Não valia a pena fazer aquilo, mas achava que era algo pelo que tinha que passar para nunca mais repetir. Às vezes, é preciso provar coisas para ver se são ruins. Não entendia como Ben ficava tão bem. Talvez não fosse um viciado. Ficou com isso na cabeça.

Ele era maduro o suficiente para ser um consumidor casual, mas e Val? Não. Não queria fazer aquilo de novo.

Quando Ben acordou, soube que algo ruim havia acontecido. Sentiu o cheiro da morte já às seis da manhã. Tivera um pesadelo, e ele não era de sonhar. Nunca sonhara com a mãe depois que ela morreu. Aquilo tinha um lado bom, mas também um mau. Não podia se dar o prazer de vê-la em seus sonhos. Era tudo muito injusto, mas estava habituado.

Seu coração batia com força, e Ben repassou o pesadelo várias vezes. Até saber que se torturara o suficiente. Tomou um banho de água fria para tirá-lo da cabeça.

Quando saiu, às sete horas, o silêncio era sepulcral. Não havia ninguém na rua, e a mercearia estava fechada. Um mau presságio. O celular tocou alto, mas ele não queria saber a notícia. Sombra atendeu e tentou entender a voz desesperada que, com frases curtas, tentava explicar tudo.

Capítulo 24

EM MINHAS VEIAS

Ele estava vestido de preto... com óculos escuros, camisa preta, calça preta, sapatos pretos e meias pretas. Talvez até o coração estivesse preto. Atrás dos óculos, via todos se lamentando. Seus outros amigos estavam ali, em silêncio e com expressões de tristeza, sabendo que um deles, qualquer um, podia ser o próximo.

Havia uma senhora gritando. Ela era só lágrimas pelo filho que morrera em um acidente. Mas chamar de acidente era estupidez. Acreditar que o vendedor que parou na janela do motorista e lhe ofereceu um novo para-brisa era um simples vendedor ambulante... Que discutiram porque ele se recusou a comprar um para-brisa idiota. Que foi um acidente porque o "vendedor ambulante" pegou a arma e atirou na cara do outro.

Os amigos sabiam o que tinha acontecido. Ben também sabia. Já estavam atrás deles, e Sombra sabia que, de alguma forma, aquilo era um aviso. Estava na hora de dar o próximo passo.

Mas, naquele momento, só sabia que seu amigo estava com o rosto desfigurado no caixão fechado, enquanto observava a mãe gritando até ficar vazia, sem vida.

Viver na miséria de não ter mais o filho.

Ele se perguntava como seria se tivesse morrido no lugar de sua mãe. Talvez as coisas tivessem sido melhores, mas a mãe sofreria como a de Ramírez sofria.

Gregório estava chorando, sentado em uma cadeira perto do caixão. Eram lágrimas silenciosas, como as que escaparam de Sombra no dia anterior ao ouvir a notícia de que Ramírez estava agonizando, morrendo.

O olhar de Gregório estava fixo no piso de madeira da funerária. Ninguém queria se aproximar, apesar de o caixão estar fechado, escondendo o rosto desfigurado de Ramírez, que era como um irmão para eles. A única lembrança de Gregório agora era o sangue do amigo no carro que comprara com ele e Ben. Nunca mais iriam usá-lo.

Valéria usava um vestido preto justo que se abria ligeiramente nos quadris. Fitava as próprias mãos, nervosa. Porque não sabia o que estava acontecendo. Ela se sentia ansiosa, pensando o mesmo que Ben: não tinha sido um acidente.

Valéria olhou para cima e encontrou o olhar do Ben do outro lado da sala. Ele desviou os olhos. Ela o pegou a observando. Sombra voltou a olhar para ela, que o encarou, nervosa, mas percebeu que não sabia para onde ele realmente olhava por causa dos óculos escuros. Então Ben sustentou seu olhar, mesmo Val não sabendo que ele a fitava. Alguém se sentou ao seu lado. Argentina. Os olhos estavam vermelhos e inchados. Ela gostava de Ramírez, eram muito próximos.

Ben parou de olhar para Valéria e fechou os olhos, mas, ainda assim, a imagem da garota continuou em sua mente. Reviu a noite da festa, quando agiu louco de desejo e a levou para o carro. Pensou no que aconteceu, ela chorando. Sem dizer nada. Por que ela chorara? Pensar naquilo tantas vezes fazia sua cabeça doer, ou talvez fosse o lugar. A atmosfera de uma funerária o enchia de más recordações.

Tirou as mãos do bolso para ver as horas no celular.

Saiu da sala. Embora estivesse cheia de gritos e lamentos da família e de amigos de Ramírez, ele não ouvia mais nada. Estava perturbado com o que tinha acontecido, mas não se deixava abater. Ninguém ficava triste por ele.

Sentiu braços envolvendo-o por trás. Braços de mulher. Sentiu os seios em suas costas. Ele agarrou as mãos, sabia que eram de Valéria, mas não sabia por que o abraçava. Depois, percebeu que ela estava chorando. Ben se virou, o corpo da garota estava quente, mas não pela mesma razão que da última vez. Sabia que ela se sentia mal.

— Por que está chorando? — sussurrou. Ele também sentia como o corpo dela reagiu a sua voz.

— Não quero perder você — respondeu ela calmamente, enquanto o abraçava.

Mesmo com pessoas do bairro por perto, não se desvencilhou do abraço. O que importava se fossem vistos abraçados?

Além disso, era uma quarta-feira sombria no bairro. As pessoas não falavam ou fofocavam pela rua.

— Perder?

— Não quero que você morra.

Ela o encarou.

— Não quero que faça nada que possa tirar você da minha vida.

E ia confessar que o amava, mas não se atreveu a fazer aquilo ali. Podia trazer azar. No entanto, Ben pareceu ouvir, e percebeu que em pouco tempo ela o deixaria, como todas as pessoas faziam quando ele dizia aquelas palavras.

Gregório, Héctor, Mário, um menino chamado Samuel, Argentina, Nina, Marian, Estefani e Valéria estavam na casa de Ben. Alguns sentados no sofá, outros nas cadeiras da sala. Estavam todos em silêncio.

Eram nove horas da noite, e tinham servido comida na funerária, mas aceitaram quando Ben os convidou para beber refrigerante. Argentina o ajudou a distribuir a bebida, mas ninguém estava bebendo.

Argentina se sentou e lamentou:

— Isso não é justo.

— Anteontem ele me contou como planejava comemorar seu aniversário, estava tão animado — recordou Gregório.

— A vida é tão frágil — queixou-se Estefani. — Em apenas um segundo, a qualquer momento, um de nós pode morrer. Somos vulneráveis, e não há ninguém que faça justiça por nós.

— Espero que o vendedor ambulante apodreça na prisão — comenta Samuel.

Ben se serviu e ficou ao lado da cadeira de Valéria. Ninguém reparou.

— Acha que ele está no céu? — perguntou Nina, com esperança, mas Valéria lembrou-se de algo que tinha ouvido.

— Não, não está. — Sua voz soou firme, seus olhos ainda estavam vermelhos de chorar, não por Ramírez, mas por Ben.

Talvez tivesse sido egoísta, mas só se importava com Ben.

Héctor lhe lançou um olhar de censura.

— Quem é você para saber?

Valéria permaneceu em silêncio, mas ouvira na igreja que só os cristãos, ou aqueles que amavam Jesus, iam para o céu, e ela não sabia se Ramírez amava Jesus ou não, mas ele não era cristão.

Ela se engasgou com o refrigerante para não responder. Val foi a primeira a beber, e todos se sentiram mais à vontade para beber também.

— Vão voltar? — perguntou Ben, querendo saber se voltariam para a funerária. Na verdade, só queria desviar a atenção de cima de Valéria por causa de suas palavras.

Argentina se levantou.

— Posso ir ao banheiro? — perguntou.

— Claro, é a única porta em meu quarto.

Ia dizer a Valéria para levá-la, mas se deu conta de que não podia.

— Vou com você — disse Valéria.

Queria sair daquele ambiente hostil. Nem sabia por que estava ali, nunca tinha trocado mais de duas frases com Ramírez, mas conhecia a mãe e a irmãzinha de dez anos.

Valéria se levantou com Argentina; abriram a porta do quarto e entraram.

Argentina parou e estudou o quarto de Ben. Valéria ficou à espera.

— Por que disse aquilo, Valéria? — perguntou Argentina. — Não gostava de Ramírez?

— Foi algo que ouvi na igreja, desculpe. Sei que não era o momento...

Argentina fez uma careta que parecia um sorriso.

— Tem razão, não foi por ser uma boa pessoa que o mataram, ele deve estar queimando no inferno.

— Disseram que foi um acidente.

Argentina se sentou na cama de Sombra, o que quase irritou Valéria.

— Não, Val... Ramírez foi morto por alguma coisa. O que mais me magoa é que não sei o motivo.

— Desculpe.

— Não, está tudo bem, a culpa não é sua. É dessas gangues idiotas, das drogas idiotas, deste bairro idiota com gente idiota, do sistema, que não nos avisa dos perigos na rua... — Argentina olhou para a amiga, trincando os dentes. — Enquanto eu estava na escola pública, ninguém, absolutamente ninguém, disse que você podia afundar porque não sabia da vida. Não sei nada, você não sabe nada, somos crianças mentalmente presas aqui, vivendo sem manual, em um bairro cheio de maldade, onde ninguém cuida de nós, onde ninguém nos salva porque somos nós que apontamos a arma contra nós mesmos. Temos o mesmo destino. — Ela inclinou a cabeça e deu de ombros. — Bem-aventurados os que saem deste buraco — acrescentou, com uma voz quase melodiosa e sombria.

Valéria não sabia o que dizer. Ficou quieta.

— Desculpe — pediu Argentina, sorrindo. — Devo parecer louca.

— Não, não parece. Penso sempre nisso. — *Nunca tinha pensando nisso antes.*

— Sim... — Argentina riu com amargura. — Você vive em uma bolha que ninguém pode explodir, Valéria. Frequenta escola particular, tem amigos ricos e é mais ou menos bonita. Pelo menos tem um futuro. Tem chance de escapar, ainda não aconteceu nada com você.

Ela não sabia que Valéria estava no fundo do poço havia muito tempo. Havia muito tempo que sua bolha tinha arrebentado, havia muito tempo que não era mais inocente.

— Imagina quantas garotas Sombra desvirginou nesta cama...

Valéria voltou o olhar para Argentina, algo a incomodou. Ela sabia de alguma coisa?

Não, não sabia. Argentina estava pensando em voz alta, mas Valéria não sabia. Coçou o nariz e prendeu o cabelo atrás da orelha.

Ela era uma daquelas garotas, pensou, mas não sabia que fora a única virgem com quem Ben já tinha estado... Não sabia que ele nunca tinha estado com uma garota mais nova que ele. Todas eram mais velhas e experientes.

E, como não sabia disso, sentiu-se mal.

Aquela noite fora o início de tudo, quando ele tirou sua inocência. Ela quase sentiu a dor, a angústia, a confusão daquela noite novamente. E agora o amava tanto!

Sombra entrou, e Argentina se levantou.

— Vou ao banheiro — anunciou ela, saindo do quarto.

Ben e Valéria ficaram sozinhos. Ben se aproximou e lhe ergueu o queixo. Havia medo e pânico nos olhos de Val.

— O que houve? — perguntou Ben.

Ela não respondeu e beijou Ben. Pôs as mãos na cintura do rapaz e se aproximou. Caso perdesse Ben, queria que cada momento, cada segundo compartilhado com ele permanecesse em sua memória, e que, nas primeiras horas da manhã, quando acordasse chorando por ele, pudesse pensar em todo o tempo que passaram juntos.

Argentina saiu do banheiro. Ben e Valéria não estavam mais se beijando, mas Argentina ouviu sons enquanto lavava o rosto, sons de beijo, e percebeu que estava certa. E não soube o que fazer. Ela os encarou com os olhos bem abertos, foi até a porta, e Valéria a seguiu. Elas se sentaram nos mesmos lugares. Ben apareceu depois de alguns minutos.

Argentina percebeu que Valéria tinha seguido seu conselho. E se sentiu culpada quando a viu mordendo o lábio, quando reparou a marca no ombro nu da garota; embora não parecesse nada à primeira vista. Ela já tivera namorados antes e sabia identificar essas marcas. Argentina prejudicara Valéria, incitando-a ao fundo do poço... com Sombra, com ele.

Lamentou pelo erro, afinal, talvez tivesse destruído o futuro de Val. Mas ficou calada, não era de sua conta. As lágrimas rolaram de seus olhos, ela estava muito triste. Marian a abraçou, pensando que chorava por Ramírez.

Os primeiros a irem embora foram os meninos, que voltaram para a funerária. Depois, Argentina e as demais também saíram, e restaram apenas três pessoas: Valéria, Estefani e Ben. Mas Estefani partiu sem dizer nada. Quando ficaram sozinhos, Valéria o olhou, nervosa.

— É verdade que ele foi morto?

— Não o viu no caixão? Acha que está escondido?

— Não, eu quis dizer...

— Quer saber se mandaram matá-lo? Talvez... sim.

— Por quê?

Ela tentou não parecer assustada, mas não conseguiu fingir.

— Eles querem uma informação.

— E Ramírez morreu porque sabia?

— Claro que sabia. — Ben deu de ombros e tirou a camisa preta.

— Você é o líder dos Sulcuros. Como se tornou líder?

— É uma longa história — respondeu, entrando no quarto.

— Posso ficar aqui a noite toda. Minha mãe acha que estou na funerária.

Ben se aproximou. Ela parecia tão ingênua. Tirou o cabelo do rosto de Val e depois deslizou a mão pelo pescoço dela. Subiu lentamente os dedos até o lábio inferior e a puxou suavemente.

— Vai ficar? — Ele não escondeu o entusiasmo na voz.

Valéria concordou.

Ben deslizou as mãos para a cintura da garota e a levou para a cama. Sentou-a na borda e se ajoelhou entre suas pernas.

— Se soubesse de todas as coisas ruins que fiz, estaria aqui?

Valéria assentiu de novo. Claro que sim.

— Vendemos para muitas pessoas, mas só compramos de uma — explicou ele, como se fosse uma equação.

— Drogas? — perguntou Valéria.

Ben se deitou na cama, encarando o teto.

— Sim — respondeu ele. Valéria o imitou e se deitou ao seu lado para olhar o teto.

— Como fez isso?

— Rebeca — disse, muito rápido, como se já esperasse a pergunta.

Ela sentiu uma picada de ciúme no coração, mas tentou esconder.

Ben se virou para olhá-la. Ele passou os dedos sobre o tecido do vestido de Val, subindo para sentir suas costelas. Observou atentamente o caminho dos dedos, até que Valéria voltasse a falar.

— Por que ela?

— Quando minha mãe morreu, e as coisas com meu pai não deram certo, ele conheceu Rebeca e a viu como uma salvação. Ela era... bonita... usava drogas, mas ainda era bonita. As pessoas acham que todos os viciados são iguais, esfarrapados, malcuidados... Isso é apenas um estereótipo. Há pessoas que sabem como esconder os danos. Pessoas estúpidas e inteligentes. Você ficaria surpresa com as pessoas por aí que têm uma imagem bonita, mas são podres por dentro.

Valéria prendeu o fôlego enquanto Ben tocava sua barriga, mas precisava respirar. Ele notou o abdômen dela subindo e descendo, e a observou mirando o teto.

— Onde você arranjou este vestido? — Estava fascinado como parecia uma segunda pele.

— Estava falando da beleza de Rebeca, por favor, continue — disse, enciumada.

— Tivemos um relacionamento emocionante, ela tinha quase trinta anos, e eu, catorze ou quinze, e meu pai não sabia.

Valéria tensionava o corpo, e ele reparou.

— Ele sabia que ela usava drogas. Todo o dinheiro que ele lhe dava foi usado para isso.

— O que comiam?

— Nunca passei fome.

Ela ficou mais calma.

— Rebeca confessou um dia que estava se encontrando com outro homem, e fiquei louco porque era a primeira pessoa por quem eu tinha me apaixonado.

Aquilo fez Valéria se sentir mal. Ele a amara, e Valéria sentiu inveja.

— Sua primeira vez foi com ela? — perguntou com voz trêmula, o ciúme permeando suas palavras, incontrolável.

— Não, não — respondeu, sorrindo. — Não, ela só foi minha primeira namorada séria.

Aquilo não a fez se sentir melhor.

— De qualquer forma, eu a segui numa de suas noites de folga. Ela pegou um táxi para uma área mais perigosa, não vou dizer onde. Entrou num condomínio onde havia dois seguranças na calçada, que pareciam despreocupados. Eu a segui, fingindo que não os tinha visto.

— Como alcançou o táxi?

— Era um velhote que dirigia, muito devagar. Talvez quisesse passar mais tempo com Rebeca. Segui o carro correndo. — A mão de Ben escorregou pela barriga da menina, onde a cintura justa do vestido terminava e se abria suavemente como uma flor. — No fim do corredor do primeiro andar, ao lado de escadas imundas, Rebeca beijava um cara. Gritei para que reparassem em mim, e só então pararam. O cara me olhou com um sorriso e depois olhou para Rebeca. Quando virou para me ver novamente, dei um soco em seu nariz. Os dois seguranças vieram e me bateram.

Valéria se virou para olhá-lo.

— Mesmo?

— Sim.

— Mas você era uma criança! — exclamou, horrorizada.

— Não uma criança, Valéria. Era um adolescente e, além disso, eles não sabiam. E, se soubessem, não se importariam. Quando acordei, estava em um escritório sujo, mas não era subterrâneo. Cheirava mal e era confuso. O homem que soquei estava na minha frente, Rebeca em seu colo. Falavam de mim.

— Ben...

— Espere... Cláudio, era o nome dele, disse que estava surpreso com a minha coragem. — Ben soltou uma risada rouca. — E me perguntou se eu estava interessado em ajudá-lo com os negócios, falou que precisavam de pessoas como eu. Disse que eu seria poderoso e que me daria Rebeca. Eu era louco por ela, então concordei. E a primeira coisa que fiz quando me curei das contusões e dos hematomas foi me juntar à gangue do bairro, os Escuros, esse foi o primeiro passo.

— Como seu pai não reparou o que tinha acontecido?

— Rebeca tentou esconder, e meu pai não me visitava todos os dias. Foi fácil.

— Desculpe.

— Pelo quê?

— Não sei, sua vida.

Aquilo o deixou zangado.

— Não sinta pena de mim, eu que devia ter pena de você.

A mão dele ainda estava em sua barriga. Valéria sentia seu peso, assim como o peso de suas palavras. Por que sentiria pena dela, por estar com ele?

— Quando entrei para a gangue, alguns membros deste lado do bairro foram para o outro lado vender seus pacotes. E deu uma tremenda confusão. Os líderes da época decidiram dividi-los em dois, norte e sul, a fim de erradicar o problema.

— Eu tenho uma pergunta. Como é a iniciação? Já ouvi de Rose que, quando alguém se junta a uma gangue, deve fazer coisas para mostrar lealdade...

— Você não quer saber — respondeu, com mistério na voz. — Quando nos dividiram, nós, Sulcuros, ficamos sem nada. Porque não tínhamos nenhum fornecedor, então fui me encontrar com Cláudio, e ele me deu tudo o que eu queria de graça. E, quando esse produto foi para a rua, espalhou-se a notícia de que havia coisa melhor do nosso lado, fizemos novos clientes e juntamos uma fortuna. — Ele parecia orgulhoso. — Os Norcuros querem metade dessa fortuna, metade de nossos clientes, e querem comprar onde compramos.

— Por que exigem tanto?

— Dizem que é direito deles.

— Mas onde está todo esse dinheiro?

Ben ignorou a pergunta e continuou a história:

— Cláudio disse que me queria como líder, mas em outro lugar, para lidar com outros assuntos, porque eu era muito bom, porque, com dezessete anos, conseguia gerenciar um lado inteiro e ter minha casa. Não queria mais merda nenhuma em minha vida.

— Mas e o dinheiro?

Ben a olhou.

— Dei tudo para Cláudio, embora fosse mais do que valia a droga que ele me emprestara. Fiz por Rebeca, porque ela sabia demais.

Ele começou a tocá-la em todos os pontos sensíveis, tentou tirar seu vestido.

— Esse vestido está me deixando louco. Sou um péssimo amigo. Na casa funerária, eu não pensava na morte de Ramírez, nem me importava, só pensava que queria ter você em minha cama. Pensava em como estou cansado de me comportar bem com você, que quero você.

— Não sou uma propriedade.

Ela o encarou.

Ben a beijou.

— Valéria, você não faz ideia de quem eu sou. Por que não se afasta? — perguntou sem fôlego, com a voz rouca.

— Eu te quero.

Ele riu.

— Eu também te quero — respondeu.

— O quê?!.

— Me peça para tocá-la, Valéria — sussurrou. — Me peça para fazer amor com você.

— Toque-me — pediu, fraca. — Faça o que quiser comigo.

Ben demorou um tempo para tirar a calça, depois colou a boca no ouvido de Valéria.

— Vai me deixar um dia, não vai? — perguntou.

Mas Valéria não conseguiu responder.

— Quero que saiba que isso tudo é ruim, Valéria, não há amor entre nós, só desejo... vou magoá-la.

Como a magoaria se ela se sentia no paraíso?

Ele se aproximou e a beijou com uma respiração rápida e quente. Então lhe mordeu a língua com tanta força que ela sentiu gosto de sangue, um gosto metálico invadiu suas gengivas. Ela protestou e pediu para ele soltar sua língua.

Valéria enterrou as unhas nas mãos de Ben, que segurou seu rosto, mas a soltou. A dor se intensificou em sua língua. As lágrimas rolaram soltas. Não entendia por que ele fizera aquilo.

— Ainda me ama? Quer que faça amor com você?

Valéria não respondeu, estava muito atordoada para entender o que se passava.

— Gosto muito de você — murmurou Ben, enquanto entrelaçava os dedos aos dela.

Valéria gostou do que ele disse, de senti-lo. A única coisa que não entendia era a maneira como ele se expressava.

Ben tirou alguns fios de cabelo do rosto dela e olhou para seus lábios. Ainda estavam inchados pelo beijo dele, os de Ben também.

Ele a beijou suavemente. Valéria tentou mordê-lo, mas era inútil porque Ben estava sendo muito doce, então ele riu.

Capítulo 25

PALAVRAS AMALDIÇOADAS

Valéria estava atrás do balcão, colocando no lugar os novos donuts. Através do vidro pôde ver um par de tênis conhecidos. De cor verde brilhante.

Alejandro, mas, quando se levantou, assustou-se. Ele estava com um hematoma no nariz e tinha pontos na boca, além de um arranhão já quase cicatrizado muito perto do olho esquerdo.

Valéria cobriu a boca.

— Deus...

— Boa tarde, posso tomar uma bebida de limão, por favor?

— Pode machucar sua boca — respondeu ela.

Graças à ferida na língua, a voz de Valéria estava diferente porque não conseguia mexê-la muito, atrapalhando um pouco a pronúncia. Além disso, bebidas cítricas ardiam muito. Quando a mãe lhe perguntou por que estava falando daquele jeito, ela respondeu que tinha mordido a língua enquanto comia.

— O que aconteceu com você?

— Valéria, por favor, dê o que pedi.

— Ben fez isso?

Ele não respondeu. A garota ao lado de Alê não tirava os olhos de Valéria, que se virou para encará-la, porque sentiu os olhos sobre si. Valéria a reconheceu como a garota que cuspira nela por causa de Gregório. Estava com Alejandro!

— Desculpe — disse Valéria com a boca seca.

Tinha ido se vingar e lhe bater? Seus pensamentos ficaram ainda mais sádicos e incluíram um punhal. Virou-se para ver se conseguia ver Patrícia na cozinha. Talvez, se gritasse logo, não sobraria muito tempo para que lhe cortassem a garganta.

— Não, seu namorado não fez isso. — Ele sorriu. — No entanto, não posso falar muito com você. É a namorada de Ben, eu devia ter percebido antes de me meter em sua calcinha. Seja como for, já aconteceu e não pretendo fazer isso de novo. Por mais que goste de você, magricela.

Valéria franziu a testa. Lembrou-se daquela noite, mas tentou esquecê-la.

— Você não gosta de mim, só me usou para que Ben lhe desse o que queria.

— Mas ele não deu. Seja como for, desculpe. Queria mesmo ficar com você.

Ana olhou para Alejandro, confusa, pois começava a se sentir invisível.

Valéria o olhou com nojo.

— Você é muito mentiroso.

— Valéria, se as coisas não derem certo com Benjamin, se ele a magoar, pode me dizer. Eu o mato com minhas próprias mãos.

Disfarçadamente, Ana tocou o braço de Alejandro. Valéria foi até a máquina de suco. Pegou a bebida, anotou o pedido de Ana, uma batida de leite e banana, e passou para Patrícia. Minutos depois, a bebida estava pronta e Valéria a entregou à garota.

— Desculpe — pediu Ana, enquanto Valéria devolvia seu troco. — Pode ficar — disse, referindo-se ao troco de duzentos pesos. Então saiu e Alejandro a seguiu.

Valéria guardou o dinheiro no bolso de trás da calça.

Ela estava exausta. Mas já estava muito envolvida para sair. Se Ben era perigoso ou não, não sabia disso quando se apaixonou por ele, e Val ainda estava apaixonada.

Valéria examinou a língua no pequeno espelho de uma velha base em pó da mãe. Teve medo de que piorasse e nunca cicatrizasse. Não entendia por que ele havia feito aquilo, mas pensava em Ben toda vez que via sua língua.

Ela estava sentada na carteira da frente. A professora entrou, e Valéria guardou o espelho. Com a professora, chegaram dois homens.

Ela entrou em pânico, mas percebeu que não eram policiais a sua procura por causa dos Escuros e seus contatos, ou sua fortuna não líquida (ela não entendia o significado daquilo).

— Bom dia, estudantes. Esses senhores querem passar uma informação importante — informou a professora.

— Bom dia, pessoal! Somos da Universidad de las Américas e nos formamos entre 2006 e 2007. Vocês estão quase se formando na escola, certo?

— Sim — respondeu Sabrina, com um sorriso. — Concluímos em junho.

— É por isso — disse o outro homem — que queremos chamar a atenção de vocês para as bolsas de estudo que nossa universidade oferece a estudantes excepcionais.

Sabrina e Freddy soltaram gritinhos de comemoração.

— Aqui estão alguns panfletos com informações, e os interessados podem levantar as mãos.

Sabrina levantou a mão, Carolina, Freddy e mais dois alunos. Valéria levantou a mão também. Suas notas não eram ruins. Podia até dizer, com orgulho, que eram boas.

Um dos jovens lhe deu um panfleto. Em letras azuis, estava escrito "Universidad de las Américas". Mais abaixo lia-se "Requisito", com uma foto do campus, endereço, e-mail e telefone.

— Quer dizer que é uma bolsa de estudos de cem por cento? — perguntou Valéria.

O rapaz a olhou com tanta bondade que ela achou que estivesse representando.

— Claro que sim. Pensões e créditos. — Ele encarou a turma. — Existem diferentes tipos de bolsas de estudo, há pessoas que podem obter uma bolsa de cinquenta por cento, outras uma de valor integral. Seja qual for, saiba que tem sorte. Nossa universidade convoca mais de mil estudantes para escolher apenas quinze.

Val pensou que era impossível. Nem sequer pensava em ir para a faculdade. Mas era uma oportunidade maravilhosa... talvez pudesse mudar seu futuro. Dobrou o papel em dois e o colocou na mochila, mas depois se esqueceu de que estava lá.

❦

Já era fim de março, e tia Victória tinha ido à escola de Valéria perguntar por que estava atrasada nos pagamentos quinzenais, mas Val ficou sem entender. Havia entregado o dinheiro à mãe.

Foi com os irmãos para a casa. Logo que chegaram, foram assistir à televisão no quarto de Claribel. Era uma televisão pequena que a tia Victória dera de presente de aniversário havia muito tempo, e que estava quase pifando. Mas, algumas semanas antes, Valéria conseguira os quinhentos pesos para o conserto e a vizinha passara o cabo para eles, assim seus irmãos tinham algo para se entreter além da rua.

Claribel cozinhava arroz e Valéria se sentou em uma das cadeiras de madeira na sala.

— Mãe, tia Victória disse que não recebeu os pagamentos das últimas três parcelas...

— Mesmo? — perguntou, desinteressada.

— Você não está enviando o dinheiro que lhe dou?

— Não — respondeu, calma.

— Mas por quê?! Mãe, estou trabalhando muito para pagar aquela dívida que nunca diminui, e você não repassa o dinheiro?

— Eu precisava para outras coisas. Além disso, a hipoteca está paga. Só devemos a sua tia. Minha irmã. Nossa família.

— Mas, mamãe, prometemos pagar quinzenalmente, você não pode fazer isso! Como gastou o dinheiro?

— Em nós, na casa, temos necessidades.

— Mas é meu dinheiro! O dinheiro que eu ganho fazendo alguma coisa.

— Olhe, Valéria... — Claribel se zangou e se virou para encarar a filha. — Baixe a voz, sou sua mãe, não fale assim comigo.

— Você faz as coisas sem pedir minha permissão. É meu dinheiro, para que a vergonha não caia sobre nós, e você só fica aí sentada, desperdiçando, porque não lhe custou nada. Você é uma idiota, não suporta que eu possa...

Claribel lhe deu um tapa na cara.

— Eu disse para não levantar a voz. — Ela soltou o ar, se acalmando. De repente, sentiu-se culpada. — Valéria, sou sua mãe, eu a apoio desde que você estava em minha barriga, não se atreva a me desrespeitar. Não levante a voz para mim, não julgue minhas decisões porque tenho mais que o dobro de sua idade e sei o que estou fazendo. Muito mais do que pensa.

Valéria a olhou com raiva. Duas lágrimas escaparam por causa da própria impotência, e ela sentiu o ardor na bochecha. Ia responder, mas a mãe a interrompeu:

— Não diga nada, você sai até tarde, com suas amiguinhas, dorme na casa delas, sem nem me avisar! Deixei que namorasse Gregório, aos dezessete anos! Uma jovem com um namorado. Deixo que faça muitas coisas, porque reconheço que merece alguma liberdade, mas isso não a torna uma mulher. Em minha casa há apenas uma mulher, eu.

Ela lhe apontou a colher quente de arroz.

— Agora, vá.

Valéria entrou no quarto e se deitou de barriga para baixo sem tirar o uniforme.

O que podia fazer?

Argentina se olhou no espelho. Embora já tivesse passado muito tempo desde que chorara por Ramírez, sentia a expressão pesada, como se seus olhos ainda estivessem inchados e vermelhos.

Algo nela mudara, mas não sabia o quê. Abriu a gaveta, pegou uma escova e penteou o cabelo em um rabo, desfazendo os cachos.

Foi até Nina, que a esperava.

— E para onde vamos, Argentina? Pensei que guardaríamos luto antes de começarmos a sair de novo.

— Quero falar com você sobre Valéria...

— Ah... — Nina olhou para o céu. — Quer falar sobre o quê?

— Acho que ela está envolvida com Sombra, acho que ele a força, sabe, a ficar com ele... lembra quando brincamos com ela?

— Sim, mas você está errada. — Nina deu de ombros. — Valéria não é forçada a nada, ela *gosta* de Sombra.

— Como?

Sombra era bonito, mas parecia muito diferente de Val, e a garota não tinha nada a ver com as mulheres mais velhas que ficavam com ele. Argentina não entendia.

— Bem, não sei. E o que há de errado? — Nina se achou hipócrita por perguntar. Porque sabia que estava tudo errado. Sabia e já repetira aquilo para Valéria umas mil vezes.

— Acho que ele teve algo a ver com a morte de Ramírez — disse Argentina, tocando o brinco enquanto olhava para a mercearia fechada. — Temo que Valéria esteja em perigo. Ela não é como nós.

Nina não respondeu, mas pensou que, se algo de mau acontecesse a Valéria, a culpa não seria sua. Ela a avisara várias vezes. Honestamente, já não se importava com o que Valéria fazia com ele.

Três dedos marcados em seu rosto e o lábio inchado. Valéria procurou a base em pó da mãe para esconder aquilo. Bebeu um pouco de suco de laranja, e a língua ardeu. Então bebeu água logo depois.

Saiu à noite, às sete. Já havia tomado uma decisão e não pretendia voltar atrás. Iria confessar seu amor, talvez ele também tomasse coragem e confessasse que a amava.

Quando chegou à casa de Ben, pensou em como lhe contar:

"Ben, estou apaixonada por você", "Eu amo você, Ben" ou "Ben, meu coração bate de amor por você", e a última a deixava nervosa: "Amo você". Talvez dissesse isso.

— Valéria, quero conversar com você sobre algo.

Ben saiu do quarto passando a mão pelo cabelo. Valéria estava colocando a mesa.

— Sim? — perguntou, sorrindo.

— Por que está maquiada?

Ele se aproximou com a mão ainda na cabeça.

— Tive um pequeno problema com minha mãe.

O sorriso da garota se apagou.

Ben a examinou, tocou as marcas com os dedos e cruzou os braços.

— Falei para não deixar que eu a machucasse.

— O que quer dizer?

Não tinha sido ele o responsável por aquela marca.

— Sua língua.

Ben havia reparado em sua pronúncia e na maneira desajeitada como movia a língua na boca para escondê-la.

— Deixe-me ver.

Valéria abriu a boca, agradecendo a si mesma por ter escovado os dentes antes de sair de casa.

— Não está tão ruim assim... — disse, quando ele parou de olhar e se sentou no sofá.

— O problema é que às vezes... às vezes eu perco o controle, você me faz perder o controle...

Valéria se sentou ao seu lado. Achou que aquilo era uma coisa boa: tinha algum poder sobre ele, assim como Ben, que fazia seus joelhos tremerem só de olhar para ela. Mas, para o rapaz, *não ter controle* não era bom... significava que, se começasse a sentir *isso* por Val, ele a perderia, e aquilo o aterrorizava.

— Um dia posso machucar você, Valéria. Não tem medo? — perguntou, desviando o olhar para a mesa e reparando que só havia um prato. Ela não ia ficar?

— Você disse que não me machucaria de propósito.

Não entendeu por que respondera aquilo. Se ele perdesse o controle, ia machucá-la. Como poderia se controlar?

Ben a olhou com um sorriso escondido no canto da boca que o deixava ainda mais bonito. Valéria se sentiu desconfortável por não dizer nada.

Sentiu um frio na barriga, como ele a fazia se sentir assim?

— Tenho que ir, Ben — avisou, improvisando e se levantando do sofá. — Pode me acompanhar até a porta?

Ben a seguiu.

— Por que está indo tão cedo?

— Por causa do problema com minha mãe, tenho que chegar cedo, senão ela enlouquece.

— Está bem.

Valéria o abraçou, ficou na ponta dos pés e beijou sua bochecha.

— Ben, amo você — sussurrou em um tom de voz suave e doce.

Mas as palavras funcionaram como uma espécie de ataque. Ela as dissera e já ia embora. Ben contraiu a mandíbula e todo o corpo. Valéria percebeu e, como não ouviu nenhuma resposta, ficou desesperada.

— Eu me apaixonei por você — disse, sorrindo, ainda abraçada a ele, inalando seu cheiro natural —, tudo em você me faz sentir leve... E eu amo você.

Então sentiu as lágrimas escorrendo, porque Ben parecia frio e distante. As mãos passearam por suas costas.

— Falei que não, que não podemos.

Valéria parou de abraçá-lo. Olhou-o nos olhos enquanto chorava.

Ele ficou parado, com ar de zangado.

Mas não estava mais zangado do que Valéria. Ela sentia tanta raiva que a mão se fechou em um punho e o socou no queixo. Sua mão doía, mas nem se comparava à dor dentro de si.

Sombra virou o rosto, olhou para Val e notou que ela tremia. Valéria lhe batera. De onde viera aquela força? Ele esfregou o queixo, ia ficar roxo.

— O que há de errado com você? — reagiu, confuso.

— Por que sempre parte meu coração? Por que é tão cruel? Por que volto aqui?

Valéria começou a bater em seu peito repetidas vezes com os punhos cerrados.

Ele a segurou pelos ombros para que parasse.

— Você mesma fez isso, Valéria. Jamais direi que a amo se não é verdade. Seria idiotice.

— Disse que gostava muito de mim, que me queria.

— Mas eu não te amo.

Valéria fechou os olhos, não era justo!

Não há mais nada a dizer, ela só queria desaparecer.

— Você está machucando meus braços — protestou, com os olhos fechados.

Sombra a soltou.

— Vou soltá-la, mas não vai mais me bater como se fosse louca. Qual é seu problema?

Ele a soltou segundos depois.

Valéria limpou o rosto e cobriu a boca, pois percebeu que o amor de sua vida nunca a amaria, percebeu que entregara seu corpo a alguém que não a amava.

Ela se sentiu usada e tão suja que teve nojo de si mesma. Val se tornara alguém diferente. E para quê? Para nada? Para um conquistador qualquer ter prazer a suas custas? E ser tão cruel a ponto de fazê-lo e, em seguida, culpá-la!

Sim, bem, era a porra da vítima. Mas, com razão, Val não "se fazia" de vítima, como Ben dissera, ela era, ela era uma vítima. Repetiu aquilo várias vezes, e seu rancor cresceu. Não entendia como seu coração se enchera de tanto ódio em poucos segundos.

— Meu problema é que sou louca, louca, *muito louca* por você e não sei o que estou fazendo da vida. — Ela fungou. — E não sei o que vou fazer da vida agora.

Valéria contemplou o vazio em pânico, e sua voz falhou.

Não havia como voltar atrás!

— Valéria...

Ben tentou se aproximar.

— Não... Por favor, não se aproxime. Não faça isso.

Ela se virou ainda em pânico. Limpou o rosto e saiu da casa.

Avançou cinco passos, parou e se virou, olhando-o parado na porta, como se não fosse culpado. Como um criminoso que parte um coração e tenta esconder as provas.

— Quero que desapareça da minha vida, do bairro, do mundo! Eu odeio você! — Um pensamento passou por sua cabeça. — Por que não morre? — Desejou ela com toda a força.

Achava que ele não podia mais ouvi-la, mas ele ouviu.

E Ben sabia que tinha acontecido mais uma vez, pela quarta vez, como sempre acontecia quando alguém lhe dizia aquelas palavras malditas: "Amo você."

Capítulo 26

A ESPINGARDA DO JIM

Chovia torrencialmente havia seis horas, sem trégua. Os bueiros já estavam cheios de água. As crianças, cansadas de brincar na chuva, estavam dentro de suas casas, com frio.

Havia algum tempo que Valéria não via Sombra; ela achava que já o teria superado. Mas não, tudo doía ainda mais, pois percebera que tinha algo e que o perdera. E, Deus, não conseguia parar de pensar nele.

O céu limpou um pouco e Valéria sorriu. Todo mundo na casa estava com fome. A chuva tinha chegado de surpresa, e não havia nada na despensa. Claribel não deixou que Valéria se molhasse para comprar comida, pois, se deixasse, a comida também ficaria molhada.

Valéria umedeceu os lábios secos com a língua. Se continuasse assim por mais meia hora, a enxaqueca seria a pior em semanas. Então nem mesmo a comida a curaria.

Carlinhos gritou outra vez e Carol o mandou calar a boca. Ambos estavam mais famintos que Valéria e a mãe porque passaram as primeiras três horas de chuva brincando.

O espirro de Carol foi ouvido pela casa inteira. Claribel apareceu na porta do quarto das crianças.

— Parou de chover forte. Vá comprar dois sacos de pão e veja se tem manteiga.

— Não quero pão com manteiga! — reclamou Carlinhos.

— Temos ovos e presunto — disse Claribel em voz baixa.

Valéria se levantou e pegou o dinheiro e o guarda-chuva com a mãe.

Enquanto andava e desviava das poças, viu as ruas vazias. Talvez fosse porque a chuva não tinha perdoado ninguém, ou porque ainda tinham medo da morte. As pessoas muitas vezes pensavam que, quando algo tão drástico acontecia, iria se repetir, e por isso não havia ninguém nas ruas. Nem mesmo as senhoras estavam nas calçadas. E sem elas não havia como ficar na rua à noite.

Val andou as cinco quadras até a padaria sob seu pequeno guarda-chuva, então, quando a chuva retornou, a cabeça estava protegida, mas o corpo, não.

Fechou o guarda-chuva quando passou por uma marquise na calçada. Olhou de longe e viu que a padaria estava cheia.

Depois de quase meia hora esperando, só conseguiu dois pães franceses. Não havia mais nada. Quando chovia, todos pensavam que um cataclismo estava por vir e que deveriam encher suas despensas com todo o alimento no mundo.

Ela se virou com o guarda-chuva nas mãos e colocou o pacote com os dois pães debaixo do braço esquerdo.

Olhou para cima e o viu entrando de boné, camisa de flanela, jeans e chinelos. Como se não estivesse chovendo, como se não sentisse frio. Val o observou por tempo suficiente, e ele reparou. Ben fingiu não a ver, olhando fixo para a frente, e passou por ela como se a garota fosse uma pessoa qualquer; mas esbarrou em seu ombro de propósito.

Valéria virou a cabeça, mas Ben, não. Engoliu em seco, a boca estava seca, por isso sentia-se estranha. Seu ombro ardia. Lembrou que tinha desejado que ele morresse. Respirou fundo ao sair, travando uma luta para abrir o guarda-chuva sem deixar os pães caírem.

Quando chegou em casa, sentia-se horrível.

No meio da noite, acordou com lágrimas nos olhos, respirando rápido e muito aflita. Sonhara que ele estava morto. O sentimento a faz se sentir morta também. Olhou para os lados, tocou o céu da boca com a língua.

Voltou a se deitar, mas não dormiu. Não conseguiu pegar no sono de novo.

À tarde, quando já escurecia e Valéria voltava do trabalho com olheiras, Nina, Marian e Argentina, em meio à conversa, ficaram quietas quando ela se aproximou.

— Aconteceu alguma coisa? — perguntou, com um sorriso fraco.

— Não — respondeu Marian casualmente. — Estamos apenas falando de um biscoito de chocolate que vamos fazer lá em casa, hoje à noite. Estão todas convidadas.

— Bem, quero ir — disse Valéria sem querer.

Nina cruzou o olhar com Argentina, que afastou Valéria do grupo pelo braço para que não as escutassem.

O tempo ainda estava frio, e a noite serena murmurou contra sua pele.

— Sei que você tinha algo com Sombra — comentou Argentina.

— Quem disse isso? — Valéria franziu a testa.

— Percebi quando Ramírez morreu, mas isso não importa. É que... Sombra vai estar lá, hoje à noite. — Ela parecia preocupada.

— Onde?

— Na casa de Marian, esta noite.

— Está tudo bem, posso lidar com ele... — Na verdade, não conseguia. Não conseguia vê-lo de perto nem de longe.

— Não — disse, como se doesse. — Não é bom para você, Val, sei que não sou boa em dar conselhos, mas, por favor, não vá.

Valéria estava confusa. Olhou para Nina e Marian, que lhe viraram as costas.

— Certo — concordou. — Tenho outras coisas para fazer.

Ela acenou ao dar de ombros.

— Até logo.

As crianças aplaudiam os Sulcuros no jogo local. Carlinhos era fã número um do time, e Carol, com a promessa de sair de casa e tomar sorvete, estava encantada com a ideia de assistir aos jogos de basquete. E era óbvio que quem os levava era Valéria.

Pelo menos, havia uma vantagem: ela o veria depois de quase um mês. Abril já estava no fim.

Os olhos de Valéria não desgrudaram de Ben nem por um segundo enquanto ele jogava. Mas, no intervalo, uma mulher se aproximou do rapaz e o abraçou. Ela sentiu seu coração despencar de um penhasco. Seus olhos se arregalaram.

— Vamos, crianças...

— Não, Val, por quê? — protestou Carol, entretida com o videogame que um rapaz tinha lhe emprestado.

— É, por quê? — questionou Carlinhos, sem tirar os olhos da bola em quadra. Ele se inclinou para a frente com a boca aberta, pronto para comemorar uma cesta ou reclamar se alguém do time adversário marcasse um ponto.

— Vamos embora, já disse! — Valéria se levantou e desceu degrau por degrau.

— Não! — Cruzaram os braços.

Valéria os puxou, mas, juntos, eles eram mais fortes.

As crianças chamavam a atenção de todos, que já percebiam a falta de educação delas.

— Então vão ficar sozinhos — ameaçou, afastando-se com lágrimas nos olhos.

Seus irmãos a seguiram quando viram que ela falava sério.

Então *era verdade*, Ben tinha uma namorada com um corpo invejável, quadris arredondados, bunda grande e seios normais. Além disso, sua pele era mais perfeita que a de Valéria, ou talvez fosse maquiagem. Às vezes Valéria ficava com pequenas espinhas no queixo ou nas bochechas. Acontecia sempre que estava de TPM. Além disso, a pele do nariz era oleosa, e ela lavava o rosto tantas vezes que ficava vermelho.

Por que Ben fizera aquilo? Ainda mais depois que ela confessou amá-lo... Iria perguntar a ele. Deixaria o orgulho de lado, deixaria tudo de lado. E, quando a noite começou a cair, quando a lua e o sol se encontraram no céu cinzento, Valéria se sentou no degrau da porta da casa de Ben.

Mas ele não chegou e ela ficou com a bunda dormente.

— Valéria? — Estefani parou a sua frente. — O que está fazendo aqui?

— Estou esperando seu sobrinho.

— Faz dias, ou melhor, semanas, que ele não dorme aqui — disse, com cautela.

— Onde ele está?

— Ele tem uma namorada, Ângela, e está morando com ela, do outro lado do quarteirão. O que quer falar com ele?

Valéria se levantou, a boca aberta, as mãos na cintura. E se afogou em seus sentimentos de novo.

— Estefani, por que ele faz isso? Ele sabe que eu o amo... — disse com um fio de voz, prestes a ceder.

Estefani a encarava com pena.

— Desculpe, mas você sabia que era só sexo...

— Mas eu o amo... — Ela respirou fundo. Em sua mente, tecera um lindo conto de fadas, que só precisava de uma pessoa apaixonada para se tornar uma história de amor. — Eu não entendo.

Estefani a abraçou porque ela estava pálida.

— Vamos para minha casa.

O quarto de Estefani era lindo, as paredes lilases, com televisão, cama de solteira e um gaveteiro. As cortinas eram bonitas e não cheiravam a nada.

Valéria se deitou com Estefani e olhou para o teto do quarto.

O amor de sua vida estava com outra.

"Ele não me ama", ouviu em sua cabeça.

"Ele tem outra, tem outra."

"Outra", ficou repetindo em sua cabeça.

— Valéria, não fique assim por ele — aconselhou Estefani quando percebeu que a amiga chorava em silêncio.

— Mas eu o amo. Falei que o amava, e ele me abandonou. — Ela cobriu o rosto. A voz sumiu quando Estefani passou a mão pelo cabelo molhado das próprias lágrimas. — Por que ele está fazendo isso?

Por que Ben a magoava tanto? Nem sequer tinha esperado um tempo decente. Ficou com outra assim que surgiu a oportunidade. Ele se esqueceu de tudo o que havia acontecido entre os dois, tudo o que Val permitiu que ele fizesse.

Como podia fazer aquilo se ela não conseguia esquecer nada? A saliva em sua boca, as marcas roxas nas pernas, alguns sinais na barriga e a sombra de seus dedos nos braços, de quando a segurou para que não lhe batesse. Tinha marcas pelo corpo inteiro, como se aquele fosse o território de Ben, e ele, seu dono. O rapaz não se lembrava dela?

Perdera tudo. Era disso que se tratava. Quando se ama, perde-se tudo.

Mordeu o lábio enquanto penteava o cabelo em um rabo de cavalo alto e prendia a franja.

"O primeiro amor nunca é esquecido" era o título de um poema que a professora de Valéria lera algumas semanas antes. Dizia que um coração partido não esquecia. Nunca achou que seria tão doloroso, mas não conseguia esquecê-lo, talvez jamais conseguisse.

Se saísse, corria o risco de vê-lo. E não queria isso. A ferida ainda estava aberta.

Detestava o fato de ele nunca ter lhe dado uma explicação, de ter saído de casa para viver com outra. O fato de não olhar mais para ela. Tinha tanto medo de ser amado assim?

Respirou fundo, passou o rímel da mãe e pintou os lábios.

— Valéria, um rapaz está querendo falar com você. — Carol bateu na porta do banheiro.

Val saiu e viu que Gregório estava a sua espera.

— Mãe, sabe que volto cedo — avisou ao sair.

— Cuidado.

Gregório comprara uma moto; depois que a polícia devolvera o carro manchado de sangue de Ramírez, não valia a pena trocar o estofamento, então o venderam para um ferro-velho.

Os dois foram a uma pequena cafeteria ao ar livre, perto do centro da cidade. Pediram empanadas de frango. Conversaram um pouco, ou melhor, Gregório falava, porque Valéria encarava o vazio.

— Passou maquiagem.

— Obrigada por ter notado.

Gregório se curvou um pouco, e seus lábios tocaram os de Valéria. Ela se assustou.

— Não faça isso.

— Desculpe.

Ela respirou fundo.

— Não, desculpe, está bem, pode me beijar.

Ela fechou os olhos.

— Não. É errado eu tentar me aproveitar da situação.

"Situação." Ben lhe dissera alguma coisa?

— Que situação?

Ele não respondeu, mas, se Ben estava com Ângela, significava que não estava mais com Valéria. Mas ela estava ligada a Sombra, precisava de seu conforto. Essa era a "situação".

Gregório se levantou para pagar pelo que comeram.

— Vamos.

Ele ligou a moto e Val se sentou atrás do rapaz. Ela o apertou em um abraço e sussurrou um "desculpe" audível só para ele. Agradeceu por Gregório não ter tirado vantagem dela, porque não estava pronta.

Gregório tinha que se concentrar, porque gostava de sentir Valéria abraçando-o. Sua pele era quente e macia. Ben era um idiota por tê-la abandonado e partido seu coração. Gregório não achava que poderia repará-lo, aquele idiota teria que consertá-lo e depois sair de cena para que Valéria fosse ela novamente, *com ele.*

Sentia-se mal por desejar a ex do melhor amigo.

Estacionou a moto no beco da casa de Valéria.

— Só quero que fique bem.

— Estou bem.

Ela sorriu.

Gregório olhou para seu sorriso ou talvez para seus lábios tristes e desejáveis.

— Sombra é um idiota, mas juro que ele só fode com essa mulher com quem está agora.

Gregório parou porque iria completar com um "fode com ela porque você não fode mais com ele".

Mas não queria dizer que uma menina tão doce como Valéria dormia com Ben. Não queria admitir que ela tinha feito aquilo; Gregório pensava nela como a menina inocente por quem se apaixonara meses antes. De forma devagar, muito devagar. E Ben só precisava levantar um dedo, ela continuava a sua disposição. O amor não era justo.

Valéria deu de ombros, já não importava, ela estava muito destruída para se preocupar. Se Ben não a amava mais, pois bem! Ela iria chorar sua perda sozinha e mostrar a todos que ficaria bem.

Mesmo que não estivesse.

— Pode me beijar.

Gregório hesitou.

— Valéria, saímos como amigos, não precisa fazer isso ou se sentir obrigada a nada. Estou bem.

— Mas quero.

Gregório a olhou. Queria beijá-la desde do jogo da garrafa, meses antes. Tinha sido o melhor beijo de sua vida.

O que mais queria era agarrar a cintura de Val e colar o corpo dela ao seu, comer sua boca, beijar seu pescoço e tocá-la. Queria fazer inúmeras outras coisas, como sentir sua pele contra a dele, ambas suadas.

Gregório se aproximou e segurou o rosto de Valéria. Ela manteve os olhos fechados, com uma aparência inocente de menina que nunca havia sido beijada. A poucos centímetros de distância, ele sentiu a respiração quente de Valéria saindo da boca entreaberta, e ela pode sentir a dele. Mas, antes de seus lábios se tocarem, ele percebeu que não conseguiria.

Não poderia.

Gregório era fiel, um louco com todas as coisas, mas fiel ao seu amigo. Era difícil dizer aquilo, mas Sombra era seu melhor amigo, e ele sabia que Ben parecia uma fortaleza, mas tinha sentimentos. Que por trás de toda aquela merda, Ben era louco por Valéria, que ambos eram loucos pela mesma garota indefesa do bairro.

Em vez disso, ele lhe deu um beijo na testa e foi embora.

— Eu amo você, Valéria, mas não sou Ben.

Foi embora se sentindo um idiota. Nunca mais teria a oportunidade de beijar Valéria. Nunca estaria no lugar de Ben.

— Certidão de nascimento, boletim, carta de recomendação, formulário, redação... Anotou tudo?

Valéria olhou para Freddy e, depois, para Sabrina.

— Sim, senhora. Anotei tudo.

Freddy tocou o cabelo oleoso.

— Tenho todos os meus papéis prontos. Vou na próxima semana.

Sabrina empilhou algumas folhas.

— Preciso só da certidão de nascimento, está sendo emitida. Valéria, tem a sua?

— Sim. Tenho tudo, menos a redação, porque não faço ideia do que quero estudar.

Eles conversavam sobre as bolsas de estudo que a UDA tinha oferecido na semana anterior. Sabrina estava tão entusiasmada que deixou Freddy sair com elas. Na realidade, só permitiu porque não fazia ideia de como fazer seu relatório sobre a carreira que queria seguir.

Freddy queria ser engenheiro civil, igual ao pai. Sabrina queria ser pediatra. Mas Valéria ainda não sabia.

— Que tal psicologia?

— Não gosto de psicologia.

Valéria olhou para Freddy.

— Direito!

Valéria suspirou.

— Não, pessoal, não é a minha, sou muito fácil de convencer.

— E você não tem nada em mente?

— Não.

O que queria ser no futuro?

— Hotelaria e turismo. Nosso turismo é muito rico, Valéria, graças às praias e ao clima — sugeriu Freddy.

— Não quero cuidar dos filhos de turistas enquanto os pais curtem a vida.

Freddy pegou sua pasta e a guardou na mochila.

— Estou indo agora — avisou. — Espero que encontre sua carreira.

Sabrina esperou Freddy ir embora, abriu as janelas e pegou o aromatizador do banheiro. Ela tapou o nariz.

— Esse rapaz fede.

— Não seja cruel — respondeu Valéria, sem olhar para ela.

— Como você se visualiza?

— Não sei.

— Quer se casar?

— Não. Casar é uma estupidez. — Apesar de ser uma ordem de Deus, Valéria nunca quis saber de casamento.

Sabrina concordou.

— O que você gostaria de fazer, então?

— E se eu estudar contabilidade e depois fizer uma especialização em secretariado? Sou boa com números e gosto de roupas formais.

Pensou em como as secretárias estavam bem-vestidas quando fora buscar sua certidão de nascimento.

Sabrina estalou os dedos.

— Isso é ótimo. E sobre o que vai ser seu artigo?

— Não sei... Já sei! Vou falar sobre o deficit em novos negócios e por que isso acontece. Ouvi um homem falar disso na igreja. Posso entrevistá-lo e terminar o relatório.

Sabrina aplaudiu. Ambas riram, felizes.

— Então, a UDA disse que, de acordo com meus recursos, podem me dar um lugar para morar perto do campus ou algo assim.

— E acha que vou deixá-la viver tão longe?

— Mãe, é uma grande oportunidade. Como você pagaria minha faculdade?

Claribel não estava de acordo.

— Valéria, acha que Carlinhos está acima do peso?

Valéria revirou os olhos.

— Não sei.

— Estou preocupada. — Ela estalou a língua.

— É um bebê, mãe.

Claribel continuou pensando. Valéria foi até o quarto para guardar os papéis da candidatura na bolsa debaixo do colchão.

Na mesma tarde, Valéria estava no trabalho, de costas para o balcão, ouvindo Patrícia conversar, quando alguém a chamou. Uma garota de uniforme de escritório pediu uma batida. Quando Valéria foi atendê-la, ficou surpresa ao ver Ben com a namorada. A namorada que todos na vizinhança conheciam e que lhe roubara o rapaz. A namorada com quem estava vivendo. Prendeu a respiração enquanto voltava para trás do balcão.

Ele estava passando dos limites.

— Não é o cara que vinha atrás de você? — perguntou Patrícia.

Valéria parecia ter acordado do sonho e olhou para Patrícia.

— Aparentemente.

— Ela é uma vaca, tanta maquiagem a essa hora do dia.

Mas era linda. Tinha um corpo bonito e olhos grandes e claros. Valéria tentou desviar o olhar, mas não conseguiu, sentia muito a falta de Ben.

Parecia que ele não a conhecia. Como se atrevia a agir assim, depois de tudo? Valéria fez uma careta. O amor não era justo. Nem um pouco.

— Não quero ficar aqui. Posso ir embora? — perguntou em voz baixa.

— Como você trabalhou muito nas últimas semanas, pode ir... Vá, vá. — Ela puxou Valéria pelo cotovelo. — Nem olhe para ele quando sair.

Mas era inevitável que seus olhares se cruzassem. Quando já estava na rua, percebeu que não havia nenhuma emoção nos olhos de Ben.

Ben estava limpando o carro velho que tinha comprado. Um jipe vermelho 1998, com um motor novo, que o fazia rodar melhor que um carro dos anos 2000, mas ninguém sabia disso. Tinha que manter a aparência de que era um velho jipe que "não servia para nada".

Gregório apareceu na porta da garagem e reconheceu Ben pela tatuagem no tornozelo.

— O que aconteceu com você e Valéria?

— Isso não é problema seu — respondeu Ben, tirando a cabeça debaixo do jipe. Ele estava arrumando o silenciador que tinha saído do lugar.

— É verdade, não é problema meu, mas você é meu amigo, e ela também — ponderou. — Então me diga o que está acontecendo.

— Ela me deixou, disse que me amava e não voltou. Deixei-a ir e decidi ficar com outra pessoa. Não quero mais ficar com ela. — Ben limpou as mãos no jeans, sujando-o. — Não posso forçá-la a ficar comigo, entende?

— Você é um imbecil. Você a ama!

Ben riu.

— Eu não a amo.

— Não sei como consegue ficar com outra. Pensa em Valéria quando está com Ângela?

O sorriso de Ben se apagou. Ele cerrou o punho.

— Cale a boca.

— Se ela ama você e você a ama, por que essa confusão?

Ben suspirou. Gregório não entendia. Valéria o deixara e só, porque tinha se cansado dele. Queria que Ben morresse, agora ela o odiava.

— Não sei o que ela viu em você, seu filho da puta.

Ben limpou as mãos na calça de novo, como um tique nervoso. Nem sequer reagiu à forma como Gregório ofendeu a memória de sua mãe.

— Se eu dissesse a Valéria que a amo, não mudaria as coisas. Estraguei tudo, e ela me quer morto. Não há nada que eu possa fazer.

— Você está certo — argumentou Gregório. — Talvez agora seja a minha vez, é uma boa. Você a recomenda?

Ben o ignorou.

— Se você só a usou, por que eu ou meus amigos não podemos, não é?

Ben ficou chateado.

— É melhor calar essa boca. Hoje só está falando merda. Não vou aturar isso.

— Mas por que eu me calaria? Fica incomodado porque quero Val para mim? Por quê? — Ele zombou de Ben.

Ben contraiu ainda mais o maxilar.

— Acho uma idiotice agir assim, já que não quer mais nada com ela. É hora de deixar outra pessoa aproveitar, não só você — disse Gregório, com um sorriso cínico. — Então faça o favor de recomendá-la aos outros rapazes.

— Já chega, não se cansa de falar besteira?

— Como você se cansou de Valéria? Quando as coisas ficaram sérias para ela, você a abandonou? Foi isso, não é?

— Sabe que não foi isso que aconteceu.

— E o que aconteceu?

— Eu não posso... amá-la. Eu não a amo e não quero amá-la.

— Não pode amá-la, e não quer, mas já a ama. Seus olhos brilham quando fala dela, mas seu maldito orgulho não deixa você perceber que errou, meu amigo.

Ben escondeu o rosto com as mãos. Gregório se calou.

— Por que isso? — perguntou Gregório, enquanto Ben passava a mão pelo cabelo, revelando os olhos vermelhos.

— Porque você está certo. — Ben o encarou. — Eu a amo.

Ele não se reconhecia. Quem era aquela pessoa dizendo aquilo? Talvez seu outro eu, que tinha sido enterrado havia muito tempo. Ele se sentia estranho, estava tentando assimilar o sabor daquela palavra, tentando saber se era verdadeira ou falsa.

— Eu a amo… — repetiu, não para Gregório, mas para si mesmo. Desde quando ele a amava? — Quero que ela fique comigo e cuide de mim como se eu fosse uma criança. Não quero que ninguém a tenha. Se um desgraçado se meter com ela, juro que o mato com a espingarda do Jim.

Gregório sorriu. A espingarda do Jim era sagrada.

— Está na hora de arrumar essa bagunça — comentou Gregório. Ele saiu da garagem da Casa Central.

Mas dizer a Valéria que a amava era como lhe dizer adeus. Ben sabia disso. Havia uma razão para seu outro eu permanecer enterrado dentro de si mesmo.

Capítulo 27
GRITANDO OS SEGREDOS

Tomou coragem.

Ia dizer que a amava.

Voltou. Era um idiota. Valéria o odiava. Desejou que ele morresse. A única maneira de Valéria ser feliz era ele estar a sete palmos.

Foi ao banheiro para se olhar no espelho. Nossa, seu cabelo estava comprido. Daria um jeito naquilo e cortaria tudo de novo. Pensou em usar o cabelo mais curto e barba. Talvez lhe desse um ar mais sério, como as olheiras e as rugas prematuras em sua testa, que apareciam quando ele se concentrava em algo.

Ele coçou o queixo. Sim, era o melhor. Antes de ir até Valéria, cortaria o cabelo e faria a barba. Talvez adotasse um cavanhaque.

Demorou um dia e meio para levar de volta as roupas que estavam no apartamento de Ângela. Por duas razões: primeiro, ela não queria que ele saísse, mas depois de milhares de xingamentos e arranhões, deixou-o ir; segundo, não queria atrair a atenção de todos.

Três dias se passaram e Valéria não apareceu. Mas como iria até lá se não sabia que ele estava em casa? Ah, ela o odiava de verdade e não iria procurá-lo.

No quinto dia, ele achava que tudo ficaria na mesma e que Valéria estava bem.

Enquanto Ben estava na esquina, rindo de um amigo, observou com o canto do olho que Valéria saía da casa de Marian. Ela estava sozinha, indo para casa.

Ben disfarçou e se levantou, seguindo-a em um ritmo lento. Antes de Valéria entrar no beco de sua casa, ele correu para alcançá-la e a agarrou pelo cotovelo.

— Quero falar com você.

Valéria sentiu arrepios. Fazia tanto tempo que não ouvia a voz de Ben que se derreteu. Não entendia por que ele ainda tinha esse efeito sobre ela.

Ben a puxou para o beco, quase em frente à casa. Eles se encararam por alguns segundos, olhando nos olhos um do outro sem dizer uma palavra.

Ele respirou fundo.

— Voltei para minha casa.

Valéria não respondeu. Não sabia o que dizer. Vê-lo ali parado doía tanto que nem dava para imaginar.

— Valéria... — Ele coçou a cabeça raspada. — Eu amo você.

Mas ela não respondeu. Ben ficou impaciente.

— Eu amo você, ouviu?

Ele fez uma careta.

Val deveria abraçá-lo e dizer que já não o odiava mais.

Deveria jurar que nunca iria deixá-lo.

Mas ela não reagiu. Ficou paralisada, olhando para ele.

Ben deu um passo em sua direção e Valéria tropeçou quando recuou. Ele a beijou, mas Valéria não abriu a boca e manteve os lábios tão fechados que começaram a doer.

Ele se afastou um pouco, as mãos ainda no pescoço de Val. Ela estava com os olhos fechados e fazia uma careta de dor. Ben se aproximou de novo e tirou a mão do pescoço para apertar sua cintura, fazendo-a abrir a boca para que pudesse beijá-la.

— Pare... — pediu, tentando afastar os dedos dele de seu rosto, depois a mão que segurava sua cintura.

Mas Ben estava determinado a beijá-la, porque era o que queria fazer havia muito tempo.

— Claribel! — chamou ao escapar dos lábios quentes e ternos de Ben.

Claribel saiu e viu como aquele rapaz forçava sua filha a beijá-lo. O coração da mulher saltou no peito e seu sangue gelou. Ela nem sequer pôde defender a filha, ficou completamente paralisada.

Encarou com seus olhos selvagens os olhos pequenos de Valéria, e então reconheceu o rapaz, era o que havia dançado com ela na festa.

— O que está acontecendo, Valéria? — perguntou, com a voz afetada.

— Esse rapaz quer falar com você — respondeu Valéria, com a voz trêmula. Então correu para a casa.

Sentou-se na beira da cama com lágrimas nos olhos.

Ele a amava!

Será que estava falando sério?

Pensou naquilo. Os olhos dele pareciam honestos. Mas e daí?

Ele era um idiota, queria brincar com seu coração de novo, e não importava o quanto Valéria queria estar com ele, o quanto queria beijá-lo, decidiu que não deixaria aquilo acontecer novamente.

— O que quer, jovem? — perguntou Claribel, olhando-o feio.

Ben passou a mão pela boca. Estava disposto a entrar e tirar Valéria de lá. Levá-la para casa e prendê-la até ela dizer que também o amava. Que já não importava o que tinha acontecido.

Até que deixasse ele a beijar e prometesse nunca ir embora. Nunca, nunca mais.

Mas sabia que Claribel esperava uma resposta.

— Seu filho... Ele quer que eu o leve ao fliperama. Posso?

— Este não é o momento de perguntar isso.

— Desculpe.

Claribel fechou os olhos.

— Vá embora, por favor.

Ela entrou em casa.

Não foi ao quarto de Valéria. De repente, se sentiu inquieta. Aquele rapaz tentou se aproveitar de sua filha, machucá-la? Muitas suposições passaram por sua cabeça. Valéria estava sendo perseguida por um rapaz.

Sentiu-se tão indefesa. Teve a certeza de que, se o pai de Valéria estivesse ali, ninguém se meteria com ela.

A escola estava diferente. Ou talvez fosse Valéria que estivesse diferente. Sentada na segunda carteira da frente, fechou os olhos.

"Eu amo você", parecia um sonho, como saber se era verdade?

"É mentira, é mentira." Valéria mordeu a língua. Já não sentia dor.

— Valéria, trouxe seus papéis?

Valéria abriu os olhos.

— Sim, sim. — Ela pegou a mochila e tirou a pasta. — Está tudo aqui, tem certeza de que não há problema?

— Não há, mas, se for pré-selecionada, terá que ir pessoalmente à capital para a entrevista.

— Aí eu dou um jeito.

Freddy veio correndo e pisou no pé de Sabrina.

— É um idiota, sabia?

— Cuidado, estou com sua redação.

Sabrina ia se candidatar à bolsa com uma redação escrita por Freddy. Valéria demorou dias para reunir informações para a sua e incomodou o homem da igreja várias vezes para ajudá-la.

Porém, não disse nada, se não fosse por Sabrina, ela não poderia se candidatar à bolsa, porque Valéria não tinha dinheiro para pagar o transporte e a alimentação para passar um dia na capital do país. Mas Sabrina tinha, e iria lhe fazer um favor e levar seus documentos.

Sabrina disse uma grosseria a Freddy, e ele replicou com outra.

Valéria ignorou os palavrões. Não queria se meter. Fechou os olhos e parou de ouvir. Só escutava o som da risada de Ben. Embora ele fosse sombrio, estava sorrindo, e seu sorriso era lindo.

Uma noite, estavam conversando e Valéria inventou algo bobo. Ele riu tanto que seu rosto ficou vermelho. Seu riso durou tanto tempo na cabeça de Valéria quanto o estranho canto de um pássaro exótico de uma ilha paradisíaca, e se repetia várias vezes em sua mente, o suficiente para silenciar o mundo ao seu redor e deixá-la feliz.

"Mas ele disse que me ama", pensou consigo mesma. E sorriu. Sentiu algo no peito.

— Será verdade? — perguntou-se em voz alta. Tanto Sabrina como Freddy pararam de brigar e a olharam.

Era sexta-feira, 2 de maio. Valéria chegou em casa cansada e suada. E ainda estavam no meio da primavera.

Quando Carol e Carlinhos entraram, começaram a gritar de alegria. Valéria notou as enormes sacolas na mesa e nas cadeiras, e algumas no chão.

— Mamãe, o que é tudo isso?

— Fiz uma megacompra.

Carol e Carlinhos pegaram os biscoitos e refrigerantes que a mãe havia comprado.

— Cereais! — gritou Carlinhos, pegando uma caixa gigante.

— Onde arrumou o dinheiro? — sussurrou Valéria.

— Valéria, divirta-se e não se preocupe.

— Mas quanto custou isso?

Ela ficou espantada quando viu Carol pegar uma caixa de *waffles* e depois, mel.

— Mãe, isso tudo é caro.

— Crianças, há presentes na sala!

Carol e Carlinhos se olharam e se levantaram. Largaram as sacolas no chão e na mesa.

Claribel se inclinou para pegar os embutidos.

— Olhe, comprei um salame defumado delicioso!

— Mãe, responda! — Valéria estava preocupada.

— Também comprei um presente para você. — Claribel levantou a voz. — Crianças, não se atrevam a tocar no presente de Valéria!

Valéria cruzou os braços e suspirou.

— Ganhei na loteria. Vinte mil pesos.

Valéria arregalou os olhos.

— Está brincando?

— Não! — Ela estava feliz.

— E pagou a tia Victória?

— Só três mil pesos.

Valéria ficou chocada.

— Tão pouco! Ah, Deus, mãe, por quê?

Claribel levantou-se para tocar nas bochechas da filha.

— Meu amor, nós merecemos isso. Olhe como as crianças estão felizes, como estou feliz, fique feliz você também!

Ela pegou na mão da filha.

— Venha ver seu presente!

No quarto que dividia com os irmãos, agora havia uma televisão de tamanho médio, além de um videogame. Carol estava brincando com umas xícaras de chá e umas bonecas. Carlinhos tentava vestir a nova luva de beisebol, com o taco preso entre as pernas.

— Gostaram dos presentes?

— Sim! — exclamou Carol. — Precisava de brinquedos novos!

Valéria se sentou ao lado de uma caixa de papelão preta.

— O que está esperando? É seu, abra.

Valéria olhou para a caixa e sorriu. Colocou-a sobre as pernas e a abriu lentamente. Era um vestido de renda com mangas. Muito delicado e bonito. Valéria se levantou e o colocou diante do corpo.

— Sabia que isso ia acontecer, está muito acima dos joelhos.

— Mas está tudo bem.

Claribel piscou o olho.

Valéria removeu um papel de embrulho e revelou um par de argolas de prata.

— São lindas, mamãe.

— Ainda não acabou.

Valéria pegou um estojo de sombras com cores quentes, um batom cor-de-rosa, rímel e um lápis marrom.

— Disseram na loja que o castanho ficaria bem em você.

— Como eles sabiam a cor dos meus olhos?

— Eu disse.

Valéria parou e olhou a maquiagem. Nunca teve nada e agora podia se maquiar e se sentir bonita.

— Falta mais um.

Valéria virou a caixa.

— Não, mãe, não há nada aqui.

— Debaixo da cama.

Valéria se inclinou e viu um par de sapatos de salto alto. Não eram muito altos, apenas médios, o suficiente para sua altura.

— Eles são lindos.

— Sei o quanto gosta de ir à igreja, e vai sempre com as mesmas roupas. Por isso, decidi comprar algo novo para que possa usar neste domingo.

— Vai comigo?

— Não posso, mas vou arrumá-la. — Claribel lembrou como aquele rapaz forçara sua filha a beijá-lo, e como ela havia protestado impotente sob seu controle, bem como o tom de pânico na voz de Val, vendo-a como sua salvação. E Claribel não fez nada para impedi-lo. Ela sorriu para não chorar. — Você é uma mocinha agora, e eu te amo, Valéria. Está começando a chamar a atenção dos homens, e quero que se cuide.

Não fazia sentido, porque comprara maquiagem para ela chamar ainda mais atenção.

— Deve arranjar alguém que a respeite.

— Obrigada, mamãe, por tudo isso!

— Deus... — Claribel estava comovida. — Como eu não percebi que já não é uma criancinha, e sim uma moça?

No domingo, Valéria botou o vestido, que ficou perfeito em seu corpo, e calçou os sapatos. Claribel disse que ela parecia uma modelo de revista.

— Só endireite a postura — sugeriu, ajeitando seus ombros com as mãos. — Agora, sente-se.

Claribel pegou no rosto da filha e aplicou base em pó. Então passou o lápis e depois a sombra laranja em tom pastel.

— Você está perfeita — disse, enquanto aplicava a sombra.

"Era de se esperar", pensou Valéria. Claribel nunca diria que a filha não era perfeita, era sua mãe antes de tudo.

Claribel derramou uma lágrima. Sempre que via a filha, lembrava o acontecido algumas noites antes. Não conseguia parar de pensar que homens como aquele rapaz cercavam Valéria e que, mais cedo ou mais tarde, iriam tirar vantagem de sua inocência.

Ela passou o rímel e pintou suas sobrancelhas para que parecessem mais grossas. Pegou o batom cor-de-rosa e o passou.

Valéria abriu os olhos e viu a mãe chorando.

— Mãe, o que aconteceu? — perguntou, aterrorizada. Não sabia o que estava acontecendo.

— Meu amor, se alguém alguma vez a machucar, você me conta?

Valéria hesitou por um momento. Já fora ferida tantas vezes.

— Sim.

Claribel limpou os olhos.

— Sinto que estou lhe dando aos gaviões.

— Mamãe, se quiser, eu tiro a maquiagem.

— Não, não, não. Você está linda, meu amor.

Era assim que se sentia. Na igreja, chamou a atenção e, na rua, recebeu até olhares lascivos de alguns. Ela já era uma mulher. Quando saiu da igreja, às oito horas da noite, foi para a casa de Marian.

Encontrou os amigos de sempre, alguns garotos que não eram da vizinhança — o que significava que eram rapazes mais ou menos normais — e garotas que já conhecia. No total, eram onze pessoas.

E quase todos lhe disseram que estava muito bonita.

Valéria não conseguia parar de sorrir. Mas, por volta das dez horas, um grupo chegou com bebidas alcoólicas. Os pais de Marian tinham ido jantar fora, então a casa ficaria vazia até a meia-noite, ou até sua irmã mais velha voltar de onde quer que estivesse.

Daquele grupo, a maioria era de Sulcuros, e a coisa mais estranha não era Ben estar com eles, mas sim estar bebendo.

Ele não bebia.

Estava em um canto do pátio, com a mão no ombro de Ângela. O lugar ficou barulhento, porque os bêbados eram muito escandalosos.

Valéria conversava com Argentina e Marian. Nina estava com um dos caras que tinham chegado.

A maioria das garotas estava feliz com a presença dos Sulcuros.

— Não sabe fingir — comentou Marian.

— Quem? — perguntou Valéria.

— O rapaz de verde.

Valéria se virou e viu o rapaz com cabelo afro de blusa verde e, mais à esquerda, Ben, sentado em uma cadeira com Ângela em seu colo. Valéria não ouvia a conversa, mas os observava.

Ele virou a garrafa mais uma vez. Não parava de encará-la desde que chegou. E nem se importava que ela estivesse olhando para ele.

— Valéria! — repreendeu Argentina. — Se continuar olhando para ele, a outra vai quebrar sua cara...

— Ele está olhando para mim — argumentou Valéria.

Argentina viu Ben olhando para Valéria. Ele parecia louco. Estava com olheiras e não parecia bem.

— Não olhe para ele. Ele está bêbado. Não vê?

Ben tirou Ângela de cima de suas pernas, levantou-se e ficou no meio do pátio de Marian.

— Ouçam todos, por favor. — Ninguém prestou atenção, sua língua estava dormente por causa do álcool. Dava pena vê-lo parado ali. — Foda-se, me escutem!

Silêncio. Tudo o que se ouvia era a música de fundo e alguns murmúrios. Ben sorriu com a atenção.

— Estou mal por causa de uma garota. Ela me deixa louco. — Fez círculos na lateral da cabeça, sua língua estava completamente dormente. — Já foi minha muitas vezes, mas, merda, ainda me faz babar por ela.

Valéria não entendia por que Ben estava declarando seu amor por Ângela em público. Ele se comportava como um idiota.

— Ela partiu meu coração, eu disse que a amava, e ela me deixou...

Então Ben anda dizendo "eu te amo" para todo mundo.

— Não, desculpem, ela é um anjo, não mataria uma mosca. Ainda assim, me mata porque não me ama... — Ben cambaleou.

Valéria se virou. As pessoas estavam rindo dele. Era divertido, nunca ninguém tinha tido a oportunidade de ver Sombra se humilhando em público.

— Valéria, não vá embora quando estou falando de você!

Valéria parou, as mãos frias. Ele dissera aquilo?

Ela se virou e o encarou.

— Eu te amo, você é a mulher da minha vida. Merda, sinto sua falta.

Valéria sentiu o sangue se esvair de seu rosto. Agora todos sabiam o segredo. Era o que queria no início, mas não assim.

— Já chega, Ben — articulou com os lábios. Ele tentou se aproximar, e Valéria recuou.

Gregório segurou o amigo.

— Ei, amigo, quanto você bebeu? Agora fica fantasiando relacionamentos amorosos com as garotas da vizinhança?

Muitos riram, e aquilo quebrou o gelo. Acharam que Ben só estava muito bêbado. Nina, que tinha parado de falar com o menino, foi para o lado de Valéria e a empurrou para fora dali.

— Imaginar? Valéria é minha. Está ouvindo?

Ben olhou para Val.

— Querida, eu a quero de novo.

Ela mordeu os lábios e saiu de lá. Nina se aproximou de Ben e o esbofeteou.

— Não se atreva a chegar perto dela, seu bêbado!

Aquele tapa o acordou. O que acabara de fazer?

Era tudo tão confuso.

De verdade.

Meses antes, quando Valéria começou a ficar com Sombra, seu maior desejo era que todos soubessem. Ela queria que ele lhe dissesse que a amava na frente de todos ou que pegasse em sua mão em público.

Mas ver como as pessoas a olhavam quando chegava da escola lhe dava arrepios. Todos sabiam seu segredo. Agora tudo o que ouvia eram os murmúrios das pessoas que falavam dela.

Era horrível. Não planejava sair de casa a menos que fosse para ir à escola e voltar, ir de casa para o trabalho, do trabalho para casa, e depois repetir tudo de novo.

Talvez assim se calassem. Talvez aquilo tirasse o nome de Valéria da boca dos outros.

Mas quem dissera que estavam falando dela? Ninguém. Ela percebeu pelo modo com a olhavam. As pessoas a julgavam, murmuravam que parecia inocente, mas que era uma puta.

Val era o tema da fofoca, ou pelo menos era o que achava.

Na noite seguinte ao show de Ben, uma das vizinhas contou para Claribel o que acontecera e perguntou se ela sabia que um rapaz do bairro estava dizendo que Valéria era sua mulher. Claribel ficou envergonhada e mudou de assunto.

Quando Valéria confrontou a mãe, ela não disse nada.

Surpreendentemente, ela a tratou como nunca antes, e não mencionou Ben nem perguntou nada.

Valéria estava desconcertada... Então talvez ninguém estivesse falando sobre ela, ninguém espalhara o que Ben tinha dito na casa de Marian, com todos os pontos e vírgulas.

Ela se sentiu aliviada.

Valéria estava saindo da escola sozinha, Freddy faltara e Sabrina estava ocupada com aulas extracurriculares. Quando já estava perto da escola dos irmãos, Ben apareceu.

Valéria não disse nada enquanto ele caminhava ao seu lado.

— Devo um pedido de desculpas a você.

Valéria o fuzilou com o olhar.

— Nunca tinha bebido antes em minha vida. Fiz por sua causa.

Ele sorriu.

Valéria continuou a andar.

— Quero que saiba que tenho esperado por você todas as noites desde aquele dia, e estou correndo o risco de ladrões invadirem a casa, porque durmo no chão com a porta aberta.

— Eu não me importo — disse, sem pensar. Depois se arrependeu.

— Eu sei, você quer que eu morra.

— Não! — Parecia à beira das lágrimas. — Só... me deixe em paz, vá embora!

Ben deu meia-volta e desapareceu depois de um quarteirão.

Valéria não se mexeu.

Capítulo 28

EU NÃO TE AMO

A porta estava aberta, mas a casa parecia morta. A luz da cozinha estava apagada e a porta do quarto, trancada. Valéria respirou fundo e bateu na porta do quarto. Antes de abri-la, decidiu lembrar por que tinha voltado.

Precisava saber se ele estava bem. Era só isso. Ver se ele estava bem e depois continuar com sua vida normal, *que não era* normal.

Não viu nada no início. A porta do banheiro estava fechada e a luz, acesa. Uma das janelas estava aberta e o ar-condicionado, desligado.

Ben estava sentado no chão, olhando para um ponto fixo. O quarto cheirava a sabonete, como se ele tivesse acabado de tomar banho. Ele não olhou para cima quando Valéria entrou no quarto. Ficou ali parado, o olhar perdido no vazio.

Valéria ia se sentar ao seu lado, mas percebeu que não seria apropriado. Sentou-se na beira da cama e esperou.

Mas Sombra não falou nada.

— Desde que me apaixonei por você, sempre quis que todos soubessem, mas, Ben, não desse jeito. Estão todos nos olhando. É horrível ser alvo de críticas. É horrível me sentir assim, porque realmente sinto...

— Uma vez, tive um problema na escola. — Ben começou a falar, sua voz soava rouca. Sabia que Valéria ia dizer que o amava, e ele não queria isso. — Quando cheguei em casa, minha mãe disse que estava tudo bem e que eu não devia ter medo de voltar no dia seguinte. Também me disse que me amava com todas as suas forças. Sabe o que aconteceu no dia seguinte?

Valéria não fazia ideia.

— Entrei no quarto dos meus pais. Não a encontrei. O chão do banheiro estava cheio de água. Entrei e vi o braço de minha mãe inchado e roxo. Três semanas depois, meu pai me disse que ela estava num lugar melhor e que eu era tudo o que lhe restava. E que ele me amava com todo o seu ser. Sabe o que houve depois?

Silêncio outra vez. Ben abriu um sorriso triste.

— Ele escolheu aquela velha em vez de mim. Meu pai me deixou com uma viciada na casa onde minha mãe morreu.

— Ben... — Valéria tentou falar.

— Poucos meses depois, eu me apaixonei por aquela linda loira e achei que o amor era bom. Ela disse que me amava, apesar de eu ser um adolescente, e semanas depois confessou que era mulher de Cláudio, que me amava mesmo assim, mas foi morar com ele. Disse que eu devia ficar sozinho e saiu com o homem que meses depois queria matá-la.

Ben passou a mão pela cabeça raspada.

— Faz pouco tempo, eu me apaixonei por uma garota da vizinhança, eu sabia que as coisas estavam ficando sérias quando a via, e fiquei nervoso. Porque aquela garota bonita era louca por mim e me diria aquelas malditas palavras. E sabia que ela ia me deixar sem nada. Porque não posso amar, Valéria. Todas as pessoas que amo vão embora. Todas as pessoas que me amam estão indo embora.

— Ainda estou aqui. — A voz dela saiu fina.

— Mas você foi embora. Pela quarta vez, vi que não mereço ser amado.

— Desculpe, mas eu...

— Não se atreva, Valéria, não se atreva a dizer outra vez. Por favor.

Ela se levantou da beira da cama e se sentou ao seu lado. Não havia percebido como os olhos de Ben estavam vermelhos. Estava chorando de raiva.

Queria secar suas lágrimas, tocá-lo, mas tinha medo. Não conhecia aquele lado de Ben.

— Você não tem culpa de nada do que aconteceu.

— Droga, claro que não tenho! — explodiu, mas não a olhou. — Estou bem assim. Não preciso dessa merda, desse disparate, mas você me obrigou a dizer, e não voltou. Você desenterrou meus segredos e sabe o que fez? Sabe? — Ele a encarou. — Você foi embora.

Ele limpou o rosto de novo e olhou para os próprios pés.

— Eu não te amo — disse Valéria calmamente.

Ben a ouviu e demorou alguns segundos para processar. Procurou seus olhos escuros, que o encaravam havia algum tempo. Ele estava confuso, mas então entendeu.

Era a melhor coisa que já ouvira.

Para uma pessoa comum, aquelas palavras seriam as piores do mundo, mas, a partir daquele momento, para Ben e Valéria, elas se tornariam as mais belas que alguém podia dizer.

Ben sorriu de lado. O sorriso a contagiou. Ambos se curvaram para se encontrar em um beijo, e Valéria derreteu ao sentir os lábios de Ben nos seus, mas dessa vez não estavam quentes ou macios, mas frios e secos, como se expostos a um deserto. Mas ela se sentiu no paraíso. Era o doce mais doce do mundo.

Ben se curvou mais e deslizou a mão pela cintura dela, aproximando-se mais. A outra mão o sustentava.

Ele parou e olhou nos olhos de Val.

— Eu também não te amo.

Eles riram outra vez, *um casal louco*. A definição perfeita de qualquer pessoa sã que os tivesse visto.

Valéria colocou as mãos na cabeça raspada de Ben e a acariciou. Ben a levantou do chão e a levou para a cama. Eles se beijaram com mais afeto.

— Não, espere, não vamos fazer isso.

— Não?

— Não, Valéria.

— Está tudo bem — sussurrou Valéria. — Posso ficar e não fazer nada.

— Não, não pode. E sua mãe?

— Vou inventar alguma coisa. De qualquer forma, ela acredita nas minhas mentiras, mesmo sabendo que estou mentindo. — Ela deu de ombros. — Vou ficar.

Ben sorriu e agarrou as bochechas de Valéria para beijar sua boca.

— Eu não te amo, *não* quer ser minha namorada?

O coração de Valéria acelerou mais que o normal.

— Sim — respondeu, abraçando-o.

Então ficaram lado a lado, olhando para o rosto um do outro até que, vencidos pelo cansaço, adormeceram.

Valéria acordou. E percebeu que tudo estava bem demais, logo, algo muito ruim iria acontecer.

❦

Fresa encomendara guardanapos serigrafados com o logotipo da loja em cor-de-rosa. O pacote de quase mil guardanapos havia chegado, e Valéria estava carregando as caixas, que não eram muitas, para a parte de trás do depósito. Quando só sobrou uma, ela abasteceu as mesas e o balcão. Enquanto fazia isso, Ben entrou e se sentou em um dos bancos.

— Não sabia que viria, é quinta-feira, você sempre sai às quintas-feiras — comentou Valéria, limpando uma mesa.

Ben olhou para os guardanapos no balcão.

— Bem, se você e eu *não* vamos namorar, é hora de você conhecer meus outros amigos ou onde vou às quintas-feiras.

Valéria terminou e se aproximou dele.

— Não quero ir à Casa Central e vê-lo cercado por aquelas pessoas idiotas enquanto se mata e elas não fazem nada para impedir.

Um silêncio desconfortável. Ben a encarou com os olhos arregalados, tentando descobrir por que ela ainda não aceitara aquilo.

— Desculpe, mas se quer que eu vá... Não acho que seja o melhor... É que... Ben, isso está errado.

— Bem, sim, você viu uma festa nossa. Já disse, não uso o tempo todo.

Valéria suspirou.

— Que bom!

— Só vou levá-la porque achei que queria que soubessem sobre nós. Só quero estar com minha *não* namorada em público.

Valéria sentiu um vulcão entrar em erupção no peito e sorriu. Ben se levantou, segurou-a pelos quadris e a beijou.

Ou quase a beijou.

— Não, aqui não. Valéria, o que foi que falei? — Patrícia passou pela porta de vidro e mudou o sinal de fechado para aberto. — Não estou brincando quando digo que vai ter problemas se continuar a trazer rapazes para beijá-la enquanto trabalha.

Ben olhou para Valéria e depois para Patrícia.

— Há muitos de nós?

Patrícia lhe lançou um olhar odioso. Não o suportava.

— Você e aquele com os olhos azuis, certo?

Valéria queria que Patrícia calasse a boca. Nunca contou a Ben que Alejandro a beijara.

Ben olhou para Valéria outra vez.

— Acho que você tem uma boca gostosa.

— Bem, vá agora — ordenou Patrícia.

— Já chega, Patrícia — disse Valéria em voz baixa.

Estava nervosa porque não sabia se Ben estava zangado ou não. Ao mesmo tempo, ficou aborrecida porque Patrícia queria que tudo de mau lhe acontecesse. Finalmente as coisas estavam bem com Sombra, e ela se atrevia a dizer que Valéria vivia beijando os dois, e não era verdade!

Tinha sido só uma vez, e estava sob o efeito de ecstasy! Era uma idiota. Uma idiota que rompia relações.

— Vamos, Valéria. — Ben pegou sua mão e foi até a porta.

— Espere, acabei de chegar, não posso deixar o trabalho assim.

— Valéria, se for embora, juro que vou demiti-la.

Valéria se virou.

— Não, por favor — pediu com olhos suplicantes.

Ben a puxou, e ela recuou.

— Espere, Sombra, não posso ir agora.

— Não tem que seguir as ordens dessa vaca!

Patrícia ficou de boca aberta. Valéria também.

— Ele não quis dizer isso... — Valéria se virou, e Ben soltou sua mão. Então ela se aproximou de Patrícia, que a deteve.

— Está despedida.

— Patrícia, pense melhor, Sombra não vai voltar aqui, e preciso mesmo do dinheiro.

Ben se aproximou e gentilmente colocou suas mãos nos ombros tensos de Val.

— Não precisa dessa miséria, vamos.

Patrícia gesticulou.

— Vão, vão embora. Estou cheia dessa garota e suas confusões.

Valéria não se moveu. O que poderia fazer? O que diria à mãe?

Quando percebeu, já estava no jipe de Ben.

— Então você e Alejandro se beijavam o tempo todo... — Ben sorriu sarcasticamente. — E depois você ia dormir comigo? Suponho que goste de compartilhar saliva... Vocês transaram atrás do balcão?

— Está me machucando.

— Não estou tocando você!

— Com suas palavras, não sou uma puta! Não sou, não sou!

— E é o quê? Uma santa? Valéria, você beijou nós dois e até transou com ele. Não sei para você, mas essa é a definição perfeita de uma.

As lágrimas escorriam pelo rosto da garota.

— Não sou isso.

— Desculpe, Valéria — disse Ben, depois de alguns segundos. — Esqueci como você é. — Ele quis dizer que ela era sentimental. — Mas juro que meu sangue está fervendo porque você não me disse.

— Nem me lembro bem disso.

— Sério?

— Ele me deu alguns comprimidos e me levou para o depósito. Eu não tinha forças para afastá-lo e não havia ninguém para me ajudar.

Ben não respondeu.

— E naquela noite eu estava muito assustada. Ele me beijou e abriu o cinto. — Valéria escondeu o rosto. — Eu via você, não ele. Estava drogada demais para pensar direito e só via você. Eu não queria, mas tive medo de que ele me machucasse.

— Está sendo incoerente.

— Não queria isso em minha vida. Eu queria ser boa, um exemplo.

— Valéria.

— Só sirvo para abrir as pernas. Sou apenas uma puta.

— Valéria.

— Ben, desculpe, só queria ser sua...

— Você não é uma propriedade, lembra?

— Mas, se servir de alguma coisa, ele não aguentou o suficiente, juro, juro. — Valéria se curvou no assento sem ouvir o que ele dizia.

Tinha medo de que ele a deixasse.

Ben parou o carro e se virou para ela, tirando-lhe o cabelo do rosto.

— Já disse que lamento, perdoe-me, não queria dizer aquilo, você não é uma puta. Você é boa, e agora, Val — ele tocou seu ombro, depois os braços em uma carícia —, perdoe-me por roubar quem você era. Eu sabia que era errado, nunca deveria ter deixado que entrasse em minha casa ou em minha vida. Desculpe, está me ouvindo? Perdoe-me pelo que o idiota do Alejandro fez, a culpa não foi sua, Valéria, não foi.

— Sim, foi.

— Não, não foi. Ele tirou vantagem de você.

— Não quero ser assim.

— Não seja. Nunca mais seja com ninguém, de agora em diante, *por favor*.

Silêncio.

— O que acha de mim?

— Eu te amo, Valéria, pare de chorar.

— O que acha de mim?

— Acho que abuso de você. — Suas sobrancelhas estavam arqueadas.

— Você não.

— Sim, eu.

— Não!

Ben deu partida no carro.

— Limpe o rosto, vamos comprar umas coisas — disse enquanto dirigia.

A calça que Valéria usava era tão alta que cobria seu umbigo, e o espaço para o cinto era mais largo que o normal.

— Onde arranjou essa calça? — A mãe de Valéria parou na porta do quarto.

— Ganhei. — Ela olhou para a mãe parada ali.

— É muito bonita.

— Obrigada.

Valéria tocou no cós da calça.

Claribel perambulou um pouco.

— E onde vai?

— Sair com amigos.

— Eu conheço?

— Acho que não, nem eu os conheço ainda.

— Explique melhor.

Claribel se sentou na beira da cama.

— Nina disse que me levaria para conhecer uns amigos.

— A que horas vai voltar?

— Não sei, mamãe.

Claribel olhou para a filha.

— Por que o sutiã tão bonito?

— O quê? — Valéria sentiu o rosto arder. — É normal, e dizem para usar os pretos com roupa branca.

Valéria apontou para a camisa que Ben tinha comprado para ela.

— É o que vou vestir.

Claribel estreitou os olhos e se aproximou da filha.

— Tem muito bojo.

— Foi você quem comprou. — Valéria revirou os olhos.

— Mas quando você não tinha *nada*, e agora o bojo empurra seus peitos para cima e provoca os homens.

Claribel tocou no próprio peito fingindo ser de Valéria.

Um sorriso escapou dos lábios da mãe e da filha com o gesto engraçado.

— A camisa cobre tudo muito bem, mãe.

Claribel saiu.

— Vou esperá-la.

Valéria pegou a camisa branca e a vestiu. Sua mãe realmente se importava?

Ao sair do beco, percebeu que o jipe de Ben já estava lá fora a sua espera. Vários vizinhos a viram entrar no carro. Valéria olhou para o beco para checar se a mãe espiava com quem, de fato, estava se encontrando.

Ben estava vestido como ela, calça preta, um par de tênis brancos e uma camisa branca. Aquilo deixava Valéria feliz. Estavam vestidos da mesma maneira.

Depois de várias ruas, pararam em uma casa. Quando entraram, todos se viraram para ver Ben e Valéria de mãos dadas.

— Isso é sério?

— É — respondeu Ben. — Pessoal, essa é Valéria.

Val sorriu para todos. Não havia outras garotas. Eram todos homens. Não sabia se ficava feliz por Ben ir todas as quintas-feiras a um lugar onde não havia garotas ou triste porque ele conseguiria arranjá-las em qualquer outra parte.

Ela não se afastou de Ben nem por um segundo.

Esses amigos não pareciam membros de gangue, pareciam apenas rapazes comuns entre dezesseis e vinte anos, agindo como o que eram, rapazes. Dois bebiam cerveja, e só um fumava.

Ele ofereceu um cigarro a Ben e depois lhe emprestou um isqueiro. Só então ela percebeu que teria que suportar a fumaça porque não se afastaria do namorado.

Havia um sofá de cor creme que começava a ficar marcado nos braços por causa da sujeira. Parecia nunca ter sido lavado. Ben se sentou enquanto falavam sobre... motores?

— Não vai acreditar nisso. — Um rapaz com tranças estava no toldo de entrada.

— Conte — disse o rapaz com o cigarro.

— Há uma corrida de carros no cemitério.

— Não estou sabendo. — Ben se mostrou interessado. A mão não parava de acariciar o braço de Valéria para que ela não ficasse nervosa.

— E como saberia? É um plano relâmpago, todos vão para lá.

Quando disse "todos", quis dizer todos os rapazes com seus motores sem silenciadores, com canos de descarga ensurdecedores. Quase todos se levantaram, mas Ben continuou sentado.

— Você não vem? — perguntaram.

— Idiota, viu que estou de jipe?

O rapaz, Tommy, sorriu.

— Há uma moto lá atrás que Geraldo consertou, corre mais rápido que o diabo. Por que não a pega emprestada e deixa o jipe aqui?

Ben se levantou, animado, e acompanhou os outros, que já estavam saindo. Não havia muitos, apenas quatro ou cinco.

Tommy mostrou a moto a Ben.

Valéria estava chegando à porta quando viu Ben em cima da moto, ligando-a. Quando a viu, puxou-a para fora.

— Você não vai ficar, vai? — perguntou Ben.

— Não há nenhum monstro lá dentro, pode ficar — disse Tommy, acelerando sua moto.

— De jeito algum vou deixá-la sozinha aqui — respondeu Ben, com um sorriso.

Valéria foi até a moto e subiu atrás do rapaz. Ele girou a chave na ignição, e, antes de partirem, ela disse:

— Não vá muito depressa.

Mas foi exatamente o que ele fez.

Ben ia tão rápido que Valéria fechou os olhos e escondeu o rosto nas costas dele.

Ben sabia correr no meio do trânsito. Durante todo o caminho, encontraram outras motos indo para o mesmo lugar. O centro estava cheio de pequenas caravanas de motos se dirigindo para a saída da cidade, onde ficava o cemitério.

Quando chegaram, Ben parou em uma bomba de gasolina para abastecer.

— Valéria, desça um instante. — Ben tocou nas mãos frias, que se fechavam sobre sua barriga. — Valéria.

Ela o soltou e desceu da moto. Parecia que estava flutuando e demorou alguns segundos para se estabilizar.

— Tudo bem?

Valéria olhou para o rosto sorridente de Ben. Ele gostava mesmo daquilo. Do perigo.

Minutos depois, quando o tanque estava cheio, voltaram para a estrada. Quando chegaram, havia muitas, muitas motos espalhadas. A estrada em frente ao cemitério estava cheia de pessoas nas laterais, e algumas motos se equilibravam em uma das rodas.

Aquilo era real?

Não, o que estava se perguntando era se aquilo era legal.

Não se mexeu enquanto Ben descia. Ele usou o descanso da moto para que ela não caísse. Os outros se aproximaram de onde Ben tinha estacionado.

— Trouxe mesmo a namorada?! — perguntou um deles. Naquele exato momento, Gregório chegou com sua moto.

— Uau! — Ele soltou o guidão. — Viu o que eu fiz?

— Sim, todos vimos — respondeu Ben. Gregório olhou para ele e viu Valéria em cima da moto, olhando para os outros veículos na rua.

— Onde arrumou? — Gregório apontou para a moto.

— Tommy me emprestou.

Um rapaz parou entre eles.

— Ei, Sombra, venha cá, vamos fazer uma corrida empinando as motos.

Ben sorriu e subiu na moto.

Empinando? Valéria engoliu em seco.

— Não, não vou.

— Vamos, Val, será melhor se ficar atrás de mim.

Valéria desceu da moto e cruzou os braços.

— Espero por você aqui.

Estava um pouco frio e Valéria pensou ter ouvido as queixas dos mortos por causa do barulho dos escapamentos e das rodas das motos sobre o asfalto.

— Gregório — chamou Ben. A moto pareceu rugir quando Ben desapareceu no fim da estrada.

— Vão dar a volta no cemitério — sussurrou Gregório para Valéria.

Valéria se virou.

— Graças a Deus, não estou sozinha. Por favor, não aceite nenhuma corrida.

— Ben não teria ido se eu não estivesse aqui. Se fosse o caso, acho que teria levado você com ele, orando aos deuses para não perder o equilíbrio.

— Ele não rezaria aos deuses, rezaria a Deus.

Gregório concordou.

— Vou anotar.

— Não acredita em Deus?

— Não vim aqui para falar de religião — respondeu ele. — Gosta de motos?

Valéria tocou nos braços novamente, estava com frio. Gregório parecia zangado, mas ela não conseguia definir o porquê.

— Não, não gosto. Não sabia que vínhamos, parece ilegal.

— E é, acredite em mim, Ben também não sabia que ia rolar, tudo foi organizado há meia hora.

— Parece incrível. — Valéria se virou ao ver as luzes incandescentes.

— Não são eles, o cemitério é imenso, Valéria, e dar a volta leva tempo, ainda mais se forem para a parte sem asfalto. — Gregório sorriu, sentindo que Valéria estava inquieta.

Um rapaz em uma das passagens gritava palavras estranhas com a mão levantada. Quando ele se aproximou, descobriram que dizia "*lá vem a polícia*"; segundos depois, as sirenes começaram a soar e todos pegaram as motos e partiram.

A poeira da estrada subiu e irritou os olhos de quase todos. Valéria não percebeu que Gregório estava gritando, pedindo para que subisse.

— Não vou embora sem Ben!

— Valéria, ele vai ficar bem! Ele sabe como se defender e está longe daqui.

— Não quero ser presa. Sou menor.

— Se alguém for preso, será Ben.

— Não, Gregório!

Uma das viaturas da polícia apareceu na estrada, aproximando-se com suas luzes vermelhas intermitentes.

— Porra, Valéria, ande!

Valéria subiu e agarrou Gregório quando ele acelerou. Mas, em vez de fugir para fora da cidade, como todos os outros, Gregório continuou correndo pelo acostamento, cortando a vegetação rasteira, e um grupo o seguiu, fazendo o mesmo.

Valéria sentia ramos batendo nos pés.

Ela estava com muito medo.

Ben seria mesmo preso por ela? Ela seria presa? Não queria aquilo. Queria ir embora.

Gregório parou a moto, e os outros quatro que o seguiam, também.

— Silêncio — pediu ele.

Todos se calaram, mas logo começaram a rir. Valéria odiou aquilo. O que era tão engraçado?

Longos minutos depois, o som das sirenes deixou o local. Na verdade, a polícia foi embora porque tinha apanhado os mais lentos e enchido um caminhão de motos para cobrar multas.

Gregório ligou a moto.

— Leve-me para casa — pediu Valéria.

Gregório virou o rosto para a direita.

— Não quer que a leve até Sombra?

Valéria não respondeu. Eles saíram do mato da mesma forma que entraram, e pararam na rua em frente ao cemitério. Tudo estava vazio, não se ouvia qualquer outro som além do produzido pelas motos. Gregório olhou ao redor, esperando que as pessoas que o seguiam fossem para casa e contassem a aventura mais perigosa de suas vidas, e também como salvaram a própria pele, seguindo um rapaz e uma garota que entraram no mato.

Quando se foram, agradeceram a ele. Gregório entrou no cemitério, mas dessa vez foi mais devagar.

— O que estamos fazendo aqui?

— Vamos nos reunir com os outros.

Graças a Deus, Valéria confiava um pouco em Gregório. Depois de Ben, ele era o garoto do bairro em quem mais confiava.

Havia um grupo de seis pessoas sentadas em cima de um túmulo.

Gregório parou a moto e desceu, Valéria fez o mesmo. Mas, quando procurou por Ben, não o viu.

— Ela é sua namorada? — perguntou uma voz feminina. Era uma garota de baixa estatura e cabelo muito longo que, com toda certeza, era aplique. Os lábios, muito grandes, estavam pintados de vermelho.

Valéria a olhou, mas não respondeu.

— É a namorada de Sombra, ele não chegou?

— Não, você sabe que eles sempre desaparecem.

O som de gritos de alegria quebrou o silêncio de repente. Valéria reconheceu Ben, que vinha bem devagar.

Ela queria correr até ele, abraçá-lo e chorar. Mas, quando viu que todos estavam felizes e contentes, parou. Ben estacionou a moto e foi até Valéria. Segurou seu rosto e deu um beijo estalado em sua testa.

— Pergunte a José o que fizemos.

— O que vocês fizeram? — perguntou a garota.

José contou, mas Valéria não ouviu. Seu coração ainda viajava à velocidade da luz, e suas mãos estavam frias. Pelo menos, Ben não parou de abraçá-la desde que chegou, e os batimentos cardíacos violentos naquele peito a acalmavam, mesmo que aquilo parecesse estranho.

Alguns segundos depois, a maioria deles se sentou no túmulo. Não estavam na casa antes. Eram Sulcuros, exceto Tommy, ainda por lá.

Valéria preferiu ficar na moto de Ben, e ele lhe fez companhia.

Depois de ouvir as piadas sobre o que tinha acabado de acontecer, foram embora.

Valéria manteve os olhos fechados. Quando chegaram à casa de Tommy, entrou no jipe o mais rápido que pôde e fechou os olhos novamente.

Minutos depois, Ben ligou o motor e foram para casa.

— Achou divertido? — perguntou Ben.

Valéria não respondeu. Não se divertira, quase tivera um ataque cardíaco e morrera de medo.

— Não sabia que íamos até lá, mas não dava para levá-la em casa.

— Foi o que Gregório disse.

— Ele lhe fez alguma coisa?

— Não.

— Por que está assim?

— Podíamos ser presos.

— Mas não fomos. Valéria, não somos idiotas.

— E se forem? Não vê como se sentam no túmulo de uma pessoa que nem sequer conhecem?

— É o túmulo de Ramírez.

Valéria ficou em silêncio.

Eles já estavam em frente à casa da menina.

— Que horas são? — perguntou Valéria.

— Duas da manhã. Vamos. Vamos.

Ben desligou o jipe, saiu do carro e deu a volta para abrir a porta para ela. Ele ficou entre as pernas de Val e a beijou silenciosamente por alguns segundos, a respiração da garota estava quente, e a boca, ainda com gosto de cigarro.

— Peço muitas desculpas... lamento por arrastá-la até lá.

— Não, está tudo bem — respondeu Valéria, com os olhos fechados, esperando outro beijo. Mas, em vez disso, ele a tirou do jipe, agarrando sua cintura.

— Como vamos fazer com sua mãe?

— Não sei.

Ben foi com ela. Bateram à porta, e uma Claribel sonolenta a abriu alguns minutos depois.

— Valéria?

— Olá, mãe.

— E isso são horas de chegar?

Valéria desejou que a mãe não gritasse na frente de Ben.

— Tivemos contratempos.

Claribel olhou para o rapaz ao lado da filha.

— E você?

Ben caiu em si. Não sabia o que estava fazendo ali.

— Meu nome é Benjamin.

— Conheço você. Dançou com minha filha no aniversário de Estefani.

— Isso mesmo.

— Estava com ele?

— Como estava muito tarde, Nina pediu que ele me trouxesse, para não vir sozinha.

— E nós somos namorados — disse Ben, com um sorriso.

Claribel arregalou os olhos, surpresa.

— Valéria não tem idade para ter um namorado, lamento.

— Mãe.

— Não diga nada, Valéria. Quantos anos você tem? Não percebe que ela é uma criança?

Valéria baixou a cabeça, envergonhada, e mordeu o lábio com raiva.

— Eu estava brincando. — Ben sorriu nervosamente. — E tenho que ir, tenho que levar os outros amigos de Nina que estão esperando no jipe. Quer conhecê-los?

Valéria o olhou. E se Claribel decidisse ir e não visse ninguém?

Mas ele era muito esperto, sabia que ela não sairia com roupa de dormir.

— Não, vá em frente. Obrigada por trazê-la.

Ela pegou Valéria pelos ombros e a colocou para dentro.

— Mas não brinque assim com minha filha outra vez. — Sorriu, nervosa. Na verdade, queria dizer outra coisa. Sabia dos rumores, mas não se atreveu a censurá-lo.

Ben desapareceu no beco.

— Não quero que saia com esse rapaz — ordenou Claribel depois de alguns segundos. — Ele é muito velho para você.

Valéria desabotoou a calça. Estava prestes a chorar. Por que Ben não defendera o namoro? Não poderiam esconder por muito tempo.

— Não sei como Nina teve a ideia de mandá-la voltar com ele.

— Havia mais garotas.

— Ótimo. — Ela entrou no quarto, e Valéria ficou na sala.

Acima da mesa havia um prato com dois pães e presunto, aparentemente seu jantar, Val percebeu que estava morrendo de fome, só tinha comido fumaça de cigarro e pó de mortos.

Engoliu os pães rapidamente e ficou acordada a noite inteira, pensando.

A vida de Ben era muito complicada. Não tinha certeza se conseguiria lidar com tudo aquilo, mas queria estar com ele. Sempre. A cabeça doía e as mãos estavam frias. Ser a *não* namorada de Ben durante duas semanas já começava a pesar, mas era tudo o que ela queria, não?

Capítulo 29
SABOTAGEM

Caminhar de casa para a escola e da escola para casa era muito cansativo. Mas era mais cansativo ir da escola para o correio e depois para casa. Na terça-feira, um oficial dos correios procurou a casa de Valéria, mas não encontrou. E não tinha como telefonar para perguntar por ela. Além disso, se a universidade não tivesse recebido a carta devolvida e o secretário de relações não a tivesse reenviado, Valéria não estaria com aquele envelope branco em mãos.

Mas graças a Deus a carta foi reenviada, e daquela vez colocaram o número de telefone da escola, e eles ligaram e disseram a Valéria que havia uma correspondência no correio esperando por ela.

Val não abriu a carta até chegar em casa. E, quando chegou, a mãe não estava, nem seus irmãos, que foram passar três dias na casa de tia Victória, porque não tinham aula naquela semana.

Valéria queria que Ben a visitasse, mas depois pensou que a qualquer momento a mãe poderia chegar.

Pegou a carta na mesa de madeira e a dobrou ao meio, enfiando-a na camisa. Lá fora, estava tudo escuro porque a luz acabara de tarde. Decidiu andar depressa para evitar problemas.

Quando entrou no beco, Ben estava do lado de fora e via-se uma vela acesa lá dentro.

— O que está fazendo aqui fora?

— O calor está me matando.

Valéria molhou os lábios secos.

— Pode vir comigo?

Ben levantou a cabeça.

— Para onde?

— Na verdade, quero mostrar uma coisa. Podemos entrar?

Ben se levantou.

— Claro.

Ambos se sentaram no sofá. Valéria se sentou com as pernas cruzadas e pegou o envelope dobrado. Ben observou suas mãos tentando abrir a carta.

— O que é isso? — perguntou. Não conseguia ver o remetente porque a vela não iluminava o suficiente.

— Não sei — disse Valéria. Parte mentira, parte verdade. — Ben, por que disse a minha mãe que namorávamos?

— Não gostou?

— Não, não, mas depois você retirou o que disse, e isso sim me incomodou.

— Não quero que sua mãe a machuque por minha causa.

— Ela não vai me bater por ter um namorado.

Ben a encarou por um segundo, e depois desviou o olhar para a vela derretida.

— Mas baterá se descobrir que você e eu temos... isso.

— O que o faz pensar assim? Ela sabe, sei que sabe. Só é covarde demais para aceitar. Além disso, eu não sou. O que vai fazer, vai me bater até eu voltar a ser como era antes?

— Quando você gritou na outra noite, ela me viu beijar você, mas não disse nada — comentou Ben.

— Ela não se importa com o que fazem comigo. Por que devo me importar com o que ela não faz?

— Porque ela é sua mãe — respondeu calmamente. — Ela espera que você se comporte.

Valéria ficou em silêncio quando acabou de abrir o envelope, sem arrebentar as bordas ou amassar o papel. Afinal, mesmo dobrado ao meio, poderia ser usado novamente. Prendeu a franja atrás da orelha e tirou a carta de dentro do envelope. Na frente, lia-se "Universidad de las Américas" e, logo abaixo, a data em que fora enviado, exatamente um mês antes.

— UDA? — Ele levantou uma sobrancelha quando viu o selo.

— Candidatei-me a uma bolsa de estudos há dois meses e meio.

— E o que diz?

Valéria leu duas vezes para compreender. Foi difícil porque a vela era quase inútil.

— Acho que estão me chamando para uma entrevista ou algo assim.

— Por que tão rápido? Passaram-se apenas dois meses e meio — argumentou Ben.

Valéria o olhou.

— Não sei, ah, Deus, será na capital. — Ela abriu um sorriso. Então cobriu a boca. — Como vou até lá? Não, Deus, para que será a entrevista? — Ela tocou nos ombros de Ben e o abraçou. — Tenho certeza de que ganhei a bolsa de estudos!

O corpo de Valéria estava quente. Era como se ela tivesse esquecido como se sentira quando saiu de lá com raiva porque acreditava que ele não a amava.

Ben a abraçou.

— Se é na capital, como vai estudar lá?

Valéria pensou, parou de abraçá-lo e o observou.

— Ainda não está certo. Preciso procurar alternativas ou escolher um horário de sábado.

Ben pensou durante alguns segundos.

— Vamos ver.

— Sim.

Ben segurou seu queixo, aproximando-se.

— Fique comigo esta noite, Valéria.

Val assentiu e o abraçou novamente. Segundos depois, a vela se apagou.

Valéria subia a escada até sua sala de aula quando viu Freddy chorando em um canto do segundo andar. Aproximou-se para perguntar o que tinha acontecido, e ele a abraçou com tanta força que ela sentiu as costelas doerem. Ele parou de chorar.

— O que houve?

— Perdi minha entrevista com a UDA!

— Como?

— Eles não tinham meu endereço ou número de telefone no correio. Quando recebi a carta, a entrevista tinha passado. Perdi uma bolsa de estudos que valia mais de meio milhão de pesos!

Ele secou os olhos vermelhos. Seu rosto estava inchado, e ele cheirava a suor.

Valéria coçou o nariz.

— Eles pediram o endereço no formulário, não colocou?

— Coloquei, Valéria! — reclamou mais alto, cuspindo em seu rosto. — Tenho certeza disso.

— Lamento muito. Vou para a aula, estou atrasada.

— E você?

— Não sei — mentiu ela. — A UDA ainda não me contatou nem nada.

Caminhou depressa e, quando ficou fora de vista, correu para a sala de aula. Sentou-se na terceira fila, atrás de Sabrina. Ela estava com o cabelo liso e limpo preso em um rabo de cavalo lateral. Valéria se curvou um pouco.

— Olá.

— Olá — respondeu Sabrina, com um sorriso.

— E a UDA? Não me ligaram nem nada e pensei que o processo só duraria um mês.

— Ah, Val, não sei. Também não me ligaram.

— É uma pena — comentou Valéria. Ela reparou no nervosismo de Sabrina. — Está tudo bem?

— Sim, Valéria, fique quieta ou vão chamar nossa atenção.

Val se sentou novamente e olhou fixamente para a cabeça de Sabrina. Tinha certeza de que escondia alguma coisa. E ainda mais certeza de que a amiga tinha sabotado os dois, mas Valéria ainda tinha tempo. Ela só precisava arranjar o dinheiro para ir até a capital sozinha.

Estava com medo. A grande capital. Ouvira dizer que era uma grande metrópole, com praças tão imensas quanto um quarteirão inteiro e grandes edifícios de vinte andares ou mais. Muito trânsito, muita gente, muito perigo, muitos assaltantes atraídos pela carne fresca de quem visitava a cidade pela primeira vez e não sabia transitar por ela. Golpistas que cobravam mais que o normal por uma corrida de táxi.

Ela expirou. Se ia estudar na capital, precisava aprender a se virar sozinha.

Só precisava do dinheiro, mas lembrou que não tinha mais um emprego. E nem tinha contado à mãe. Todas as tardes, ia à casa de Sombra, mas, às vezes, ele não estava. Quando estava, ele a levava com ele para seus assuntos estranhos.

Pelo menos, os amigos do rapaz sabiam que ela era sua namorada.

— Não vai escrever? — perguntou Carolina, quando percebeu que Valéria não estava copiando as perguntas que a professora escrevia no quadro-negro.

Ela acordou e começou a escrever.

❦

Valéria tentou de todas as formas, mas não conseguiu arrumar o dinheiro. Então, uma noite, na casa de Ben, enquanto estavam deitados de barriga para cima, Valéria se virou e pediu a ele.

Sombra acariciou seu rosto.

— Vai sozinha?

— Por favor.

Ele pensou um pouco no assunto.

— Isso nem dá para você voltar.

Ela tinha pedido quinhentos pesos.

— Para ir à capital terá que juntar uns três mil pesos. E não pode sair às oito, porque só chegará lá ao meio-dia. Se quiser chegar cedo, tem que acordar às três horas da manhã e conseguir alguém que a leve até a parada às quatro para estar lá às oito. Assim você chega à UDA a tempo para a entrevista, às 9h30.

Ela ficou confusa.

— Não posso pegar tanto dinheiro porque não estou trabalhando. E se eu aceitar assim, vou me sentir mal.

Ben deu de ombros.

— Sou seu namorado, não pode se sentir mal porque vou lhe emprestar dinheiro.

— Não sei. Talvez.

Ben suspirou alto.

— Você me paga quando arrumar um emprego.

— Muito obrigada, Ben. — A voz soou como se estivesse prestes a chorar. Ben a abraçou. — Sempre que quiser dizer aquelas duas palavras, como devo fazê-lo?

— Gosto de você — respondeu Ben.

— Gosto muito de você, Ben. Estou falando sério. Nunca vou deixá-lo. Nunca me deixe, por favor. Prometa.

— Prometo.

Valéria estava prendendo o cabelo em um coque quando tia Victória saiu da despensa. Era sua vez de passar algum tempo com a tia. Ela vivia longe, em um apartamento de luxo com o marido, de origem estrangeira.

Valéria tinha ido primeiro para ver se conseguia arranjar roupas decentes para a entrevista da UDA, e também para falar sobre a oportunidade. Talvez pudesse pedir para morar com a tia, para ficar mais perto da faculdade.

Victória tinha um saco de pão de hambúrguer e potes de ketchup, maionese e mostarda nas mãos.

— Valéria, por favor, pegue alguns tomates na geladeira.

Valéria lavou as mãos e abriu a geladeira de porta dupla, agachando-se para olhar. Tirou um saco de tomates de salada frescos.

— Queijo e alface também.

Valéria voltou com tudo o que ela havia pedido.

— Então o que vamos fazer exatamente?

— Meu marido quer hambúrgueres americanos.

— O quê?

— São parecidos com os chimis, nossos sanduíches. Mas ele chama assim.

Victória sorriu.

— Como está tudo?

Valéria pegou os tomates e os lavou.

— Bem, está tudo normal.

Victória pegou uma chapa que se encaixava no fogão e começou a cozinhar carne de hambúrguer e alguns peitos de frango.

— Como vai a escola?

— Bem.

— Tome.

Victória passou para Valéria uma faca e uma tábua de cortar.

— Corte o tomate em fatias médias. Não muito grossas, não muito finas.

Valéria começou a fazer o que a tia pediu.

— Quando você era pequena, sempre quis roubá-la de sua mãe. É a filha que sempre desejei.

Victória sonhava acordada. Valéria sorriu.

— Só Deus sabe a quem dá as coisas.

— Lamento a dívida, já se passaram vários meses e não pagamos nem um quarto. Mas estou sem emprego, por isso não sei como posso retribuir.

Victória franziu a testa.

— Valéria, isso não é de sua conta, pelo amor de Deus! Você é uma criança e não tem de carregar esse peso. Sério, deixe que eu resolvo isso com minha irmã.

Mas Valéria continuou preocupada. Era muito dinheiro e estava com vergonha.

— Vai para a faculdade, certo?

— Na verdade, tenho uma entrevista esta quarta-feira, aqui perto. — Acabou de cortar os tomates e os colocou no prato com a alface já lavada. — Vou com jeans e a camisa de minha mãe.

— Mas vocês não usam o mesmo tamanho. O seu é mais próximo do meu.

Victória tirou um dos hambúrgueres da grelha e colocou em um tabuleiro.

— Bem, eu...

—Venha comigo — chamou Victória, ao sair da cozinha.

Valéria entrou no quarto da tia, que pegou uma calça de tecido e algumas saias.

— Do que gosta mais?

— Uma saia ficaria melhor.

— Olhe esta bege, tenho uma camisa branca que pode usar com ela. Ou uma azul-clara.

— Seria fantástico.

Valéria sorriu.

— Também tenho sapatos azuis da cor da camisa.

— São muito altos?

Ela os procurou no fundo do armário.

— Olhe.

Valéria se apaixonou pelos sapatos. Eram de couro envernizado, e os saltos, menores que metade do polegar.

— Experimente essas roupas. Vá em frente — insistiu Victória.

Valéria colocou a saia por cima da calça e depois a tirou. Faz a mesma coisa com a blusa.

— Hum... Precisa de um pequeno ajuste. Vou buscar a máquina de costura.

— Não tia, vai lhe dar trabalho...

— Não importa, meu amor. Tire, vamos.

Valéria tirou a roupa. Ficou de lingerie durante alguns segundos enquanto se vestia de novo. Victória foi ao quarto onde estava a máquina de costura e a ligou. Ela pegou a camisa e marcou as partes que iria ajustar.

Valéria acabou de se vestir e foi para onde Victória estava.

— Então ainda está apaixonada?

Valéria assentiu.

— Sim.

— E já está namorando?

— Sim. — Ela sorriu. Bem, ela era uma *não* namorada, mas, basicamente, sim.

Victória concordou, enquanto prestava atenção à costura.

— E sua mãe sabe?

— Não, ainda não. Quero dizer, acho que não sabe.

Victória terminou um lado e passou para o outro.

— Tem vida sexual ativa?

Valéria parou de sorrir.

— Não vou acusar você de nada, querida. — Ela parou de costurar e ficou em frente a Valéria. Levantou-se e esfregou seus braços. — Você está com marcas na barriga, e aqui... — Apontou para trás da orelha. — Está bem?

— Sim... — respondeu, quase sem voz.

— Alguém lhe obriga a fazer alguma coisa, realmente...?

— Eu gosto, tia. Gosto de me sentir assim. Ninguém me obriga a fazer nada.

— E você o ama?

— Sim! Eu o amo!

— Ele a ama?

— Sim. — Era mentira, Ben não a amava, mas, pela primeira vez, ela queria que fosse assim.

— Então está tudo bem. — Victória deu de ombros. — Acho que devia contar para sua mãe.

— Não, não. — Valéria se afastou. — Não, tia, por favor, ela... vai enlouquecer. Ela não é como você, vai ver as coisas de forma diferente. Acho que vai ter uma parada cardíaca se descobrir.

— Mas é sua mãe.

Os olhos de Valéria se encheram de lágrimas.

— Por que está chorando?

Valéria fechou os olhos.

— Tem certeza de que está satisfeita com essa relação?

Valéria assentiu.

— Eu o amo... com todo o meu ser. Mas, por favor, não conte à mamãe. Ela nunca vai entender. Por favor. Ela vai ficar zangada, vai ligar para meu pai e vão me castigar.

— Victória, os peitos de frango estão queimando! — A voz grossa de Henry encheu a casa.

Valéria limpou o rosto.

— Meu amor, como foi seu dia? — perguntou ao marido, então saiu do quarto e deixou Valéria sozinha.

Valéria engoliu em seco. Nem sequer sentiu o gosto dos hambúrgueres e não falou mais.

No fim da tarde, preparou os hambúrgueres que levaria para a mãe e os irmãos. Também preparou um para Ben. Embrulhou-os em papel-alumínio e guardou tudo em um pote. Depois assistiu a um pouco de TV, enquanto Victória terminava sua camisa e passava a ferro sua saia. Quase depois de escurecer, Valéria pegou um táxi de volta com as roupas em um cabide, um saco com sapatos e outro com hambúrgueres.

Quando chegou em casa, já era tarde e estava exausta. Saiu para levar o hambúrguer de Ben e foi recebida com um grande abraço e um beijo molhado na testa. Ele valia a pena. Tudo valia a pena por ele.

Valéria estava na casa de Sabrina, copiando a revisão de matemática para o exame final. Carolina também estava lá, mas só ficava no computador, assistindo a vídeos de seu blogueiro favorito enquanto suspirava por ele. Sabrina checava alguma rede social em seu smartphone.

— Hum... — Valéria parou e notou que ainda faltavam seis páginas. — Não disse que era tanta coisa!

Sua mão estava dormente.

— Posso voltar amanhã?

Carolina olhou para Sabrina, que suspirou, largando o celular.

— Não, vou sair amanhã.

— E vai para onde?

— Alguns assuntos importantes.

— Não vai à escola? — perguntou Carolina. — Ah, certo, você vai para a...

— Carolina — avisou Sabrina. — Tenho um problema na coluna e vou fazer um exame.

— Sabrina, isso é horrível, mas está tudo bem?

Valéria se preocupou.

— Sim.

Ela voltou a copiar. Nunca tinha ouvido Sabrina se queixar de dores nas costas. Talvez estivesse mentindo. Olhou para cima e viu um vestido de linho pendurado do lado de fora do armário. Havia uma pasta com papéis em cima do computador e seu cabelo estava arrumado.

— Não foi chamada para a UDA? — perguntou Valéria.

— Não, não sei de nada. — Deu de ombros sem tirar os olhos do celular.

— Freddy estava chorando porque perdeu a entrevista — comentou, observando a reação da amiga com o canto do olho. — Fiquei com pena, mas não sei como ele não enviou o endereço correto.

— Quem sabe? Ele é muito distraído.

— Mas com algo assim? Deus, ele foi chamado, mas perdeu a chance. Está sofrendo mais que nós.

Sabrina deu de ombros.

— Não me importo muito.

— Pois deveria, é muito dinheiro.

— Bem, Valéria, meus pais podem pagar. Não estamos na miséria, sabe? — retrucou, as palavras afiadas. — Se precisa da bolsa, é você que deve correr atrás, não eu.

Valéria parou de escrever.

— Entendo. Desculpe.

Carolina estava de boca aberta. Nunca vira Sabrina magoar Valéria assim antes.

— Sabrina... — protestou ela.

— Preciso ir, meninas, tenho coisas para fazer que são... importantes.

— Valéria — chamou Sabrina. — Eu quis dizer que seus pais não têm dinheiro, e os meus têm. Que eu posso ir à UDA e pagar por isso, mas você não pode, não quis ofender.

Ela riu.

— De qualquer forma, obrigada pelo caderno.

— Pode levá-lo — ofereceu, sorrindo.

Valéria o pegou humildemente e saiu do quarto. Quando estava na rua, percebeu que queria chorar, mas se segurou. Guardou as lágrimas e foi para casa. De qualquer forma, o fato de sua família não ter dinheiro e a de Sabrina ter não era culpa de nenhuma das duas.

Valéria tentava resolver um cubo mágico enquanto, discretamente, Ben tirava fotos dela com o celular.

Ela o ouviu rir.

— Do que está rindo?

— Você está adorável agora.

Valéria sorriu e voltou a se concentrar.

— Ben, é ruim ser pobre?

Ben largou o celular.

— Bem, bom não é.

— Eu sei, mas quero dizer...

— Se você é pobre, então tem que fazer coisas para sair da pobreza, e não apenas ficar sentado sem fazer nada, reclamando das pessoas que não são pobres. Levante-se e lute, não fique sentado se queixando.

Valéria abaixou o cubo.

— Não estou falando de você, Val.

— Eu sei. Vou me arranjar. Juro por Deus.

Ben sorriu de leve.

— E a UDA?

— Quarta-feira é minha entrevista. Já tenho o que vestir. Você me deu o dinheiro — continuou, refazendo a lista mentalmente, e corrigiu-se. — Você me emprestou.

Ben se aproximou e lhe tocou o queixo para levantar sua cabeça.

— Pode vir aqui antes de ir até lá?

— Vou sair de casa às cinco, ainda estará um pouco escuro, mas vou tentar.

— Obrigado. — Ele beijou sua testa. Depois, jogou o cabelo para trás. — Você vai sair dessa merda, Valéria.

Val fechou os olhos, mas Ben não a beijou, só a abraçou.

— Não quero sair se isso significa ficar sem você.

Ele não respondeu.

Capítulo 30

CINZAS

Ben estava acordado desde as três horas da manhã. A cama estava cheia de calças, uma jeans e duas de tecido, algumas camisas e sapatos de segunda mão. Sentou-se no sofá, esperando dar cinco horas, e, às 4h30, foi para a rua à espera de Valéria. Quase 4h55, ela apareceu. Estava tudo muito calmo e não muito escuro. A temperatura era agradável, mas ela sentia-se insegura por andar tão cedo sozinha.

Quando o viu, Val sorriu, e ele não conseguiu reprimir um sorriso. Parecia uma mulher de negócios ou algo assim. Estava com uma saia na altura dos joelhos e saltos baixos que lhe caíam bem. Além da camisa, que não era nem muito larga nem muito justa. Seu cabelo estava preso em um elegante coque e ela usava um pouco de maquiagem.

Ben a abraçou e a beijou no meio da calçada.

— Já vai?

— Sim — confirmou.

— Não quer entrar para o café da manhã?

— Não, já está tarde.

Ben a encarou por um segundo. Valéria soltou o ar e concordou em entrar na casa. Surpreendentemente, havia uma xícara de chá na mesa. Ela a pegou e bebeu um pouco.

— E depois de pegar o ônibus, para onde vai? — perguntou ele.

— Vou pegar um táxi para a universidade.

— Que fica...?

Valéria o olhou nos olhos.

— No coração da capital...

— Mesmo? — perguntou com um sorriso. — Não sabe onde fica a UDA, né?

— Claro que sei, minha tia mora a alguns quilômetros de distância.

— Tem certeza?

Valéria pousou a xícara na mesa porque as mãos tremiam, e estava tão quente que parecia lhe queimar os dedos. Foi até a pia e molhou a mão. Trincou os dentes.

— Não faço ideia para onde vou, e já está tarde. Tenho certeza de que vou perder a entrevista. Estou preocupada.

— Posso levá-la no jipe.

— Pode mesmo? Por que não disse isso antes?

Ben fechou a cara.

— Sim...

Valéria sorriu e caminhou até ele.

— Por que não disse?

— Você tem que crescer e, além disso, poderia querer que eu não fosse, e eu não insistiria. Você não me pediu.

— Mas a gasolina... — Valéria olhou para o chão. — Não posso fazê-lo gastar mais dinheiro.

— Devolva os três mil pesos que lhe dei.

Valéria pegou a carteira, e ele a tomou dela.

— Sem carteiras. Elas chamam atenção. — Ele a jogou em um móvel e lhe deu o dinheiro na mão. — Espere aqui.

Ben entrou no quarto, e Valéria o seguiu. Ele já tinha tirado a roupa, jogando-a no chão, e vestia a calça de tecido.

— Está com tudo pronto? — perguntou ela, impressionada.

Ben só respondeu quando abotoou a camisa e afivelou o cinto.

— Estamos atrasados.

Quando saíram, eram 5h30 e o céu estava mais claro que antes. Caminharam alguns quarteirões para chegar até onde Ben guardava o jipe. Quando entraram, já eram seis horas e Valéria transpirava. Se não fosse o ar-condicionado ligado, teria derretido lá dentro.

No posto de gasolina, demoraram vários minutos para abastecer o equivalente a 1.500 pesos e, quando pegaram a estrada, já eram 6h15.

Valéria não queria chegar atrasada, sabia que considerariam um minuto de atraso, mas Ben lhe disse que chegariam à UDA mais rápido que os transportes públicos porque iam direto, sem paradas. E Valéria acreditou.

Por todo o caminho, seu rosto refletia preocupação, porque achava que ia chegar tarde, mas sorriu, porque Ben estava pronto para acompanhá-la.

"Não deixaria você ir sozinha."

Talvez fosse verdade. Val era sua *não* namorada, por que não a acompanharia?

Ela se virou para olhá-lo várias vezes. Estava lindo naquelas roupas. Os dois ficavam lindos juntos. Por um momento, Valéria imaginou que estavam casados, indo buscar os filhos. Acordou de seu devaneio quando Ben lhe mostrou um parque aquático que estava sendo construído nos arredores da cidade.

Duas horas e meia depois, Ben estacionou em frente ao campus da universidade. Eles ficaram parados em silêncio por um instante.

Oito e quarenta e cinco.

— Cinquenta minutos de antecedência — comentou Ben, com um sorriso. — Está pronta?

— Não... — confessou, em uma voz serena. — Não sei o que vou dizer...

Ben não respondeu. Desligou o jipe, e o ar fresco começou a se dissipar.

— Completou a escola, Ben?

— Sim, à noite, mas completei — respondeu, olhando-a.

— Não pensa em fazer faculdade?

— Não... Eu odiava a escola, sei que também odiaria a faculdade.

— Por que não vem comigo?

— Você sonha demais. — Ele tirou o cinto de segurança e saiu do carro.

Valéria faz o mesmo e ficou ao seu lado, olhando para aquela imensidão do campus.

— Espero que valha a pena...

— Vai valer — assegurou ele.

Valéria levantou a cabeça e o viu com o olhar perdido.

— Ben, vou entrar e pedir à recepcionista que avise que cheguei antes do horário — disse, esperando a reação dele.

— Não vou entrar, vou ficar aqui.

— Por que se vestiu assim?

Ben a olhou de cima a baixo.

— Achou que viria assim, tão elegante e bonita, e eu todo desleixado?

— Obrigada.

Ela sorriu e o abraçou. Ben a beijou até Val dizer que ele tinha tirado todo o seu batom. Seus joelhos estavam trêmulos, e seu coração batia acelerado, não só por causa da entrevista, mas por ele também.

Ficou sentada, esperando durante alguns minutos. Antes das 9h30, uma senhora chamou por Valéria Garcia e ela já estava ali. Tinha ganhado um ponto.

— Já comeu num lugar como este?

Valéria voltou a ver o menu, o preço das coisas. Tão caro.

— Não...

Ben olhou pela janela aberta.

— Não tem medo de ver o mar assim?

Valéria se virou para ver.

— Não, na verdade.

— Sabem o que vão pedir? — perguntou uma senhora com um crachá que a identificava como funcionária.

— Quero o frango e ela quer...

— Ehhhhh... — Valéria voltou a olhar para o menu... — Quero o mesmo que ele.

— Então, quero churrasco de coxa de frango, com molho picante, acompanhado de fritas.

Valéria viu Ben sorrir para a garçonete. Ela terminou de anotar o pedido e, depois de ler em voz alta para confirmar, desapareceu na cozinha.

Valéria olhou pela janela outra vez. A capital não era como diziam — era tudo aquilo e muito mais. Parecia enorme, cheia de gente, grandes edifícios e milhares de carros buzinando ao mesmo tempo. Além disso, depois que ela terminou a entrevista, às 10h15, Ben levou mais de meia hora apenas para sair do trânsito do centro, que quis mostrar a ela, para o caso de Val conseguir a bolsa e se mudar para a cidade.

Depois daquele pequeno passeio, eles ficaram com fome e pararam para comer em um dos restaurantes da orla.

O trânsito não era tão intenso como no coração da capital, e era isso que Valéria observava.

— Ficou zangada porque mudei o pedido?

Valéria não tirou os olhos da janela.

— Não... Estou só pensando.

— Como foi?

Ela estava meio atordoada, só isso. Tinha sido tão irreal e tão simples.

— Acho que fui bem. Não fiquei calada, e o senhor disse que eu era muito simpática.

— Foi um homem?

— Sim.

Um breve silêncio. Valéria brincou com o saleiro. Os dois estavam sentados em uma das mesas com vista para o mar. Quase conseguiam sentir o cheiro de maresia.

— Quando acabarmos de comer, podemos chegar mais perto para ver melhor.

— O quê?

Valéria desviou o olhar da janela.

— Vocês são recém-casados? — perguntou a garçonete, um tanto intrometida, ao colocar os pratos na frente de cada um. Valéria olhou para Ben. — Ou são apenas colegas de trabalho?

— Somos amig...

— Namorados — respondeu Ben. Depois ele a ignorou e começou a comer.

Valéria sorriu, desconfortável, e a garçonete foi embora. Quando viu toda aquela comida, ela não sabia o que tinha pedido, mas pegou os talheres e provou. Estava de dar água na boca, tudo tão delicioso. Tinha tanta fome que até mordeu a língua ao comer.

— Não fazia ideia de que sabia comer com garfo e faca.

— Não sou assim tão caipira. Meus pais me ensinaram.

Ben sorriu.

— Então, gostou do frango?

— Sim... tem presunto, e o molho é delicioso.

Quando acabaram de comer, pararam em uma das seções do calçadão, quase vazia por estar em reforma. Ben estava atrás de Val, abraçando-a pela cintura e encostado no corrimão, enquanto ela observava as ondas atacarem as rochas.

— Está com medo?

— Não. É tão normal — comentou ela.

Ben pôs a mão no peito de Valéria.

— Seu coração está acelerado.

— Por você.

Ben sorriu.

— Quero saber como uma rocha afunda na água.

Valéria mudou de assunto.

— Nunca foi à praia?

— Claro que já. Mas é diferente. Nunca tão fundo.

Valéria desabotoou os primeiros botões da camisa por causa do calor. Passou a mão pelo cabelo, despenteado pela brisa que soprava.

— Não pensou em trazer outras roupas?

— Não sabia que íamos passear. Eu já estaria em casa a esta hora.

— Isso se tivesse chegado, em primeiro lugar. — Ben inspirou em seu pescoço. — Que tipo de perguntas você respondeu?

— Meu nome, data de nascimento, a profissão dos meus pais, sobre minha carreira, perguntaram por que eu queria estudar ali e algumas outras coisas. Não foi nada de especial.

Valéria sentiu algo frio pelo tecido fino da camisa. Então sentiu que se movia por sua barriga e costelas. Teve uma ideia do que se tratava, mas não entendeu por que Ben estaria com uma arma. Ele respirava em seu pescoço enquanto cantarolava uma melodia.

— Já viu uma bala atirada na água? — perguntou, tirando o rosto do pescoço de Val para encará-la.

A arma estava apontada para a água. Um revólver prateado com o cabo preto. Parecia de plástico de tão leve. Valéria não teria acreditado que era de verdade se o metal frio não tivesse tocado o tecido de sua camisa e, além disso, sua pele.

— Não... — respondeu, ficando gelada e com uma sensação de puro terror tomando conta de si.

Ben tinha uma arma? Estava sempre com ela? Já a usara antes?

Valéria não conseguia se mexer nem fazer nada. Muito menos esconder o pânico. Ele colocou as duas mãos no cabo da arma, os braços ao redor de Valéria, a engatilhou e atirou na água. A bala desapareceu no mar, e o som foi abafado, mas ainda ecoou.

Valéria saltou para trás e o acertou. Ainda estava com os olhos fechados quando ouviu o riso de Ben.

— Viu?

Ela balançou a cabeça. Seu lábio tremia.

— Quer tentar?

— Não posso, Ben, desculpe.

Em sua mente, aparecia a terrível imagem de Ben apontando a arma para outra pessoa e atirando. Era assustador.

— Ah, tente. — Ele beijou sua bochecha e, ao mesmo tempo, colocou a arma em sua mão.

Quando ela pegou no cabo, sentiu uma queimação, embora não fosse verdade. Queria parar com aquilo, mas as mãos de Ben envolviam as suas.

— Quando poderia usar uma arma na vida?

Então sentiu as lágrimas escorrerem por seu rosto e escondeu a cabeça no peito de Ben enquanto as mãos tentavam puxar o gatilho. Mas não teve força. E agradeceu a Deus. Alguns segundos depois, o dedo de Ben ajudou, e ela sentiu quando o revólver tremeu em sua mão, o coice a jogando para trás, colidindo com Ben de novo. A bala raspou a superfície da água e afundou. O som pareceu ainda mais alto.

Soltou a arma como se queimasse sua mão, e Ben a guardou. Ela nem olhou onde. Só queria que desaparecesse. Devia se lembrar de que ele não tinha machucado ninguém.

Segundos depois estavam andando, quase correndo, até o jipe, mas Valéria só conseguia ouvir o som do disparo do revólver. Só pensava no fato de ele ter disparado uma arma. Não conseguia esquecer aquilo.

E pensou que teria que voltar para casa com o rapaz que amava e um revólver carregado.

Respirou fundo.

Ben não falou nada na maior parte da viagem. Nem Valéria.

— Anda sempre armado?

— Quase sempre — respondeu ele.

— Já o usou antes?

— Você viu.

Valéria apertou o cinto de segurança.

— Quero dizer... já apontou para alguém?

Ben parou de olhar para a estrada só por um segundo e a encarou.

— É óbvio que sim. Por quê?

— Já matou alguém?

— Não deve fazer perguntas se não quer as respostas — comentou, sem responder.

— Você é tão jovem e já...

O jipe entrou em uma rua mal asfaltada e chacoalhou.

— Acha que vou machucá-la? — perguntou, enquanto dirigia pelo caminho esburacado.

— Ben, por que não continuamos na estrada? Essa rua está horrível.

— Não, mas me responda.

Ele sorriu de lado. Um sorriso tão arrepiante e ao mesmo tempo atraente.

— Acha que vou matá-la ou o quê? Está com medo de mim?

— Não. — Ela se segurou ao assento para evitar os sacolejos do jipe.

— Estava só lhe contando um segredo. Agora que é minha namorada, não sei, pensei... Achei que podia lhe contar tudo, mostrar tudo.

Ben parou no meio da estrada de terra e saiu do carro.

— Onde você vai? — perguntou ela, em pânico.

— O radiador está aquecendo. Vou botar um pouco de água.

— Quem vive por aqui? — perguntou Valéria, olhando para uma casa de madeira escondida entre arbustos. O jipe estava estacionado em frente à casa, do outro lado da rua. — É rápido?

— Sim, sim...

Procurou o galão de água na mala. Abriu o capô e removeu a tampa do radiador.

Voltaram a andar.

Minutos depois deixaram a rua de terra e entraram na estrada.

— Ainda está assustada.

— Não... Ben, é só que... — Valéria observou o pôr do sol a oeste. — Já está tarde.

Ben acelerou mais. Havia uma mancha no meio da estrada, e, quando os faróis a iluminaram, viram que era uma vaca. Ben desviou e acelerou até se afastarem ainda mais. Ele parou o jipe. Subia um cheiro de borracha queimada.

— Hoje você quer me assustar. Não sei se é intencional ou apenas...

— Viu aquela bruxa?

— Bruxa?

Ben a olhou e disse:

— Era um bacá.

Valéria o olhou. Era óbvio que já ouvira falar daqueles seres, ou o que quer que fossem. Tinham forma humana e arrastavam correntes, eram comuns nos campos e cuidavam das terras. Não se tratava apenas de uma fábula inventada por velhos durante a ditadura, ou muito antes disso.

Havia muitos testemunhos de pessoas que as viram nas áreas de acampamento à noite, que ouviram seu mugido. Tinham certeza de que eram pessoas, que eram bruxas que tomavam a forma de animais.

— Tem certeza, Ben?

Ela riu para não parecer nervosa.

Ben voltou a dirigir devagar.

— Essas terras escondem muitos segredos, Valéria. Muitos acidentes acontecem por aqui. Além disso, onde quer que ocorra um acidente à noite, com uma vaca ou um bezerro na estrada, e eles desapareçam depois, é porque havia um bacá ou uma bruxa defendendo suas terras.

— Não sabia que você acreditava nisso.

— É bruxaria.

— Deus não gosta disso. Podemos falar de outra coisa? — Valéria observou que voltavam para a estrada principal, onde havia mais carros.

— Viu que estávamos num lugar que você nunca viu antes? Se viesse sozinha, o ônibus não a levaria por ali.

— Por que fez isso?

— Não sei, só errei o caminho.

Valéria fechou os olhos e orou para que tudo corresse bem no restante do caminho.

Um grande pitbull marrom ladrou por trás da grade, pulando e batendo as patas cada vez mais alto. Ben ficou imóvel e o olhou sem expressão. Não gostava daquela parte da cidade. As pessoas diziam que seu bairro era perigoso, mas era porque nunca tinham visitado aquele ali. Somente a rua principal tinha asfalto, e os cães de rua e o lixo jogado pelos cantos pareciam ser os protagonistas. Havia crianças pequenas sem roupa sentadas em frente às casas de madeira, e as próprias casas pareciam prestes a desmoronar.

Diziam que o governo fazia muito, mas pelo visto era mentira. As pessoas viviam em total precariedade, e o crime reinava. Quando alguém era preso por algum ato de delinquência, era como prender o *super-homem* de uma família, o herói daquela gente, a pessoa que, de alguma forma, defendia seu bairro.

Eram vilões para todos os outros. Tudo aquilo parecia fora da realidade de todas as pessoas que viviam ali.

Mas esses vilões que alcançavam a glória não eram como os heróis de outros lugares. Estavam sempre no berço. Ajudavam os seus. Doavam dinheiro para o calçamento de quarteirões inteiros.

Não eram vilões, mas também não eram heróis. Não eram os melhores. Porque, para fazer o bem, faziam mal. Não eram exemplo. Por que roubar de um para se alimentar ou para alimentar outros seria um ato de honra?

Ben tocou a campainha outra vez.

Carlos era um herói, não um vilão, mas não era reconhecido como herói nem tudo o que fazia era bom. Era um grande homem e uma das conexões dos Escuros. Também tinha negócios em comum com Ben, no que dizia respeito a dinheiro.

A casa parecia malcuidada por fora, com a tinta descascando e as grades enferrujadas, mas apenas escondia o luxo do interior.

Um homem sem camisa e com o torso cheio de tatuagens abriu a porta. Usava um tênis Nike popular, todos sonhavam com uma coleção daqueles.

Ben entrou. Havia música no rádio e dois homens jogando Play Station com pratos sujos aos pés, pois tinham acabado de comer.

— Espero que a razão da urgência em me chamar seja uma boa notícia. Não quero ouvir notícia ruim.

— Esta é a pior coisa que já aconteceu a minha família. — Quando dizia "família", referia-se à gangue. Los Platas.

— Bem, o quê? — Ben tirou os olhos da tela plana e do jogo. — Não me faça implorar.

— O velho Pablo morreu.

Ben arregalou os olhos. Surpreso.

— Está brincando?

— Não. Queimou.

Ben passou a mão pela boca.

— Por quê? Quem faria isso com aquele pobre velhote?

— Temos uma teoria. Alguém abriu a boca e disse onde guardamos o dinheiro, foram perguntar ao velhote e não conseguiram nenhuma resposta. Então decidiram queimá-lo vivo, com a casa e tudo. Com todo o maldito dinheiro e essas merdas.

— Eles não sabiam que o dinheiro estava lá, do contrário não teriam queimado.

— Perdemos nossas economias — anunciou outro. — Esta é a pior crise que nossa família já enfrentou, e tenho certeza de que vai afetar os Escuros também.

O fruto de anos, perdido. Não dava para acreditar.

— A polícia disse alguma coisa?

— Não fazem ideia de por que alguém mataria um pobre homem do campo, mas detectaram gasolina e encontraram a caixa de fósforos. Vão investigar.

— Podem ter sido os Cinzas... — sussurrou Ben.

Carlos coçou a barba.

— Prometo, Sombra, se eu encontrar quem foi, vou torturá-lo até morrer de dor e vergonha. Não me interessa quem seja. Nem me importo se é sua esposa ou sua irmã, ou seu amigo, quem quer que seja, vai pagar por isso.

— Todos sabemos que você cumpre suas ameaças, Carlos, mas esse dinheiro não era nada perto do que você tem — argumentou Ben, sem demonstrar emoção. Então lembrou-se de Valéria. Ela era "sua namorada". Foi isso que Carlos quis dizer? De alguma forma, culpava-a pelo que acontecera? Ela não era traidora. Nem tinha para quem passar informações.

— Todo mundo sabe que sua família, os Escuros, estão divididos. Com isso, seu lado perde força, igualando-se aos Norcuros.

— Depois, vou para outra fase. Não se preocupe comigo.

— Não vai fazer nada até destruir o traidor. Ou então irão atrás de você e do dinheiro que acham que tem. Não os Norcuros nem os Cinzas, uma família mais forte.

Ben deu alguns passos atrás.

— Isso é uma ameaça?

— Eu nunca o ameaçaria, Sombra. — Sorriu, devia ser mais velho que Ben uns dez anos. — Mas você não é intocável.

— Mas vou me tornar.

Carlos deu de ombros e se sentou no sofá.

— Suponho que dará a notícia a sua família. E a nossa. Se nossos novos inimigos não o matarem, eles irão tentar, é o dinheiro deles. Perdido pelo pior dos elementos.

— Mas me matar não vai resolver nada. Se está pensando que queimei nosso dinheiro, está errado.

Ben saiu da casa furioso.

Não podia acreditar que Valéria venderia informações. Ela era tão... tão inocente. Talvez fingisse desde o início. Talvez sua missão tenha sido a de fazê-lo se apaixonar e obter informações. Isso explicaria por que ficara tão nervosa quando viu a arma. Talvez estivesse sempre representando.

Pensar naquilo acabava com ele, Ben a amava de verdade.

Ele se lembrou de quando batera em Alejandro por dar drogas a ela. Talvez ela as usasse desde sempre! Seria possível?! Valéria parecia saudável. A única pessoa que a corrompia era ele, o único que levara o inferno para sua vida tinha sido ele, então por que agora ela parecia má? Se alguém tivesse que fazer justiça porque Val falou demais, seria Ben, e mais ninguém.

Naquele momento, cego pela raiva de ter perdido todas as economias que guardara por anos, por a terem ameaçado, já que era a única que conseguia falar com Ben, além do pensamento de ter um inimigo novo e desconhecido, ele não conseguia ver que Valéria não tinha nada a ver com aquilo.

Nada.

Ele se lembrou de quando Alejandro apareceu com o nariz quebrado e pontos na boca. Alguém o acertara, mas ele nunca revelou o porquê.

Dias depois, Ramírez estava morto.

O cheiro da morte.

Ben, então, em vez de ir até Valéria, foi à Casa Central e encontrou Alejandro com as cicatrizes quase curadas e o rosto de uma criança assustada. Jurou que o espancaria até a morte se não lhe contasse o que estava acontecendo e por que não sabia de nada.

A casa estava vazia e silenciosa, como não se via fazia muito tempo. Carol e Carlinhos brincavam na casa de alguns colegas de escola, e a mãe tinha saído para cuidar de algumas coisas. Valéria estava sozinha.

Pegou outro pedaço de frango e começou a comê-lo. A porta se abriu com violência, como se alguém tivesse entrado com pressa, e Ben apareceu. O rosto parecia perturbado, e havia linhas de expressão em sua testa.

— Ben...

— Você falou com quem?

— Falei o que com quem?

— Com quem você falou sobre nosso dinheiro?

— Não sei do que está falando. Você nunca me disse nada! — respondeu Valéria calmamente, olhando para o prato e pegando outro pedaço de frango.

— Eu a levei até o maldito lugar, Valéria! Eu parei o jipe e falei sobre o bacá! Eu lhe contei!

Valéria olhou para o prato de novo, Ben derrubou o prato da mesa e Valéria saltou da cadeira quando ouviu a porcelana se quebrar.

— Minha mãe vai me matar! Por que fez isso?

Ben segurou a cabeça de Valéria e aproximou seu rosto do dela, abruptamente.

— Diga para quem você falou.

Valéria o encarou. Nem sequer sentiu medo.

— Achei que você nunca me machucaria — sussurrou.

Ben respirou fundo, soltou-a e foi para a copa. Era a primeira vez que entrava na casa de Valéria, que era menor que a sua.

Valéria procurou a pá de lixo para pegar os pedaços de porcelana quebrada com a vassoura, respirou fundo e os recolheu.

— Era um dos pratos favoritos de minha mãe.

— Não foi você, né?! Meu Deus, estou louco, nunca faria isso. Desculpe.

Ele a abraçou.

Valéria respirou fundo. Tentou entendê-lo.

Tentou entender a si mesma.

Era seu amor. Ele era seu namorado. Então por que se sentia incompleta? Talvez ela nunca se sentisse completa.

— Posso perguntar o que aconteceu e por que acha que estou envolvida?

Ben afrouxou o abraço, segurando seu rosto.

— Acham que você é uma traidora.

— Uma traidora? Quem?

— Os aliados acham que você sabia do dinheiro, por ser minha namorada, e que falou para alguém.

— Por que acreditou neles? — perguntou Valéria, dando uma risada nervosa, com uma expressão feia.

— Não sei.

Ele a beijou, mas Valéria se afastou.

— Eu nunca contaria nossos segredos.

— Eu sei, Valéria, mas, escute, a pressão é muita. É... muita.

Valéria mordeu o lábio.

— Mas não confia em mim. Até me ameaçou. Veio me atacar em minha casa.

Ben negou.

— Não, Val, *não* ia fazer isso. — Ele tocou nas têmporas. — Preciso voltar para casa, por favor, Valéria, vá quando puder. Preciso lhe dizer uma coisa.

Valéria abriu a boca, depois a fechou. Ben parecia muito mal. Ela não sabia a razão.

— Vou embora. Se sua mãe me encontrar aqui... Desculpe pelo prato... Eu pago.

Ele caminhou até Valéria, mas ela recuou, por instinto.

— Só... perdão. Juro por tudo mais sagrado que nunca lhe faria mal, caramba!

Valéria desviou o olhar.

— Vou outro dia, estarei ocupada esta noite. Mas eu vou. — Tentou sorrir para ele. — Eu amo você, Ben.

Ele já estava a caminho da porta, derrotado, e Valéria foi até ele.

Respirou fundo.

Talvez não quisesse saber o que Ben tinha a dizer. E se a relação dos dois não pudesse continuar?

Iria morrer. Iria cair como um meteorito na Terra e seu crime seria soterrado. E o culpado iria recolher os pedaços restantes, e ela ficaria sem nada, porque se tornaria nada.

"Não, por favor, que não acabe."

Fechou os olhos.

"Que nunca acabe."

Capítulo 31

DOR EGOÍSTA

— Escreverei o "B" na palma da sua mão, e você escreve o "V" na minha.

Valéria olhou para a navalha na mão de Ben, apoiou o cotovelo na pia e o queixo na mão.

— Vai doer, Ben. Um arranhão já dói.

— Estenda sua mão — pediu Ben, olhando para a lâmina.

Valéria se levantou, encarando-o.

— Pode fazer em mim, mas não vou fazer em você.

Ben sorriu, pegando a mão dela, e disse:

— É uma maneira de lembrar o que é nosso. É lindo.

Ele agarrou o pulso delicado e, com a outra mão, estendeu seus dedos e aproximou a navalha.

— Espere! — exclamou Valéria. — Eu faço primeiro.

Ben largou a navalha e seu punho, e estendeu a mão aberta.

— Bem no meio, do tamanho que quiser.

Valéria pegou a navalha e a mão de Ben. Tinha dedos longos e finos, mas a mão de Ben era muito maior que a sua.

— Não será muito profundo.

Ela aproximou a navalha da pele, sem tocá-la.

Ben gritou, e Valéria deixou a navalha cair no chão, assustada, achando que o tinha machucado.

— Relaxe, nem tocou em mim.

Valéria socou seu ombro.

— Seu idiota!

Ela pegou a navalha e tentou fazer o "V", mas só arranhou a pele.

Ben abriu um sorriso.

— Vai ter que fazer mais força que isso.

— Não quero machucar você.

— Não terei cuidado quando for sua vez. Vou fazer um "B" bem marcado, Valéria.

Valéria hesitou por um momento. Empunhou a lâmina de uma maneira diferente e desenhou uma linha. O sangue saiu instantaneamente. Ela voltou para o início do corte e desenhou uma linha para o outro lado. Se não fosse o sangue, ela poderia ver perfeitamente o desenho que fizera.

— Seu sangue é tão vermelho.

Valéria observou. Ela notou que Ben não se queixou da dor, mas parecia ter doído. Não sabia se aguentaria.

Ben abaixou a mão em concha para que o sangue escorresse na pia. Depois, com a mesma mão, pegou a navalha e com a outra segurou o pulso de Valéria.

— Abra a mão — pediu ele em um tom sereno.

— Não dói? — Valéria estava preocupada. — Posso beijar a ferida?

Ben a olhou.

— Está adiando porque está com medo. Eu sei.

Valéria não respondeu. Ben deixou a navalha na pia e abriu a mão.

— Vai beijar sangue?

— Ah, tudo bem, continue.

Ben pegou a navalha outra vez e se aproximou de Valéria.

— Espere! — reclamou. Ben sorri. — Não é justo, "V" é mais fácil que "B". Vai doer mais.

— A culpa não é minha, Valéria. Você já fez, e agora é minha vez. Não vou fazer igual a você.

— Como vai fazer?

— Depressa. Bem profunda.

Valéria não disse nada, e Ben suspirou.

— Se olhar enquanto faço, não vai doer, mas, se não olhar, vai doer mais.

Valéria concordou, e Ben fez o primeiro corte. A mão de Valéria fechou por reflexo, e ela mordeu a língua por causa da dor, uma fina linha de sangue surgiu. Ben abriu a mão dela com os dedos, porque Valéria insistia em fechá-la, e desenhou o primeiro meio círculo e depois o outro. Valéria ganhou um B na palma da mão, seu sangue escorria.

— Ui — queixou-se. — Isso dói.

E tentou não reclamar mais.

— Venha cá.

Ben pegou sua palma esquerda e a juntou com a mão direita de Val, com os polegares para cima.

— Nós selamos com um beijo — disse ele, e com a mão livre a puxou para perto e a beijou delicadamente. Respirou fundo. E a levou para algum tipo de paraíso onde ela não sentia dor alguma na mão, porque o beijo era maravilhoso e único no mundo inteiro.

Quando Ben se afastou, Valéria continuava de olhos fechados. Ele abriu a torneira da pia e pôs a mão embaixo. O sangue foi lavado, e a carne branca, exposta. O corte de Valéria era bem fundo. Ele pegou a mão da garota e a colocou na água. Valéria se queixou.

— Isso é o pior.

Havia algumas gotas nos lados. Com um sangue mais escuro.

— É amor — falou Ben.

Valéria sorriu. Queria dizer que o amava. Aquele sentimento a devorava por dentro, consumia como fogo. Queria dizer que o amava como nunca tinha amado ninguém antes.

Mas ele a interpretaria errado. Engoliu aquilo e sentiu o sabor amargo na boca.

— Seu sangue é mil vezes mais escuro que o meu — observou Valéria, enquanto ele fechava a torneira. Ele reparou que, apesar de terem lavado as mãos, ainda sangravam, Valéria reparou na mesma coisa. Precisariam de pontos. — Vamos ter que ir para o hospital, Ben.

— Está exagerando — comentou, procurando o sal no armário. — No hospital vão tratá-la para que não fique cicatriz e volte ao normal. Não é o que queremos.

— Eu entendo.

Ben pôs sal na ferida. Fez uma careta, mas não gemeu. Não sangrou mais. Pegou a mão de Valéria e fez o mesmo, ela não teve tempo de impedi-lo.

— Ai! — queixou-se, sentindo o sal queimar ainda mais que a água. Seus olhos se encheram de lágrimas. — O que digo quando alguém notar?

— Nada... Não diga nada.

Ben foi para a mesa e pegou um par de guardanapos para secar a mão. Ele se aproximou de Valéria e a beijou outra vez. Afastou-se para respirar e a olhou nos olhos.

— O que foi? — perguntou ela diante de seu silêncio.

— Agora a gente faz amor.

❦

Havia uma roda em volta de uma cadeira na sala de aula. Sabrina estava rodeada por mais de dez estudantes, que queriam ouvir como era o campus da Universidad de las Américas.

Valéria viu aquilo, mas não se aproximou. Freddy se sentou na carteira seguinte e colou sua cadeira à de Valéria.

— Deus! O que houve com sua mão?

— Um acidente — respondeu calmamente.

— Sim, mas me deixe ver.

Valéria fechou a mão.

— Não, você não pode ver.

Freddy deu de ombros.

— Não conte a Sabrina, mas a UDA me chamou — disse Freddy.

— Mesmo? E como conseguiram seu número?

Freddy se inclinou mais para perto de Valéria.

— Pediram para a diretoria, e eles deram. Iam me entrevistar, mas fui desclassificado por fraude.

— Fraude?! — Valéria quase gritou.

Freddy cobriu a boca de Valéria com a mão. Ela afastou a mão suja de suor e limpou os lábios para não sentir o gosto salgado do amigo.

— Meu relatório e o de Sabrina estavam com a mesma letra. Aquela idiota é tão preguiçosa que não transcreveu meu texto com a própria caligrafia.

— Então acham que você copiou o relatório de Sabrina?

Freddy concordou.

— Eu não queria problemas com ela. De qualquer forma, ambos fomos desclassificados, ela por "fazer" e eu por "aceitar".

— Ainda acho que você tinha que provar o que aconteceu. Ela é horrível. — Valéria olhou para trás. — Do que está se gabando?

— Ela ainda não sabe ou a universidade quer ver até onde vai com sua mentira.

Valéria ficou em silêncio durante alguns segundos. Depois seu rosto se iluminou com um pensamento.

— Sabe o que mais? Você preencheu sua inscrição, e Sabrina, a dela. Acha que a UDA não reparou nas letras?

— Oh — murmurou ele. — Não entendo por que deixaram que eu continuasse com a mentira de que foi ela quem fez os dois.

— Nem eu, mas tenho certeza...

— Então... — Sabrina se levantou e ficou em frente aos dois. — O que estão falando de mim? Estão com inveja, meu Deus.

Valéria encarou Freddy. Ele não disse nada, mas no fundo pensou "*oh, oh*".

— Não estamos falando de você, idiota.

Os alunos em volta assobiaram.

Sabrina olhou ao redor.

— Há uma semana estava com uma pessoa, e agora está com Freddy. Ser chamada de "idiota" por uma puta não faz nem cosquinha, querida.

Mais assobios. O professor entrou.

— Bom dia. Por favor, sentem-se.

— Não dê ouvidos a ela — sussurrou Freddy.

Não daria. Não a ela. Mas às palavras, sim. Talvez por muito tempo.

A segunda pessoa que soube sobre a entrevista na UDA foi sua mãe, porque Argentina era mais ou menos uma amiga, mas não tão próxima; Estefani era sua amiga de vez em quando, às vezes queria estar com ela, às vezes, não — e, com seu novo namorado, ela não tinha tempo para ninguém. Nina... bem, ela estava cansada de Valéria falando sobre Sombra. Não eram coisas importantes, contava-lhe coisas simples: como o fato de Ben acordar muito cedo, mas voltar a dormir por volta das 9h30 ou dez da manhã até meio-dia, e que, se não saísse à noite, dormia cedo. Contava como Ben sempre saía às quintas-feiras, como tinha parado parcialmente com a cocaína, como cantava (porque ela ficava maravilhada por ouvi-lo cantar), como falava com ela e quando dizia coisas legais.

Talvez Valéria devesse ter guardado tudo para si, mas com quem se gabaria sobre ter o melhor namorado do mundo? Estava tão entusiasmada que não sabia que havia coisas que não se contava a *ninguém*. Não importava o quanto quisesse ser feliz, alguns não se importavam com a felicidade alheia, a menos que se tratasse de alguém importante. E Nina não queria saber de Ben e, com isso, não queria saber de Val.

Quando Valéria estava enrolada na toalha a caminho do banheiro, encontrou com Claribel.

— Bem, Valéria, não vai contar a seu pai? Quer seja aceita na UDA ou não, temos de pensar no seu futuro.

— Não consigo entrar em contato com ele.

— Se ganhar a bolsa, vai morar onde?

— Estava pensando em morar com tia Victória...

— Sua tia?! E atrapalhá-la? Não, nada disso, Valéria.

— Então onde? — Ela coçou a cabeça.

— Não, não sei, mas vou pegar o telefone e ligar para seu pai.

Valéria entrou no banheiro.

— Você que sabe.

— E o que ele souber também, porque é seu pai.

O maior cômodo da Casa Central era o porão, tinha todo o comprimento da casa e não era como nos filmes, era limpo, e o piso de madeira, espanado. Havia apenas uma lâmpada que iluminava tudo, e nada que pudesse ser usado como arma.

Na entrada do porão, quando havia reuniões, Gregório e outro garoto, José, ficavam na porta e recolhiam as armas (se alguém ousasse entrar armado), porque tantos homens juntos poderia acabar em briga, e uma luta de soco era sempre melhor que uma de facas e armas.

Ben ficou na frente, observando todos chegarem e se amontoarem, alguns sentados no chão e outros em pé. Eram umas cinquenta pessoas, todos entre 17 e 35 anos, com cara de poucos amigos, cientes do motivo do encontro, mas agindo como se nada soubessem.

Nem tudo era cor-de-rosa, havia sempre alguém que queria usurpar o trono, havia sempre alguém esperando que você fraquejasse, querendo o que era seu. Ben não era exceção, nem todo mundo achava justo que ele fosse o líder dos Sulcuros, ou que estivesse no conselho geral das gangues da cidade, mesmo que só para observar.

Carlos entrou, era o único que podia entrar armado. Ficou ao lado de Ben e sussurrou:

— Faça isso o mais rápido possível.

Ben o encarou.

— Tá bom.

Gregório sinalizou que não entraria mais ninguém.

Ben pigarreou, à espera de que Los Platas, Norcuros e Sulcuros fizessem silêncio.

— Vou ser bem claro. Sem firulas. Há alguns dias, o velho Pablo foi assassinado, um inimigo o queimou vivo junto de todo o nosso dinheiro. — Alguns começaram a murmurar, como um galinheiro.

— Calem-se, seus merdas! Escutem!

Carlos bateu na parede.

— Não insulte meus homens.

Ben olhou para Carlos.

— Quem disse que os insultei? Estou falando com os meus, cada pastor com suas ovelhas. — Ele sorriu cinicamente.

Outros sons foram ouvidos, vindos da entrada. Gregório olhou para Ben, em busca de orientação.

— Veja quem é.

Quando Gregório abriu a porta, viu Alejandro, o cabelo penteado para trás.

— Ele estava ocupado — explicou, enquanto José o revistava.

Alejandro desceu a escada e ficou ao lado de Ben. Sorriu, e Ben sentiu vontade de bater nele mais uma vez.

— Não perdeu muito, Sombra nos disse que alguém queimou todo o nosso dinheiro — contou um dos garotos.

— Eu sei — respondeu.

— Já chega — ordenou Carlos.

Ben ignorou tudo aquilo.

— Esse novo inimigo não é dos Cinzas, como pensávamos. Eles deixam um único fósforo em cena. Dessa vez, deixaram uma caixa de fósforos embrulhada em papel-alumínio e...

— E se eles mudaram o *modus operandi*?

— Impossível — disse Alejandro. — Para uma gangue mudar seu *modus operandi* algo grande tem que acontecer, e algo grande teria sido notícia, como uma guerra de território ou rapto do chefe de alguma gangue.

— Esse novo inimigo quer dinheiro.

— Todos nós queremos.

— Ele pode ser um de nós, ou temos um traidor aqui. — Ben soava frio e irritado. Se, por alguma razão, o traidor estivesse ali, ele podia jurar a Deus que seu direito mais sagrado não seria negado.

— A menos que confesse — interrompeu Carlos pela centésima vez. — Se há quem pense que é melhor não ter língua que perder a vida, então confesse seu crime. Porque, se tivermos que descobrir depois, será pior. Espero que repitam a ordem a quem não está presente.

— Trouxe outra notícia. — Alejandro pegou uma página do jornal e deu a Ben e a Carlos para que lessem. — A polícia fez uma investigação na casa de Pablo e encontrou restos de papel-moeda americano, calculou mais de duzentos mil dólares pelos resíduos e vinculou Pablo à lavagem de dinheiro e ao tráfico de drogas. Não só temos esse novo inimigo desconhecido, como também a polícia.

— Isso significa ataques — anunciou Carlos. — Cuidem de si e vigiem suas drogas, a polícia quer apanhar os culpados para que cheguem a nós.

— Isso é idiotice, Pablo vivia longe daqui — murmurou um.

— Imbecil, a polícia vai atacar todo o território do país. O que inclui esta cidade — disse Ben.

— Além disso, na casa de Pablo havia mercadorias que a polícia encontrou nos escombros, e ligou-as às mercadorias das nossas ruas — continuou Alejandro. — Outra notícia: todo o nosso dinheiro em mercadorias está no nome de Pablo, exceto esta casa e um pedaço de terra de apenas mil metros, que não vale mais que um milhão. Com todas as dívidas que temos, não nos resta quase nada.

— O que acontecerá com as propriedades? — perguntou um rapaz.

— A polícia vai mantê-las sob custodia e leiloá-las. Isso é óbvio. Vão manter a maioria, ou acham que podemos reclamá-las? Pablo não tinha herdeiros, e agora todas essas propriedades são suspeitas de lavagem de dinheiro.

— Concluindo, cuidem-se. Agora somos todos inimigos. — Ben levantou uma das mãos, e os homens se aglomeraram na porta, reclamando e xingando para recuperar suas armas.

— Querem matar Sombra — sussurrou Alejandro para Carlos.

Ben não disse nada.

— Ah, é? — perguntou Carlos.

— Não só quem matou Ramírez, mas também suas gangues — continuou Alejandro.

— Ele não vê, porque está cego.

Carlos deu de ombros.

— Mas não sou surdo. — Ben foi até a porta. — E não quero mais ouvir vocês.

❦

O sol queimava as costas de Valéria enquanto caminhava até a Casa, vestindo uma bermuda e uma blusa vermelha sem mangas. Seu cabelo estava preso em um rabo de cavalo tão alto que parecia uma coroa, as pontas mal alcançavam sua nuca.

Quando atravessou a porta de metal, descobriu que havia um grupo de rapazes conversando na sombra. Eram cinco ou seis, mas Ben não estava lá, como disse que estaria. Ela se virou.

Gregório correu até ela.

— Ei!

— Olá, Gregório, está tudo bem?

— Eu que pergunto — respondeu, enquanto caminhava ao seu lado.

— Você viu Ben? Ele disse que estaria aqui, mas...

— Ben?

— Vai dizer que não sabe...

— Eu sei, mas estou acostumado a ouvir Sombra — brincou. — Ele disse que surgiu um contratempo, e pediu para você passar na casa dele, se der.

— Ah, obrigada. Tem ideia de por que ele está agindo assim? Está ansioso e não me leva mais às reuniões. Está acontecendo alguma coisa?

— Muitas coisas, Valéria. E é melhor não saber de nada. — Ele tocou em seu ombro. Gostaria de tocá-la em outros lugares, mas afastou esses pensamentos. — Cuide-se.

Valéria deu de ombros e deixou a mão de Gregório cair antes de dar meia-volta e partir.

Quando escureceu, ela foi até a casa de Ben que, por sorte, estava lá. Depois de um jantar de cereais, porque só tinha isso para comer, eles se sentaram, mas Ben não disse nada, só brincou com o joelho de Valéria.

— Explique. Não mereço saber?

— Alguém quer me tirar da liderança. Não sei quem, ou melhor, não sabemos quem. Tudo está desmoronando, e algo terrível vai acontecer se eu não encontrar uma maneira de fazer tudo voltar ao normal.

— Como pode fazer isso?

— Vou ter que visitar um velho amigo.

Ele parou de estudar o apartamento.

— Mas não se preocupe, Val, você está a salvo.

Ela não sabia o que pensar.

— Não morra, eles não podem machucá-lo, certo?

— Ninguém é intocável.

Valéria mordeu o lábio.

— Mas não quero que você morra. Se isso acontecer, morro junto.

— Quem disse que vou morrer?

— Quero dizer, se você se olhar no espelho... está com uma cara, está falando de uma maneira... isso me assusta. Não quero perdê-lo.

Ela o beijou nos lábios.

— Prometa.

Ben a encarou como se desnudasse seu ser. Como se falasse sério. Como se não fosse mentir.

— Prometo.

O prédio ainda era o mesmo, o único com uma pintura diferente e um grande bar ao lado, de onde vazava um barulho alto e trovejante, com vários caras na porta à espera da vez de entrar, acompanhados por prostitutas que tentavam descolar seu jantar. Ben entrou no edifício e subiu os degraus até o andar de seu velho amigo.

Quem abriu a porta o reconheceu e não o revistou. Ele entrou diretamente no escritório de Cláudio.

Antes de Ben se sentar, Cláudio disse:

— Sei por que está aqui.

— Ainda não entendo como aconteceu — desculpou-se. — Tudo o que sei é que esse novo inimigo quer me ver morto.

— Talvez não, mas sei de uma coisa que pode fazer para se livrar dos problemas. Estou velho, e minha visão está ruim. Mas você, você nasceu para isso. Para ser grande, rei de tudo...

— Não quero ser como Carlos, só quero restaurar a paz na vizinhança, estou confortável onde estou.

Cláudio parecia surpreso. Abriu a boca e a fechou em seguida.

— Não é como Carlos, é maior.

— Não quero viver numa casa grande enquanto as casas ao meu redor são feias e podres. Não preciso ser hipócrita. Eles querem tirar tudo de mim, até mesmo minha equipe, porque não há mais lucros com o dinheiro queimado. Quero as coisas como eram e depois, talvez, siga em frente.

— Imagine, acham que queimou o dinheiro ou que o deu para outra pessoa.

Cláudio riu com a malícia.

— Não, eles sabem que o dinheiro virou cinzas.

— Ou talvez "seu novo inimigo" tenha pegado a maior parte do dinheiro e deixado esses duzentos mil dólares de isca. Mas olhe pelo lado positivo: se você desaparecer agora, vão pensar que fugiu como um covarde, e não porque é um ladrão.

— Cláudio — Ben trincou os dentes —, não seja como os outros. Não peguei o dinheiro, não tenho nada! Só quero um favor seu. Sempre pago minhas dívidas.

— Você diz que não teve nada a ver com isso, mas eles vão acreditar? Você é muito bom, não é viciado, não bebe nem gasta dinheiro à toa... Só tem um problema: o amor. Todos sabem, Carlos sabe, Norcuros e Sulcuros, todos sabem. Se você já se apaixonou e deu todo seu dinheiro para uma mulher, por que eles vão achar que é diferente dessa vez, com aquela Garcia?

Ben sabia que Valéria não era culpada de nada do que estava acontecendo. Ela não estava com o dinheiro. Nem tinha o que fazer com todo aquele dinheiro.

— Sei. Todos pensam que é por causa de Valéria.

— Porque você carrega ela para todos os lugares e é perceptível que está apaixonado, porque sabem que as mulheres são demônios que prejudicam todos os negócios e quebram os laços mais fortes. Posso ajudar, posso levá-lo para viver onde só os privilegiados vivem, fora da miséria. Viverá sozinho ou acompanhado, como quiser.

— Como um homem sem família. Não, obrigado.

— Agora tem uma família? Por favor! É um sem-família! Você não tem ninguém, os Sulcuros não são sua família, nem mesmo seus amigos, eles o mantém como líder por causa de seus contatos e seu dinheiro. Não tem mais dinheiro, e não vou lhe dar mais nada. Sem dinheiro e sem contatos, você não é ninguém. Devem estar falando agora mesmo sobre dar um golpe e tirá-lo da liderança.

— Não fariam isso, e, se fizerem, eu teria outra pessoa, e é o suficiente para mim.

— Estou lhe oferecendo o céu, o lugar que você merece, e está negando por uma mulher. Sabe que podem matá-lo se não aceitar?

— Não quero saber. Esse novo inimigo não me assusta. E a razão para não aceitar não é uma mulher. Sou mais esperto que isso. Não vou fugir porque tudo está em ruínas.

Cláudio se inclinou.

— Talvez não seja um novo inimigo, mas um velho amigo tentando colocá-lo no caminho certo.

Ben estreitou os olhos, percebeu tudo. Ele estava na frente de seu *novo inimigo.* Ninguém entenderia como um homem pode ser amigo e inimigo ao mesmo tempo.

— Não estou interessado, Cláudio. Onde está o dinheiro?

— Eu o devolvo se aceitar minha proposta.

Ben se levantou, balançando a cabeça.

— Está louco. Ouviu? Você matou um velho, matou Ramírez! Por minha causa? Está louco?

— Igual a você.

— Vá se foder. Estou falando sério.

— Talvez, se ela morrer, você aceite.

— Não, porque, se ela morrer, você vai me matar também. Não é uma figura de linguagem ou uma frase apaixonada, venho aqui com minha espingarda e explodo seus miolos, sabendo que seus homens vão me matar em seguida.

— Isso é o que gosto em você, sua paixão, sua paixão pelas coisas que importam para você! Quero que se apaixone pelo dinheiro e continue assim. — Cláudio estava maravilhado. — Não quero mais nenhum fraco no lugar, só você, Benjamin, por que não entende?

— Está louco.

Ben abriu a porta.

— E estou avisando, venham os bons ou os maus momentos. Sabe muito bem que não há saída.

— Fique comigo esta noite, Valéria — sussurrou ao seu ouvido enquanto se agarrava mais a ela e acariciava seu ombro. — Quero senti-la ao meu lado a noite toda.

Valéria olhava fixamente para o teto.

— É o que eu mais gostaria na vida, Ben, mas amanhã tenho coisas importantes para fazer na escola, estamos a um mês da formatura e tenho que cuidar de alguns detalhes.

— Vai à festa de formatura? — Ben abriu os olhos.

— Não... É caro, e não temos dinheiro.

— Posso emprestar.

— Não, não — Valéria virou o rosto para encará-lo. — Se pagar a festa, precisarei de dinheiro para roupas, para minha mãe, meus irmãos e transporte, não quero festa. Com meu diploma já fico feliz.

Ben passou os dedos nas sobrancelhas de Valéria para suavizar sua expressão.

— Não fique assim.

— Como?

— Preocupada, não gosto de vê-la assim. — Sorriu e a beijou. — Estou morrendo de vontade de lhe dizer — confessou a centímetros de sua boca, Val olhava para os lábios dele e para seus olhos. — Quero muito dizer isso, Valéria...

— Eu também. E acho que dizer com o "não" na frente é horrível.

Ben sorriu outra vez.

— Se não vai ficar, é bom não ir tão tarde e sozinha.

— É...

Ela se levantou e procurou suas sandálias.

— Vou levá-la, espere.

Ben se levantou, colocou uma camisa polo e calçou os sapatos.

Ele a acompanhou até em casa e ficou com ela lá fora por mais de meia hora.

Os irmãos de Valéria correram quando viram o carro branco do pai em frente ao beco que levava à casa deles, mas Valéria manteve o passo lento.

Ela sentiu o cheiro de fumaça e cobriu a boca e o nariz; deveriam estar queimando lixo outra vez. Em vez de ir para casa, foi até a mercearia, mas viu uma fumaça preta e densa a alguns metros de distância. Enquanto aguçava os sentidos, notou um caminhão de bombeiros e um grupo de curiosos. Ela correu e, quando chegou ao tumulto, percebeu que a casa de Ben estava em chamas. A água que os bombeiros despejavam ofuscava sua visão.

Quase chorou, mas nem sequer conseguiu abrir a boca.

"Não há ninguém lá dentro, não há ninguém lá dentro", desejou enquanto corria na direção da porta da casa. Não escutou nada que disseram. Quando um dos bombeiros a segurou pela cintura, ela despertou do transe.

— Solte-me!

Esperneou, mas o bombeiro a colocou na primeira casa aberta que viu, a de Estefani, que entrou depois que o bombeiro saiu.

— Não deixe que ela saia e atrapalhe o trabalho — ordenou o bombeiro a Estefani.

— O quê? — Valéria desabou em lágrimas, esperando o pior. Não conseguia respirar, não conseguia suportar. — Onde está Ben?

Estefani balançou a cabeça e, quando viu que Valéria estava paralisada, como se estivesse tendo um ataque cardíaco ou se transformado em uma estátua de sal, contou:

— Ele está vivo, saiu. Ele mesmo chamou os bombeiros.

Valéria cobriu a boca.

— Mas está bem?

— Está com queimaduras, mas vai sobreviver.

Valéria pensou em coisas terríveis, tirou o cabelo do rosto e secou as lágrimas.

"Não", disse a si mesma suavemente.

Capítulo 32

VOANDO NO NADA

Valéria entrou no quarto de Ben à tarde, já eram 17h30. Ainda estava de uniforme e com o penteado desfeito. Esperou até que o pai de Ben e o médico saíssem.

A primeira coisa que fez foi se aproximar e parar ao lado da cama, mas não podia tocá-lo. Ele estava com curativos no braço direito e um que ia do lado direito do pescoço até parte do queixo. Havia algumas queimaduras em seus dedos e no rosto.

— Meu amor... — sussurrou ao vê-lo daquele jeito.

Ben olhou para ela e sorriu.

— Você me salvou.

Ele parecia delirar.

— O quê? Mas eu não estava lá, desculpe... Eu deveria ter ficado. Desculpe, Ben, eu te amo de todo o coração. Nunca mais faça isso comigo.

— Você me chamou e me encorajou a levantar... — Ele riu, com os olhos fechados. — Eu estava sonhando...

Val entendeu que ele estava sonhando com ela. Talvez sempre sonhasse com ela, o que a fez sentir-se bem.

Mas então se lembrou de sua condição e seu estômago embrulhou quando olhou para o braço enfaixado.

— Disseram que foi uma queimadura de segundo grau. Vai voltar ao normal dentro de alguns meses.

Valéria mordeu o lábio.

— E aqui? — Ela apontou para o pescoço.

— Essa dói demais...

— Quem tentou fazer isso com você?

Sabia que não tinha sido um acidente, tinha certeza disso.

— Quem me dera saber... — Ele suspirou, omitindo a verdade. — Quando removeram a pele do braço, dava para ver a carne rosa e, em algumas partes, branca, meus punhos estavam com bolhas, que explodiram, foi horrível. Tentaram costurar o corte em minha mão. Quero *tanto* fumar alguma coisa.

Ela levantou a mão, sua palma ainda doía, ele também tinha a dele, *era* real.

Valéria deixou que ele se queixasse.

— Ainda bem que está aqui.

Ele se inclinou para beijá-la, depois que acabou de lhe contar tudo o que vira.

Gregório entrou no quarto.

Valéria se afastou de Ben e o viu ali parado.

— Maldito, quase me matou do coração!

Gregório sorriu, nervoso, seus lábios estavam pálidos.

Ben sorriu para ele, e Gregório se aproximou da maca, como se não acreditasse que ainda estava vivo.

— Desculpe o transtorno, tá?!

— Ah... — Ele bateu no braço saudável de Ben gentilmente. — Quanto tempo vai ficar de molho?

— Não sei, meu pai acha que tenho dez anos e não quer deixar me darem alta até que nasça pele nova em meu braço.

Gregório fez uma careta de desaprovação e repugnância.

— Queimou o braço todo?

— O pescoço e outras partes, a do braço é de segundo grau, variando a terceiro, a porta estava em chamas e, quando a empurrei, a madeira queimou minha pele.

— Dói muito? — perguntou Valéria.

Ambos a olharam.

— Na verdade, os nervos aqui — disse apontando seu antebraço — estão um pouco dormentes, e não dói muito. Mas minha pele está rosa no punho, das bolhas que explodiram, eles a removeram como se fosse um tecido, e o braço estava queimado, foi dolorido. Lavaram e depois puseram uma pomada e esta gaze.

— Todos querem vir visitá-lo, acho que amanhã.

Gregório olhou para a janela, como se apagasse as imagens descritas por Ben.

— Por favor, diga a todos que estou morto.

— Não fale isso nem brincando.

Valéria estava quase chorando. Ben tirou a mão debaixo do lençol e pegou a dela.

— Gregório, leve Valéria para casa.

— E com quem vai dormir? — perguntou Valéria, preocupada.

— Venha amanhã. Esta não é minha casa, não pode ficar aqui.

— Sim, eu posso.

— Chega. Não quero discutir.

No fim, Valéria se convenceu e subiu na moto. Ao chegarem em casa, o carro de seu pai ainda estava lá. Ela desceu e agradeceu a Gregório.

❦

— Até que enfim você chegou... — disse Ben, quando a viu abrir a porta.

— Desculpe. — Valéria olhou para o homem passando pomada no ferimento de Ben. Conseguiu ver a carne quase viva em seu braço, a careta em seu rosto.

— Ele vai melhorar, não se preocupe — tranquilizou o médico. — Sua namorada, Ben?

— Sim.

— Sou o dr. Mirabal, prazer em conhecê-la.

— O prazer é meu. — Valéria apertou a mão dele. — A queimadura vai deixar cicatriz?

— Voltará ao normal quase completamente. A pele do pescoço vai nascer de novo em alguns meses, com um leve tom escuro, depois poderá se curar por completo. Os cremes branqueadores vão ajudar, mas a do braço vai deixar uma cicatriz mais escura. A porta de madeira queimou toda a epiderme. Mais exposição e ele precisaria de cirurgia ou enxerto.

Sem perceber, Valéria voltou a franzir a testa.

— Não se preocupe, Val, vou fazer uma grande tatuagem para cobrir a cicatriz.

Ben parecia otimista, e um lindo sorriso cruzou seu rosto.

O médico acabou de fazer o curativo.

— Mas espere até sarar para tatuar, embora eu não recomende...

O médico piscou o olho para Valéria.

— Bem, por hoje é só. A enfermeira estará aqui à noite.

— Obrigado — agradeceu Ben.

Valéria ficou surpresa com a simpatia do médico. Achava que eram mais sóbrios.

— Ele é amigo do meu pai e foi meu médico durante anos. É quase meu amigo, tirando a diferença de idade e estilo de vida.

— Faz sentido.

Ela se aproximou.

— Ah, o que aconteceu com seu rosto? E por que não veio me visitar nos últimos dois dias? Não gosta mais de mim porque estou queimado?

— Não diga isso, Ben, por favor. — Valéria pressionou os lábios. — Falei para meus pais que tenho um namorado e que não sou mais uma menina. Minha mãe enlouqueceu, e meu pai teve que segurá-la para que não me batesse mais.

— Mesmo? — Ia perguntar se tinha contado quem era o sortudo, mas não era o momento.

— Sim... Sabe, ele mudou muito. É incrível como um homem pode mudar em dois anos.

— Desculpe lhe causar problemas, Valéria... tudo o que fiz... Sou tão idiota por ter deixado você entrar em minha vida.

— Não, não. — Ela não aceitou suas desculpas. Entrar na vida de Ben foi a melhor coisa que tinha lhe acontecido... Ele não podia pedir desculpa por isso. — Eles tinham que saber. Até pensava que ela já sabia. Sabe o que acho? Acho que ela só agiu assim porque meu pai estava lá. Acho que estava envergonhada com a presença dele. — Val se inclinou para beijar a bochecha de Ben. — Desculpe não ter vindo.

Os lábios de Valéria eram tão suaves que, por um segundo, ele esqueceu o quanto se sentiu sozinho naquele quarto de hospital, mesmo com pouco tempo de internação.

— Não faz mal.

Ben se afastou e se recostou na cama, Valéria ficou de lado. As pessoas do bairro apareceram, deixando o ar fedido, e o pai de Ben precisou levar um aromatizador.

Valéria levantou os braços, fazendo piada.

— Bem, não sou eu. Sei que venho da escola e tal, mas não estou fedendo.

— Eu sei, não estava falando de você.

— Que tatuagem vai fazer?

Valéria inclinou a cabeça.

— Surpresa.

Ele tocou seu nariz com a mão que tinha o soro.

— Por que o soro?

— Além do fogo ter desidratado minha pele, eu já estava muito desidratado.

Valéria olhou para a queimadura no pescoço, coberta por uma pomada.

— Meu pai vai ver o que os bombeiros salvaram de minhas coisas, e quero que vá buscar o que acha que é importante para mim.

— Como vou saber?

— Você vai saber. — Ele fechou os olhos, parecia cansado. — Meu celular está na mesa. Pode ligar para ele e dizer que está pronta?

Valéria foi até a mesinha e, antes de pegar seu celular, ela se virou.

— Como sabia que eu vinha hoje?

— Intuição — respondeu com os olhos fechados.

Valéria pegou o celular, buscou o número salvo e apertou a tecla verde. Começou a chamar, e Valéria pôs o telefone no ouvido de Ben, que abriu os olhos.

— Pode vir buscá-la.

Ele só disse isso e fechou os olhos de novo.

Valéria desligou.

— Está muito cansado, não é? — Tocou a cabeça do rapaz, onde o cabelo começava a crescer.

Odiava seu cabelo curto, porque a lembrava de momentos tristes, mas estava gostando de senti-lo entre seus dedos, aqueles fios espetados. Iria tocá-lo até que adormecesse.

— Não consigo dormir com essa merda no braço, dói muito, Valéria. À noite, o frio repuxa a pele e é incômodo. Consigo sentir a casca se formando.

— Sinto muito.

Ela o olhou e o beijou no queixo.

Quando o pai de Ben chegou, ele e Valéria foram juntos ao corpo de bombeiros. Em uma sala separada, com mesas de metal, havia alguns objetos, roupas sujas de cinzas e sapatos dentro de caixas ainda novas. O pai de Ben pediu aos bombeiros que o ajudassem a conseguir o que queria, mas só os sapatos estavam em boas condições.

Valéria caminhou até o fundo, onde estavam alguns detritos, e viu o micro-ondas derretido e o que parecia ser a grade da geladeira. As cadeiras da sala de jantar queimaram um pouco, e o pai de Ben disse que podiam vendê-las.

Valéria olhou para tudo, mas nada parecia ter valor. Continuou a andar e viu uma caixa de metal cheia de manchas pretas de fogo. Pegou e reparou que era um pouco pesada.

— Acho que é isso — disse Valéria ao pai de Ben.

— Uma caixa suja, não?

— Parece valiosa. — Valéria deu de ombros.

O pai de Ben pegou a caixa e tentou abri-la, mas estava trancada com uma fechadura de duas chaves.

Ele suspirou.

— O que quer que seja, vamos levar.

— Não entendo como conseguiu essa tela de novo — disse Valéria, enquanto Ben desliza os dedos sobre o aparelho.

— O quê? O tablet? — Ele olhou para onde ela estava, sentada sobre o pequeno móvel da sala, tentando abrir a caixa de metal com a chave que Ben lhe dera.

Ben usava uma fina corrente de ouro no pescoço, que tiraram quando chegou na emergência. Mas depois que limparam a pele, devolveram a corrente e seu anel.

Quando Ben lhe entregou a corrente com uma chave minúscula, Valéria percebeu que não falhara ao escolher a caixa.

— Eu tenho muita sorte — respondeu. — Algumas semanas atrás, Gregório queria ver alguns filmes e pediu emprestado, e não me devolveu desde então. Deve ter descoberto suas fotos ou algo assim. Ele o trouxe no segundo dia porque sabia que eu ficaria entediado. Foi assim que o tablet se salvou.

— Espero que não haja fotos minhas inapropriadas.

— Talvez. — Valéria soltou a caixa e olhou para Ben. — Mas não, estão codificadas.

Valéria estreitou os olhos em resposta.

— Ponha a caixa aqui.

Ela se levantou e foi até a cama. Ben virou a caixa, no lado em que estava a fechadura verdadeira. Abriu-a, e só havia livros e um caderno escolar. Uma carta e alguns doces velhos.

— Desculpe, Ben — comentou Valéria, sem esconder seu desapontamento. — Pensei que tivesse algo de valor. Acabei trazendo lixo. Foi a única coisa que trouxe.

— Em minha casa só tinha lixo, não se preocupe.

Ele levantou o fundo falso da caixa de metal, do tamanho perfeito para esconder uma arma. Tirou-a e mostrou para Valéria. Ele a passou pelas bochechas e pelos ombros e deu um beijo na ponta.

— Obrigado.

Valéria sentiu arrepios.

— Faça o mesmo — pediu, e colocou a arma na frente dela.

Val pensou, mas faria de tudo para agradá-lo, então o imitou. Ben sorriu de leve e guardou a pistola onde estava. Então acenou para ela.

— Venha cá. — Valéria se aproximou, seus narizes se tocaram. — Venha cá — sussurrou ele.

Valéria se aproximou ainda mais, e seus lábios se tocaram.

— Livre-se dela — pediu Valéria, e o agarrou, beijando sua boca.

Ele a deteve. Valéria ainda estava colada a ele.

— Como? — perguntou, sem respirar.

— Não consegue pensar em nada?

A única coisa que passava pela cabeça de Ben era o beijo com sabor de medicamento, não tinha ideia de como se livrar da arma.

— Está bem, não faço ideia. — Ele deu de ombros, abanando a cabeça. A queimadura na testa se enrugou com as sobrancelhas. — Dê a Gregório, ele saberá o que fazer.

— O que digo?

— Que estou dando a arma para ele.

Valéria pensou no assunto, a porta se abriu e o pai de Ben entrou. Valéria se afastou da cama.

— Desculpe.

— Interrompi alguma coisa?

— Não, não — disse Ben. — Valéria já está indo, está tarde.

Valéria, com a caixa de alumínio nas mãos, sorriu.

— Sim, adeus e se cuide. — Foi até a porta. — Amanhã eu volto.

Antes de ir para casa, encontrou-se com Gregório. Ela não ousaria aparecer em casa com uma arma escondida dentro de uma caixa de metal que parecia ser apenas uma caixa cheia de livros e um caderno antigo.

Gregório vivia com a mãe e duas irmãs mais velhas numa casa de dois andares, uma das poucas do bairro. Era uma casa simples, normal, pintada de verde-limão.

A casa era dividida, você poderia ir para o segundo andar sem ter que passar pelo primeiro, e, se não fosse o fato de lá em cima só haver dois quartos separados por uma parede, seria um apartamento normal.

Quando se subia a escada, havia uma porta, que era o quarto da irmã de vinte anos de Gregório; a outra porta era a de seu quarto. Sabia que ele estava em casa porque perguntara na esquina e a avisaram.

Valéria sabia onde morava porque, quando fingira estar interessada em Gregório, ele lhe mostrara a casa.

Bateu várias vezes antes de a porta ser aberta. Ele sorriu ao vê-la.

— Uau, isso é estranho.

O sorriso do rapaz era franco, como se tivesse visto um sol.

— Mesmo?

Valéria lançou um olhar para dentro da casa.

— Desculpe se estou interrompendo, mas trouxe uma coisa.

— Não. Não está interrompendo nada. Entre, por favor.

Valéria entrou no cômodo. Estava muito quente e escuro. Gregório abriu as janelas e ligou o ventilador de teto. A sala se iluminou e refrescou em poucos segundos. Gregório e Ben eram parecidos em algo. Ambos tinham quartos arrumados.

— E aí... — Gregório arrastou uma cadeira e se sentou na frente de Valéria.

Ela abriu a caixa e tirou a arma.

— Ben pediu para lhe dar isso.

— Mesmo?

Gregório a pegou.

— Sim. Espero... que fique com ela, sim?

— Claro, claro, acho que vou guardá-la para ele, para quando sair. A propósito, quando terá alta? — Como ele se atrevia a tratar tão levianamente um instrumento que podia matar?

— Ele disse que em duas ou três semanas, ou quando a queimadura de segundo grau tiver sarado. Ainda não consegue viver sozinho.

— Quer que a leve para casa? Posso ir com você.

— Não, não, está tudo bem. Obrigada.

Quando ia sair, ele a deteve. Valéria notou a mão de Gregório em um punho.

— Sim?

— Posso beijar sua bochecha?

Ela olhou para os lados. Não, não podia. Mas, por alguma razão, concordou. Gregório caminhou em sua direção e colocou a mão no ombro de Valéria. Com a outra, segurou seu queixo.

— Vai ser longo — avisou ele, antes de colar os lábios em seu rosto.

Aproximou-se um pouco mais, os lábios mais perto da boca. Até que a beijou, a mão no ombro de Val se moveu para a cintura e a puxou contra o corpo dele.

— Não... — reclamou. Arregalou os olhos. — Não, desculpe.

— Valéria... — Gregório respirava em seu rosto. A respiração era quente e familiar, como a de um amigo. Era tudo o que seria para ela.

— Não, tenho namorado. Não podemos ser outra coisa. Desculpe.

Tirou a mão de sua cintura e saiu. Desceu a escada, os lábios apertados.

❦

Nos dias seguintes, Ben continuou hospitalizado e Valéria o visitava. Porque sua vida se resumia àquilo, ir ao hospital todas as tardes para vê-lo melhorar pouco a pouco.

Mas, naquela tarde, ela não o viu na maca e ficou com medo.

Entrou no quarto e decidiu tentar a porta do banheiro.

— Ben, está aí?

Ele abriu a porta. Estava sentado na privada com um cigarro na mão, o sangue pingava de onde o soro tinha sido removido.

— O que está fazendo?

— Eu precisava fumar. Aqui é muito chato. Acho que vou morrer.

Valéria tossiu um pouco.

— No dia do incêndio, se eu não morresse queimado, morreria de envenenamento por monóxido de carbono, já estava até tonto. O médico me proibiu de fumar, mas o que importa? Vou morrer de ansiedade.

— Por favor, pare de fumar. Isso também é monóxido de carbono.

— Se eu tivesse morrido, teria dito muito sobre a vida.

Valéria balançou a cabeça.

— Não fale assim.

— Porque você mudou.

— Ben.

— Queria que saísse dessa armadilha, que fizesse faculdade, que arranjasse alguém que a tratasse como merece. Não deixe que ninguém a manipule ou controle. Mostre as garras.

— Ben, pare com isso.

— Também gostaria que não chorasse minha morte. Não estarei num lugar melhor, mas onde quer que esteja, mereci.

— Benjamin...

— Sim?

Ele se levantou da tampa da privada.

— Está bem?

Ben se aproximou dela.

— Não, droga. Não, Valéria, não estou bem, essa coisa me tortura e quero me coçar até chegar na nova pele que está nascendo. Quero arrancar essas queimaduras porque são dolorosas. Não suporto ficar preso aqui, quero um pouco de cocaína, beber. Quero sair deste maldito hospital. Estou cansado.

Valéria tentou entender.

— Desculpe.

— Não peça desculpa, a culpa não é sua!

Ele saiu do banheiro e foi para a cama. Valéria apareceu logo depois.

— Por favor, chame a enfermeira e diga que meu soro voltou a sair.

— Não basta de tanto soro?

— Talvez. Mas não importa, tenho que ir ao banheiro e aproveito para fumar.

— Como conseguiu cigarros?

— Meu pai e Gregório. Héctor também esteve aqui.

Valéria olha para uma garrafa de refrigerante transparente em cima da pequena geladeira do quarto, seu favorito.

— Não é certo. Como eles conseguem?

— Eles gostam de mim e sabem que estou morrendo de ansiedade. Já falei.

Era uma máquina de reclamações.

— Minha mãe tende a me fazer sorrir quando estou de mau humor, embora às vezes ela vá longe demais, ela é muito doce quando quer.

— Que bom... — Ele fechou os olhos.

Valéria se aproximou da maca. Ben abriu espaço, e ela se deitou ao seu lado, com cuidado para não tocar no braço machucado.

— Obrigado, precisava sentir seu corpo ao lado do meu. — Com o braço machucado, tentou abraçá-la, mas logo o abaixou para seu lugar de descanso inicial. Valéria apoiou a cabeça em seu peito.

— Não pensa nela?

Ben sabia o que ela queria dizer.

— Sempre que posso. — Parecia que ele estava sorrindo, mas estava sério. — Penso se ela gostaria de você como minha namorada.

— Está brincando.

— É sério... Tenho certeza de que seria a primeira a não nos apoiar.

— Eu a conquistaria.

Ben deixou escapar um sorriso.

— Há coisas que acontecem, e estão disfarçadas, e as pessoas esquecem a verdade, e a mentira se torna mais crível que a verdade.

— Não entendi sua inspiração poética — queixou-se Valéria. Sua mão tocou o curativo do braço queimado de Ben, delicadamente, como uma pena fazendo cócegas. Ele sentiu uma comichão, mas ignorou.

— Não acho que ela tenha cometido suicídio.

Valéria estava calada. Nina havia dito que suspeitavam de que não fora suicídio, mas não dissera mais nada.

Todos no bairro achavam que tinha sido.

— Minha mãe tinha enxaquecas, mas, do nada, passaria dos remédios para o ecstasy? Ah, eu duvido.

— O que quer dizer, Ben?

— Trocaram os comprimidos. Quando já estava drogada demais para entender o que estava acontecendo, porque sempre tomava mais de três, eles lhe deram mais uma dose, e seu corpo não aguentou.

— Como sabe disso?

— Quando ela começou a convulsionar, puseram-na na banheira e a afogaram.

— Quem? — Valéria riu nervosamente. — Como sabe?

— É minha teoria. Uma teoria que formulei nos últimos seis anos.

Sorriu, nostálgico.

— Quem? Quero dizer, quem poderia ter feito isso com sua mãe?

— Vou me arrepender pelo resto de meus dias por não ter pedido ajuda nos primeiros minutos, não sei o que passava pela minha cabeça, mas nunca imaginei que morreria. Que nunca mais voltaria a vê-la.

— Ben, está me assustando. Como pensou nisso? De quem você suspeita?

Ben olhou para Valéria.

Naquele exato momento, Manuel, o pai de Ben, entrou pela porta com um sorriso no rosto.

— Trouxe comida — anunciou.

Ben olhou para o pai e fez um esforço para sorrir, para fingir.

Então, Valéria entendeu.

Depois de quase um mês, a crosta da queimadura no pescoço de Ben estava seca, mas ele a matinha coberta porque era desagradável de olhar. Quando Valéria chegou com a notícia na ponta da língua, parou ao ver o pai de Ben discutindo com ele em voz alta. No entanto, não entendeu o que falavam.

Ela pigarreou.

— Já estou indo. — Saiu do quarto às pressas, e Ben a olhou.

— Olá.

— Ben, como está?

— Terei alta amanhã. Vou finalmente sair deste maldito hospital.

Valéria sorriu. Aquela notícia era melhor do que a que ela trazia.

— Ah, Deus, isso é incrível. Eu orei por você todo esse tempo.

Estava de boca aberta de surpresa e felicidade. Muita felicidade.

— Eu sei, você disse.

— Parece que já faz uma eternidade, sinto-me como se uma eternidade tivesse passado. Graças a Deus vai voltar para casa...

Ele tentou falar, mas Val o interrompeu com sua felicidade.

— Ben, como será o tratamento em casa? Seu pescoço está quase cicatrizado, mas seu braço ainda está um pouco, bem, ruim.

— Eu sei, as pomadas vão ajudar e depois, daqui a uns meses, vou fazer a tatuagem.

— Já escolheu o que fazer?

— Sim, será um segredo. Não posso dizer.

Seu tom era seco, mas Valéria não percebeu.

Ela sorriu, e Ben a puxou para mais perto.

— Estou tão feliz. Vamos sair dessa. E, em breve, esta fase será passado.

Ben acenou com o olhar perdido. Valéria riu em voz alta quando o abraçou. Ben a apertou mais um pouco. Ela tinha um riso harmonioso, queria gravá-lo na mente.

— Eu te amo — sussurrou ele, olhando para seus lábios, porque não conseguia ver os olhos.

Mas Valéria o encarou.

— Eu também te amo, Ben — respondeu com um leve sorriso. — Eu nunca me senti assim, *nunca.* — Seus olhos lacrimejavam, porque seu sentimento era muito forte. — Você é tudo o que quero, e nada mais, eu te amo. Obrigada por me amar.

Ele tinha esquecido o significado do amor.

— Eu te amo de verdade.

Ben enfim a olhava nos olhos, acariciando o queixo de Val, depois afastou o cabelo dela para trás e segurou seu rosto.

— *Linda*, meu amor, eu amo você.

Ele deu um beijo fugaz em sua boca, abriu um sorriso e a apertou em um abraço, suportando a dor dos ferimentos.

Valéria só foi entender depois, ou melhor, ela só se lembrou, mas já era muito tarde, porque ele não estava mais por perto.

Era como se a terra o tivesse engolido e deixado apenas um vazio imenso e inexplicável.

Não havia registro de quando ou onde seu voo decolara.

Ele a deixara voando no nada.

Ouça este e milhares de outros livros na Ubook.
Conheça o app com o **voucher promocional de 30 dias.**

Para resgatar:

1. Acesse **ubook.com** e clique em **Planos** no menu superior.

2. Insira o código #UBK no campo **Voucher Promocional**.

3. Conclua o processo de assinatura.

Dúvidas? Envie um e-mail para contato@ubook.com

*

Acompanhe a Ubook nas redes sociais!

ubookapp ubookapp ubookapp